◉ 四川省教育厅社会科学重点项目“莎士比亚戏剧叙事研究”（12SA090）
◉ 四川外国语言文学研究中心项目“叙述学视野下的莎剧研究”（SCWY15-22）
后续研究成果

成立 著

莎士比亚戏剧的叙述学研究

巴蜀书社

图书在版编目（CIP）数据

莎士比亚戏剧的叙述学研究 / 成立著. --成都：巴蜀书社，2021.10
ISBN 978-7-5531-1551-1

Ⅰ. ①莎… Ⅱ. ①成… Ⅲ. 莎士比亚（Shakespeare,William 1564-1616）-戏剧文学-叙述学-文学研究 Ⅳ①I561.073

中国版本图书馆 CIP 数据核字（2021）第 202594 号

莎士比亚戏剧的叙述学研究
SHASHIBIYA XIJU DE XUSHUXUE YANJIU

成　立　著

责任编辑　白亚辉
封面设计　圣立文化
出　　版　巴蜀书社
　　　　　成都市槐树街 2 号　邮编 610031
　　　　　总编室电话：(028)86259397
网　　址　www. bsbook. com. cn
发　　行　巴蜀书社
　　　　　发行科电话：(028)86259422　86259423
经　　销　新华书店
照　　排　成都圣立文化传播有限公司
印　　刷　四川立杨彩色印务有限公司
版　　次　2021 年 10 月第 1 版
印　　次　2021 年 10 月第 1 次印刷
成品尺寸　170mm×240mm
印　　张　18.5
字　　数　300 千
书　　号　ISBN 978-7-5531-1551-1
定　　价　78.00 元

莎士比亚如何讲故事

——成立《莎士比亚戏剧的叙述学研究》序

四川大学符号学—传媒学研究所　赵毅衡

莎士比亚的戏剧讲不讲故事？这还是个问题吗？作为公认的世界历史上第一文学大师，莎士比亚不就是以讲故事迷倒众生，而且是人类历史上故事讲得最出色的人？现代学术界研究如何讲故事的学问，叫作“叙述学”，又称“叙事学”（Narratology）。各位不妨到百度、中国知网，或其他学术网站，查中文或英文关键词“莎士比亚、叙事学”，除了谈莎士比亚的两首“叙事诗”，从叙事学谈他的戏剧，几乎毫无所得。只有零星几篇讲个别作品中的叙事，包括我们的作者成立副教授的论文。

全世界每年产生多少篇莎学论文？就《中国知网》的统计，每年以“莎士比亚”为标题的论文，一直在1000篇上下，也就是说每天出现三篇。应当说，关于莎士比亚，任何题目都被写过若干遍。难道那么多辛辛苦苦写论文的学子或教授，就不明白研究一下莎士比亚戏剧的叙事，就是创新，就是突破，就是好论文？

要理解这个奇怪的现象，要从西方学术的源头说起。柏拉图和亚里士多德认为希腊的两大文学体裁——史诗与悲剧是根本不同的。他们认为悲剧是模仿（mimesis），史诗才是叙述（diegesis）。二者是对立的，戏剧不是叙述，因为戏剧是当场进行的，而不是讲

"故"事。在他们的语言中，戏剧用的是现在时，因为演员是当场讲自己在做什么；而叙述用的是过去时，因为情节发生在过去。

这个区别有道理吗？或许在有时态的印欧语言中是普遍的明显区分。语言往往就是我们意义世界的边界，在欧洲学术界，叙事是"不言而喻的过去时"（past by default），而叙事学自从一百多年前产生，就是讨论小说的，戏剧不在叙事学讨论范围中。不是说欧洲学者不敢推翻柏拉图与亚里士多德的观点，而是他们认为两位理论"祖师爷"说得对，时态问题就是叙事的最根本问题。

可以看一下"经典叙述学"的一本经典参考资料——普林斯（Gerald Prince）的《叙述学词典》（*A Dictionary of Narratology*）。该书第一版出版于1987年，其中最重要的一条是对"叙事"的定义。旧版的定义是："由一个或数个叙述人，对一个或数个叙述接受者，重述（recounting）一个或数个真实或虚构的事件。"普林斯补充三条说明，把这定义的用意说得更明白。其中第一条就是叙述要求"重述"，而戏剧表现是"台上正在发生的"，因此不是叙述。他与近三千年的全体西方叙述学界一样，承袭亚里士多德以来的看法：戏剧不是叙述。

叙述学一直在排除戏剧，近几十年大行其道的，以"开放"而闻名的所谓"后经典叙事学"，也是如此。其他新出的欧美叙事学界领袖，也坚持这个看法。新叙述学的领袖之一费伦（James Phelan）斩钉截铁地表示："叙述学与未来学是截然对立的两门学科。叙述的默认时态是过去时，叙述学像侦探一样，是在做一些回溯性的工作，也就是说，是在已经发生了什么故事之后，他们才进行读听看。"这一潮流的另一位领袖阿博特（H.P.Abbott）也强调："事件的先存感（无论事件真实与否、虚构与否）都是叙述的限定性条件……只要有叙述，就会有这一条限定性条件。"阿博特认为哪怕"现场报道的赛事或新闻"也是过去："我们在阅读或听的同时也能意识到报道中介涉及的瞬间，这些瞬间发生在时间的踪迹从随时消失的绝对现在进入表达它们的媒介之时。”这段话是说：从“绝对现在”进入“媒介表达”有个“瞬间性的”时间差，使现场表演也成为过去。他反对叙事学讨论演示表演，因为都是“体现了一种对叙述已知性的烦躁不安”。

叙述学要不要坚持“过去性”？应当说，排除以戏剧为代表的“现在时叙述”，这个问题成为一个拦路虎。坚持亚里士多德的原理，只保留文字为媒介的记录类叙述（史诗、小说、历史等），这个做法直接否认了对戏剧进行叙述学的可能性，实际上就把大部分叙述（包括电影电视、口述叙述、电子游戏等绝对重要的体裁）排除出叙述研究。

那么这个原则在中文中有道理吗？没有，因为中文的时间形态，依靠某些副词（从前……），而不是贯穿整个文本几乎所有句子，因此中国小说与戏剧之间有许多差别，却没有时态上的差别。中国学者完全不必受制于西方这种动词时态限制，在中国人眼中，小说和戏剧一样是在讲故事，它们的叙事方式没有根本性的区别。实际上，当前这个数字传媒时代的许多体裁（例如电子游戏，例如新闻直播），都不适用“过去式原则”。

我们眼前的这本书就是一个最好的证明：成立副教授的《莎士比亚戏剧的叙述学研究》，讨论莎剧的各种叙事学范畴：时间、空间、分层结构、情节结构、主体分化等等，无一不犀利而熨帖，帮助我们理解莎剧的种种幽微精妙之处，令人信服地说清了为什么莎士比亚讲故事的能力，配得上千古第一人的桂冠。全世界的莎学界，几百年无数学者的努力，为什么要等着这本书来完成呢？我也认为这是一个让人不知所措的问题：文化的成见，尤其是西方学术“老祖宗”定下的规矩，就那么坚不可破？

西方人也并非对此毫无反省，最近才出现一些这样的思索者，只是他们的影响没能撼动欧洲叙事学界的城堡。在《叙述学词典》2003年新版中，普林斯给出了“叙事”条目的新定义：“由一个、两个或数个（或多或少显性的）叙述者，向一个、两个或数个（或多或少显性的）受叙者，传达一个或更多真实或虚构事件（作为产品和过程、对象和行为、结构和结构化）的表述。”他避开了欧美叙述学特有的“过去时”陷阱：新版定义把早先各版本此条定义的“重述”（recount）一词，改成了“传达”（communicate）。这样就不再有“说的是已经过去的事”的意味。就敢于修改西方学界陈说这点而言，年迈的普林斯，远远比许多“后经典叙述学家”更为超前。

其实，中国学者，尤其是中国的莎学界，完全不需要跟着西方叙事学走。我们完全可以讨论莎士比亚的叙事艺术，我们应当有自己的叙事学。在这个重大问题上，成立副教授的《莎士比亚戏剧的叙述学研究》，其题材，其形式，其整个论辩，都是突破性的。而且我很高兴的是成立副教授这位年轻的学者，完成了此划时代的壮举。这话听起来似乎有点夸大，其实许多“哥白尼式”的突破，只是勇者坚信自己的想法，然后继之以多年艰苦的努力。成立做到了这两点。

2021年7月3日，锦江河湾

目录

CONTENTS

绪　论

一、莎士比亚戏剧批评史回顾

莎士比亚的戏剧创作对世界戏剧艺术的发展产生了深远影响，后世众多作家、评论家、学者对他的戏剧进行了广泛而又深入的关注和研究。在这当中，有热情的赞赏、公允的判断，也有片面的指责，甚至恶意的诽谤。这就构成了一部形形色色、洋洋大观的莎士比亚戏剧批评史，也是一部反映不同时代人们欣赏趣味、审美理想和社会观念的莎剧接受史[①]。

最早的莎剧批评可以追溯到莎士比亚生活的时代。那时由于文学批评还没有形成一门独立的学问，这决定了早期的莎剧批评更多地属于直观的感受、零散的言论、个人的好恶，甚至掺杂了利害冲突和相互恩怨等因素。就带有负面的评论而言，见于“大学才子派”代表格林（Robert Greene）临终时留下的告诫，他以嫉妒的心态对待莎士比亚，指出对方是“一只暴发户式的乌鸦”“唯一震撼舞台的人”，这也充分流露出他的敌意。而赞美、颂扬则是当时的主流，尤其以琼生（Ben Jonson）的评价最引人注目。他的评价集中反映在他为莎剧第一对开本所写的“题辞”中。该篇虽理论成分不多，但却从此确立了莎士比亚在英国和世界戏剧史上的崇高地位。他赞美莎士比亚是“时代的灵魂”“戏剧元勋”[②]，并谈到了莎作在艺术上的一些独特性，他的观点被后人

① 王维昌：《莎士比亚研究》，安徽大学出版社，1999 年版，第 315 页。
② 杨周翰：《莎士比亚评论汇编》（上），中国社会科学出版社，1979 年版，第 14 页。

高度重视。同时，琼生也指出了莎作的一些漏洞和草率之处，虽然比较客观真实，却为后来攻击莎士比亚的人提供了口实。

进入17世纪，古典主义文学思潮占据统治地位。因此，以古典主义审美原则衡量、评价莎剧，成为这一时期莎剧批评的主流。在批评尺度上，由于各方人士分歧颇大，造成他们对莎剧看法截然不同。有些人把古典主义奉为金科玉律，对莎剧百般挑剔，横加指责。这批人可视为古典主义莎评中的极端派，以作家莫莱（Molay）为代表。他评价莎士比亚悲剧“颠三倒四，乌七八糟，吵吵闹闹，没有内在的一致，没有一点理智的火花，没有任何规则能约束他狂放的心智”[①]。他拘泥于古典主义标准对莎士比亚机械教条的批评，使其得到一个“有史以来最拙劣的批评家”的称号。也有些人能灵活对待古典主义标准，主张兼收并蓄各种规则，是莎评中的开明派，以批评家德莱顿（John Dryden）为旗帜。他是第一个全面、系统、深入、客观分析莎作的批评家，其主要贡献集中体现在人物性格塑造和激情描绘两个方面。在人物性格塑造上，他认为好的人物性格应具备某些原则，如性格要明显，要与人物的年龄、性别、地位等相吻合，且必须是经常的、平衡的[②]。在激情描绘方面，他认为莎士比亚善于表现人物激情的力度和状态，显得极为自然，具有内在的崇高性。德莱顿在推崇莎士比亚的同时，也对其违反古典主义规则的做法深感遗憾，但他的观点奠定了18世纪英国古典莎评的基础。

18世纪是启蒙的时代，理性主义的光芒遍及欧洲。该时期古典主义的审美原则和批评标准仍然占据主导地位，但较之前一个世纪，批评家对艺术规则的理解和运用已逐渐由形式转向内容，即“保留了古典艺术中那些更具有普遍意义和永恒价值的观点，而放弃了那些带有时代局限性的界说”[③]。尽管如此，在不同国度，情况却各有差异。

---

① 张泗洋、徐斌、张晓阳：《莎士比亚引论》（下），中国戏剧出版社，1989年版，第379页。

② 杨周翰：《莎士比亚评论汇编》（上），中国社会科学出版社，1979年版，第22页。

③ 张泗洋、徐斌、张晓阳：《莎士比亚引论》（下），中国戏剧出版社，1989年版，第392页。

法国作为古典主义的发源地，其批评家如伏尔泰（Voltaire）、狄德罗（Denis Diderot）对莎剧的态度是十分严厉的，但并非一味否定。伏尔泰指出莎剧违背了“三一律”，这有损规则、典雅和真实，在情节处理上手段低下。他还认为莎剧很不得体，给出的结论是：“毫无高尚的趣味，也丝毫不懂戏剧艺术的规律。”[①]狄德罗由于看重道德教化，因此认为莎剧的最大弱点是缺乏教育民众的作用。不过他和伏尔泰相近的是，都承认莎士比亚是个天才，有伟大的一面。

英国的批评家遵循了德莱顿开辟的道路，他们往往能对莎剧做出比较全面深刻的评价。其中，蒲伯（Alexander Pope）认为莎剧中的每一个人物都具有鲜明的个性，创作者驾驭激情悠闲自得，并对莎士比亚没有学问的偏见给予了有力的驳斥。约翰逊（Samuel Johnson）则享有很高声誉，其见解成为18世纪莎评基调中的主旋律。他指出衡量莎士比亚艺术的根本标准是“理性”和“常识”，提出了衡量作品优劣的“时间”检验和“比较”检验的客观准则和方法，并为莎剧创作中的“犯规”行为进行了有力的辩护。

在德国，莱辛（Gotthold Lessing）认为莎剧在模仿自然、教育民众方面是“一种完美的典范”，并“真实地反映了人生”[②]。他把莎剧作为一面镜子，时时关照、修正自己作品中的缺点。同时期的赫尔德（Johann Herder）分析了莎剧和希腊戏剧的差异，阐述了莎剧的特色，认为用过去的清规戒律来要求、指责莎士比亚是错误的，而对自然的忠实是其成功的秘诀。

综合来看，18世纪是决定莎士比亚艺术命运的关键时期，是艺术标准破旧立新的时期，也是评论界审美认识能力不断提高的时期。

19世纪的莎评，使莎士比亚获得进入世界艺术宝库的通行证，同时也是对其剧作总体价值的一次高水平的评断。此世纪的莎评主要是沿着三条不同线路进行的：首先是浪漫派批评，他们从主观感受出发，盛赞莎士比亚的艺术天赋，断然否定古典主义加在他身上的一切非难之词，表现出了对于他的无限崇

① 杨周翰：《莎士比亚评论汇编》（上），中国社会科学出版社，1979年版，第347页。
② 同上，第258、245页。

拜。浪漫派批评队伍浩大，遍及欧洲。

在英国有柯勒律治（Samuel Coleridge）、兰姆（Charles Lamb）、哈兹里特（William Hazlitt）等。柯勒律治是浪漫派莎评的旗手，他的批评全面完整地反映了浪漫派艺术与莎士比亚剧作所产生的共鸣。在其所著的《莎士比亚讲演集》（*About Shakespeare's Lectures*，1818）中，他猛烈抨击了古典主义者对莎士比亚的责难和曲解，指出莎剧自有内在的规则和形式，是内容和形式的完美结合，绝不是纯粹自然的、无规则的大杂烩。他对莎剧中的人物特别重视，认为他们合乎自然，而剧中情节、结构是为人物服务的，进而指出莎士比亚塑造人物性格，不是直接告诉读者，而是要读者自己去体会。另外，他还特别强调莎剧的抒情性和哲理性，这两点也是莎剧留给读者最普遍的印象。柯勒律治对许多莎剧的精彩论述明显体现了浪漫派的审美情趣。兰姆作为散文家曾改写过莎士比亚的戏剧，他认为理解、研究莎剧，在于突出其思想，强调人物的精神力量、内在矛盾和感情威力，这才是莎剧的本质。他提出莎剧只适合阅读而不宜搬上舞台演出的看法。这有一定道理，即他敏锐地看到了莎剧艺术的独创性；同时他的看法也存在偏见，即重视语言艺术而轻视表现艺术。哈兹里特也是浪漫派莎评的重要人物，他认为莎剧的突出特点是其普遍性质，指出莎士比亚最擅长描写人物在行动中的感情变化，赞赏其“在遣词用字上有种魔术般的力量”，“他的一个字、一个短语就描绘了整个场景”[①]。

法国莎评界有斯达尔夫人（Madame Stael）、夏多布里昂（F.R.Chateaubriand）、司汤达（Stendhal）、雨果（Victor Hugo）等。斯达尔夫人指出莎士比亚“开始了一种新文学”，他的长处在于不盲目模仿古人，而是走自己的独创之路，形成了自己依法自然、直歌其事的特色[②]。她尤为赞赏莎士比亚深刻的心理分析，认为他能以一种真实性和了不起的内心力量，描绘出痛苦的孤独。夏多布里昂对莎士比亚的态度有别于其他浪漫派莎评家，在他看来，莎剧确有许多不完美之处，指责其违反了“三一律”和“得体说”。他的莎评体现了他本人的

① 杨周翰：《莎士比亚评论汇编》（上），中国社会科学出版社，1979 年版，第 193、184 页。

② 同上，第 361 页。

贵族态度和宗教观点，评论不够公允。司汤达作为现实主义文学的奠基人，在《拉辛与莎士比亚》（*Racine and Shakespeare*，1825）中提出莎士比亚就是伟大的浪漫主义者，他的莎评具有明显的现实主义倾向。大文豪雨果在莎评方面的主要成果是其专著《莎士比亚论》（*On Shakespeare*，1864）。他把莎士比亚看作是诗人、历史学家、哲学家三位一体的人。他用极其形象的语言阐释了莎士比亚具有的丰富、有力、繁茂、博大的特点；他从本质上揭示了莎士比亚的对照原则，说这种对照实际上是对事物永恒而普遍的矛盾的反映；他还认为在灵魂探索方面很少有人能超越莎士比亚。

德国的代表有歌德（J.W.Goethe）、施莱格尔（K.F.Schlegel）、海涅（Heinrich Heine）等。歌德是继赫尔德之后德国又一位重要的莎评学者。他非常看重莎剧的现实性，其评述充满浓郁的诗意与饱满的激情。他认为莎剧属于纯朴的一类作品，其基础便是真实。他还以莎剧为榜样，探索和寻找现实主义与浪漫主义的完美结合。施莱格尔是德国浪漫主义运动在思想意识方面的突出代表。他认为莎士比亚最完备地刻画了近代文学的精神，他的创作完全是浪漫性的，并提出莎剧是对人生和命运的哲理探讨，包括表现人类心灵的无法解决的不和谐性，思考生命和存在的目的等。海涅在莎评史上的地位是由他的名著《莎士比亚笔下的女角》（*Shakepeare's Heroine*，1839）奠定的。在该作中，他对莎士比亚在文学史上的伟大贡献及其对后世的深远影响给予了深刻概括，并为莎士比亚违反“三一律”作了生动的辩解。

其次是现实主义派批评。这一派从客观现实出发，力图通过冷静的思索与理智的判断，发掘莎剧中所蕴含的丰富的社会内容和体现出的时代意义。在欧洲各国中，德国和俄国的莎剧批评表现得最为突出。

德国莎评的代表人物首先是美学家黑格尔（G.F.Hegel）。他认为，莎士比亚创作的原则是按照生活本来的样子去加以描绘，其笔下的人物具有真正的客观性，同时也“保持住生动性和完满性”[①]。他也对莎剧中的对话和语言表达给予了很高的评价。黑格尔从美学理论对莎剧艺术的定位，应该说是19世

① 黑格尔：《美学》第1卷，朱光潜译，商务印书馆，1979年版，第354页。

纪莎评中的一个重要成果。无产阶级革命导师马克思（Karl Marx）和恩格斯（Friedrich Engels）有关莎士比亚的精辟论述，是马克思主义文艺理论的重要组成部分。他们提出了“莎士比亚化”的创作原则[①]，其内涵丰富。这一原则立足文学创作，指出要注意真实反映特定时代的社会生活、矛盾斗争、风土人情；要注意塑造各种各样的典型；要注意使情节具有生动性和丰富性；要注意自然而然地表现其倾向性。这一原则的论述，概括了文学中一些带有规律性的问题，而且还在其论著中引用莎剧人物和诗文，借以分析社会问题，促进现实斗争。

在俄国，莎评界的代表有多个。普希金（Aleksandr Pushkin）认为，莎士比亚的现实主义创作方法突出表现在对各种各样的典型形象塑造上。他在塑造人物时，不是从抽象概念出发，而是立足于现实生活，通过情节的展开和环境的描写，显现人物“多方面的多种多样的性格”[②]。批评家别林斯基（Vissarion Belinsky）对莎剧作过深入研究，他认为莎士比亚的每一部剧作都具有性格的独创性和真实性，以及内容与形式在艺术上的相适应、完满性、完整性，其笔下的每一个人物都是生动的形象，毫不抽象。别林斯基极为推崇莎士比亚，对其评价也达到了登峰造极、前所未有的高度。思想家赫尔岑（Aleksandr Herzen）指出，莎士比亚对人物内在精神世界的揭示，体现了他对生活的深刻理解。赫尔岑还以文学变革的观点，从文学艺术历史发展的角度，评价了莎士比亚的巨大贡献，歌颂了莎剧对人的教育作用。

在这一时期的莎评中，出现了两个与莎评主流倾向相悖的不和谐音。其发出者是英国戏剧家萧伯纳（Bernard Shaw）和俄国现实主义大师托尔斯泰（Leo Tolstoy）。他们对莎士比亚进行了极为苛刻的批评，使19世纪莎评呈现出了复杂化的局面，迫使人们去思索更多的问题。

萧伯纳对莎士比亚评论的出发点在于戏剧应表现重大社会问题这一基本原则。在他看来，莎剧既无哲学，也无道德，没有什么社会价值，全是些轻浮、

① 马克思、恩格斯：《马克思恩格斯选集》第4卷，人民出版社，1972年版，第340页。
② 杨周翰：《莎士比亚评论汇编》（上），中国社会科学出版社，1979年版，第426页。

无聊、琐碎、贫乏、一味迎合低级趣味的舞台垃圾。他在评价时，显然只是依据思想标准，毫不考虑艺术问题，这种批评较为片面，难以得出正确结论。托尔斯泰评价莎士比亚的基点与萧伯纳一脉相承，也是极端地强调艺术作品的教育和感化作用，否定莎剧具有的道德价值。他认为，莎剧是“很糟的粗制滥造之作”，“除了厌恶和无聊，它再也不会唤起别的感觉了”[①]。此外，托尔斯泰还从艺术方法上对莎剧进行了全面否定，指出莎剧情节荒诞，不近情理；人物不真实，缺乏性格；人物语言空洞浮夸，缺乏个性；作品是抄袭的、表面的，拼凑而成，缺乏分寸感。尽管他对莎作抱有成见，但是他的意见是不能忽视的，毕竟他是举世闻名的大艺术家和大思想家，不重视他的意见至少是不智之举[②]。

进入20世纪，随着社会的巨大变革，哲学社会科学各个领域都获得了长足的发展。这为莎评提供了新的知识视野和方法储备，形成五光十色、争奇斗艳的批评景观，先后涌现出20世纪浪漫派莎评、比较方法莎评、历史学派莎评、原型派莎评、心理学派莎评、意象—语义派莎评、马克思主义莎评、结构主义与解构主义莎评、女性主义莎评、新历史主义莎评、后殖民主义莎评等。它就像一个多面形的球体，从每一个折射面上辉映出莎士比亚绚丽的审美色彩和艺术光泽。

20世纪浪漫派莎评的代表是英国学者布拉德雷（F.H.Bradley），他所著的《莎士比亚的悲剧》（*Shakespeare's Tragedy*，1904）是一部集西方浪漫派莎评之大成的杰作。他认为，莎悲剧的独特性在于不仅表现了不同群体之间的外部冲突，也表现了人物内心激烈的内部冲突，这种内外冲突的结合能够更生动全面地揭示人物复杂的思想、动机与情感。在莎悲剧的故事或事件中，人物的行为是造成悲剧的主要因素，除此之外，还有三种外部因素在悲剧主人公行动上起着作用，即反常的精神状态、超自然因素、偶然事件或意外事件[③]。布拉德雷对莎悲剧实质的探讨所得出的有关主人公、动作、冲突等结论，无疑符合亚

① 杨周翰：《莎士比亚评论汇编》（上），中国社会科学出版社，1979年版，第501页。
② 阿尼克斯特：《莎士比亚的创作》，徐克勤译，山东教育出版社，1985年版，第74页。
③ 杨周翰：《莎士比亚评论汇编》（下），中国社会科学出版社，1981年版，第27—29页。

里士多德和黑格尔的悲剧理论的主要精神，而且在某些方面还有所发展。

从比较文学角度展开莎评研究被部分批评家所采用。如艾略特（Thomas Elliot）是用该方法探讨莎剧的代表人物。他从作家与文化传统内在联系的角度，使用比较方法研究莎士比亚及其悲剧主人公。他认为莎剧中人物的“自我表演”姿态或手法，是从古罗马悲剧家塞内加的戏剧中得来的。艾略特通过比较莎士比亚与但丁等人的思想性后指出，构成莎剧的主要思想来源是蒙田的怀疑主义、马基雅维利的玩世不恭和塞内加的宿命论。这些思想都不是莎士比亚本人的，他只是一个精致的“转化工具”[①]，是为了表达情感才借用、吸收这些思想因素的。艾略特的这些观点对后世莎评学者颇有启发，揭示了莎剧思想与莎士比亚本人及时代的关系。

历史学派莎评比较注重实际，该派的旨要是把莎士比亚放回到特定的历史环境中去加以考察和研究，向世人展示伊丽莎白时代的莎士比亚。因研究角度的不同，该派内部又分为二种情况：一是以戏剧传统、戏剧舞台为角度分析莎士比亚及剧作，代表有德国的许金（Levin Schein）、美国的斯托尔（Elmer Stoll）。二是以思想史、文化史为角度分析莎士比亚及剧作，代表有英国的蒂里亚德（E.W.Tillyard）。三是以政治历史背景为角度分析莎士比亚及剧作，代表有英国的哈里森（Doane Harrison）。综合三种情况来看，历史学派莎评仍然没有脱离传统莎评的大范畴，只不过在研究态度上更扎实，在研究方法上更客观，更注重历史的反思。

原型批评旨在透过文学现象表层去追寻其中深蕴神话原型和远古记忆。这一派的代表有英国的奈特（Wilson Knight）和加拿大的弗莱（Northrop Frye）。奈特关注了原始意识之一的宗教仪式在莎剧中的表现，指出莎剧有时演得几乎就像宗教仪式一样。在他看来，莎士比亚无疑是深受基督教影响的，他的剧作自始至终都贯穿着基督教精神。弗莱对莎剧中的各种原型因素进行了较为系统的研究，他认为莎喜剧是“人类生活企图效仿的世界的真正形式”[②]，

① 杨周翰：《莎士比亚评论汇编》（下），中国社会科学出版社，1981年版，第120页。
② 诺思罗普·弗莱：《批评的剖析》，陈慧等译，百花文艺出版社，1998年版，第219页。

莎悲剧是对牺牲与祭献仪式的模仿。原型派莎评把莎士比亚放到文学模式演化的漫长背景中加以审视和研究，其优点是让读者看清了莎士比亚在主题与形式上和整个人类艺术传统的关系。

心理学派莎评是以弗洛伊德（Sigmund Freud）的精神分析学对莎剧人物进行研究，通过分析心理现象来揭示隐藏在人物内心深处的精神动因。弗洛伊德是最早关注莎作的心理学家，他用“俄狄浦斯情结”分析了哈姆莱特行动延宕的原因：哈姆莱特心中杀父娶母的隐秘使他带有沉重的负罪感，故他对仇人的恨意被良心的自谴所取代，他觉得自己比弑父娶母的凶手好不了多少[①]。英国学者琼斯（Ernest Jones）受弗洛伊德学说的启发并进行了补充，认为恋母情结可以转化为杀母冲动。精神分析学说中存在一些狭隘观点，并被用于莎剧中所有艺术象征的精神和性内涵的挖掘。

意象—语义派莎评是以英国批评家艾略特等为先驱的新批评思潮的产物。该派着眼于莎剧的艺术形式，竭力从详尽的语义入手，来探讨剧中诸如意象、比喻、象征、典故等的作用，进而揭示莎剧的主题思想和美学价值。其代表有英国的斯珀津（Caroline Spurgeon）。她对莎剧中的各种意象进行了筛选和归纳，试图从中找到某种规律性。她发现“莎士比亚的全部作品，自始至终，部部都有一些起主导作用的意象”[②]。这些意象在不同类型的莎剧中又具有不同的作用，她着重分析了莎悲剧中的主导意象及其所蕴含的主题。从总体看，她的见解独到深刻，别开生面，被新批评派引以为骄傲。

马克思主义莎评是以马克思主义的观点方法为批评的基本依据，对莎剧这份文化遗产进行价值评估。苏联在这方面进行的工作最多，出现了阿尼克斯特（A.A.Anikst）、莫洛佐夫（K.E.Morozov）这样著名的批评家。他们强调唯物主义观点，突出莎剧的历史进步意义。其中，阿尼克斯特最具有代表性。他运用马克思主义的观点，从反映论出发，把莎士比亚置于当时特定的历史、文化和阶级斗争中进行考察，认为莎剧是对当时社会生活最真实、最精确的描写，

① 弗洛伊德：《梦的解析》，赖其万等译，中国民间文艺出版社，1986 年版，第 191 页。
② 杨周翰：《莎士比亚评论汇编》（下），中国社会科学出版社，1981 年版，第 331 页。

并强调了莎士比亚创作的时代性、阶级性和人民性，充分肯定了其现实主义艺术成就[①]。马克思主义莎评虽然在方法上有自己的独特性，但它仍应属于传统莎评的范畴。

结构主义莎评源于形式主义语言文学批评，该派批评家认为莎剧的文本是由语言构成的，莎剧语言向读者提供了丰富而复杂的、具有自我调节功能的结构，剧本无法游离于这个结构之外。结构主义批评要求细读莎剧，强调文学研究的整体性。而解构主义莎评导致对莎士比亚真实意义的否定，它特别注重的是莎剧中的那些哑剧式情节。有代表性的解构主义莎评作品是阿特金斯（G.D.Atkins）等人主编的《莎士比亚与解构》（*Shakespeare and Deconstruction*，1988）。不过真正的解构主义对莎学影响较小，也很少有莎学家自称为解构主义者[②]。

女性主义莎评是20世纪重要的莎评学派，其代表有尼利（Carol Neely）、阿德尔曼（Janct Adclman）等。与之前的浪漫派莎评对莎剧女角研究不同的是，该派将注意力放在分析莎剧中女性角色的“女性特征”。诸如莎剧中的女性到底在多大程度上代表着真正的女性，而不是按男性话语塑造出的形象；莎剧中对某些女性的处理是否体现出对女性的历史、社会偏见等。这一部分女性主义莎评被归于文化批评。另一部分女性主义莎评，更多地将注意力集中于从新弗洛伊德学说的角度来研究莎剧中的女性角色，以及女性角色同男性角色之间的关系，如许多莎剧中的“母亲缺失”现象，以及由此而来的如何表现父女关系的问题。

新历史主义莎评比较侧重于莎剧的演出与当时社会上其他政治、宗教、经济、文化力量之间的相互作用，特别重视文学与非文学文本之间的关系。美国批评家格林布拉特（Stephen Greenblatt）在这一领域有着代表性。他以严谨的考据和推论证明：莎士比亚的戏剧与他的人生其实大有关联。通过解析莎士比

① 阿尼克斯特：《英国文学史纲》，戴镏龄等译，人民文学出版社，1959年版，第141—143页。

② Russ Mc Donald,*Shakespeare:An Anthology of Criticism and Theory 1945-2000*,Oxford: Blackwell Publishing Ltd,2004,Preface,pp.12—13.

亚的个人世界和16至17世纪的英国，格林布拉特揭示了一个拥有不凡写作才能却活得平凡的莎士比亚，并从他的宗教生活、社会生活和家庭生活探索了其创作所受的影响。

后殖民主义莎评从成果、数量和涉及范围来看显得并不突出，但它依然在某些方面使人们看到了莎剧中从其他角度看不到的一些问题。该派主要分析莎剧中有关殖民过程、殖民者与殖民地关系的表述，因此，《暴风雨》中普洛斯帕罗和卡列班的关系，以及前者对那座岛的“主权”问题，《奥瑟罗》中威尼斯与塞浦路斯的关系问题，莎士比亚后期剧中涉及“海外经历”的一些问题，都成了后殖民主义莎评关注的焦点。

综观莎剧问世以来的四个多世纪，20世纪莎评成果最为显赫，是过去几个世纪所无法比拟的。无论是立足传统方式，还是采用新角度、新方法，都对莎剧的特点和意义进行了广泛且深入的探讨，达到了以往莎评无法企及的审美高度，大大丰富了从艺术规律来探索莎剧成就的研究。

与西方漫长的莎评发展史相比，中国的莎评史相对较短，也就是最近的一两百年。从发展历程来看，国内的莎剧批评主要表现在两方面：一是对莎剧的翻译和介绍，二是对莎剧的评论和研究。其中，翻译、介绍主要出现在莎评发展的前期，大致在20世纪80年代之前。之后则进入以评论、研究为主的阶段。

国内对莎剧的翻译和介绍可以追溯到19世纪30年代，林则徐主持编译英国人慕瑞（Hugh Murry）的《世界地理大全》（*Cyclopaed of Geography*，1836）而成《四洲志》一书，书中首次提到了“沙士比阿”即今人谓之的莎士比亚，便有了部分莎剧的译文。进入20世纪，梁启超在《饮冰室诗话》中第一次把Shakespeare译成了莎士比亚，从此这一译名通用至今。真正说得上是莎剧评论的材料可能要算王国维的《莎士比亚传》（1907年10月载于《教育世界》），而同时代出版的《澥外奇谈》《吟边燕语》将莎剧进行了中国化的改编，使国内读者第一次获得认知莎士比亚的途径。但这两部作品都是对莎剧原作的改写，直到20世纪20年代，田汉发表了译作《哈孟雷特》，标志着国内第一次有了完整戏剧形式的莎作。而国内第一部比较全面系统介绍莎剧的是1929年周越然所著的《莎士比亚》，由商务印书馆出版发行。之后，梁实秋、朱生豪、卞之琳、孙大雨、方平等学者与翻译家积极参与莎剧和全集翻译，以里程碑的方式影响至今，为莎评的发展打下了良好的基石。

在这些译者中，最被推崇的无疑是朱生豪。他以其深厚的中国古典文化、文学修养建立起一座不朽的丰碑，一生完成了三十一部莎剧的翻译工作。他能用优美典雅的汉语形式来表达莎剧中的灵魂，用自然的声音贯穿于翻译莎作的最高境界，被誉为“译界楷模”[①]。除此之外，梁实秋翻译莎作的成就也举世公认，他历经三十七个春秋译成莎士比亚全集，是独立完成汉译莎全集的第一人。他的译作尽量遵循原文，亦步亦趋，忠实而委婉，译笔准确明快、信实可靠，表现出其深度的严谨性。几种流传较广的译本中，除了梁实秋、方平二人的，其他的都以朱生豪译本为底本。可见在莎译工作中能做到独成一家并非易事。

在后来不断问世的莎作版本中，仅翻译或经过改译、增补、重校的“莎全集”就有七种，分别是朱生豪、虞尔昌译1957年台北世界书局版，梁实秋译1967年台湾远东图书公司版，朱生豪等译1978年人民文学版，朱生豪等译1997年新时代版，朱生豪等译1998年译林版，方平主编主译2000年河北教育版，梁实秋译2002年中国广电版[②]。诸多版本中，还是以朱生豪、梁实秋的译本影响最大。

综观一百年来的莎剧译介史，学者阮珅对此作过简明的概括。他指出这一百年里出了五代莎学使人：第一代（20世纪初）为莎剧故事的编译者，第二代（20世纪20年代）为莎剧的注释者，第三代（20世纪20年代至70年代）为莎作或莎剧故事的翻译者，第四代（20世纪80年代）为商务印书馆出版的“莎士比亚注释丛书”的编者，第五代（20世纪90年代之后）为莎氏辞典的编纂者。这一概括很好地勾勒出莎作译介的发展脉络[③]。

① 李伟民：《光荣与梦想——莎士比亚在中国》，天马图书有限公司，2002年版，第314页。

② 汤平：《魔幻与现实：莎士比亚戏剧中的超自然因素研究》，四川大学出版社，2015年版，第19页。

③ 阮珅：《〈莎士比亚经典名著译注丛书〉总序》，湖北教育出版社，2006年版。

国内对莎剧的评论和研究，在很长一段时间里深受俄苏莎学发展的影响。从十月革命开始，俄苏莎学作为外来莎学领域中的一支传入国内，从总体到微观对“莎士比亚的剧作有了较系统的关照”①，为中国莎评界探析莎作艺术的审美标准和审美方式，研究莎作主题、形象、结构、背景、艺术特色等方面奠定了最初的基础。虽然初期国内还缺乏厚重的莎评著述，但莎士比亚却在文艺、思想论争中被涂上了各种油彩，从中使国人知晓了俄国文学对莎作的推崇，也为国内莎评提供了马克思主义美学指导原则。到了20世纪30年代至40年代，由于前苏联莎学的进一步影响，斯坦尼斯拉夫斯基的戏剧理论传入国内，对这一时期的莎剧排演具有指导意义，演出水平也得以提高。

在中华人民共和国成立之后，国内继承了前一阶段引进的俄苏莎评成果，而且取得了更加显著的成绩。不仅有俄国文坛上诸如普希金、屠格涅夫、别林斯基、托尔斯泰的莎评文章，还有苏联莎学家莫洛佐夫、阿尼克斯特等人的莎学论著。这为中国莎评界开拓思路、开阔眼界、开展研究起到了重要作用，几乎成为国内高校讲授外国文学和莎剧不可缺少的参考书。从这些文章和著述中，国内学界才获得了不同于西方莎评的比较完整深刻的莎学知识，为今后莎评实践作了准备，为20世纪最后二十年莎学的勃兴奠定了基础。进入20世纪80年代后，国内莎评界开始更倾向于俄苏莎评家的分析，特别学到了马克思主义莎学研究方法，这对中国莎学的形成、发展产生了重大影响②，并广泛运用于莎学研究。其中，张泗洋等人著的《莎士比亚引论》（上、下）被认为是“中国第一部用马克思主义观点研究莎士比亚的著作”③。不过，从苏联马克思主义莎学继承而来，并结合中国的意识形态的莎学研究方法缺乏辩证的观点，带有那一时代的特色，但它在相当一段时期左右着国内莎学研究的方向，而且至今仍然对莎评起着指导、参考作用。

---

① 范伯群、朱栋霖:《1898—1949 中外文学比较史》(下)，江苏教育出版社，1993 年版，第 1127 页。

② 杨周翰:《莎士比亚评论汇编》(上)，中国社会科学出版社，1979 年版，第 1 页。

③ 李伟民:《光荣与梦想——莎士比亚在中国》，天马图书有限公司，2002 年版，第 186 页。

当然，也应该看到，中国莎评的发展是在总结苏联马克思主义莎学研究经验的基础上，正在逐渐或已经初步构筑了自己的莎评理论体系，正在形成具有鲜明中国特色的莎学研究理论、方法，并且在力争超越前人的基础上，对马克思主义莎评的发展做出自己的贡献。进入新世纪，国内莎评发展也开始趋于多元化，莎学界组成了一个多声部的规模宏大，声音色彩鲜明、响亮的长篇巨制交响乐①。而蕴含其中的莎评则显示了国人结合中国文化、文学对莎士比亚及剧作的独特理解和认识，其中也蕴含了比较的眼光，构成了中国莎学研究最鲜艳之处，形成了中国莎评的一道亮丽的风景线。

但同时，也要看到莎学研究还存在一些不容忽视的问题，例如莎评的发展缺乏长远的规划，没有形成重大的理论突破，研究方式方法老化，引进国外最新莎学成果不足，与国外莎学界缺乏长期、固定和经常性的交流，国内学者之间对话渠道不够畅通，缺乏足以实现中国莎评体系的建立，从而难以产生深刻影响世界的莎学著述等②。这些问题都需要国内的莎学研究者们共同努力，逐步克服，从而实现莎学与当代中国的真正对接。

二、莎士比亚戏剧叙述学领域研究情况梳理

国外对莎士比亚戏剧的研究很早便拉开序幕，自莎士比亚过世的17世纪起，有关研究成果不断问世。在20世纪之前，对莎剧的研究更多属于评论式，涉及范围比较广，如莎剧的主题、思想、人物、情节、语言、修辞、译介、演出等多方面。在进入20世纪后，随着哲学社会科学各领域取得长足发展，相比前几个世纪，大大丰富、加强并深化了从文艺的内部规律方面对莎剧的探讨。在国外已有的莎剧研究中，涉及叙述学领域的成果很早便已产生。虽然叙述学作为一门学科是诞生于20世纪，但之前对莎剧人物、情节、语言等方面的研究亦属于传统叙述学的范畴，因此从该学科领域对莎剧进行研究的成果是很丰

① 李伟民：《中国莎士比亚批评史》，中国戏剧出版社，2006年版，第40页。
② 李伟民：《莎士比亚戏剧在中国语境中的接受与流变》，中国社会科学出版社，2019年版，第59页。

富的。

在国外诸多关于莎剧研究的著述中，有不少能为本书的研究提供参考和借鉴，恕条件和篇幅所限，这里选择性地列举一部分。有的是为研究服务的工具书，如杜米丘（Corneliu Dumitriu）主编的《莎士比亚戏剧辞典》（*Shakespeare Dictionary Plays and Characters*，2011），该书以英汉双语对照的形式容纳了莎士比亚所有的剧本，并分为人物表、主题以及每一幕的详细描述等几个部分，介绍准确而生动。有的是对莎评成果的介绍，如伊斯特曼（Arthur Eastman）的《莎士比亚批评简史》（*A Short History of Shakespearean Criticism*，1968）逐一评论了三百年来重要莎评家，是莎评史研究的经典之作。威尔斯（Stanley Wells）编订的《莎士比亚研究》（*The Cambridge Companion to Shakespeare Studies*，2000）收录了欧美莎评界近30年来的研究成果，这对于了解当代西方莎学的进展有着不可替代的价值。更多的是一些流传很广的著作，对本书的研究有一些参考价值，如布拉德雷（Andrew Bradley）所著的《莎士比亚的悲剧》（*Shakespeare's Tragedy*，1904）把戏剧人物当作19世纪现实主义小说中的人物，将浪漫主义以来的莎剧人物性格分析发展到极致。许金（Levin Schein）的《莎剧中的人物性格问题》（*Character Problems in Shakespeare's Plays*，1919）对莎剧人物性格的发展提出了自己的四点看法，这对后人分析莎剧中的人物矛盾很有启迪。斯托尔（Elmer Stoll）的著作《莎士比亚的艺术与技巧》（*Shakespeare's Art and Skills*，1933）认为通过误解、欺骗、造谣、认错人、乔装打扮等艺术手法，不仅使莎剧情更加复杂、人物对比更加鲜明，而且表现的思想也更加深刻。钱伯斯（Edmund Chambers）的两卷本《威廉·莎士比亚：事实与问题的研究》（*William Shakespeare：A Study of Facts and Problems*，1930）以专题的方式，详尽地介绍了莎士比亚的生平和著作分期。蒂利亚德（Eustace Tillyard）先后著有《莎士比亚的历史剧》（*Shakespeare's History Plays*，1944）、《莎士比亚的问题剧》（*Shakespeare's Problem Plays*，1949）、《莎士比亚的早期喜剧》（*Shakespeare's Early Comedies Plays*，1965），他采用历史主义批评方法，以包容的态度和胸怀对莎士比亚的各类剧作进行了评述，他的莎评在某种程度上超越了历史主义的狭隘观念。弗莱（Northrop Frye）在其《自然的视角：莎士比亚喜剧与浪漫剧的发展》（*A Natural Perspective:The Development of Shakespearean Comedy and Romance*，1965）中探索了神话和原始仪式对莎剧结构的影响。他认为神话原型的基本构架是表现四季循环的象征意义，而四季演化又代表着人类对生死观念的朴素理解。海涅（Heinrich Heine）在《莎士比亚笔下的女角》（*Shakepeare's Heroine*，1981）中对莎士比亚悲剧和喜剧中一系列著名的女性形象逐个作了精彩的分析。贝克（William Baker）的《威廉·莎士比亚及其创作》（*William Shakespeare and His Works*，2009）对莎士比亚生平及其作品作了重新评述，他以可靠的史实为依据，以文类为研究对象，研究了莎士比亚的喜剧、历史剧、悲剧、问题剧和晚期的戏剧。哈兹里特（William Hazlitt）所著《莎士比亚戏剧中的人物》（*Characters of Shakespeare's Plays*，2009）记录了作者对莎剧的独特感受，既有对情节、人物、台词等方面深刻细致的分析，又有对舞台演出精彩独到的批评。雨果（Victor Hugo）的《莎士比亚论》（*On Shakespeare*，2013）指出莎作表现了整个自然，表现了生活中全部对照的因素，如悲与喜、苦与笑，还有各种人物的对照。哈里斯（Frank Harris）在《莎士比亚及其悲剧人生》（*Shakespeare and His Tragie Life*，2013）中重点评述了莎士比亚笔下主要人物特别是行动派，并以复仇、嫉妒、欲望、疯狂、绝望为主题分析了多部经典莎剧；他的另一作《莎士比亚的女人们》（*The Women of Shakespeare*，2018）结合莎士比亚的生平对剧中众多女性角色及相关人物作了颇具创见的评述。格里尔（Germaine Greer）的《读懂莎士比亚》（*Shakespeare：A Very Short Introduction*，2015）通过对多部莎剧的精妙解读，从诗学、伦理学、政治学、社会学等多个角度提出诸多创见。罗伊尔（Nicholas Royle）的《莎士比亚导读》（*How to Read Shakespeare*，2015）以七段引文为索引，对莎士比亚最有影响力的几部戏剧作了精细入微、颇有见地的研究，揭示和探讨莎作的新奇性，展示了莎剧语言的乐趣和复杂。

国外研究莎剧的论文数量庞大，这里同样选择与本书研究相关的作列举概括。有的论文是对莎剧作整体性叙述研究的，如麦克卢斯基（Kate McLuskie）的《一切都好吗？莎士比亚的叙事剧》（*Is All Well? Shakespeare's Play with*

Narratives）研究了莎士比亚作品中各种叙述的复杂相互关系，并对一系列的叙述问题进行了探讨。有的论及时间，如刘易斯（Sarah Lewis）在《莎士比亚，时间，理论》（*Shakespeare, Time, Theory*）中概述了从20世纪60年代至今学者通过考虑时间研究莎剧的方式，指出剧中时间既是主题（叙述主题）又是戏剧形式的关键要素（时间安排）。姜熙文（Kanghee Moon）的《莎士比亚的三种时间意识》（*Shakespeare's Three Kinds of Awareness on Time*）通过剧中人物，表达了对三种时间（客观时间、主观时间和自然时间）的认识，并强调上帝统治的自然时间将超越死亡，因此自然时间是永恒的。有的讨论了空间，如沃纳（Wolf Werner）的《作为“地狱”和“天堂”的城堡：莎士比亚〈麦克白〉中的空间及其“平等的”意义》（*A Castle as “Hell” and “Heaven”：Spaces and Their “Equivocal” Meanings in Shakespeare's Macbeth*）通过对《麦克白》语义形式的系统化讨论空间的扩展，并突显了该剧中空间的明显模棱两可。安炳大（Ahn Byeong-dae）的《莎士比亚浪漫剧中的旅程与空间》（*Journeys and Spaces in Shakespeare's Romances*）认为宫廷世界展现了地狱和天堂、冬天和春天以及放逐和回归的极端。与解体和分离的宫廷社会相比，象征着彼此和睦与爱心的乡村或牧草世界被表示为不完美的现实。有的探讨了结构，如多明格斯—鲁（Emma Domínguez-Rué）、姆罗策克（Maximilian Mrotzek）在《莎士比亚悲剧动态：在莎士比亚四大悲剧中确定通用结构》（*Shakespearean Tragedies Dynamics：Identifying a Generic Structure in Shakespeare's Four Major Tragedies*）一文使用因果循环图确定了莎悲剧最重要的系统元素，指出它们的连接以及交互行为表明这些悲剧基本上都符合原型结构“转移负担”。朴佑（Park Woo-soo）的《莎士比亚戏剧中的海洋与戏剧结构》（*The Sea and Dramatic Structure in Shakespeare's Pericles*）指出在作者晚期浪漫剧中，海上旅行者经历了身份的丧失，并通过发现失去的家庭成员而重新获得了身份。因此，海洋不仅是剧中的背景，而且起到了结构的作用。有的阐释了情节，如维布拉赫特（Wiebracht）的《“卑鄙的结论”：莎士比亚爱情情节中的解决危机》（*“The Vile Conclusion”：Crises of Resolution in Shakespeare's Love Plots*）采用叙述动力学理论，从一个新的视角来看待莎剧中的结尾，认为爱

情既是叙述的祝福，也是叙述的诅咒，为情节提供了丰富的素材。温菲尔德（Henry Weinfield）的《“我们是杰森人，我们赢了羊毛”》（*“We Are the Jasons, We Have Won the Fleece”*）一文认为金羊毛图案等许多典故提供了打开剧中情节意义的钥匙，作者故意为其披上神秘的面纱，但同时也向读者提供了这把钥匙。还有的分析了人物，如威尔逊（Jeffrey R.Wilson）的《莎士比亚戏剧中的污名形象》（*The Figure of Stigma in Shakespeare's Drama*）提出在污名的形象中，引起怜悯和恐惧的异常身体分裂成反派和反讽的对立戏剧性元素，这类形象充满了缠绵的问题，给观众带来了尴尬或不稳定的审美体验。惠塞尔（Cynthia Whissell）的《情感与幽默：根据语言对莎士比亚喜剧中的主要人物进行评分和分类》（*Emotion and The Humors: Scoring and Classifying Major Characters from Shakespeare's Comedies on The Basis of Their Language*）运用幽默理论报道了莎喜剧中主要人物的幽默乐谱，指出角色语言特点的不同使他们的幽默得分不同。这些涉及叙述话题的论文多少为本书研究提供了参考。

在国内，有关莎士比亚剧作的研究成果浩瀚如海，根据已经出版的各类学科统计报告、引用报告以及本研究在统计中获得的数据，莎士比亚在国内是被研究得最多的外国作家[①]。而涉及本书关注的叙述学问题的莎学成果数量同样颇多，只是总体来看，这类研究的分布过于零散，具有系统性和整体性特征的成果不足。特别要说明的是，目前笔者还没有发现国内莎学界运用叙述学理论对莎剧进行宏观研究的著述。尽管如此，也依然有众多莎学成果或多或少、或深或浅地涉足叙述学领域。

国内的莎学研究真正呈现出繁荣局面还是在20世纪80年代之后。首先要提及的是一些系统梳理莎评的专著。如杨周翰主编的《莎士比亚评论汇编》（上、下）（1979，1981）汇集了西方几百年来很多莎评名家的重要思想和言论，构成了一部较为完整的莎评学说的发展史；李伟民的《光荣与梦想——莎士比亚在中国》（2002）关注了莎学研究的不同侧面，如文本研究、比较研究、辞书研究、传记研究、批评研究等，其研究角度丰富多彩，研究方法多种

① 李铁映：《中国人文社会科学前沿报告》（1999），社会科学文献出版社，2000年版。

多样；他的另一作《中国莎士比亚批评史》（2006）对莎士比亚剧作在中国的批评发展情况作了回顾，既有分类评述，也兼顾个案的分析；他的新作《莎士比亚戏剧在中国语境中的接受和流变》（2019）全面、系统研究了莎剧在中国的传播、翻译、改编和演出，通过回顾莎评历史，展望未来，以期建立有中国特色的莎学研究体系。谈瀛洲的《莎评简史》（2005）对莎评史以新古典主义、浪漫主义、维多利亚时代和20世纪分段，对前三者进行了概括和再评论，并对20世纪莎评作了鸟瞰；张薇所著的《当代英美的马克思主义莎士比亚评论》（2018）从文学维度和文化维度研究当代英美的马克思主义莎评的发展状况、主要学者的观点以及他们对世界莎学的贡献。张可、王元化编的《莎剧解读》（2019）收录了诸如泰纳、哈兹里特、歌德、柯勒律治等十几位名家的莎剧评论。这些著述虽然并未专门论及叙述学，但它们集国内外批评发展及方法为一体，且与叙述学多有交集，相辅相成，能为该书研究提供较为宏观的参考。

此外，还有部分著述研究范围广泛，角度多样，分析深入，在一定程度上体现了国内莎学研究的面貌和现状，并与本书的研究有一定关联。张泗洋、徐斌、张晓阳合著的《莎士比亚引论》（上、下）（1989）就莎士比亚时代、生平，作品版本、分类、分期以及各类剧作作了全面的评述，搜集论述主要各家之言，不乏独见和创见，资料丰富翔实；同样为三人合著的《莎士比亚戏剧研究》（1991）涉猎莎士比亚的各种剧目，有总体的归纳整理，也有作品的具体探讨，并对莎剧和中国古典戏剧作了比较；王维昌的《莎士比亚研究》（1999）对多数莎剧作了介绍和评述，并提炼出各类剧作的共性特征，易于读者把握莎剧的总体情况；桂扬清的《埃文河畔的巨人：莎士比亚》（2001）论及莎士比亚及创作中引人关注的问题，并以分期的方式对作品一一进行分析；徐鹏的专著《莎士比亚的修辞手段》（2001）通过对莎士比亚各种修辞手段和语言技巧的阐述，分析了莎作中人物行为的复杂动机和独特性格；易红霞的《诱人的傻瓜——莎剧中的职业小丑》（2001）从基础研究、形象研究和系统研究三个角度分析了莎剧中的职业小丑形象，提出这类形象是其嘲弄思想的代言人和思想情感的晴雨表；李伟昉在《说不尽的莎士比亚》（2004）中解读了莎剧中的经典独白，同时也选析了莎诗，回顾了莎评的历史；张冲所著《莎士比亚专题研究》（2004）把莎剧教学与国内外最新莎评成果相结合，对莎学研究课题给予了新的阐释，提供了新的研究视角；他的另一著述《莎士比亚的戏剧世界》（2019）以莎作类型为横轴，以时间节点为纵轴，将莎剧分为“喜剧”“英格兰历史剧”“罗马历史剧”“悲剧”“传奇剧”五大部分进行讲读评议；梁工主编的《莎士比亚与圣经》（上、下）（2006）按类别考察了莎剧与《圣经》的事实联系，并以专题论文探讨莎士比亚与《圣经》的关系；肖四新的《莎士比亚戏剧与基督教文化》（2007）研究了莎剧与基督教的关系，解析了莎士比亚人文主义的丰富性，以及莎士比亚对传统文化的继承和发展；华泉坤、洪增流、田朝绪共著的《莎士比亚新论——新世纪，新莎士比亚》（2007）对莎剧的丰富思想内涵、艺术表现形式、剧中语言艺术、人物塑造手法等方面进行了剖析，并对相关莎研成果进行了对比研究；程雪猛、祝捷编著的《解读莎士比亚戏剧》（2008）简略追溯了莎士比亚的生平与创作，对莎剧批评进行了概括性的综述；张薇编著的《莎士比亚精读》（2009）全方位地探讨了莎士比亚作品的艺术奥秘，在现代语境中以多重视角来重新解读其作品，并放置于基督教文化和古希腊文化的框架中来考察文学的传承关系；李艳梅的《莎士比亚历史剧研究》（2009）论述了莎士比亚历史剧中具有的人文主义思想，对剧中人物形象进行了创新研究，归纳了人物塑造方法，并讨论了莎士比亚历史剧与其悲剧、喜剧的相互联系；张丽在著作《莎士比亚戏剧分类研究》（2009）中将莎剧分为历史剧、喜剧、悲喜剧、悲剧、传奇剧五个类型进行研究，把每部莎剧放到它所属的类型中，与同类型的其他剧作进行比较，从而探讨其独特性；汤平的《魔幻与现实：莎士比亚戏剧中的超自然因素研究》（2015）以新历史主义文化诗学为理论框架，对莎士比亚早、中、后期的三部代表作中出现的魔法现象进行解读，从作者对超自然现象的态度变化中揭示其思想观念的演变；傅光明的《天地一莎翁：莎士比亚的戏剧世界》（2017）和《戏梦一莎翁：莎士比亚的喜剧世界》（2018）分别对莎士比亚的“五大悲剧”和“四大喜剧”的故事原型、传播接受历程以及莎士比亚在剧中的艺术创作力等方面作了深入研究，既有综合介绍，又有重点分析。残雪所著《地狱中的独行者》（2019）以一种创造性的阅读对莎士比亚的悲剧作品作了理性化的解读，提出了一些新颖的观点。

有关对莎剧进行研究的论文数量庞大，这里笔者仅就能为本书研究话题提供参考的主要莎剧研究论文做一归纳。有的关注了莎剧中的时间，如曹广涛《莎剧时间系统简论》（《安徽大学学报》（哲社版）2005年第2期）指出莎剧时间体系由“年季月日时分”六种类别构成，其时间系统意境优美，富有韵味。有的涉及莎剧中的空间，如洪增流《莎士比亚戏剧中的“绿色世界”》（《四川外语学院学报》1996年第1期）指出相当一部分莎剧的故事展开地点是在绿树丛林或绿色旷野中，这形成一种模式，体现出一种特色。肖四新《论自然在莎士比亚戏剧中的作用》（《广东外语外贸大学学报》2011年第4期）一文认为喜剧用绿色世界作为现实世界的补充，悲剧将自然世界的荒原与人的道德荒原联系在一起，传奇剧是“自然的人化”。罗成雁《莎士比亚剧本的剧场性及其场景化叙事方式》（《当代戏剧》2013年第3期）从莎剧场面的呈现方式和剧场幻觉的角度入手，分析莎剧中场景化叙事的特性、场景场面交替呈现和连续性。有的论及莎剧中的结构，如徐克勤《莎士比亚悲剧情节结构简论》（《外语教学》1983年第4期）提出莎悲剧结构是由安定到动乱、又由动乱到安定的抽象的善恶交替运动，它带有规律性，包含着浓郁的因果报应观念。闫立《有限的舞台时空，无限的宇宙风云——试论莎士比亚戏剧的情节结构和表现手法》（《安徽农业大学学报》（社科版）2000年第2期）认为莎剧结构不是一条概括的直线，而是由许多五彩缤纷的爆发性的瞬时组成，它们在剧中依次出现，彼此对照和相互补充。李树春《结构主义视角下的莎剧女性叙事》（《湖北师范学院学报》（哲社版）2009年第1期）指出莎剧中的女性叙事都是以父权秩序的稳定为起点与依归，从而构成一个看似线性而实则循环的叙事模式。有的探讨了莎剧中的情节，如高文斌《情节的魅力——略论莎士比亚剧作情节的特征及意义》（《辽宁师范大学学报》（社科版）1987年第1期）认为莎剧有着错综复杂的矛盾冲突，激动人心的各种事件，剧中的人文主义倾向通过情节自然而然流露。张鹤《社会与人生的种种奇观——漫议莎士比亚戏剧情节的丰富性与生动性》（《社会科学战线》1987年第4期）认为莎剧情节的丰富性和生动性体现在多样化的构织方式、对立因素的紧密杂糅、多线索的复杂艺术结构、灵活多变的戏剧节奏等方面。王毓敏《莎士比亚悲剧的主要特征——构思完美的情节》（《辽宁工程技术大学》（社科版）2003年第1期）从情节这一核心要素来分析莎悲剧的魅力所在，分析了四大悲剧情节的主要构成及特点。讨论莎剧人物的相对较多，如莎评专家方平《什么叫“莎士比亚化”？——谈剧作家和他笔下的人物关系》（《外国文学研究》1982年第3期）立足人物形象的塑造谈“莎士比亚化”这一艺术手法的三个特点；他的另一篇《一个诗的时代——谈莎士比亚和他的剧中人物、他的观众的语言观》（《外国文学研究》1990年第4期）论述了莎剧人物的语言魅力：人物享受着语言宴席，玩弄着语言游戏。黄鸣野《莎士比亚悲剧中的人物刻画》（《国外文学》1988年第1期）分析莎士比亚在几个著名悲剧中如何通过矛盾冲突、情节、人物的动作和语言来刻画出绚丽多彩、惟妙惟肖的人物。庄新红、逄金《神话原型视阈下莎士比亚戏剧人物形象阐释》（《东岳论丛》2010年第5期）一文根据神话原型理论对莎剧中的人物形象进行重新阐释。徐嘉《莎士比亚戏剧中的儿童角色解读》（《外国文学评论》2016年第1期）从莎剧儿童角色研究的难点——儿童角色的数量问题入手，讨论莎士比亚对儿童角色的创造和改写。还有的研究了莎剧中的叙述主体问题，如曹晓青《试论莎士比亚喜剧中的女性主体意识》（《燕山大学学报》（哲社版）2001年第3期）论述了莎喜剧中女性主体意识的思想内涵及时代意义。许勤超《莎剧阐释中的历史、意识形态与主体性》（《世界文学评论》2010年第2期）通过探讨多利默对主体的理解，进而分析了莎剧中的意识形态和主体性。曹若男《从列维纳斯的他者论看莎士比亚戏剧人物的主体性》（《西北大学学报》（哲社版）2019年第4期）指出莎剧人物具有真正意义上的人格主体，主体与他者的回应关系在伦理与责任中得到充分的体现和升华。

对莎剧进行研究的硕博士论文中，经笔者筛选，涉及本书研究话题的有近四十篇。就莎剧空间而言，如唐雪《莎士比亚轻喜剧中的绿色世界》（西南大学，2017）通过分析莎喜剧指出，人类社会中的一系列麻烦、无序、困境等体现在自然生态、社会生态和精神生态三方面，三者不可分割，互为影响。丁蕊《莎士比亚传奇剧权力主题的空间解读》（合肥工业大学，2018）从福柯的规训权力理论出发，分析了四部传奇剧里的典型物理空间，探究空间是如何作为载体体现权力的运作，发挥规训行为的作用。就莎剧结构而言，如卢姗《莎士比亚悲剧、喜剧原型结构分析》（东北师范大学，2004）将原型批评理论和结构人类学理论相结合，建构一种全新的方法，对具有代表性的莎悲剧、喜剧进行全新解读。郝瑞松《“暴风雨”后的和解——论莎士比亚传奇剧的戏剧结构》（吉林大学，2007）指出几部传奇剧共同构成一个有机的整体，不论是人物、情节还是意象、象征，都可以在结构框架中找到其成因和合理因素。李萍《论莎士比亚传奇剧结构模式及其功能》（上海师范大学，2012）从情节结构模式和人物结构模式两条主线入手，对四个情节结点和五大类型人物在剧中相互影响的关系进行了具体分析。就莎剧情节而言，任艳《失衡导致的悲剧——莎士比亚剧作的悲剧因素研究》（东北师范大学，2010）认为悲剧的产生体现了“二元对立”的思维，如理想与现实、个人野心与人性追求、纯净心灵与极端利己、刚强意志与刚愎自用等方面。倪小山《莎士比亚戏剧独白：沉思、抒情与雄辩》（西南大学，2012）提出莎剧独白通过沉思型、抒情型、雄辩型等三种类型丰富了技巧，抒发了诗意，展示了内涵，有力地辅助了情节的发展。王发展《莎士比亚戏剧的谋杀叙事》（齐齐哈尔大学，2013）指出莎历史剧、悲剧、传奇剧中包含较多的谋杀情节，并对谋杀叙事的运用、人物被杀的象征、谋杀叙事的特殊意义作了解读。就莎剧人物而言，如解林静《沉默与打破沉默——莎士比亚戏剧女性人物研究》（河北大学，2003）论述莎剧中的女性代表了中世纪传统女性和伊丽莎白时代英国女性，并用“沉默”来描述女性在社会中的地位以及她们与其他人的关系。张松林《莎士比亚戏剧恶魔人物论》（河南大学，2006）通过对莎剧中恶魔人物心理的分析，梳理出恶魔形象发展的线索，进而探讨恶魔吸引人的缘由。陈墨女《硬币的两面——莎士比亚戏剧人物研究》（西南大学，2010）认为莎剧人物都来自普罗大众，都如硬币的两面，有正有反，有得有失，亦正亦邪，在他们身上善恶美丑都是流动的、相对的。除此之外，还如朱福芳《论莎士比亚戏剧中的“黑色巨人”》（山东师范大学，2005）、吴崇彪《试论莎士比亚四大悲剧中次要人物的功用》（安徽大学，2006）、汤霁昀《美丽的愚蠢——莎士比亚作品中愚人的审美价值》（西南大学，2009）、李媛媛《莎士比亚戏剧中圣徒式人物形象研究》（河南大学，2012）等。

国内外莎剧研究成果丰硕，限于自身客观条件，难以全面掌握相关研究资料，以上文献搜集和陈述只是可供于参考的一部分。但这些研究成果有助于笔者站在前人的基础上作进一步的拓展和发掘，使新的发现成为可能。现阶段，在叙述学领域对莎剧的关注多为零散的、微观的个案研究，部分为某种莎剧类型的研究，且研究多以论文的方式呈现，鲜有运用叙述学理论全面、系统地展开对莎剧进行研究的成果，特别是专著。因此，这一状况有必要引起注意，并力图在这一领域有所补充或改观，以助推莎学的发展。

三、研究对象、理论视角、思路和意义

本书把莎士比亚创作的37部剧本作为研究的对象，以叙述学的理论和方法对这些剧作进行分析和解读为目标。

通常而论，人们认为莎士比亚一生有37部剧作流传于世，包括10部历史剧、12部喜剧、11部悲剧（有时也说成是7部悲剧和4部罗马剧）、4部传奇剧。另外，在最近一个世纪，部分学者认为《两个高贵的亲戚》和《爱德华三世》（分别被归于传奇剧和历史剧）也出自莎士比亚的手笔，或者认为是莎士比亚与他人合作完成。但这种说法还需考证，有待确认。基于此，笔者选择了已被公认的37部莎士比亚独著的剧作进行研究。

笔者把对莎士比亚剧作关注的重点放在了莎剧的中译本上。有关其中译本已出现多个版本，如前文提及的，从20世纪50年代起到本世纪之初，已经公开并广泛发行的有七种，影响较大的有朱生豪、梁实秋、方平的译本。其中，朱生豪的译本被公认为最好，发行量最大，读者群相对更广。但朱生豪生前并未完成所有莎剧的翻译工作，一共译完31部，而余下的6部由后世学者补充完成。笔者在研究中选择了以朱生豪译本为基础而校订的1998年译林版。该版先后经过索天章、孙法理、刘炳善等知名译者的补充完善，在朱译本领域出版时

间上最晚，成为朱译本的“最新版”。这一版在校、译中吸收了莎学界的研究新成果，并尽量保持莎作的本来面目，在问世后备受好评。

本书在对这一译本进行研究的过程中，选择从叙述学的基本理论方法出发，结合现当代部分文艺批评方法来展开分析和论述。其中涉及形式主义、结构主义、女性主义、修辞学等理论。通过运用这些理论方法深入探究，从而深刻、全面地对莎剧作一种新的解读。本书自始至终都将把叙述学理论作为最主要和最为基础的研究方法，无论是对理论构架的确立，还是对论点、论据的充分展开和深入分析，它都将起到穿针引线的作用。其他理论方法将在本书展开过程中相继作辅助分析。如形式主义、结构主义的方法主要用于对莎剧的情节结构做出阐释，即透过剧本的故事层面或表层结构，从内在的形式、话语层面或深层结构来解析文本，对情节作解说。同时，对人物的分析也离不开形式主义的方法，通过掌握众多人物的结构关系，以及人物性格诸要素之间的结构模式，有助于深入地探索故事的内在逻辑和结构原理。而运用女性主义是对人物形象分析所作的必要补充，对修辞手法的探讨是作为莎剧情节研究的必要组成。

本书的论述分为七章，分别从叙述学领域的时间、空间、结构、情节、人物、主体、层次等方面展开。

第一章讨论了莎剧中的时间。在莎剧中，时间因素广泛分布在故事内人物的言语、故事外叙述者的言语和幕后叙述者的叙述中，可分为“记时时素”和“形象时素”、“明确时素”和“伪时素”，其表现方式手段上灵活多样。对时间的处理方式表现为时长变形、时序变位和叙述频率。剧中的时长有省略、缩写和场景三种状况。其中省略可分成明确省略和暗含省略。缩写表现在剧中人物、地点的介绍、连接场次的诗以及人物的行动上。剧中的绝大部分情节都属场景，主要通过人物的话语来展开。莎剧的错时以倒述为主，具有篇幅短小、大多出自剧中人物之口、出现数量较多等特点，而预述在剧中主要通过异人和梦幻得以实现。叙述的频率在单一叙述、多事多述、一事多述、概括叙述等四种类型中均有体现。此外，莎剧中的时间所蕴含的意义不拘于字面义，而是显得异常丰富而深刻。

第二章论述了莎剧中的空间。莎剧的空间叙述分为精神空间叙述和物质空间叙述两大类。精神空间的展现主要依托于人物的言语，特别是独白，也包含一部分的对白和旁白，并广泛分布在各类剧中。物质空间是文本中故事发生的场所，具体以四级虚构空间的叙述进行呈现。其中，第一、二级叙述属于“故事外空间”叙述，第三级属于“故事内空间”叙述，第四级是由剧中故事衍生出来，可称之为“再塑空间”。在莎剧的空间叙述中，还存在故事场景的停顿和转换现象，即“分节”。它主要表现于幕场次的交代、人物的上下场、人物的行为动作及视角的变化等。物质空间还可进一步分为理想空间、超自然空间和夜空间。理想空间是被作者理想化，或者是作了理想化描写的人类生存空间，常见于“绿色世界”，分布在森林、草原、山野、海岛和某些地点，它是作者强加的一种欲望形式。超自然空间涉及剧中梦境、幻境、鬼境、神境、异境等，其叙述为营造紧张气氛、制造悬念、推动情节发展、加强人物性格塑造、化解冲突发挥了重要作用。夜空间是人物在夜晚活动的空间，它是时空的有机融合，虽然它在莎剧故事或场景中占比不高，但其存在具有独特的意义和价值。

第三章探讨了莎剧中的结构。文中通过四种结构形式逐一解析。“戏中戏”结构从广义来说需考虑剧情中故事内与故事外的关系，作者对这一结构的运用颇有心得，技法圆熟，分别以故事的形式引出、表演形式结合故事形式引出、在故事中嵌入、表演形式结合故事形式的嵌入引出、表演形式的作结等方式表现其存在。圆形结构意为文本叙述从起点出发，经过一个过程又回归到原点，形成一个叙述的圆形。该结构主要表现于人物的行动、经历等人生轨迹方面，包括人物的追求历程、身份转换、生死转化、活动空间等。另外，它在季节的转换与交替、“和（合）—分—和（合）”叙述模式上也有鲜明的体现。宗教结构是莎剧中暗含的一条宗教性质的“圣经结构”，即一种U型结构。它遵循了“乐园—犯罪—受难—忏悔—得救”的模式，在莎喜剧中表现广泛，在悲剧中存有变体，并在传奇剧中实现高度融合，而“替罪羊”形象在该结构中具有重要意义。内在叙述结构是部分莎剧中设置的内在隐形结构，只有把外在的显形结构和内在的隐形结构有机结合才能深入理解这些剧作的真正内涵。

第四章解读了莎剧中的情节。莎剧的情节以丰富性和生动性而著称，在情节构织上，多采用悬疑与伏笔、巧合与误会的艺术手法。悬疑在莎剧中可能贯穿剧情始终，会带有环环相扣、层层推进的特征，以不同的方式可分为“倒述悬疑”和“预述悬疑”；“开篇即悬”“篇中设悬”和“篇尾仍悬”；“正向迁移悬疑”和“负向迁移悬疑”。伏笔在莎剧中有显隐之分，通过诸如言语、梦境、幻觉、异象、预兆、气氛、咏唱、文词等来表现。巧合有有意和无意之分，有时存在叠加组合的情况。误会则有喜剧性和悲剧性之分，有时可能会多次性安插。巧合和误会也会一起发生，甚至存在明晰的因果关联。悲喜交融多表现在具有喜剧色彩的莎作中，即“喜”中多少带有悲剧成分。较之而言，含有喜剧因素的悲剧和历史剧就少了许多。悲喜之间的高度交汇在传奇剧中得以集中体现。莎剧中情节的互文性既可以从人物的行为、经历和故事场景中发现，也可以通过研究人物和事件的功能以及“嵌套式”情节去发掘。

第五章分析了莎剧中的人物。关于人物的类型，通常可分为“心理性人物”和“功能性人物”、“扁形人物”和“圆形人物”。莎剧中的人物难以归于“心理性人物”一类，而带有明显的“功能性”倾向，诸如参与对白的人物、剧情解说人所叙述的人物、参与行动的人物等。剧中的“扁形人物”性情单一，容易成为某种概念的体现者，而“圆形人物”给人以立体感和丰厚感。“圆形人物”有复杂的性格，是由多种多样的心理因素、内在的多重人格要素、性情的可变性流动性或不确定性所造成。人物的刻画可分为直接表现和间接表现，前者是把人物的特征明说出来，后者则不直接说明，而是以行动、言语、外貌来表现。二元对立模式和六种“行动元”构成的人物关系模式对揭示剧中人物的性格，表现人物关系具有很强的可操作性。“女扮男装”现象在多部莎剧中均有表现，通过易装，女性得以进入公共空间，获得女性不能拥有的权利。为此她们不得不改变自我，并承受着来自性别边界的困惑和挣扎，虽然实现了目标，但最后她们都无一例外重新回归自己的位置。

第六章阐释了莎剧中的主体。叙述主体包含了整个叙述活动的参与者。其中，叙述者有多种分类方式，结合隐现状态对莎剧进行分类相对直观，可分为“隐身式”和“现身式”。“隐身式”表现为幕后叙述者，它通过舞台说明、幕场次介绍、人物的行为和动作、部分剧目开场白、“嵌入式”文本、“特殊说明”等证明其存在。“现身式”以异故事叙述者和同故事叙述者表现自身。前者游离于故事之外，和幕后的隐身式叙述者共属于“第二文本叙述者”；后者主要表现为参与故事的人物在对白和独白中展开叙述，处于“第一文本”之中。莎剧中的叙述者干预有指点干预和评论干预。指点干预有着明显的套路，通过舞台说明、伴随文本表现出来；评论干预出现于剧目的名称、舞台说明中对人物的介绍、异同故事叙述者的叙述中。受述者有“隐身式”“半隐半现式”“现身式”之分。“隐身式”为剧中潜在的观众；“半隐半现式”体现在对潜在观众的称呼上；“现身式”都是故事内的具体人物。作者的“面具”源于主体的分化，其主体性通过“面具”与自我、他者和历史的关系来呈现。

第七章解析了莎剧中的层次。叙述层次的定义是以叙述者的转换为标准，通过人物与叙述者之间的切换，高一层的人物变成低一层的叙述者。其划分时要考虑叙述层次与时间的关系以及分层的相对性。莎剧作为戏剧文本，既有记录性叙述的本质属性，也有演示叙述的某些特征，因此在分层问题上需要统筹兼顾。具体而言，莎剧至少能分为四个层次：人物的对白和独白、连接幕场次之间的故事情节、剧中的“哑剧”、人物的梦境和咏唱等可归于主叙述层次；人物讲述故事、“戏中戏”或“扮戏”、鬼魂追溯往事、人物阅读的内容等可归于次叙述层次；舞台说明和幕场次介绍、幕后叙述者的开场白和收场白、异故事叙述者的叙述、故事内人物的“特殊”叙述、故事中的人物旁白、人物的预述等可归于超叙述层次；幕后叙述者处在整部剧最高的一层，是剧本的总策划者，归于超超叙述层次。层次的划分具有给下一层叙述者一个实体、使上叙述层次变成一种评论手段、让人物言不能之言等多种功用。剧中的“跨层”表现在主叙述入侵超叙述、主叙述入侵次叙述、超叙述入侵主叙述、超超叙述入侵超叙述等方面。

尾论部分回顾了莎士比亚的创作生涯，认为莎剧成就的重要体现是其集高度的思想性与高超的艺术性于一体。而本书对莎剧所作的叙述学探讨侧重于其艺术性。笔者指出对莎剧的研究应该紧跟时代发展的潮流，从剧本走向表演艺术，并使莎剧叙述研究走向“中国化”和“本土化”。

本书旨在对现有莎士比亚戏剧研究作进一步的梳理、细化和拓展，其研究具有以下意义：

首先，运用叙述学理论和方法研究莎士比亚戏剧在今天已很普遍，但其成果多数属于个案研究，部分成果是对某一类莎剧（如历史剧、喜剧、悲剧或者传奇剧）的研究，鲜有对莎剧作整体研究。目前笔者还没有发现国内有对全部莎剧作叙述学解读的著述，这一缺失有必要弥补。

其次，在本书所研究的话题中，有的在莎学领域多少已有探讨，如时间、空间、结构、情节、人物等，但这些研究依然有深入挖掘的可行性。同时，莎剧中的主体和层次问题却难有人问津，笔者的探索使这方面的研究不断趋于完善。

再者，戏剧叙述学在叙述学领域属于薄弱环节，至今成果还显得不足。莎士比亚的创作在戏剧领域影响巨大，被奉为戏剧典范。本书把莎剧作为研究对象，能为戏剧叙述研究提供一种思路和参考，也有助于推动戏剧叙述学的发展。

最后，本书的研究立足于朱生豪等人的中译本，这可为该译本的广大受众欣赏、领略莎剧的艺术魅力作辅助参阅。同时，该研究合乎莎剧“中国化”的实际需要，也是实现叙述学“中国化”和“本土化”的有益实践。

第一章　莎士比亚戏剧叙述的时间

时间是众多叙述文本首先提及的话题，在文本的叙述中，通常是先交代时间、地点，然后再引出人物。因此，时间往往充当了“急先锋”的角色。同时，时间在叙述文本的重要性不言而喻，正如阿根廷文学家博尔赫斯（Jorge Luis Borges）所言：“时间是唯一重要的”，“我们不可能摆脱时间”，“我们的思维不断地从一种状态过渡到另一种状态，这本身就是时间，是时间的流程”①。这种体验并非博尔赫斯独有，而是人类的普遍体验。而叙述本身是人感知和整理时间的一种方式，通过叙述过程获取时间意识。利科（Paul Ricoeur）在《时间与叙述》（*Time and Narrative*）开篇就提出时间与叙述的相互依赖性，“不被叙述出来，人们无法思考时间问题”②。可见时间被看作是叙述研究中的核心问题。

时间问题很早就备受关注，在各种类型的文本中研究颇丰。就本书论及的戏剧领域而言，首先要提到的是亚里士多德（Aristotle）的《诗学》（*Poetics*）一书，该作被公认为是论述戏剧时间问题的开山力作。虽书中对时间的探讨不多，但对后世戏剧时间研究影响不小，特别是为“三一律”的形成确定了基调，后人探讨戏剧时间也难以绕开亚氏《诗学》提出的观点。而在接下来的研究中，索绪尔（Ferdinand De Saussure）和麦茨（Christian Metz）作了进一步的开拓，他们分别从符号的定义和叙述的本质等方面为戏剧时间问题

① 豪·路·博尔赫斯：《时间》，见高尚、陈众议等编：《博尔赫斯文集·文论自述卷》，海南国际新闻出版社，1996 年版，第 188 页。

② Paul Ricoeur, *Time and Narrative, Vol I*, Chicago: University of Chicago Press, 1983, p.5.

提供了新的思路。之后的研究主要围绕三个方面的话题展开：一是围绕叙述文本中以各种形式标明的时间因素展开分析；二是围绕叙述这一行为所占用的时间展开；三是围绕被叙述的时间与叙述行为时间，以及叙述文本内外时间间距等问题而展开[①]。这些问题的探讨都与热奈特（Gérard Genette）在《叙事话语》（*Narrative Discourse*）一书中对“故事时间”和“话语时间”之间关系的阐述密切相关，特别是提出了诸如“时长”（time length）、“时序”（time sequence）、“频率”（frequency）等重要概念。而时间问题也是本书研究莎剧叙述艺术当中涉及的首要问题，下面拟作具体论述。

一、时间因素

在莎士比亚戏剧中，值得关注的时间问题有不少，在此首先要谈到的是时间因素。时间因素属于“被叙述时间”（narrated time）范畴，所谓“被叙述时间”，指的是被叙述出来的文本内以各种符号标明的时间，并不是指事件“在现实中”发生的时间。而被叙述时间，往往可以用某种特殊的符号来说明，此即叙述文本中的“标记元素”（dseignator），有时直接简称为“时素”（chronym）[②]。

时间因素在莎剧中分布较为广泛，在笔者看来，存在这样三种情况：一是出现于故事内人物的言语。应当说，绝大部分时间因素都出自故事内人物的言语，例子甚多，不赘述。二是出现于故事外叙述者的言语。这种情况不多见，例如《亨利八世》剧始，由剧情引导者表述：“那么请安安静静看上两个小时。”（开场白）这里的“两小时”属于“被叙述时间”，如果仅从字面意义来理解，又可归于“演出时间”。三是出自幕后叙述者的叙述。这种情况极少，但又很特别，即出现于剧目的标题，显得格外醒目。在莎剧中，有三部剧名指涉了时间：《仲夏夜之梦》《冬天的故事》和《第十二夜》。其中前两部

① 胡一伟：《戏剧：演出的符号叙述学》，四川大学出版社，2019 年版，第 170—175 页。
② 赵毅衡：《广义叙述学》，四川大学出版社，2013 年版，第 147—148 页。

指明了故事发生的季节，而后一部则是突出特定的日子，具体指圣诞节后的第十二天，即一月六日。

围绕叙述文本中各种形式标明的时间因素，可以分为两大类："记时时素"和"形象时素"。其中，"记时时素"表现方式通常直接且显而易见，例如以年月日为代表的时间标注。"形象时素"表现方式相对间接更需判断，例如通过媒介呈现的特殊时代的打扮、衣着、建筑、谈吐、风俗、背景事件等。

两种时间因素中，"记时时素"可进一步分为时刻和时段两种。时刻方面，包含有年（载、代、岁）、月（包含季节）、日、时（辰）、刻五类。结合莎剧，举例如下：涉及年的，如"法拉蒙是在基督纪元四百二十六年死的"（《亨利五世》第一幕第二场）、"瞧我这孩子脸上的线条，我觉得好像回到二十三年之前"（《冬天的故事》第一幕第二场）；涉及月的，如"青春的恋爱就像阴晴不定的四月天气"（《维洛那二绅士》第一幕第三场）、"只因为我比哥哥迟生了十二个月或是十四个月"（《李尔王》第一幕第二场）；涉及日的，如"八月十日，这位威武的勋爵围攻奥尔良之后撤回"（《亨利六世》（上）第一幕第一场）、"哈利，你下个星期三出发，朕的大军星期四开拔"（《亨利四世》（上）第三幕第二场）；涉及时的，如"夜钟已经敲过了十二点"（《仲夏夜之梦》第五幕第一场）、"我们两人是在同一个时辰出世的"（《第十二夜》第二幕第一场）；涉及刻的，如"现在在这最后一分钟的时间，把你们的爱给了我们吧"（《爱的徒劳》第五幕第二场）。除时刻之外，还有时段，其相应的有年数（载、代、旬、岁）、月数（包括季节）、日数、小时数和刻数五种，同样举例来说：涉及年数的，如"四个沉重的冬天和四个放纵的春季"（《理查二世》第一幕第三场）、"我把他从三岁起抚养到这么大"（《驯悍记》第五幕第一场）；涉及月数的，如"三千块钱，借三个月"（《威尼斯商人》第一幕第三场）、"可以足足烧过一个波兰的漫长冬天"（《错误的喜剧》第三幕第二场）；涉及日数的，如"还是等到星期一吧，左右也不过七天功夫"（《无事生非》第二幕第一场）；涉及时数的，如"你们费去整整的一个大好的下午"（《科利奥兰纳斯》第二幕第一场）、"足足有吃两顿饭的功夫"（《终成眷属》第二幕第三场）；涉及刻数的，如"此刻就要叫你撑开你的耳朵乖乖地听着啦”（《暴风雨》第一幕第二场）。

较之“记时时素”、“形象时素”在莎士比亚戏剧中的体现相对有限，主要表现于风俗和背景事件。

就风俗而言，有两个例子值得关注。一是在《温莎的风流娘儿们》中上演了关于赫恩的民俗活动。如剧中培琪太太所述，赫恩曾是一名温莎当地的管林人，他的鬼魂常在冬天的深夜出现，并绕着橡树兜圈子，头上长着又粗又大的角，手里摇着一串链条，发出怕人的声响；他一出来，树木就要枯萎，牲畜就要害病。在剧中第四幕第四场，培琪太太等人策划在一个夜晚捉弄福斯塔夫，让对方扮作猎夫赫恩到橡树边约会。在第五幕中，如原先策划的那样，福斯塔夫按时出现，中了圈套，被众人围住，被手拧，被火熏，出尽了洋相。这样一个围绕民俗而展开的喜庆活动，既有地方特色，也能真实地再现那个时代英国的民间习俗。二是在《冬天的故事》中举办的剪羊毛的庆宴。关于剪羊毛的活动，在西方（故事中指定为波西米亚）通常是安排在进入夏季之后，而举办庆宴则有助于民家羊群能够繁盛起来。剧中第四幕把生活图景转向了乡村，根据文中的介绍，为了庆宴要准备好糖、小葡萄干、豆蔻仁、生姜、乌梅、米，要给剪羊毛的、唱歌的和别的人们扎好花束，对到场的来宾要献上迷迭香和芸香，宴上要奏乐、唱圣诗，人们还披着毛皮起舞。其活动在剧中虽未正面描写，但通过多个人物的言语把整个活动的组成拼接起来，栩栩如生地反映出了那个时代的地域民俗。

以上两个例子在表现风俗方面显得很直观，而莎剧中有的风俗在体现“形象时素”上则以间接的方式呈现。例如通过人物的话语引申出涉及风俗的内容。在《科利奥兰纳斯》中，奥菲狄乌斯在得知来访者是大名鼎鼎的马歇斯时，表达出此刻的心情：“我的狂喜的心，比我第一次看见我的恋人成为我的新妇跨进我的门槛时候还要跳跃得厉害。”（第三幕第五场）这句话源自古罗马时代的一种习俗：新娘初入夫家，如果绊在门槛上，或者足触及门槛，即为不吉之兆，故往往为新郎抱起新娘跨过门槛。奥菲狄乌斯以此作比，衬托出他心跳得厉害。

另外，带有文化风俗意义的节日也是容易被忽略的“形象时素”。节日不仅归于特定的时间，而且还和不同国家、民族以及社会息息相关。通过对剧中这些日子的关注，可以了解、考察历史，接触文化。在莎剧里提及的节日有多个，如圣乔治节、四旬斋、万灵节、五旬节、圣兰伯特节、收获节、五月节、圣十字节、迈克尔节、降临节、马丁节、米迦勒节、圣大卫节、圣巴托罗缪节、卢柏克节等。这里以五月节和卢柏克节为例。五月节出现在《仲夏夜之梦》第四幕第一场，这是英国古代民俗节日，日期是五月一日，当天乡间男女盛装集会，将五月柱漆成彩色，并饰以花枝缎带，然后围绕柱子起舞，有迎接美好时节到来之意。卢柏克节出现在《裘利斯·凯撒》第一幕第一场，这是古罗马时代敬畜牧神卢柏克葛斯的节日，每年二月十五日举行祭典，献祭品后选出的男子，持羊鞭绕山狂奔，遇人则鞭，其人即可避免不孕。

“形象时素”还可以通过莎剧中的历史事件和人物予以体现。戏剧从性质上属于虚构叙述文本，里面的故事情节和人物不必完全遵从事实，或者完全符合历史的真实。但是纵观莎剧，有不少剧作确实是立足历史的真实背景为基础而创作的，塑造出极具历史感和真实感的人物形象，尤其是历史剧和部分悲剧（特别是几部以罗马故事为题材的悲剧）。在历史剧中，多数剧目取材于《英格兰、苏格兰、爱尔兰编年史》（*Chronicles of England, Scotland, and Ireland*），以“英法百年战争”和“红白玫瑰战争”两大历史事件为背景，故事中描述的国家之间的冲突、兰开斯特和约克两大家族之间的矛盾、王权和教权的斗争等，从总体上与史实基本相符；而罗马题材的悲剧也把那段历史中的权力争夺和派别纷争较为真实地再现。这些都在后人的众多评述中得到了论证。除了历史事件，剧中的人物也能代表一个特定的时代，成为某些时期的一种历史符号，或在后人心中能引起对人物所处时代的追溯和回忆。不论是这些剧中的君王将相还是草根英雄，都能成为时间因素的载体。因此，背景事件和人物真实性的考证是成为“形象时素”的前提。就人物而言，笔者以《亨利六世》（上）第一幕为例，该幕提及的历史性人物颇多，但经过考证，有的的确是来自史实，且生活时代基本确定，如奥立佛、罗兰（中古时代查理曼大帝的名将）、尼禄王（古罗马时代皇帝），这些人物就带有时素；有的是被记载，但生活时代难以确定，如参孙和歌利亚，这类人物具有的时素变得模糊；有的是神话传说中的形象，如马尔斯，这种形象难以带上时素。

与真实、虚构相关联的另外两个时素问题是“明确时素”和“伪时素”。“明确时素”实际上是在指称物理时间，或称历史时间。如果文本是属于纪实性叙述（如历史、传记等），提供的时素往往很清晰；反之，如果文本属于虚构性叙述（如小说、戏剧等），提供的时素难以稳定。一般而论，前者的被叙述时间如历史一般清晰标明，而后者则无需标明被叙述时间。

就莎剧而言，“明确时素”的情况要一分为二地看。绝大多数莎剧对时间点的交代较为常见，往往从台词的字里行间显示出来。无论是年月日，还是一日之内的昼夜、上下午、早中晚、钟点，这些标示都能让读者容易辨识和推断出时间点。标出多了会带给读者更接近现实的感受，因为越是细致，真实感越强。这也很符合国人的阅读习惯，毕竟国内的不少作品特别是古典类的小说对时间的关注就很明显，非常注意时间的明确性和完整性。如果按照这个逻辑顺藤摸瓜，想要搞清楚莎剧中发生的故事究竟延续多长时间，可能会犯难。这主要缘于莎剧中对时段的交代远不如时间点那么具体可靠。或许可以这样说，大多数莎剧中是不太容易判断出故事时间究竟有多长的，只能大致估算为从若干天到几个月。有少数剧目对故事时间交代比较清晰，例如就被叙述时间而言，《冬天的故事》中有二十年，《威尼斯商人》中有三个多月；就叙述时间而言，《错误的喜剧》中限定在一天之内，《暴风雨》中只有从中午到晚上的的几个小时。但需要说明的是，戏剧作为虚构性叙述体裁，文本中交代的时间仅作为参考即可，如果过分追求其清晰度，就没有多大必要，甚至还会引出剧中被叙述时间的准确性问题。例如在《错误的喜剧》剧末，住持尼道出对孩子们的思念已经三十三年了，但根据伊勤（住持尼之夫）自述，与长子分别时，长子年十八（第一幕第一场有交代），后来过了七年，应该为二十五年才对。又如《温莎的风流娘儿们》第二幕第一场，夏禄向培琪先生问候晚安，但根据前后剧情，此景应该是在清晨。再如《量罪记》开场，克劳狄奥抱怨“他（指执政官）已经把这十九年来束之高阁的种种惩罚，重新加在我的身上。”（第一幕第二场）接下来公爵说：“我们这里有的是严峻的法律……可是在这十四年来，我们却把它当作具文。”（第一幕第三场）前后文对照，时间上明显不一致。可见莎士比亚在创作时也难以做到事无巨细、周全考虑，不免会出这些纰漏。

“伪时素”则是毫无根据的时素。判断起来并没有清晰的界线，或许从主观上认为这种时素与现实本身有较大差别，不需要去推敲。“伪时素”较多地出现在具有幻想情节的故事中，像莎剧《仲夏夜之梦》中“仙王仙后及精灵的出没”、《特洛伊罗斯与克瑞西达》中“希腊神话故事的再现”、《暴风雨》中“普洛斯帕罗的魔法世界”。具体例子如《仲夏夜之梦》中，精灵迫克说：“我可以在四十分钟内环绕世界一周。”（第二幕第一场）这种极具虚构色彩的被叙述时间，当然没必要去证实，更谈不上准误对错。同时，具有现实感的故事，如果在时间因素问题上与真实差异过大，不被人认可或者接受，那也可归于“伪时素”行列。例如《亨利四世》（上），福斯塔夫在打劫遭遇失败后，又不着边际地夸夸其谈：“我跟十多个人杀了起来，杀了两个小时——我要是说假话就是个无赖。”“三个穿肯德尔绿的歹徒又从我背后直扑过来，因为天色很黑，哈尔，伸手不见五指。”（第二幕第四场）在亲王驳斥他后，他又开始狡辩了。之后福斯塔夫又在亲王等人面前大肆宣扬他的英勇神武：“后来，我们俩（指福斯塔夫和珀西）又同时站了起来，照什鲁斯伯雷时间计算，足足战斗了一个小时。”（第五幕第四场）剧中，福斯塔夫吹牛撒谎成性，说话漫无边际，其言行充满了可笑、可气、可恨，他的出现给观众和读者提供了无穷的笑料。他的言辞听听即可，其中含有的时素也无法当真。

莎士比亚戏剧在表现时素的方式方法手段上灵活多样，颇有“莎士比亚的丰富多彩”。结合具体例子说明如下。

在测时、播时方面，主要有日月星辰、鸡鸣、打钟、运用带火之物等方式。就日月星辰而言，有的是通过太阳来表现时间，如“太阳高高升起了，不要浪费了光阴”（《亨利五世》第四幕第二场）；又如“无知的蚊蚋尽管在阳光照耀下飞翔游戏，一到日没西山也会钻进它们的墙隙木缝”（《错误的喜剧》第二幕第二场）。前者指上午，而后者指代了白昼和夜晚。有的是通过星月来表现，如“牧笛声中如水的明月已经盈亏了九度”（《冬天的故事》第一幕第二场）；“原谅我，好夫人，凭着天上的明灯起誓”（《威尼斯商人》第五幕第一场）。前者指的时间约为九个月，后者指明此时处在夜晚。此外，有的是通过鸡打鸣的方式来表明时间，如“村里早起的公鸡已经两次向黎明致敬”（《理查三世》第五幕第三场）；“赶紧点儿，赶紧点儿，鸡已经叫了第二次”（《罗密欧与朱丽叶》第四幕第四场）。有的是通过打钟的方式说明时间，如“听钟声敲了三下”（《裘利斯·凯撒》第二幕第一场）；“现在已经打过十二点钟，你去睡吧”（《哈姆莱特》第一幕第一场）。还有的是通过带火之物来反映时间，如“埃涅阿斯及仆人持火炬自一方上；帕里斯、得伊福玻斯、安忒诺、狄俄墨得斯及侍从等各持火炬自另一方上”（《特洛伊罗斯与克瑞西达》第四幕第一场）；“二十个萤火虫给我们点亮灯笼，照着我们在树荫下舞影憧憧”（《温莎的风流娘儿们》第五幕第五场）；“点起火来！给我一只蜡烛！把我的仆人全都叫起来！”（《奥瑟罗》第一幕第一场）。这几个例子中，火炬、萤火虫、灯笼、蜡烛的出现，结合剧情都很容易判断出此时是夜晚。

莎剧常通过多种修辞手法来表现时素，这里选取夸张、打比方、戏谑等三种予以说明。

就夸张手法而言，有这样几种情况。一是通过加快时间来实现夸张。例如《辛白林》中，阿维雷格斯抱着状如已死的伊摩琴，说道：“我们所千般怜惜万般珍爱的鸟儿已经死了。早知会看见这种惨事，我宁愿从十六岁跳到六十岁，从一个嬉笑跳跃的顽童变成一个扶杖蹒跚的老翁。”（第二幕第二场）这里以年龄的巨大跨越把人物的哀伤至深形象地流露出来。又如《冬天的故事》中，列昂特斯见王后与客人接触亲密，遂无故猜疑：“脚踩着脚，躲在角落里，巴不得时钟走得快些，一点钟一点钟变成一分钟一分钟，中午赶快变成黑夜。”（第一幕第二场）这个例子中，从“时”转“分”，从中午到黑夜，都是加快时间流逝的表述，如实地把列昂特斯心中的极不安宁反映出来。二是通过拉长时间来展现夸张。例如《第十二夜》中，安东尼奥被众人误会为海盗而被捕，对于薇奥拉的“漠视”，他感到无奈：“他不肯与我共患难，他的狡恶之心教他硬是不承认认识我，一眨眼就像已经暌违了二十年似的。”（第五幕第一场）安东尼奥以夸张的言辞表达了自己的不解，仅一眨眼之间，“挚友”就让自己感觉二十年不见一样陌生。三是通过缩短时间来显示夸张。例如《亨利八世》中，国王评价了白金汉公爵："他一讲话，我听起来就要入迷，他讲一个小时，让人觉得还不到一分钟。"（第一幕第二场）从"一小时"转换为"不到一分钟"，这种巨大的反差显然是一种极不对称的夸张化表述，充分说明公爵讲话对国王的吸引力。四是通过提高频率来表达夸张。例如《安东尼与克莉奥佩特拉》中，凯尼狄斯表达了这样的感慨："这样扰攘的时世，每一分钟都有新的消息产生。"（第三幕第七场）这里是夸张地表达消息产生不断之意。

就打比方手法而言，莎剧中有时候让时素充当了这一修辞的本体和喻体。

在时素充当本体方面，例如《特洛伊罗斯与克瑞西达》中，俄底修斯这样劝诫阿喀琉斯："人家现在所做的事，虽然比不上你从前所做的事，但是你的声名却要被他们所掩盖，因为时间正像一个趋炎附势的主人，对于一个临去的客人，不过和他略微握了握手，对于一个新来的客人，却伸开了两臂，飞也似的过去抱住他。欢迎是永远含笑的，告别总是带着叹息。"（第三幕第三场）这段话中，时间是本体，它被比方为趋炎附势的主人，它对待不同客人的态度以这样的修辞方式作了形象化的概述，让人知事明理，印象深刻。在时素充当喻体方面，例如《理查二世》中，理查王在被关押期间有这么一段独白："现在时间已使我变成它的计时钟：我的思想是逝去的每一分，它用嗒嗒的哀叹向我的眼睛报时——我的眼睛是钟面，我的手指像指针。指针不断在计时，就是说总在抹眼泪。现在，先生，报时的声音是喧哗的呻吟，声声打在我的心上，那便是钟鸣。因此叹息、眼泪和呻吟表示出了分、刻和小时。"（第五幕第五场）在这段文字中，我、我的思想、我的眼睛、我的手指、叹息、眼泪、呻吟属于本体，而对应的喻体分别为计时器、逝去的每一分钟、钟面、指针、分、刻、小时等，它们都属于时素或者时素之载体。这段道白对比方的运用多样且深刻，表达出此时君王对已逝岁月的慨叹。相似的例子还有《终成眷属》，国王评价了贝特兰的已故的父亲："他的良知就像一具时钟，正确地知道在哪一分钟为了特殊的理由使他不能不侃侃而谈，那时他的舌头就会听从他的指挥。"（第一幕第二场）这里，良知是主体，时钟作为时素的载体充当了喻体，这番表述生动地描绘出了所述人物的宝贵品质。

就戏谑手法而言，体现在时素被调侃式地用于描述对象。例如《亨利八世》，在为公主洗礼的准备中，一个仆人对门官述说外面喧闹的人群：“老爷，离门口不远有一个家伙，看他那张脸该是个炼铜匠，因为，凭良心说，二十个伏天的热气现在都正聚在他的鼻子上呢，凡是站在他周围的人就等于是站在赤道上。”（第五幕第三场）伏天作为全年最热的一段时期，而二十个伏天的热气聚在一个人的鼻子上无疑是带有夸张色彩的，但这更多的是一种引人发笑的玩笑话，以此形容那个家伙的满脸怒容状。

莎剧中有时还用歌曲来表现时素，从而使读者不仅能意识到剧中的时间，而且也感受到时间所带有的特殊自然气息。例如《皆大欢喜》中，两童子欢唱春天的颂歌：“一对情人并着肩，嘿，嗬，嘿嗬呢嗬，走过了青青稻麦田，春天是最好的结婚天。枝头鸟儿嘤嘤轻唱，恋爱的人儿爱春光，小麦青青大麦鲜……”（第五幕第三场）又如《冬天的故事》中，奥托力格斯唱着曲子登场：“当水仙花初放它的娇黄，嗨，山谷那边，有一位多娇，那是一年里最好的时光……听那百灵鸟的清歌婉丽，嗨，还有画眉喜鹊的叫噪，一齐唱出了夏天的欢喜……”（第四幕第二场）这些歌谣的吟唱，既是对春夏季节的欢颂，也是表达了对美好时光的企盼和眷恋。

二、时长变形

说到时长变形，首先要从时间的区分谈起。在西方理论家眼中，时间的区分万变不离其宗，如有“阅读时间”（reading time）与“情节时间”（event time）之分，“故事时间”（story time）与“演述时间”（performance time）之分[①]，“底本时间”（fabula time）与“述本时间”（syuzhet time）之分等等[②]。其中前者无疑是事件的自然时序，后者则经过了作家的处理和演绎[③]。而

① 陈平原：《中国小说叙事模式的转变》，北京大学出版社，2003 年版，第 36 页。
② 赵毅衡：《当说者被说的时候：比较叙述学导论》，四川文艺出版社，2013 年版，第 103 页。
③ 陈平原：《中国小说叙事模式的转变》，北京大学出版社，2003 年版，第 36 页。

时间的叙述反映在文本中则通常是由后者来实现，正如赵毅衡所言："完全按底本时间叙述本来就是绝对不可能的事。叙述为了吸引读者，不得不对底本时间进行整理。"[①]当然，这一道理适合于包括戏剧在内的各种文本。在莎士比亚戏剧中，正是经过作者的精心构思，对时间进行了戏剧化的处理，使得莎剧在叙述时间艺术上焕发出奇光异彩。这些处理方式具体表现为时长变形、时序变位、叙述频率等几个方面。

时长变形，简称时长，它所要探讨的问题是考察由故事时间所包含的时间总量与描述这一事件的叙事文所包容的时间总量之间的关系[②]。时长是一个较为复杂和困难的话题。至少比起后面要探讨的时序和频率问题是如此。因为一般来说，事件包含的时间长度虽然是可以推定的，但体现在文本中，时间则变得难以测定。而影响时长的因素也正是前文提到的时间关系的区分：底本时间和述本时间（下文均采用该称谓，笔者注）。查特曼（Symour Chatman）曾总结出底本时间与述本时间长度变化的五种基本形式：

省略（ellipsis）述本时间<底本时间，因为述本时间＝0

缩写（summary）述本时间<底本时间

场景（scene）述本时间＝底本时间

延长（stretch）述本时间>底本时间

停顿（pause）述本时间>底本时间，因为底本时间＝0[③]

当然，由于述本时间是个过于复杂的综合体，因此上述五种形式实际上是空间化的篇幅比例，无与伦比，只能作大致的区分[④]。对于莎剧而言，场景是最常见的形式，即以它为中心。此外，还包含省略、缩写、停顿等几种状况。

先说最常见的场景。场景犹如剧本中的一个场面，表现在场角色的一系列

---

① 赵毅衡：《当说者被说的时候：比较叙述学导论》，四川文艺出版社，2013 年版，第 213 页。

② 谭君强：《叙事理论与审美文化》，中国社会科学出版社，2002 年版，第 167 页。

③ 赵毅衡：《当说者被说的时候：比较叙述学导论》，四川文艺出版社，2013 年版，第 106 页。

④ 同上，第 107 页。

行为或活动，也表现他们的对话或谈话[①]。同时，场景传统地被作为戏剧性情节的集中点。在场景中，底本时间跨度和述本时间跨度大体上是相当的，或者说假设是相等的。之所以称之为假设的相等，是因为人物说话的节奏和速度在转述之后不能保证同转述之前完全吻合[②]。而且不同的人物说话存在着或快或慢的差异，只是说这种差异通常被人忽略不计罢了。

在场景中由于叙述速度比省略和缩写大为减缓，因此它能以清楚具体的方式述说事件，能给人以直观的印象：事件正在眼前发生，读者就在阅读的当时耳闻目睹了角色的言行举止，并随之产生情感的反应。出于此，它往往被用来描写重要环节、中心活动、紧急事件或矛盾冲突的高潮[③]。

莎剧中绝大部分情节都属于场景，其情节主要是通过人物的对话来展开的，这些话语在剧中有多种表现形式：常见的如对白、独白、旁白，另外还有一些是个人或集体的咏叹。其中，对白毋庸置疑占据了主导，它和独白在场景中起着重要的作用：一方面，它们担负着推动情节发展的使命，使读者能及时知道事件的前因后果；另一方面，它们对人物形象的塑造起着举足轻重的作用。读者可以借此了解人物的个性和心理。此外，旁白在场景中主要起一种喜剧的效果或者用于烘托喜庆的场面。而咏叹在场景中主要用于抒发情感，有时也有喜庆的意味。

在莎剧中对场景的处理还有一个值得关注的地方，便是以“一日”为单位时间所进行的展现，即在详略上有所不同。同样是在一日之内，可以有一个场景，也可以有多个场景[④]。由于多数莎剧的故事时间是从几天到几个月，少部分甚至许多年，因此剧中比例相对更高的应该是以一日一个场景的形式展现。之所以用“应该”一词，缘于剧中没有较多明确的时间短语能用于判断故事的发展是否超过一日，只能根据上下文进行推测。当然，莎剧中也有部分一日多个场景可以判断出的，例如《亨利五世》第四幕。该幕用了多达八场戏来描写英

① 梁工：《圣经叙事艺术研究》，商务印书馆，2006 年版，第 212 页。
② 王彬：《红楼梦叙事》，中国工人出版社，1998 年版，第 142 页。
③ 梁工：《圣经叙事艺术研究》，商务印书馆，2006 年版，第 212 页。
④ 王彬：《红楼梦叙事》，中国工人出版社，1998 年版，第 146 页。

法两军决战日的情况。其中第一场讲述了当日凌晨时分，亨利五世在召集将领开会前遇见一些军官和士兵，与他们进行了交谈；第二场写了太阳升起之时，法国王太子与众将领表达了对英军的蔑视，认为对方不堪一击；第三场讲述了英军作战前的最后动员以及法军遣使来劝降；第四场描写英方一军官在战场上捉到法国一少爷兵，勒索了对方一笔钱财；第五场通过对法军的描写反映了他们的失利；第六场从侧面揭示出战场上的激烈和残酷；第七场写到了法军的求和；第八场说到了停战后续故事。这一日历史意义重大，被亨利五世定为克里斯品节以作纪念。在这八场戏中，描写交战是从早到晚，持续一整日，把战场上的诸多画面一一呈现。像这样一日之内发生的故事用如此多的场次去交代，在莎剧中并不多见。

与《亨利五世》中例子不同的是，《错误的喜剧》和《暴风雨》对一日内多个场景的交代显得更为自如和自然。因为二者从开场到结束的时间（即叙述时间）是在一日之内，所以在有限的时间里，每一幕（场）的故事情节都衔接得非常紧密，两部剧也是莎剧中做到遵守“三一律”时间整一规则的典范之作[①]。

接着说缩写。缩写通常又称概要，它是文本中把一段特定的故事时期“浓缩”或“压缩”为表现其主要特征的较短的句子，以此来加快速度[②]。缩写本身往往是相当简练的，与描写性的章节和富于戏剧性的章节相比较，它在数量上不占优势。可以说，在叙述本文语言材料的总和中它所占据的位置相当有限，然而，其重要性绝不可低估[③]。在叙事性作品中往往都离不开缩写，因为所讲述的故事一般都覆盖很长时间，不可能完全用场景来表现。而且，缩写可以提供必要的背景信息，对于一些无须充分展开的情节以粗线勾勒出来。同时，也可以将不同的场景连接在一起，使缩写与场景交替出现，故事情节得以有起有伏[④]。巴尔（Mieke Bal）也指出：“场景和缩写之间的平稳交替是要达

① 张月超：《欧洲文学论集》，江苏人民出版社，1981 年版，第 166 页。
② 里蒙—凯南：《叙事虚构作品》，姚锦清等译，三联书店，1989 年版，第 96 页。
③ 谭君强：《叙事理论与审美文化》，中国社会科学出版社，2002 年版，第 174 页。
④ 谭君强：《叙事理论与审美文化》，中国社会科学出版社，2002 年版，第 176 页。

到这样一种目的：既不使读者由于速度过快而过度疲劳，又不使他们由于速度过慢而厌烦。”[①]

在莎剧中，缩写表现于多个方面：第一，每部剧开头的剧中人物介绍和地点介绍可以看作是缩写。这一部分虽未直接推动情节的发展，但也应是戏剧情节不可或缺的组成部分。它好比戏剧情节的楔子，让读者不仅对人物的身份、地点所在等情况一目了然，而且有助于对情节的初步了解。第二，一些剧作（如《亨利八世》《罗密欧与朱丽叶》《冬天的故事》等多部）的幕场次之始、之间或之末有类似于诗歌形式的情节交代，这些内容往往起着引出、衔接、回顾或者总结故事的作用，既承上启下，又补充完善了情节，而且加快了故事发展的节奏，表达的语言非常简洁、凝练、流畅。显而易见，这是较为典型的缩写。第三，在每部剧的场景中，也存在大量的缩写。如每场中人物的出场或退场，形式往往是“某人物上”或“某人物下”，这应算是缩写。又如一些场次中夹带着一些情节的简略描写，通常起着承接前后文的作用。典型的例子如《辛白林》中对英国军队和罗马军队交战的描写：

……两队整队穿过舞台，各下。号角声……普修默斯击败埃契摩，解除其武装……战争继续，英军败走，辛白林被捕。培拉律斯、基特律斯及阿维雷格斯上，救辛白林。普修默斯重上，助英军作战，协同培拉律斯等将辛白林救出。

（《辛白林》第五幕第二场）

这段情节描写毫无疑问也是缩写。同时，一些缩写也存于场景之中，并且形式特殊。如上文中刚谈到的两军交战情节结束之后，普修默斯向一位贵族再次谈起了战场上的情景，并赋诗一首作了这样的描述：“两个孩子，一个老人，一条狭路，英国人的救星，罗马人的灾祸。”（第五幕第三场）笔者认为

① 米克·巴尔：《叙述学：叙事理论导论》（第三版），北京师范大学出版社，2015年版，第97页。

普修默斯以简短的诗歌形式恰如其分地绘出了战场上的情况，这属于缩写。有的缩写存在于一些特殊的载体，如《维洛那二绅士》中，米兰公爵查出伐伦泰因写下的信："相思夜夜飞，飞绕情人侧；身无彩凤翼，无由见颜色。灵犀虽可通，室迩人常遐；空有梦魂驰，漫漫怨长夜！"（第三幕第一场）信中以诗的形式把伐伦泰因日夜对雪尔薇亚的思念以简短的语句流露出来，既富有诗情，也展现了人物的体验和感受，理当归于缩写。还有的缩写则需要通过人物言语表达的意思去感受，如《第十二夜》中，安东尼奥为自己的身份辩护，指出眼前的同伴可以作证："今天，先生，三个月来，我们朝朝夜夜都在一起，不曾有一分钟分离。"（第五幕第一场）此例中，人物的这番表述尽可能地保持了情节线索的完整性，应该属于"时间满格"①。安东尼奥这种"满格"叙述，不仅通过简单的言辞把三个月以来自己的经历反映清楚了，而且对于证明自己的清白很有说服力。

然后说省略。省略是指文本时间停止而故事时间继续延续的情况②。在述本中，省略不可避免地或多或少地会得以出现。毕竟底本中情节链是延续的，没有任何间断的，述本绝不可能这样做，述本只能选取某些时间片段，尤其是有意义的事件发生的片段，把片段之间的某些空白留给读者去填补，而大部分空白无关紧要，读者也不关心③。从时间角度来说，要对省略进行分析，则需要研究被省略掉的故事时间，而要知道这段时长是否有所交代，并非轻而易举④。为此，热奈特曾把省略分成了"明确省略"和"暗含省略"，认为"明确省略"与确定或不确定的时间语词相联系，"暗含省略"则是文本中没有声明其存在，读者只能通过某个年代空白或叙述中断推论出来的省略⑤。"明确省略"留

① 赵毅衡：《当说者被说的时候：比较叙述学导论》，四川文艺出版社，2013 年版，第 115 页。
② 梁工：《圣经叙事艺术研究》，商务印书馆，2006 年版，第 206 页。
③ 赵毅衡：《当说者被说的时候：比较叙述学导论》，四川文艺出版社，2013 年版，第 113 页。
④ 谭君强：《叙事理论与审美文化》，中国社会科学出版社，2002 年版，第 171 页。
⑤ 热拉尔·热奈特：《叙事话语 新叙事话语》，王文融译，中国社会科学出版社，1990 年版，第 68—70 页。

下时间的虚线，维持了情节发展的线性；而“暗含省略”留下了时间的空白[①]。其中，最易把握的显然是“明确省略”，因为它带有清楚的时间短语，能使人一看便知[②]。

这在莎剧中有着较多体现：如《皆大欢喜》第一幕，罗瑟琳先后有两次提及自己的父亲：她不能忘却父亲被放逐，也不能理解为何父亲的公国被夺走，并被认定为叛徒。罗瑟琳的父亲究竟经历了什么，过去又发生了什么，剧中没有说明。同样是在该剧开篇，弗莱德里克说到奥兰多的父亲是他永远的仇人，奥兰多也表示不愿意过继给弗莱德里克做后嗣。在这当中人物之间存有什么恩怨，剧中也未指出，这些未交代出的内容均属省略。又如《泰特斯·安德洛尼克斯》开篇，泰特斯述说自己有四十年带军作战的经历，埋葬过二十一个为祖国捐躯的英勇的儿子。过去发生的诸多往事剧中也没有具体说，显然属于省略。

相对于剧中的明确省略，暗含省略似乎表现得更为普遍一些。众所周知，戏剧的形式与小说迥然不同，它是由若干幕、场次构成。每一幕、场都存在事件的发展、时间的差异和地点的不断变迁。这就使得幕与幕、场与场之间存在着叙述的暂时中断、停止而又续接的情况。笔者认为这种“断裂”也算是一种省略的形式，应该归入暗含省略的范畴。只是说各幕、场之间存在着省略多少的差异。很多幕、场之间从时间上来看也许并不见得相隔久远，甚至有的在时间上已非常接近，这就需要读者自己去体验。当然也有一些场次在暗含省略的运用上使读者更容易感受到：如在《哈姆莱特》第四幕第三场，哈姆莱特因误杀了大臣波洛涅斯，国王便派两个随从和哈姆莱特一起去英国，到了该幕第六场和第七场，霍拉旭和国王先后收到了哈姆莱特遣人送来的信，信中说两个随从到英国去了，而哈姆莱特自己则回到了丹麦。这当中哈姆莱特如何知晓密件真相，并改换内容的部分被省略掉了，但读者可以根据前后文推测出来。又如在《泰尔亲王配瑞克里斯》中，第二场结尾讲述了各武士进入比赛场准备比

① 赵毅衡：《当说者被说的时候：比较叙述学导论》，四川文艺出版社，2013 年版，第 114 页。

② 梁工：《圣经叙事艺术研究》，商务印书馆，2006 年版，第 210 页。

赛，主人公配瑞克里斯也位列其中，他们当中最终的胜利者将迎娶该国的公主。而进入第三场，则是比武结束后该国的国王和公主设宴招待各武士，配瑞克里斯已成了最终的胜利者。这两场之间虽没有时间短语的衔接，但对应前后情节很容易推断出比武的场面已被省略掉。

再说停顿。停顿是指故事时间中止而文本时间继续延宕的情况，这时叙述者暂时离开情节的发展，向读者解释、说明或描述某一相关事务，而后再回到原处，继续讲述中断的故事。其间，叙述者高居于时间之上，或者从远离事件之流的地方注视和评说故事中那些他认为有必要特意说明之处。

停顿可以分为两种类型：解释或说明性停顿、描写性停顿。其中，解释或说明性停顿即叙述者暂停讲故事，而对某人某事进行阐释、说明、作评价或下结论；描写性停顿表现为叙述者暂停讲故事而对特定对象做出描述。这两种类型在莎剧也存在，但很难见到。由于莎剧中故事情节的推动主要靠人物的言语表现出来，通过叙述者直接讲述的内容很有限，故解释或说明性停顿很少；描写性停顿在文本中常常是落实为静态的描写，如肖像描写、景物描写和环境描写。而莎剧中作者通常都不会花笔墨在静态描写上，即便有，也是寥寥几笔，描述甚少。

解释或说明性停顿的例子如《泰尔亲王配瑞克里斯》每一幕开头，高渥出场来引出或串接故事，他的言语中附带有对一些人物的评述，如赞美配瑞克里斯的善良、赫力堪纳斯的忠心、塞利蒙的博学，批判克利昂夫妇的奸恶等。这些评述虽文字不长，言辞不多，但也应算作短暂的停顿。描写性停顿的例子如“华盖下设一小桌，供红衣主教之用，另为宾客设一长桌”（《亨利八世》第一幕第四场）；又如“舞台上方出现斯赖披富丽睡衣，众仆持衣帽壶盆等环侍，一贵族亦作仆人装束杂立其中”（《驯悍记》序幕第二场）。这二例偏向于环境描写的停顿。另外，莎剧中也有侧重于肖像和服饰描写的停顿，出现在《亨利八世》中，写到了安·波琳王后的加冕典礼，仅此一例：

……伦敦市长，持权杖。随后是嘉德司礼官，佩戴纹章，头戴镀金铜冠。道赛特侯爵，持金笏杖，头戴小金冠。陪同他的萨里伯爵，持顶端带有鸽子形象的银杖，戴伯爵冠。二人都佩戴着连环S形的金项链。

萨福克公爵身穿大礼服，头戴小冠，持一白色长杖。陪同他的诺福克公爵持典礼官杖，头戴小冠。二人都佩戴着连环S形的金项链。

四位五港男爵举着华盖；其下，王后身穿礼服，头发散披下来，发上装饰着珍珠，头戴金冠。……

老诺福克公爵夫人，戴着插花的小金冠，提着王后的裙裾。

若干贵妇或伯爵夫人，头戴无花饰的金箍。

（《亨利八世》第四幕第一场）

这里，叙述者暂且把情节搁置一边，通过细致的铺张描写，凸显了王后加冕仪式的盛大和重要，形成了难得一见的感觉稍长的停顿。

值得一提的是，时间跨度（time span）作为时长变形的一种独特的形式，在莎剧里广泛体现。前文中已述，多数莎剧里的被叙述时间根据时素和故事情节发展推断大约在几天到几个月之间，因此时间跨度都不算大。时间跨度较大且能被明确知晓的主要是莎士比亚后期的几部传奇剧。其中，《暴风雨》中有十二年（由普洛斯帕罗跟女儿述说）；《辛白林》中有约二十年（由培拉律斯之口得知）；《冬天的故事》中有十六年（由时间老人作说明）；《泰尔亲王配瑞克里斯》中有近二十年（配瑞克里斯说自己丧妻之后十四年未理过发，丧妻之前还经历过逃难、避难、成家的几年）。另外，《错误的喜剧》中也长达二十五年（以住持尼的回忆）；《罗密欧与朱丽叶》中的时间跨度也挺长，通过剧目开篇致辞者所述“累世的宿怨”可知，这个故事中冲突的来源也要追溯到很久之前了。此外，值得注意的是，莎士比亚的历史剧中涉及的时间跨度也相当长，由于几部剧目以“英法百年战争”和“红白玫瑰战争”为故事背景，且剧目之间呈现出情节相续的特征，再结合历史事件本身，整个过程经历多长时间（被叙述时间）虽在剧中没有很清晰的交代，但跨度甚大已是事实。在这些时间跨度大的剧作中，运用省略和缩写完成了对剧中庞杂情节的完整讲述，恰到好处地弥补了因跨度大而造成的叙述难题。

同时，时间跨度的存在也具有一定的功能，即决定故事的密度。一般来说，跨度越大密度可以（而且也必然显得）相对变小；反之，跨度小密度就必须相应提高。而密度的大小同价值生活成正比：越是有意义的生活密度越大，反之就越小[①]。在多数莎剧中，时间跨度的适中使得剧情的密度保持在一个合适范围内，出现众多一日之内一到两个场景便是很好的说明。但剧中时间跨度大（如传奇剧）并不代表着有意义的生活价值一定小。莎士比亚对时间跨度大的剧目作了很好的叙述处理，做到了“松紧有度”：一方面从时间漫长感受到岁月的流逝和内容的庞杂，另一方面通过情节的集中化演示让人对故事内容清楚明了，觉得并无遗漏。例如在《错误的喜剧》中，虽有长达二十五年的跨度，但剧情集中在一天之内（更为确切地说是在白天），把包括两个孪生主仆的奇特经历、伊勤的落难、住持尼的认亲等几条线索糅合在一起，并无紊乱之感。又如在《暴风雨》中，普洛斯帕罗十二年前遭致的命运，通过一天之内四个小时得以扭转：他的女儿遇见如意郎君，那不勒斯国王幡然悔罪，乱臣贼子受到应有惩处，他自己也顺利实现了复仇。整部剧情开展紧凑、环环相扣、极富条理。

三、时序变位

时序变位，简称时序。和时长变形一样，它也是由底本时间和述本时间的关系所决定，也就是述本时间如何运用、表现底本时间的问题。要明确的是，底本时间是述本时间的基础，在此基础之上，述本时间便有了三种表现形式：一是顺时，二是倒述，三是预述。其中后二者均属错时。

顺时表示述本时间与底本时间的发展顺序相一致，而错时则表示二者的顺序不一致。总的来说，在莎士比亚戏剧中顺时是常见的普遍的情况，错时则是不常见的特例[②]。

莎剧之体裁就决定了全文从整体上都是以顺序的形式推进故事情节。而戏

① 徐岱：《小说叙事学》，商务印书馆，2010年版，第284页。
② 梁工：《圣经叙事艺术研究》，商务印书馆，2006年版，第190页。

剧具有的“演示”性质也让读者觉得故事就在眼前发生，通过多幕多场次在眼前浮现，只是媒介是以文字的形式，而非直观的画面或者镜头。虽说莎剧绝大多数剧情是顺时呈现，但其中的非顺时现象也很常见，可以说，莎剧中并无哪部剧作能做到只依靠顺时展开叙述。相对而言，笔者认为《温莎的风流娘儿们》一剧较好地做到顺时叙述，非顺时的情况很少。剧中主要写福斯塔夫自作多情，与两位太太约会，经历了三次被作弄；同时也讲述了培琪太太的女儿安面临多个对象的求婚，最后收获了幸福。故事的发展顺序如下：

主要线索：福斯塔夫遣人送信示爱—福德、培琪两位太太引福斯塔夫上钩，福德先生假意配合—福斯塔夫第一次约会被捉弄—两位太太表示歉意，再次相约—福斯塔夫第二次赴约，再次被捉弄—培琪先生建议再次相约，两位太太邀约—上演温莎公园里的闹剧，福斯塔夫第三次被捉弄。

次要线索：三名男子向安求婚，都找快嘴桂嫂帮忙—安和范顿幸福结合。

从以上情节的勾勒中可以看出，故事的发展做到了顺时推进，该剧能基本做到顺时叙述，一方面是因为整个剧情相对简单，结构并不复杂，便于向读者交代清楚；另一方面是缘于剧中被叙述时间较短，只有几天时间，这也有助于剧情集中展现。因此，读者在阅读该剧的时候会感到较为轻松。

莎剧尽管从总体上具备顺时性质，但在某些场合亦不乏“时间倒错”或“错时”现象，即述本时间与底本时间的偏离或矛盾现象[①]。这一现象正如利科所言：“故事中事件的时间特点与叙事中的相应的特点并不协调，在时序方面，这些不协调可以笼统地称作时间倒错。”[②]而以叙述者讲述的“此时”为参照系，从一条时间轴上能分出两种主要的错时关系，或述本时间与底本时间的差异，通常称为倒述和预述[③]。这两个概念很好理解，简单地讲，推迟说，即倒述；提前说，即预述。这二者都必须先确定事件在底本时序中的原位置[④]。

在谈倒述和预述之前，先要提到两对概念。一对是错时的跨度和广度。一

① 梁工：《圣经叙事艺术研究》，商务印书馆，2006 年版，第 196 页。
② 保尔·利科：《虚构叙事中时间的塑形》，王文融译，三联书店，2003 年版，第 145 页。
③ 梁工：《圣经叙事艺术研究》，商务印书馆，2006 年版，第 196 页。
④ 赵毅衡：《当说者被说的时候：比较叙述学导论》，四川文艺出版社，2013 年版，第 119 页。

个错时，不论是倒述过去还是预述未来，都与“现在”（即述本中叙述到的某一刻）有一段距离，这一段距离便是错时的跨度，而错时本身也有一段时长，被称为错时的广度[①]。以《辛白林》第五幕第五场为例，埃契摩向辛白林等人诉说了他偷来的戒指的来历，于是倒述到几个月前（根据上下文推测）他与普修默斯打赌的事，这几个月便是错时的跨度；而从两人打赌开始到埃契摩去英国偷窃了伊摩琴的戒指，再回到意大利向普修默斯证明其得手为止，大约有几十天的时间，这是错时的广度。这些错时，对于原叙事文来说，在时况上构成了第二叙述层，并且从属于前者（即第一叙述层）[②]。这二者便是要提到的第二对概念。在莎剧里，第一叙述层通常是处于顺时状态的场景，这些场景是叙述事件的主体。而场景中的错时是第二叙述层，但第二叙述层不仅出现于场景里，它也会出现在连接场景的缩写中。也就是说，虽然这类缩写（超叙述）在叙述层次上高于主叙述，但它在这里是处于从属地位的（从属于第一叙述层）。如在《泰尔亲王配瑞克里斯》中，每一幕的开头都由高渥（剧情解释者）讲述往事，这些讲述（即倒述）既是连接场景的桥梁，也对第一叙述层起着补充说明的作用。因此，它属于第二叙述层。

先讨论倒述。倒述既可以通过叙述者（包括充当叙述者的人物，比如故事外人物），也可以通过故事内人物（以转述语的方式）表述。根据倒述中的内容，可以分出人物、事物、事件三类。

就关于人物的倒述而言，有时是对人物的身世进行回顾。例如《第十二夜》中，西斯巴辛向朋友道明自己的身世：他的真名是西斯巴辛，而罗德利哥是他的化名，他的父亲死后，丢下了他和妹妹，他们两人是在同一个时辰出世的。（第二幕第一场）这段回顾也有助于后文中揭示薇奥拉的身世。有的是表现人物的状态。例如《驯悍记》中，格雷米奥回顾披特鲁乔和凯萨琳娜举行婚礼的场面：当牧师问披特鲁乔是否愿意娶对方为妻时，他却爆粗口，还高声诅咒，后把牧师连人带书打倒在地，还说谁高兴就把牧师挽起来。仪式完毕后，

① 谭君强：《叙事理论与审美文化》，中国社会科学出版社，2002 年版，第 156 页。
② 同上，第 156 页。

他把浸在酒里的面包丢在教堂司事的脸上，然后他就挽着新娘的头颈，吻了对方的嘴唇，那咂嘴的声音响到四壁发出回声来。（第三幕第二场）这段描述中，披特鲁乔结婚时的状态类似于“堂·吉诃德式的疯癫”，只是他是故意装疯而已，既戏弄了亲家和在场宾客，也为后面压制和管束妻子做了铺垫。有的是用于介绍人物的道德品质。例如《爱的徒劳》中，公主的侍女们分别评述了自己了解的国王侍臣：郎格维愿意与人为善，言行举止无不得体，他的机智会出口伤人；杜曼才德兼备，受一切敬爱美德人士的敬爱；俾隆爱说笑，能够雅谑而不流于鄙俗。（第二幕第一场）如果说这些言辞显得直接的话，有些评述则显得间接。例如《理查三世》中，约克公爵夫人说孩子爱德华不懂事，不知道他的父亲是被谁害死的，谁料爱德华这样说道：“我们的好叔叔葛罗斯特告诉过我……叔叔说这话的时候哭了，说我可怜，还亲热地吻我的脸，要我依靠他，像依靠爸爸一样，说他会像爱亲生儿子一样爱我。”（第二幕第二场）通过爱德华之口，让读者看到了孩子的天真无邪，也从侧面衬托出约克公爵（即后来登位的理查三世）的阴险狡诈，他如此表里不一，“竟能装出这样温和的外表，用高贵的面具掩盖了深藏的邪恶。”（同上）还有的是用于揭示人物的心态。例如《亨利四世》（上），福斯塔夫在战场上装死，战后他起身说道：

> 倒霉，刚才我是非得装假不可……装假？我说错了，我没有装假，死才是装假……但是装了死却因此而不死，就不是装假，而是表现了地道的完美的生命。俗话说，谨慎是勇敢的更佳部分，正是靠这更佳部分我保住了性命……
>
> （《亨利四世》（上）第五幕第四场）

这段话把福斯塔夫心态的变化生动呈现：他先是意识到自己假装死去是迫于形势，无奈之举；而后他很快否认了自己所做属于装假，并以诡辩之辞说明自己所为是一种谨慎的表现，因此他才得以保全性命。福斯塔夫的自我辩护过程充分表现出他的心虚而又自欺欺人。

就关于事物的倒述而言，如《科利奥兰纳斯》开场，面对民众的暴动，爱民的米尼涅斯讲述了一个关于身体各个器官联合起来反抗肚子的故事，通过打比方来说明国家政府是很仁慈地对待百姓，不能恩将仇报，这一故事在民众心中产生了奇效，制止了暴乱的发生。而关于事件的倒述就很多了，如《无事生非》第五幕第一场，波拉契奥向亲王供认了自己受人唆使，参与了毁坏希罗名誉的事情，并透露了当时的一些细节。

倒述根据叙述内容的需要，也可分为“部分倒述”和“完整倒述”。“部分倒述”叙述的是往事中的一个时刻，如热奈特所言：“倒述在此可以说是一个点，讲述以往悠悠岁月中一个孤立的时刻。”[①]不与第一叙述层相接续，其功能是给读者带来一个孤立的、对理解情节的某个确定因素不可或缺的信息。如《裘利斯·凯撒》中，凯歇斯为了鼓动勃鲁托斯起来反对凯撒，告诉对方自己曾经在一次游泳时救了凯撒一命。此说与故事中民众对凯撒的拥护并无关联，但这一往事的提及旨在证明凯撒是个普通人，而非神明。因此这又是不可或缺的，为后来说服勃鲁托斯起到重要作用。“完整倒述”则是倒述的事件与第一叙述层的起点直接联接，它对第一叙述层之前的事件作补充，其目的在于将叙述的“前事”恢复起来，由此构成叙述的重要部分。应该说，“完整倒述”包括了与第一叙述层有直接关联的倒述，例子甚多。

根据倒述的整个广度是处于第一叙述层之外还是处在第一叙述层之内，可以将倒述分为外在式倒述和内在式倒述[②]。外在式倒述是指倒述是外在的，在任何时候它都不会干扰第一叙述层，它的基本功能就是对于某件“往事”加以补充和说明，使读者对它产生强烈的印象，或者为某一特定的目的服务[③]。例如《奥瑟罗》中，面对众人的质疑，奥瑟罗讲起他是如何得到爱情的：一方面得益于女方父亲的看重和信任，另一方面缘于苔丝狄蒙娜被他过去的经历所吸引，在女方的暗示下，他得以求婚成功。奥瑟罗讲述的内容都是发生于剧情开始之前的，处于第一叙述层之外，由此证明他获得爱情的合情合理。

而内在式倒述整个地处于第一叙述层广度之内，它的时况范畴是包括在第

① 热拉尔·热奈特：《叙事话语 新叙事话语》，王文融译，中国社会科学出版社，1990年版，第34页。

② 谭君强：《叙事理论与审美文化》，中国社会科学出版社，2002年版，第158页。

③ 同上，第159页。

一叙述层的时况范畴之内的，因此它明显地有与第一叙述层相互干扰或冲突的可能[①]。如《皆大欢喜》剧末，罗兰爵士的二儿子贾奎斯带给众人一个好消息：弗莱德里克公爵弃恶从善，放弃杀死兄长，决定痛改前非，同时看破红尘，把他的权位归还给被放逐的兄长。这一意外的结局改变了众多人物的不利命运，正可谓“皆大欢喜”。

归结起来，莎剧中的倒述，有这样几个特点：一是篇幅短小，常常只有几十字。其原因，笔者认为是由戏剧体裁所限。首先，戏剧的主体是场景，因此把倒述的任务一味交给缩写显然不太现实；其次，剧中人物发言的时间和长度毕竟是有限的，不可能无限制地长篇大论，所以倒述的内容也跟着受到限制。二是大多出于剧中人物之口。前面已提到，戏剧的主体是场景，因而倒述往往也就出自人物的话语中。三是出现的数量较多。经粗略统计，莎剧中多数场次都至少有一个倒述，有的场景还存在多个倒述。典型的例子如《辛白林》中第五幕第五场，倒述数量多达七个。分别是：医官考尼律斯向辛白林汇报王后的境况；埃契摩讲述戒指的来历；考尼律斯诉说王后生前的罪恶行径；毕散尼奥向国王禀报王子克洛登的下落；基特律斯承认自己的所作所为；培拉律斯揭示他的两个儿子的真实身份；普修默斯谈到他的梦境经历。笔者认为莎剧中倒述整体数量多的原因主要在于时间跨度偏大，线索较多（多数为两条或多条线索），事件较为繁琐，如果情节中顺时比例过高会使读者觉得乏味，需要一些倒述来调节。而且顺时难以对故事一一做出交代，较多的倒述能够弥补情节上的空白。

预述和倒述在时间顺序变异操作中是处于两极的概念[②]。较之倒述，预述在数量上明显居于少数，这在西方古今叙事作品中一直如此[③]。这正如里蒙—凯南（Raimon Kenan）所言：“预述远不如倒述那么频繁出现，至少在西方传统中是这样。”[④]预述在述本中的表现形式通常有两种：通过叙述者预述或通过人物预述。在莎剧里，预述的表现形式几乎都是后者，其原因自然是受戏剧的述

① 谭君强：《叙事理论与审美文化》，中国社会科学出版社，2002 年版，第 159 页。
② 杨义：《中国叙事学》，人民出版社，1997 年版，第 151 页。
③ 同上，第 151—152 页。
④ 里蒙—凯南：《叙事虚构作品》，姚锦清等译，三联书店，1989 年版，第 86 页。

本格式所影响。王彬曾认为，按照中国古代的叙事习惯，凡是在本文中通过人物进行预述，一般有两种方式：其一，这个人物是异人（具有非人间色彩）；其二，凡人通过梦幻[①]。他的这一观点实质上非常适合于莎剧。在剧中，前者往往是神明、鬼魂、幽灵、剧情解释者、致辞者等，后者是场景中人物的梦。例如《亨利六世》（中）第一幕第四场，幽灵告诉勃令布洛克：国王将被废黜，公爵将死于非命，萨福克死在水里。后来所述之事一一应验。

场景里人物的梦幻也起着预述的作用，如在《泰尔亲王配瑞克里斯》第五幕第一场，配瑞克里斯遇见失散的女儿后，随着一阵奇幻的音乐声，进入了梦乡。接着，狄安娜女神在幻梦中向他现身，并告诉他去她在以弗所的神庙。在那里详尽地向众人述说自己的不幸遭遇，这样就能得到极大的幸福，否则将永远在悲哀中度日。配瑞克里斯听从了女神的谕示，果然在以弗所找到了自己的妻子。

预述可以根据所述内容的位置，分为标题预述、卷首预述和结局预述。标题预述，顾名思义即通过标题可知交代信息。一些莎剧名称如《驯悍记》《爱的徒劳》《终成眷属》《仲夏夜之梦》《冬天的故事》等，让人看了标题以后，产生遐思，想读下去。卷首预述即在开篇就对故事的相关情况有所透露，如《罗密欧与朱丽叶》的开场诗中，致辞者就告知读者：两家仇敌生下了一双不幸的恋人，他们悲惨凄凉的陨灭，和解了他们交恶的尊亲。结局预述则是提前预示人物或故事的结局。如《安东尼与克莉奥佩特拉》第二幕第三场，占卜者告知安东尼，将来是凯撒的命运比他强；第五幕第一场，凯撒担心克莉奥佩特拉会自寻短见。这两次预述的结果后面都得以证实。

预述也可以根据是否由人物这一中介来预述作区分，分为直接预述和间接预述。莎剧中属于直接预述的如前文里的标题预述，其他的都是间接预述。有的是人物述己，如《罗密欧与朱丽叶》第一幕末尾，朱丽叶叹息：这场恋爱怕要种下祸根。更多的则是人物述他，前文例子颇多，不重述。

和倒述一样，预述也可区分为外在式预述与内在式预述。根据最后一个非

① 王彬：《红楼梦叙事》，中国工人出版社，1998 年版，第 138 页。

预述性场景，可以明显地标志着第一叙述层时况范畴的界限。如果预述涉及第一叙述层结尾之后的一段时间，则属于外在式预述；如果预述先于第一叙述层结尾但又后于其叙述点的一段时间，则属于内在式预述①。在莎剧中，外在式预述并不多见，例如《亨利五世》末尾，在亨利五世与法国公主缔结婚约，实现了两国的统一之后，剧情说明人在收场白中说到："亨利六世，尚在婴儿的襁褓之中就继承父王，做了英法两国的国君；许多人七手八脚替他掌管大政，丢了法兰西，英格兰也流血频频……"这几句说到了未来的前景，实质上是在预述莎剧《亨利六世》（上、中、下）里发生的故事，为读者进一步了解后面的剧情作铺垫。又如《辛白林》中，普修默斯拿出了朱庇特留给他的笺纸，上面预述了普修默斯乃至整个不列颠的未来："雄狮之幼儿于当面不相识，无意寻求间得之，且为一片温柔之空气所拥抱之时……亦即普修默斯脱离厄难，不列颠国运昌隆，克享太平至治之日。"（第五幕第五场）按照剧中预言者对这段文字的解释，朱庇特预述了辛白林的后裔将要使不列颠享着和平与繁荣。从所叙述内容的时间来看，显然属于外在式预述。

较之外在式，莎剧中的内在预述相对较多一些，例如《特洛伊罗斯与克瑞西达》中，赫克托披戴好甲胄，准备与阿喀琉斯决战。有多位家人都产生了不好的预感，纷纷劝诫赫克托不要出战。妻子安德洛玛刻说："我梦见流血的混乱，整夜里只是梦着屠杀的惨象，我的梦一定会应验的。"妹妹卡珊德拉悲叹："啊，别了，亲爱的赫克托！瞧，你死了，瞧，你的眼睛变成惨白了！瞧，你满身的伤口都在流血……"父亲普里阿摩斯也劝说："你的妻子做了噩梦，你的母亲看见幻象，卡珊德拉预知未来，我自己也像一个突然得到天启的先知一样，告诉你今天是一个不祥的日子……"（第五幕第三场）家人们的预述在该幕第八场得到应验，赫克托被阿喀琉斯等众骑士杀死。

以上倒述和预述作为错时的组成部分，都具有各自不同的叙述效果，具备一定的叙述功能，以下从三个方面作探讨。

首先，错时具有说明功能，能补充说明第一叙述层未尽之事，扩充其信息

① 谭君强：《叙事理论与审美文化》，中国社会科学出版社，2002 年版，第 189 页。

量，增加其内容含量。如《冬天的故事》第五幕第二场，几位侍从把刚刚发生的事情分别作了陈述：一系列的物证确认了帕笛塔是西西里国王列昂特斯的女儿；国王为找到女儿而欢喜；国王向波希米亚王求得宽恕；国王拥抱了女婿和女儿；国王向牧羊老人连声道谢；安提贡纳斯被熊撕碎而遇难；宝琳娜悲喜交集；国王承认自己犯下的过失，痛悼妻子之死。这些倒述对发生的事情及时进行了补充性质的说明，也起到了连贯后文的作用。又如《哈姆莱特》第四幕第七场，王后告诉雷欧提斯，他的妹妹奥菲利亚淹死了，并描述了当时的情形：她在挂花冠时跌入水中，衣服散开，漂在水上，嘴里唱着谣曲，后沉到了泥里。通过这段倒述，说明了奥菲利亚的死既是偶然，也缘于她过度悲伤精神崩溃所致。

其次，错时具有解释功能，能以精心选择的素材对第一叙述层中的人物和事件进行解说。如《亨利六世》（上）第二幕第五场，普兰塔琪耐特到狱中去看望被关押的舅舅摩提默，提出自己为何会受辱，自己的父亲又是怎么死的等一系列的疑问。摩提默作了解答，他引出了过往的历史，指出按照继承的房序，自己家族本该享有王位继承权，但亨利四世非法篡得王位，之后摩提默家族起来反对，却遭遇了失败，普氏的父亲也被送上断头台。这段前因后果通过倒述的方式把疑团一一揭开。又如《威尼斯商人》之末，劳伦斯神父就之前发生的事做了回顾：他主持了罗密欧与朱丽叶的婚礼；朱丽叶为了逃婚而向他求助；他给出了安眠药水并派人给罗密欧送信；巴里斯和罗密欧双双惨死，朱丽叶自杀。这段倒述让两个家族知道了悲剧发生的全过程，促成了两家的和解。

再者，错时还有修辞功能，能协同某些技巧使文章达到很好的表意效果。有时，叙述者可能故意让第二叙述层与第一叙述层形成鲜明的对照。如《亨利五世》的结尾，剧情说明人预述亨利六世没能掌管大政，丢掉了法兰西这片领地，英格兰陷入混乱和流血纷争。这些未来之事作为第二叙述层，与第一叙述层中讲述的亨利五世在位时国家的鼎盛、对法兰西战争的胜利、不列颠的大一统等局面对比强烈。在更多情况下，叙述者会追求借助预述之事的实现，达到一种前呼后应或遥相呼应的艺术效果。如《麦克白》中三个女巫先后预述麦克白将来会被国王加封为爵士；将来会登位为王；要留心麦克德夫；妇女生下来的人不能伤害他；长在勃兰的森林不可能向邓西嫩移动。在后来的情节发展过程中，这些预述都一一对应了女巫们的预言：麦克白成为考特爵士；做了国王；麦克德夫成了麦克白最直接的对手；勃兰森林的树木被砍下并向邓西嫩移动；麦克德夫是剖腹出生的，所以他能杀死麦克白。

四、叙述频率

频率，有时也称复述或重复，它是指一个时间在故事底本中出现的次数与该事件在本文（述本）中叙述（或提及）的次数之间的关系[①]。简明地说，它所关注的其实是叙述中的重复问题，重复现象遍及日常生活的各方面，比如日出日落、饮食起居……[②]但严格地说，没有一个事件是可以完整无缺地重复的，而述本中的重复片断也不可能完全一致，因为其新的环境已把它置于一个必然会改变其意义的不同背景之中[③]。这正如每天升起的太阳都是新的，以及不存在两片完全相同的树叶的道理。而在这里提到的重复，指的就是显示出相似性的不同事件，或事件的交替陈述。正是这些相似性成为被关注的焦点，也是考虑频率的出发点[④]。

频率是由事件频率和叙述频率两种组成。其中，事件频率是指这个事件本身是在生活中经常发生的，还是偶然发生，事件发生的次数就是事件的频率；而叙述频率则是叙述者讲述的次数，但是有的时候叙述者的叙述手段高明，会让人看不出其叙述的次数，也就是说叙述频率是隐在的[⑤]。正是在二者的基础之上，热奈特提出：“（故事的）被叙述事件和（叙事的）陈述的‘重复’能力之间有个关系体系，我们可以先验地把它归纳为四种潜在的类型，它们由双方各自提供的两种可能性产生：重复或非重复事件、重复或非重复陈述。概略地

① 里蒙—凯南：《叙事虚构作品》，姚锦清等译，三联书店，1989 年版，第 102 页。
② 梁工：《圣经叙事艺术研究》，商务印书馆，2006 年版，第 220 页。
③ 里蒙—凯南：《叙事虚构作品》，姚锦清等译，三联书店，1989 年版，第 102 页。
④ 谭君强：《叙事理论与审美文化》，中国社会科学出版社，2002 年版，第 189 页。
⑤ 董小英：《叙述学》，社会科学文献出版社，2001 年版，第 144—145 页。

说，无论何种叙述都可以一次讲述发生过一次的事，n次讲述发生过n次的事，n次讲述发生过一次的事，一次讲述发生过n次的事。”[①] 这四种类型皆见于莎士比亚戏剧的叙述文本中。

☆　**一次讲述发生过一次的事**

即“单一叙述”。这是最普遍的叙述形式。由于极为常见，它通常被理解成自然而然的正常叙述。莎剧中绝大部分事件均属此类。故不一一列举。

☆　**n次讲述发生过n次的事**

即“多事多述”。通常理解为重复讲述基本相同的事件。需要指出的是，就频率关系而言，它仍应属于“单一叙述”，因为它仍是对发生过一次的事件作一次叙述，只不过它叙述的是大致相同的事件而已[②]。由于戏剧具有固定结构模式的特点，因此“多事多述”的现象在莎剧的缩写中很容易见到。如每一幕（场）开头都有固定的对场次的叙述，而场次之间所发生的地点也多有重复。另外，剧中人物（一般是主要人物）上、下场的重复频率也非常高。这些应该算重复叙述，可以纳入“多事多述”的范畴。

除了这些构造因素之外，莎剧里这类情节也能够发现一些。例如《泰尔亲王配瑞克里斯》中第一幕，高渥讲述安提奥克国王与其女儿乱伦之事：“……谁料老王乱伦灭性，竟把他的女儿诱引，这无耻的父女一双，干下了罪恶的勾当，经历了几度的春秋，他们也就恬不知羞……”从意义上讲，文中反映出这一父女的丑行已发生过多次。而述本中“经历了几度的春秋”一句正说明了该事件持续的时间。

这一事件在剧中还有多次叙述：配瑞克里斯向安提奥克公主求婚，但前提是要解答一个哑谜。而哑谜中正暗含了父女俩乱伦的隐情：“我虽非蛇而有毒，饮我母血食母肉；深闺待觅同心侣，慈父恩情胜夫婿。夫即子兮子即父，为母为妻又为女……”（第一幕第一场）剧中通过配瑞克里斯对哑谜的阅读，把这一丑行揭示了出来。

---

① 热拉尔·热奈特：《叙事话语 新叙事话语》，王文融译，中国社会科学出版社，1990年版，第74页。

② 谭君强：《叙事理论与审美文化》，中国社会科学出版社，2002年版，第189页。

随后，配瑞克里斯有一段独白，再次提起这件丑事："……可是现在你是父亲又是儿子，因为你非礼拥抱了你的女儿，那种快乐是应该让一个丈夫享受，不应该让一个父亲享受的；她是吃她母亲血肉的人，因为她玷污了她母亲的枕席……"（同上）

在配瑞克里斯逃回国内后，向大臣赫力堪纳斯第四次谈到此事："……可是她的此外的一切，让我凑着你的耳朵告诉你，是像犯着乱伦重罪的人一般黑暗的。当我发现了这一个秘密以后……"（第一幕第二场）

从述本中可以看出，四次重复叙述都出现于该剧的第一幕里，如此集中的重复显然是为了给主人公配瑞克里斯造成一种危机来临的氛围，也为他后来人生的多灾多难埋下了伏笔。

又如《理查三世》中，理查三世从梦中惊醒后，他的心里极度地惶恐，变得语无伦次，甚至不由自主地反复述说自己犯下的罪过："……我的良心有一千条不同的舌头，每条舌头都叙述着一个不同的故事，而每个故事都谴责着我，说我是个歹徒……"（第五幕第三场）这些话语极具想象，通过拟人和夸张的手法，说明理查三世过往犯下罪孽不计其数，每个冤魂都变成了他罪状的控诉者（舌头），而且是分别讲述难以计数的恶行。这种高频率的诉说，凸显出理查三世已经到了罪不可赦的程度了。

再如《温莎的风流娘儿们》一剧，前后三次讲述福斯塔夫接受两位大娘的邀约，三次都备受捉弄，而情形各不一样：第一次福斯塔夫为了躲避，钻进洗衣筐，被人抬出去倒进阴沟；第二次他为了瞒天过海，装扮成一个胖婆子，结果被人狠狠揍了一顿；第三次他是按约定装扮成猎人赫恩，结果被众人拧，被蜡烛烫，受尽了嘲弄。通过三次惩戒，给恶者以深刻的教训，同时捍卫了妇女的尊严和应有的平等权利。

☆　n次讲述发生过一次的事

即"一事多述"。由于某些事件具有非同寻常的意义，因此在述本中会有多次讲述的情况，这在莎剧中并不常见。例如《暴风雨》中第一幕第二场，精灵爱丽儿向普洛斯帕罗提及它的人生自由问题，因为普洛斯帕罗曾经允诺过让它获得自由之身。这一问题在三个小时的述本时间里一共重复了六次：

第一次，普洛斯帕罗表示会在两天后给爱丽儿自由，前提是它得好好替他办事。

第二次，为表彰爱丽儿把弗迪南德引到米兰达跟前，普洛斯帕罗表示会在两天内恢复它的自由。

第三次，因米兰达和弗迪南德之间眉目传情，普洛斯帕罗表示为这事他要使爱丽尔自由。

第四次，普洛斯帕罗为感谢爱丽儿帮他装束，表示它必须得有自由。

第五次，普洛斯帕罗为感谢爱丽儿把王船修好，表示它即将得到自由。

第六次，普洛斯帕罗告诉爱丽儿，在他们离开海岛之后，它就可以自由地回到空中。

该剧还有另一个“一事多述”的例子，即普洛斯帕罗向女儿米兰达讲述他们沦落海岛之事。在讲述过程中，普洛斯帕罗有三次问及女儿是否在认真听：“你在不在听我？……你在听吗？……你在不在听我？”（第一幕第二场）从表面上看，这些重复可能会让读者产生是否多余的疑问，但在笔者看来，它们有存在的必要和价值。一方面，在普洛斯帕罗看来，这段往事在他心中是永远的伤痛，他希望女儿能够与自己分担，而反复的提醒，也是为了避免女儿注意力的不在场。另一方面，每当普洛斯帕罗问女儿时，他都说到关键的环节：第一次是引出作恶的人物——米兰达的叔父安东尼奥。第二次是解释安东尼奥为何敢作恶，即“普氏遗弃了俗务，在幽居生活中修养德性，与世间隔绝了，故引起恶弟的毒心”（同上）。第三次是提到安东尼奥作恶的目的，即“撤除横隔在他野心之间的屏障，成为独揽米兰大权的主人翁”（同上）。

又如《裘利斯·凯撒》剧中曾多次提及“三月十五”这个日子。开场时，一位预言者和勃鲁托斯三次向凯撒说到“留心三月十五日”；该日之前夜，勃鲁托斯问及仆从：“明天不是三月十五吗？”（第二幕第一场）当日，凯撒回应预言者：“三月十五已经来了。”预言者回答：“是的，凯撒，可是它还没有去。”（第三幕第一场）凯撒死后，勃鲁托斯又两次提到这个日子，一次是提醒同伙，三月十五这天凯撒为了正义而流血；另一次是与同伙诀别，表示今日是他们生离死别的日子，要结束三月十五所开始的工作。在该剧中，“三月十五”的反复提及，首先为了突出该日与重要主人公命运的紧密联系。该剧不论是认定为“凯撒的悲剧”，还是归于“勃鲁托斯的悲剧”，二人的命运都决定于该日：凯撒于当日被刺身亡；勃鲁托斯也因该日犯下的错误失去性命。其次，“三月十五”本身在古罗马时代被认为是“偿还债务的日子”，是不吉利的，这里无疑带有了“凯撒需以付出生命的代价来偿还他拥有过度的权利”的寓意。不管是哪种理解，该日的反复提及都达到了渲染悲剧性的目的。

☆　一次讲述发生过n次的事

即“概括叙述”。通过这种方式以求得叙述的简略。这一类在莎剧较为常见，如《亨利六世》（中）末尾，理查告诉父亲约克：“今天我三次扶他（指索尔兹伯里）上马，三次帮他抗击敌人的进攻，三次将他护送出来……”（第五幕第三场）又如《维洛那二绅士》中，普洛丢斯提醒米兰公爵，伐伦泰因想把他的女儿劫走。公爵则表示自己早有防范：“每天晚上我叫她睡在阁上，她房间的钥匙由我亲自保管，所以别人是没有法子把她偷走的。”（第三幕第一场）再如《哈姆莱特》开篇，霍拉旭告诉哈姆莱特，最近几日每当午夜时分，他在露台上已连续三次看见一个自顶至踵全身甲胄，像老国王一样的人形出现。

还如《泰尔亲王配瑞克里斯》中，妓院的鸨妇对玛琳娜的表现有这么一段评述：“……轮到她侍候主顾，尽咱们这一行的本分的时候，她就有她的推托，她的理由，她的天大的理由。她会跪下来哀求祷告……”（第四幕第六场）之后高渥的讲述中也提到了玛琳娜：“……她召集了不少生徒，其中尽多贵妇名姝，她们那敬师的修脯，她全都给了那鸨妇……”（第五幕开篇）

这些例子从文中意义看，事件都有一个持续时期，表明当事人的行为在该时期内是多次发生的。虽然有的例子（如最后一个）中频率的因素不太明确，但根据情节可以知道，玛琳娜教授的技艺表现在多个方面：唱歌、跳舞、纺织、缝纫等。她个人招收学生也应不止一次，故归于“概括叙述”还是不无道理的。

值得一提的是，频率的四种类型都集中出现在《裘利斯·凯撒》一剧安东尼的演说词里，即凯撒被刺身亡后，安东尼向广大市民发表了激情洋溢的演说。这里特别指出其发言中涉及的频率的后三种类型。

首先是“一事多述”。安东尼先后四次说了类似的话：“勃鲁托斯说他

（指凯撒）是有野心的，而勃鲁托斯是一个正人君子/勃鲁托斯的的确确是一个正人君子/他们也都是正人君子。”（第三幕第二场）安东尼的反复陈述都有各自的缘由为前提：第一次是基于凯撒所做的善事，随着尸骨的入土而被埋没，他也为自己的过失付出了惨重的代价。第二次是出于凯撒对朋友的忠诚和公正。第三次是缘于凯撒的无私——把俘虏的赎金充实了公家的财库，他对百姓充满仁慈——为穷困人的哀哭而流泪。第四次是由于卢柏克节那天，凯撒拒绝了安东尼献给的王冠。这样的表达方式，以充分的事实依据为前提，勃鲁托斯对凯撒的评述以及安东尼对勃鲁托斯的评述是否恰当，广大听众自然能够做出自己的评判。

然后是“概括叙述”。安东尼提到他三次献上王冠，但凯撒三次谢绝。这显然属于一次讲述发生多次之事。

最后是“多事多述”。这件“献冠与拒冠”之事，在剧中并非第一次出现，结合前文，在第一幕第二场，勃鲁托斯问及为何凯撒郁郁不乐，凯斯卡回复说因为有人把一顶王冠献给凯撒，引发了民众的三次欢呼。之后勃鲁托斯想知道详情，凯斯卡便一五一十地把当时的情形娓娓道来。由此可见，这件事经安东尼之口已经是第三次叙述。

五、时间的意义

莎士比亚戏剧中时间的意义是什么，这在笔者看来，绝非简单的问题。如前文所述，不管是时刻还是时段，它们都为读者了解剧情起着必要的作用。只是时间在文中交代的程度，与不同文化背景和读者的阅读习惯密切关联。国内的传统作品在叙述中对时间关注颇多，甚至避免出现遗漏；而西方的传统作品对时间问题不讲求说明过多。莎剧中对时间的透露松紧有度，既不会追求面面俱到，也不会有意限制，其绝大多数剧情能经过阅读大致推断出时间。

莎剧中的时间多数情况下停留于字面意义，不需要特别推敲。但有时剧中时间的意义可能跟字面意义无关。例如《皆大欢喜》中，罗瑟琳对奥兰多表达的爱意进行了回应：“好，我就爱你，星期五、星期六，以及一切的日子。”

（第四幕第一场）这句话中，星期五和星期六并非字面意义，可以理解为任意一天之意。

莎剧中的时间有时不拘于本意，如为了突显时间的漫长或者短暂。就突显时间漫长而言，例如《亨利六世》（中），玛格莱特王后面见国王，表达出其思念之情："我仁爱的祖上，我无论在白天或者夜晚，醒着还是睡着，在贵客当中还是在我祈祷的时候，无时不刻不想着你。"（第一幕第一场）又如《亨利四世》（上），亲王准备打劫强盗，对部下说："这件事够我们争吵一个星期、笑一个月、开一辈子玩笑的了。"（第二幕第二场）前一个例子中，白天、夜晚、醒着、睡着、在贵客当中、祈祷的时候，都是为了表明王后思念时间之长。同理，一星期、一个月、一辈子表达的都是时间长久之意。与之相反，也有凸显时间短暂的例子，如《仲夏夜之梦》中，奥布朗让迫克去执行任务："在鲸鱼还不曾游过三里路之前，必须回来复命。"（第二幕第一场）这里不必纠结于时间具体有多长，仅是说明给出的时间很短而已。

莎剧中的时间有时表达了对岁月的描述和感叹。《冬天的故事》中有一位致辞人，名曰"时间"。他登场把前后剧情串接起来："让我如今用时间的名义驾起双翮，把一段悠长的岁月跳过，请莫指斥：十六个春秋早已默无声息地过度……"（第四幕开篇）从他的话语中可知，较之前一幕时间已经过去了整整十六年。在如此大的跨度中，如果没有他的说明，后面情节的交代会显得突兀，读者也难免会一时没回过神来。故"时间"的讲述把岁月的流逝以一种直观的方式呈现了出来，同时也很自然地"把一个新的场面铺开"（同上）。而在《皆大欢喜》中，通过杰奎斯之口转述了一个傻子对岁月的思索："现在是十点钟了。我们可以从这里看出世界是怎样在变迁着：一小时之前还不过是九点钟，而再过一小时便是十一点钟了；照这样，一小时一小时地过去，我们越长越老，越老越不中用……"（第二幕第七场）通常傻子智商低于常人，但他却会如此深思"岁月"的问题，可见傻子不但非真傻，还颇有智慧。正如杰奎斯所感，这个傻子对时间大发的一通玄论中，居然会有这样深刻的思想，真是"高贵的傻子""可敬的傻子"（同上）。

莎剧中的时间有时也表达了对人生的反省。例如《亨利八世》中，红衣主教乌尔西被国王解除了职权，他在落魄中总结自己的人生境遇：“今天，他生长出希望的嫩叶，明天开花，浑身上下结满了光辉灿烂的荣誉之果，然而到了第三天，当他这个无忧无虑的好人正信心十足，认为他的生平大业就要成熟的时候，却发生了霜冻。一场要命的霜冻，把他连根摧折……”（第三幕第二场）乌尔西通过自己洞悉的“今天”“明天”和“第三天”形象地回顾了自己的遭遇，阐明了他对尘世间过眼繁华和虚荣的憎恨。他的心里也受到了启发，即依赖君主恩宠而生存的人是多么的可怜。在所渴望得到的君主的含笑垂顾、和颜悦色，与他们所加给自己的毁灭之间，不知存在着多少痛苦和恐惧。而且一旦垮台，便一垮到底，永劫不复。

同时，莎剧中的时间也把岁月和人生结合在一起，给人以无尽的思考。例如《亨利六世》（下），亨利六世的一段独白如此评述了人生：“上帝呀，我认为一个单纯的牧羊人的生活要幸福得多，像我坐在小山上，一度一度地仔细刻着一个日晷，看着时光一分一分地过去，积分为时，积时为日，积日为年，看一个人能活多少年。把这些弄清楚之后就把时间分配一下，我用多少小时牧羊，用多少小时休息，用多少小时思考，用多少小时娱乐。我的母羊怀胎需要多少天，要过多少星期才能下崽，几年以后才能剪羊毛。分，时，月，日，年，逐渐流逝直到上帝创造时规定的结束之日为止，将白发人送进安静的坟墓。啊！这是什么样的生活啊！多么甜美！多么可爱！……”（第二幕第五场）在这段独白里，亨利六世表达了想去过寻常百姓所过的村野生活，这无疑是他思想上的跃动，特别是他对“贵”与“贱”有所悟。通常而言，贵莫贵于帝王，贱莫贱于平民，可由于宫闱中充满阴谋、诡诈、纷争与恶斗，由此带来的内心空虚、孤寂、愁苦和不安全感，又有谁能体谅。因此，他强烈渴望做“乡下人”，只有这样，他才能无忧无虑，怡然自得，主宰命运。

每一部莎剧都有各自的表意，结合时间来说，其表达的意义不尽相同。

首先，时间带有“永不复返”的意义。时间如同长河，一经流逝，不再归返，而“人不能两次踏进同一条河流”便是这个道理。回首过去的时间，虽不能改变，也无法重来，但能给人留下深刻的反思。《罗密欧与朱丽叶》一剧中，男女主人公为了爱情经历了多重困难，面临了多次考验。虽然双方为此尽了最大的努力去改变命运，但随着时间的脚步，他们陷入更深的逆境，最后双双为情赴死。两大家族在深感震惊、悲痛万分的同时，已无力改变结局。他们已经为彼此之间的仇恨付出了惨痛的代价，上天也借手于爱情，夺去了他们心爱的人。而在《奥瑟罗》中，奥瑟罗失去了独立的判断，轻信了他人的谗言，对妻子也缺乏应有的信任，一步步堕入嫉妒和仇恨的深渊。他没能在时间的前行中明辨是非，反而心中的“黑暗势力”逐渐壮大，还痛下决心，让妻子为自己“犯下的过错”付出应有的代价。在得知真相后，才幡然悔悟，但为时已晚，只能在忏悔中以死谢罪。

其次，时间具有“揭示真相”的意义。事实和真相可以暂时被人隐瞒，但是随着时间的拉长，一切不实和虚假都会“原形毕露”，“假、恶、丑”的东西终将被时间战胜。因此“假的真不了，真的假不了”。在《李尔王》中，李尔王的大女儿和二女儿以花言巧语、阿谀奉承赢得了父亲信任；而小女儿如实、诚挚地表达了爱，却被父亲误解。但女儿们对父亲的感情终究会由时间来证明。果不其然，大女儿和二女儿在得到封赏后就不再善待父亲，她们相互推诿，导致李尔王流离失所。而小女儿后来对父亲的悉心照顾并失去生命应证了她的真心实意。《泰特斯·安德洛尼克斯》中的泰特斯为国东征西讨，立下赫赫战功，但却被奸人所陷害，失去了儿女。他机智地与恶势力周旋，以付出生命的代价实现了复仇。他经历了四十年的从军生涯，埋葬了二十一个牺牲的儿子，忠诚和爱戴国家的君主，这些都在漫长的年代里成为不争的事实，最终他得到广大民众的敬仰。

然后，时间含有“把握机会”的意义。时间有时被人描述为时机，在机会面前，有的人能抓住，利用时间实现目标，让一切有利于得救[①]；有的人则失去，错过了时间，只有等着被救赎。在《暴风雨》中，对普洛斯帕罗而言，时间有两种不同的意义：作为一个人，这是他报复仇敌或者原谅他们的机会；作为一个立法者和神意的教导者，这又是他唤醒人们的赎罪意识进而实施灵魂救助的良机。他在有限的时间里用魔法掌控着岛上各个人物的命运和未来，他的

① 雷立柏：《基督宗教知识词典》，宗教文化出版社，2003 年版，第 96 页。

目的也在波澜不惊中达到。与之相反，安东尼奥、塞巴斯蒂安等人没能把握时机，他们谋反的野心在顷刻之间被制止；卡列班、屈林鸠罗等人也错失了机会，他们的阴谋也被暗中破解。因此，有人指出该剧中的时间“充满了机会、意义和重要的变化”[①]。而在《错误的喜剧》中，时间对于伊勤而言意味着能否把握住求生的机会：他必须在一天之内筹集到赎命的钱。虽然在后面的进程中悬疑迭出，意外不断，但他终究是很幸运的，不仅得到赦免，而且还与家人团聚。

再者，时间富有“不确定性”的意义。很多事情在追寻结果或者答案的过程中，时间通常能给出合理的回复，但有时却难以办到，于是一种“不确定性”因素会带给人无尽的遐想或者未知。在《终成眷属》中，海伦娜偏爱罗西昂伯爵，可这位伯爵瞧不起且无情抛弃她。但海伦娜坚信时间能成全这场爱情。为了得到对方的认可，她甚至采用欺骗的手段与伯爵同床共寝。这种硬要投入一个不爱自己的男人的怀抱的做法，实在不足取，毕竟爱情不能强求，更不能做交易。海伦娜最终如愿和伯爵成为“眷属”，但伯爵对她是否会产生真正的感情，还需等待时间给出答案。他们婚姻的前景未知，着实令人担忧。而在《量罪记》中，安哲鲁受公爵委托摄政，他竟利用手中权力与民女进行权和色的交易，事后又违背诺言，犯下双重罪恶。然而公爵的处理，仅仅是命安哲鲁与他所抛弃的女子成婚。这样的处理方式如何能在以后的时间里维护法律之尊严，难免让人质疑。

最后，时间赋予“面向未来”的意义。时间能追溯过去，也能展望未来。日后的岁月里会怎样，会发生什么，可以靠推定，可以去预测，也可以展望和期待。不管哪种情况，都要等到未来的某个时日才能给出结论。在《亨利八世》中，国王请求大主教克兰默为新生的小公主施洗礼。大主教在热烈的气氛中为小公主祝福。他预言公主会给英国带来无穷的幸福，在她的统治之下，人民将过着和平、富足的生活，她的后嗣昌盛，有如凤凰从火中

① Grace R.W,*Tempest as Mystery Play: Uncovering Religious Sources of Shakespeare's Most Spritual Work*,Jerrerson: McFarland & Company,Inc,Publishers,1999,p.155.

新生。未来如此美好，让人无限期待。而后的历史也应证了大主教所言。而在《爱的徒劳》中，法国公主因接到父亲去世的消息而决定动身回国。她和使女们不得不与接待她们的国王和侍臣一一告别。虽然国王和侍臣都表达了对几位女性的诚意，但她们都没有马上接受，而是提出在未来的一年里各自的企盼。他们之间的良缘能否实现，需要等到一年之后才能给出答案，即把希望托付于时间。

不同类型的莎剧在时间意义方面也有其独特的表意。例如在莎士比亚的历史剧中，时间是“一面镜子”，它采光于过去，映照于现在。按照传统的理解，历史发展是一个时空连绵不断的过程，今天是昨天的继续，是明天的前因。历史的发展有着因果关系和必然性，人类从记录下的历史中挖掘人类社会发展的客观规律，以这种规律来指导行为，趋利避害。因此，回顾历史就是通过“照镜子”（时间这面“镜子”）来总结经验教训，为后人提供借鉴之处[①]。莎士比亚的历史剧主要取材于《编年史》，通过对历史上的“国别之争”“王位之争”“派别之争”的再现，告诫、警示世人战乱与纷争给国家和民族带来的深重灾难，以“昔日之乱”对照“今日之治”。同时，莎士比亚并不拘泥于历史，他作为一个作家能够敏锐地意识到他在时间中的地位，意识到他自己的同时代。他就是置身于英国的民族发展史，把历史与自己的时代密切联系起来，让思想自由穿梭于时空之中。

又如在莎士比亚的传奇剧中，时间起着帮助作者体现创作意图的作用，即宣扬“宽恕与和解”的思想。这也是此类剧最重要的思想特征，它对于剧中矛盾的解决起着极大的规定作用。传奇剧里囊括了各种人物间的矛盾，如父子（女）之间、夫妻之间、君臣之间、主仆之间、朋友之间、敌我之间等。矛盾各方冲突不断，并付出了巨大的代价，甚至是失去生命。但是，即便“恶”造成了多么大的损害，最终都会得到“善”的宽恕，由此实现双方或多方真诚的和解，人与人之间的裂痕还是能够得到完满的谋和[②]。而这一思想要成为可以被

① 李艳梅：《莎士比亚历史剧研究》，中国社会科学出版社，2009年版，第87—88页。
② 张泗洋、徐斌、张晓阳：《莎士比亚戏剧研究》，时代文艺出版社，1991年版，第285页。

普遍接受的东西，就需要剧中人物能够冷静下来，理智起来，把他们昔日的矛盾心平气和地解决掉，并且要尽可能地抹掉心头的阴影，医治好心灵的创伤，这正如人们所说，时间的的确确是一味良药。当然这一切都需要有相当的时间长度才能办到[①]。

此外，在莎士比亚众多以喜剧结尾（或者以令人欣慰的结局告终）的剧中，时间还成为一个重要的结构因素，也是一个“寓意人物”[②]，演着十分重要的角色。从某种角度来说，时间起到了“粘合剂”的作用，它把家庭的分裂与统一，人与人之间的不幸与欢乐连到了一起[③]。由此，根据剧情的推进，让人容易归纳出一个共通的规律：在时间之前，人物间的矛盾冲突层出不穷，在主人公面前，不幸、苦难和灾难接踵而至，一切都在向着危险、毁灭和死亡迅速推进；在时间之中，矛盾冲突开始冰消雪融，阴郁的气氛逐渐被欢快明朗的气氛所取代，形势发展的趋势愈有利于主人公的命运；在时间之后，矛盾冲突迅速解决或者终究得以化解，主人公的愿望得到完满实现或者是转危为安，一切都沉浸在欢乐、喜庆、幸福与音乐之中[④]。由此可见，在这个过程中时间充当的角色不可或缺，对推动剧情意义深远。

---

① 张泗洋、徐斌、张晓阳：《莎士比亚戏剧研究》，时代文艺出版社，1991年版，第290页。

② 莫洛佐夫：《莎士比亚传》，湖南人民出版社，1984年版，第172页。

③ 张泗洋、徐斌、张晓阳：《莎士比亚戏剧研究》，时代文艺出版社，1991年版，第290页。

④ 卫玮：《神奇诡谲 飘渺远逸：论莎士比亚传奇剧的审美风格》，载《上海师范大学学报》1998年第1期。

第二章　莎士比亚戏剧叙述的空间

空间叙述作为叙述学的一个分支，产生并兴起于西方。它引发人们关注较晚，主要缘于西方的文学传统。自古以来在文学上西方人就重时间而轻空间：在古希腊时代，亚里士多德倡导线性叙述，认为故事是建立在时间和因果逻辑基础之上。他在《诗学》中对悲剧的定义为：“是具有一定长度的行为的模仿。”[①]这就包含了时间的因素。此外，在时间流程中，故事按照什么规则来叙述，就需要遵循因果逻辑。这一观念对西方后世影响深远，传统的文学几乎都按此规则来写作。但也有一些作家有意识地突破这一传统，把空间引入文本并突出化。如但丁（Alighieri Dante）在《神曲》（*Divine Comedy*）中描绘了“地狱”“炼狱”和“天堂”三个空间；歌德在《浮士德》（*Faust*）中构织了五个主要的悲剧性框架；巴尔扎克（Honore De Balzac）把《人间喜剧》（*The Human Comedy*）中的“风俗研究”分为六个场景。进入20世纪，在悖逆传统文学的背景下，趋向于重空间而忽略时间。随着空间在文学中日益突出，其理论探讨开始提上日程。1945年，英国学者弗兰克（Josef Frank）提出了“小说空间形式”的学说[②]，明确提出线性叙述阻碍了文本对人内心的关注。从那时起，人们对空间叙述理论作了积极探索，不断创新。对空间叙述的理解，目前也是说法不一。有学者认为“所谓的空间叙述，指的是那种不遵循因果关系，不顺着时间的线索去讲故事的

① 亚里士多德：《诗学》，罗念生译，人民文学出版社，1982年版，第17页。

② Joseph Frank,*Spatial Form in Modern Literature*,Sewanee Review:1945（53）.

叙述方式”[①]。有的解释为“故事的头绪与次序”[②]。不仅人们对这一概念的理解各异，而且针对文学范围内不同文体的差异，其叙述的组成部分和方式自然也各不相同。就戏剧而言，它属于一种重视空间叙述的文体，特别是在表演舞台上，人物行动构成剧情，而人物的活动又必须以空间叙述为前提。通常而言，戏剧的空间叙述包括了人物群、戏剧冲突、生活环境、社会环境、心理空间、舞台提示等几个方面。化繁为简而论，空间叙述就主要由两方面构成：精神空间叙述和物质空间叙述。

一、精神空间

关于精神空间，常常有一种不证自明的解释：承载个体内在的所思、所想和所感，服务于个体与外界交往，服务于自我认识的功能空间。它主要是表现剧中人物的精神状态，尤其是通过人物的言语展现出人物的心理状况。法国符号学家于贝斯菲尔德（Anne Ubersfeld）在《戏剧符号学》（*Dramatic Semiotics*）中阐释了戏剧空间的心理作用，认为“舞台空间可以作为一个庞大的心理空间出现，在这个空间里，个人的心理力量和他人的心理力量相互碰撞”。她进一步指出，舞台空间能够作为“主要人物内在冲突的场所”[③]。

在戏剧文本中，塑造人物形象的重要方式是展现人物的精神世界，而精神世界的展现则主要依托于人物的言语，特别是独白，也包含一部分的对白和旁白。一般而论，人物内心世界主要分布在悲剧或者悲剧性的情节当中，而喜剧中分量极少，甚至为零[④]。纵观莎士比亚的戏剧，我们不难发现，这样的结论有一定的参考作用，但并非绝对。他在自己的各类剧作（包括喜剧、悲剧、正剧）中，对人物的内心世界均有细致的刻画和描写。基于莎剧中人物众多，对

① 陈良梅：《从线性叙事向空间叙事的转向——德语现代主义小说叙事结构初探》，载《当代外国文学》2008 年第 2 期。

② 张世君：《〈红楼梦〉的空间叙事》，中国社会科学出版社，1999 年版，第 5 页。

③ Anne Ubersfeld,*Reading Theatre,Trans,Frank Collins*,Toronto:U of Toronto P,1999,p.105.

④ 王志明、黄日贵：《戏剧空间艺术简论》，载《广西民族学院学报》1997 年第 1 期。

于他们的精神空间难以一一展现，笔者便以性别、身份、生活环境等因素为参考，选取描写较为出彩的代表人物进行解析。

首先探讨一下《威尼斯商人》中鲍西娅这一人物的精神空间。剧中集中描写了鲍西娅的两个方面：一是通过她对个人幸福的追求，表现其快活的个性和热爱生活的人生态度；二是通过她勇敢而巧妙地参加社会活动（法庭审判），突出其聪明才智。但就展现她的精神空间而言，前者表现更为充分。或许可以这样说，鲍西娅追求个人幸福之路其实就是充分展现她精神世界的窗口。

在追求个人幸福的道路上，由于鲍西娅没有自由选择爱情和婚姻的权利，故她的内心始终存在担忧和苦闷。在她第一次出场时，这种心境就表露无遗，如她所说："我这小小的身体已经厌倦了这个广大的世界了。"（第一幕第二场）寻其究竟，根本原因在选择对象上，她没有自主权。她感到十分无助和无奈："唉，说什么选择！我既不能选择我所中意的人，又不能拒绝我所憎厌的人；一个活着的女儿的意志，却要被一个死了的父亲的遗嘱所钳制……像我这样不能选择，也不能拒绝，不是太叫人难堪了吗？"（同上）因此，对于那些已经到此向她求婚的王孙公子，她是很抵触的，以戏谑的言语把这些人数落了一通。而唯一让她稍显安慰的是，这些公子哥还算通情达理，不勉为其难。在得知摩洛哥亲王即将登门的消息，她也不感到一丝愉悦，而是顾虑重重。在对方即将选匣时，鲍西娅再次表露出她的无奈："我的命运由抽签决定……要是我的父亲倘不曾用他的聪明办法把我束缚住……"（第二幕第一场）这无非是想表示自己并不是心甘情愿这样被选择。甚至她还发起了攻心术，想通过提示选不中会导致的后果，进而达到让对方知难而退的目的。在摩洛哥亲王选错匣子后，她如释重负："但愿像他一样肤色的人，都像他一样选不中。"（第二幕第七场）无独有偶，在阿拉贡亲王选错匣之后，她又再次进行了嘲讽："这些傻瓜们自恃着聪明，免不了被聪明误了前程。"（第二幕第九场）

与之形成鲜明对比的是，她对巴萨尼奥印象深刻，表示这个男子"值得夸奖"，可见她非常中意。当对方到来之时，她的心里是放松的、欣喜的，是一种完全包容、接纳的姿态，表示很想瞧瞧这一位爱神差来的体面的使者。面对巴萨尼奥即将进行"选匣"，鲍西娅显然非常紧张和不安，她劝说对方慢一些为好："请您不要太急，停一两天再选吧，因为要是您选得不对，咱们就不能在一块儿，所以请您暂时缓一下吧。"（第三幕第二场）鲍西娅从心里是如此在乎对方，才会担心他选错。在这里，读者能感受到的不应只是"在乎"，而是发现鲍西娅是真的喜欢对方。对此，她心里似乎是不自觉地认可了，但作为一个女孩子，出于多少应保持矜持的考虑，她又不便于完全承认，如她所述："我心里仿佛有一种什么感觉——可是那不是爱情——告诉我不愿意失去您，您一定也知道，嫌憎是不会向人说这种话的。"（同上）此时的鲍西娅心里知道，自己已经在不经意间透露了心思，她又想方设法去挽回自己"泼出去的水"，为她说出去的话找一个正当的理由。她认为一个女孩儿家本来不该信口说话，可是又怕对方不能领会。紧接着，鲍西娅对巴萨里奥的喜欢被她的嘴出卖，这缘于她是如此的担心对方会选错，不惜违反父亲留下的遗嘱，即便她立马意识到自己不能这样做。此时，鲍西娅心里顾忌有誓言这条"红线"，但她转瞬间又懊悔了，她意识到，如果因为怕逾越"红线"，最终导致与自己喜欢的人失之交臂的话，她会不甘心。对于鲍西娅而言，如果没有得到想要的结果，恐怕不仅是让对方失望，更多的是她自己失望。如此，她心中的愿望即便是"有罪的"，也无法与心中的懊悔相比。从鲍西娅这一段极度复杂的心理状态来看，她为了得到幸福，已经在不断地放松自己的原则和底线，心情的五味杂陈只有她自己能够感知。由于急着表明心迹，她说的话甚至都开始变得语无伦次，以至于她都不满意自己了，她最终能想到的办法就只有拖延。但对于巴萨尼奥而言，他还是坚持要马上做出选择，不然他会提心吊胆，正像给人拷问一样活受罪。之所以会有"拷问"之感，完全是因为"爱"。至此，鲍西娅不再劝阻，此刻她心中充满了希冀和寄托，也表现出她心中的乐观情怀：她相信如果对方真的爱她，是定会把她的肖像找出来的。同时她也明白，希望和失望的几率各占一半，面对这两种情况，该如何是好呢？如果没选中，就如她心中所想，"要是他失败了，好让他像天鹅一样在音乐声中死去"，她的眼睛"就是他葬身的清流"；若是选对了，在她心中又是另一番情景："音乐就像忠心的臣子俯伏迎接新加冕的君王的时候所吹奏的号角，又像是黎明时分送进正在做着好梦的新郎的耳中，催他起来举行婚礼的甜柔的琴韵。"（同上）在她心中，命运似乎即将在一刹那间决定，自然她心情的紧张绷到了极限，她不敢想下去，只能祈求上天。当巴萨尼奥选对了匣子时，她的忧郁、失意、恐怖、猜忌瞬间烟消云散，进而怕自己承受不住这份喜悦和幸福：

一切纷杂的思绪、多心的疑虑、鲁莽的绝望、战栗的恐惧、酸性的猜嫉，多么快地烟消云散了！爱情啊！把你的狂喜节制一下，不要让你的欢乐溢出界限，让你的情绪越过分寸；你使我感觉到太多的幸福，请你把它减轻几分吧，我怕我快要给快乐窒息而死了！

（《威尼斯商人》第三幕第二场）

实现愿望的鲍西娅在接下来的表白中会让读者觉得疑惑不解，如她所述：“虽然为了我自己的缘故，我不愿妄想自己比现在的我更好一点；可是为了您（指巴萨尼奥，笔者注）的缘故，我希望我能够六十倍胜过我的本身，再加上一千倍的美丽、一万倍的富有。”（第三幕第二场）从剧中可知，鲍西娅的美貌和才德已是远播海外了，她自己也觉得很满意和自信。但是在心爱的人面前，她的心里竟然表现出不自信来，还要希望比现在更美更富有。甚至她心里会觉得自己还远没有达到对方的期望值：“但愿我有无比的贤德、美貌、财产和亲友，好让我在您的心目中占据一个很高的位置……”（同上）但换一种角度来看，鲍西娅这种种的心理感受以及她所表达出来的，都是少女在热恋中特有的体验和表现，这也有助于真实生动地描绘出一位对爱情充满渴望、纯真、执着、忠诚的少女形象[①]。

由此可见，鲍西娅在追求个人幸福的过程中，她的精神空间在莎士比亚笔下得到了充分的展现。作者有力地描述出这一女性形象复杂而又矛盾的内心世界，特别是面对巴萨尼奥要做出选择的这段情景，把她在整个备受煎熬过程中的精神状况和心理状态清晰地刻画了出来。

然后再看《哈姆莱特》中哈姆莱特这一人物的精神空间。该剧主要讲述了

① 姜梅芳：《鲍西娅并非男权社会的传声筒》，载《戏剧文学》2007 年第 6 期。

丹麦王子哈姆莱特为父复仇的经过，同时也展现了他立志改造社会的宏愿。在这个过程中，人们通常把他的行为和性格的发展分为三个阶段：积极乐观阶段、犹豫延宕阶段和果断行动阶段。实质上，这几个阶段的演变也正是表现哈姆莱特精神领域发展变化的过程，构成了一段哈姆莱特精神世界的记录史。

哈姆莱特积极乐观的心境和人生态度在剧中并未展开很多，这缘于剧情一开始，哈姆莱特就面临着人生的重大变故：父王的突然去世、母亲的匆匆改嫁和叔父的篡夺王位。这些反常的事情突然发生，现实的丑恶显现出它的原形。于是，他心中原来所幻想的如阳光普照的光明世界，一下子变成了一个恶行败德普遍流行的荒场[①]。在他看来，“人世间的一切是多么可厌、陈腐、乏味而无聊……那是一个荒芜不治的花园，长满了恶毒的莠草”（第一幕第二场）。让哈姆莱特难以接受的是，自己的母亲没有顾及父亲的在天之灵，更没有顾及儿子的想法感受，就改嫁了。失父本使他对母亲充满寄托，但眼下，母亲他也失去了：在死人那里得不到帮助，在活人身上得不到依靠。为此他伤心不已：“想不到居然会有这种事情！刚死了两个月！不，两个月还不满！……短短的一个月以前，她还哭得像个泪人似的，送我那可怜的父亲下葬……只有一个月的时间，她那流着虚伪之泪的眼睛还没有消去它们的红肿，她就嫁了人了。”（同上）而且，在哈姆莱特心里，母亲的做法是极其可耻、让人不齿的，他认为那是罪恶的仓促，如此迫不及待地钻进了乱伦的衾被，那不是好事，也不会有好结果。甚至这也使他的信念发生了根本的动摇，说出了：“脆弱啊，你的名字就是女人！”（同上）而后先王鬼魂所揭露的阴谋更是予以他沉重的打击，他称母亲是“最恶毒的妇人”，称叔父是“奸贼，脸上堆着笑的万恶的奸贼！……一个人尽管满面都是笑，骨子里却是杀人的奸贼”（第一幕第五场）。他感受到现实与理想是完全相悖的，发现越接触现实、正视现实，就越能发现更多的罪恶。因此，他觉得丹麦就是一所牢狱，一所很大的牢狱，是整个世界当中最坏的一间。

但是，过去的哈姆莱特却不是这样的，“变故”之前的他乐观开朗，追求

---

① 葛桂录：《外国文学经典导读》，高等教育出版社，2017 年版，第 45 页。

理想，生活优裕，精神和谐。加之在国外接受人文主义思想教育的影响，他很容易认为世界和人类是美好的。在第二幕，他发表了这么一段言论：

> 人类是一件多么了不得的杰作！多么高贵的理性！多么伟大的力量！多么优美的仪表！多么文雅的举动！在行为上多么像一个天使！在智慧上多么像一个天神！宇宙的精华！万物的灵长！
>
> （《哈姆莱特》第二幕第二场）

在这里，哈姆莱特以排山倒海的气势赞美了人类和世界，认为人是“宇宙的精华”“万物的灵长”，像天神一样高贵和伟大，体现了他作为人文主义者对人的地位、人的尊严、人的价值、人的智慧的肯定，应该说，这是发自他内心真情实感的呼喊。但同时也可以感受到，哈姆莱特心中纷然杂陈着两种相互矛盾的思想：一方面是对人类的热爱和赞美，另一方面是对人类迷恋权欲、物欲、肉欲的厌恶，这些都能体现出他对社会进行过深入的思考。可这样的心态、见解和看法在剧中也只是“短暂的闪耀”，随着“变故”的发生，一切都转瞬即逝。因为紧接着他又对人类发出了深深的诅咒：“在我看来，这一个泥土塑成的生命算得了什么？人类不能使我发生兴趣；不，女人也不能使我发生兴趣……”（第二幕第二场）从中可见他对上帝和人文主义理想产生幻灭与失望的精神状态。

哈姆莱特为父复仇，这既是他作为儿子的责任，也是他改变不利境地、扭转乾坤的途径。但他叔父的警惕、臣子的监视、同学的背叛，尤其是情人被摆布，成了试探他的工具，让他难以接受。而坚贞的爱情、忠诚的友谊、和谐的社会关系，这些被人文主义者视为珍宝的生活理想，都化为泡影。这些都使得他难以展开行动，故成了众人眼中的“犹豫而延宕的王子”。对此，哈姆莱特自己也有清醒且深刻的认识，在完成指导戏子排戏之后，他曾埋怨过自己是一个多么不中用的蠢才。他拿自己与戏子作比，认为戏子能很好地把握角色，以精湛的表演去打动观众，从某种意义上来说，他们尽到了本分。而他自己则是一个糊涂颟顸的家伙，垂头丧气，一天到晚像在做梦似的，忘记了杀父的大仇，却始终哼不出一句话来。他甚至对自己难有作为无法忍受，在内心深处进行了毫不留情的谴责和训斥："我是一个懦夫吗？……我是一个没有心肝、逆来顺受的怯汉……我真是个蠢才！我的亲爱的父亲被人谋杀了，鬼神都在鞭策我复仇，我这做儿子的却像一个下流女人似的，只会用空言发发牢骚，学起泼妇骂街的样子来，在我已经是了不得的了！呸！呸！"（同上）现实与理想的矛盾不仅使他心情忧郁，同时也使他变得更加清醒、更加深沉了。事实惊醒了他的理智，把他从幻想中唤回现实。这是他处于思想危机的阶段，也是深入探索的阶段。当他面对世间的罪恶而自感无力去消灭时，对生命的意义进行了深刻而有力的思索：

生存还是毁灭，这是一个值得考虑的问题；默然忍受命运的暴虐的毒箭，或是挺身反抗人世的无涯的苦难……死了，睡了去，什么都完了；要是在这一种睡眠之中，我们心头的创痛，以及其他无数血肉之躯所不能避免的打击，都可以从此消失，那正是我们求之不得的结局……当我们摆脱了这一具朽腐的皮囊以后，在那死的睡眠里，究竟将要做些什么梦，那不能不使我们踌躇顾虑……

（《哈姆莱特》第三幕第一场）

"生存还是死亡"，这是哈姆莱特在极度困难的处境下思考的关于人生的终极命题，也是他经过长时间思索后给出的最终答案。这时的毁灭意味着"摆脱了这一具朽腐的皮囊"，反之就意味着"默然忍受命运的暴虐的毒箭"。对于他个人而言，这"死了，睡了去，什么都完了"倒不失为一种直接而又简单的选择，毕竟生命的逝去意味着可以抛开一切烦恼。但是，人终究不同于动物，作为人类代表的哈姆莱特是有精神追求的，特别是对理想世界的追求，他不会为了肉体的苟且偷生而放弃。他更为关心的还不止于此："要是在这一种睡眠之中，我们心头的创痛，以及其他无数血肉之躯所不能避免的打击，都可以从此消失，那正是我们求之不得的结局。"他更担心"无数的血肉之躯"会不会有所改善，这是一种对于全人类生命的忧患意识，无论他怎么做，这思考本身就具有无限的价值[①]。

之后“戏中戏”的成功试探激发了哈姆莱特准备加快行动的步伐。如他所言：“现在我可以痛饮热腾腾的鲜血，干那白昼所不敢正视的残忍的行为。”（第三幕第二场）特别是当他遇见挪威王子率大军远征，福丁布拉斯视死如归的精神刺激了他，使他认识到自己的优柔寡断。事实上他的确耽于冥想而失去了行动的力量，仅仅满足于怀疑得到了证实，而不是将心中的思索付诸行动。认识到这一点，使他独自承受了思考与行动失调带来的更大的痛苦。在拷问自己的同时，他仍保持着思虑的理智：“真正的伟大不是轻举妄动，而是在荣誉遭遇危险的时候，即使为了一根稻秆之微，也要慷慨力争。”（第四幕第四场）在这里，哈姆莱特对自己柔弱性情的谴责，是他最终奋而行动的直接心理动因，也为后来他以实际行动展开复仇做了很好的思想铺垫。

通过对哈姆莱特为父复仇的整个过程的梳理可见，他的精神空间是随着其人生的演变、性格以及内心世界的变化发展逐步呈现出来的。如果说，“变故”的发生造成了他精神世界的坍塌，形成了他精神上和心理上的受伤之“深”，那么在他改变现状的过程中体现的行与思是在“深”的基础上，进一步承载之“广”。这个过程也表现出他在思想上、心理上由稚嫩走向成熟的必要过程。

鲍西娅和哈姆莱特分别出自莎士比亚的喜剧和悲剧的代表之作，他们都可谓是各自剧中最受关注的人物。他们的基本特征鲜明且有对比性：一女一男；一个是普通的市民，一个是显赫的贵胄；一个来自城市，一个出自宫廷。这些对比也会间接影响他们精神空间的差异性：鲍西娅作为一位女性，一名普通市民，在她生活的时代，其人生目标显得单一而直接，即争取个人的幸福即可；哈姆莱特作为王宫贵胄，特别是可能成为未来的君主，他的人生注定不能只考虑个人的感受和需求，还要去担负社会历史重任。这就决定了两个人物在精神领域存在本质上的不同：鲍西娅即便承受着能否获取个人幸福的担忧，但她爽朗的性格、开阔的胸怀、积极乐观的人生态度有助于她克服不利的因素，加之

---

① 李伟昉：《说不尽的莎士比亚》，中国社会科学出版社，2004 年版，第 133 页。

命运眷顾，一个偶然间的惊喜，促成她得偿所愿。哈姆莱特身份本就特殊，又遭遇“变故”，面临极其艰难的处境，巨大的重压让他不堪忍受，他才会抱怨“倒霉的我，却要负起重振乾坤的责任”（第一幕第五场）。这种遭遇让他难以乐观，陷入精神危机成为必然，这样的境况难以扭转，最终的悲剧结局也并不显得意外。因此，鲍西娅和哈姆莱特的结局，或许可以从他们的生存背景，更或是从他们各自精神领域去探寻原因。

二、物质空间

物质空间，亦称物理空间，指的是文本中故事发生的场所，即故事空间。龙迪勇在《空间叙事学》中这样描述：“所谓故事空间，就是叙事作品中写到的那种‘物理空间’（如一幢老房子、一条繁华的街道、一座哥特式的城堡，等等），其实也就是事件发生的场所和地点[①]。同时，物质空间也被称为客观性空间，它是文中人物活动和事件发展的空间，一般要依据表现人物性格的需要设置情节，根据情节发展的需要设置空间，并随人物活动的变化和情节的演进转换空间[②]。

在莎士比亚戏剧中，物质空间叙述的构成较之精神空间相对复杂一些：一方面，就其性质而言，戏剧应归于虚构类文体；另一方面，作为一种表演艺术，戏剧当中包含有多层级的虚构空间，既有故事外的“静态”空间和舞台空间，也有故事内的拟实空间和纯虚构空间。正是这种层级的叠加，使得莎剧空间叙述呈现出复杂的局面。以笔者之见，莎剧的虚构空间叙述可以分为四级。

其中，一级虚构空间叙述包括戏剧题目的标示、人物的介绍和地点的说明。其组成部分相对简单，这一部分属于“静态”的展示，没有人物的出场和行动，剧情还未拉开序幕，故属于故事外的“静态”空间。在人物的介绍中，不仅有主次人物的先后之分，也有性别之序，一般介绍中只提示身份，但有时

① 龙迪勇：《空间叙事学》，三联书店，2015年版，第563页。

② 吴效刚：《论小说的叙述空间》，载《西北师范大学学报（社会科学版）》2000年第5期。

也交代人物的主导性格。地点的说明都比较简略，通常是某国或者某地，个别剧目没有明确的地点，说法很模糊。

接着进入二级虚构空间叙述。该级叙述只是在一部分剧作中存在，包括《亨利四世》（下）《亨利五世》《亨利八世》《驯悍记》《皆大欢喜》《终成眷属》《罗密欧与朱丽叶》《冬天的故事》《泰尔亲王配瑞克里斯》和《暴风雨》。通常叙述的是一些故事外人物的言行和故事。这些故事外人物并不直接参与故事情节，他们的出场也就成了进入二级虚构空间叙述的标志。其出场分为四种情况：第一种是出场于剧首和剧尾，如《亨利四世》（下）（剧首为“谣言”，剧尾为“诵尾声者”，亦称“舞者”）、《亨利八世》（没有具体的身份，建议称为“剧本叙述者”）。其叙述的内容与历史紧密相关，剧首往往是引出一段历史，为剧情的展开作铺垫；剧尾往往涉及下部剧作的内容，提醒观众注意。第二种是出场于剧首和剧中，如《罗密欧与朱丽叶》（剧首和剧中均为“致辞者”）、《驯悍记》（剧首和剧中均是众多序幕中人物）。前一部的剧首是介绍剧情，剧中是评论剧情。后一部显得很特别，剧首和剧中都属于“前故事”。这在莎剧中仅此一例，其叙述结构类似于薄伽丘（Givovanni Boccaccio）的《十日谈》（*The Decameron*），即“由故事引出故事”。剧首叙述了一个叫克里斯多弗·斯赖的补锅匠被一名贵族捉弄，被迫相信自己是一名贵族。剧中则叙述了斯赖被仆人打扰，开始专心看戏。这部剧也存在争议，有人认为序幕中的故事应该属于“主体”部分，而后面“驯悍妇”的故事应该是“戏中戏”。依笔者之见，从篇幅来看，序幕故事远远少于“驯悍妇”，而且据于标题，序幕故事显然文不对题，故笔者认为序幕故事属于二级虚构空间叙述。第三种是出场于剧中，如《冬天的故事》（剧中为“时间老人”），他主要起到连接情节的作用。第四种是出场于剧尾，如《皆大欢喜》（罗瑟琳）、《终成眷属》（国王）、《暴风雨》（普洛斯帕罗）。需要注意的是，剧尾的发言人均是来自故事内的人物，此时他们好似“摆脱”了原有的身份，摇身一变成了故事外人物，属于角色的临时改变，并且很自然地实现了与观众互动的目的。其中，前两部人物的语言带有调侃的意味，富有喜剧色彩；而后一部人物的语言有点沉重，显得较为严肃。第五种是每幕均出场，如《泰尔亲王配瑞克里斯》（高渥）、《亨利五世》（剧情解说人），他们起到了引出、连接、补充、说明或评论故事的作用，他们的位置不可或缺，其重要性不言而喻。

在莎剧的二级虚构空间叙述中，有一种现象值得我们关注，即叙述形式类似于中国传统小说中的“书场”，我们把莎剧中的这种虚构空间称为“拟书场”。其称谓说明了二者之间有着相似的叙述格局，尤其是莎剧中的众多故事外人物类似于“书场”中的“说书人”。就称谓而言，在中国传统小说中，叙述者常自称“说话的”“在下”，相应的，叙述接受者被冠以“看官”。而在莎剧中，故事外人物通常自称：“我”“俺”“我们”“我们的作者”，而对应的观众被称为：“你”“你们”“列位”“看官”“看客”“各位”“各位圣明”“诸位”“大家”“诸君”“男（女）人们”“男士（女士）们”“先生（夫人）”。进而莎剧中通过“说书人”与“看官”的互动展开了剧情。在此，笔者以莎剧中表现形式最为完整的《泰尔亲工配瑞克里斯》为例，说明莎剧中的“拟书场”与中国传统小说的“书场”之间的关联。

中国传统小说在叙述上常以“且听下回分解”的形式收尾。《泰尔亲王配瑞克里斯》中高渥的叙述虽说不是与之完全吻合，但有类似的结构特征。在五幕戏中，高渥在每幕叙述之末均有类似于收尾性质的语句。如“俺且把秃舌儿收了，让列位眼皮上看饱”（第一幕）；“要知道以后的情形，再请列位接看下文”（第二幕）；“这一场凶恶的风暴，究竟后来结果如何，台上只有一番交代，用不到俺摇唇弄喙”（第三幕）；“这以后的事移境变，自有伶工们的扮演。俺老汉啊荒腔走韵，惭愧有渎看管清听，谢列位大度的包容，才把俺的漏洞弥缝”（第四幕）；“请列位再用些想象，这儿便是老王船上，说不尽的悲欢离合，都在台上表演明白”（第五幕）。这些收尾在剧中有其特殊的作用：一方面它是对书场吸引观众或读者的一种模拟，另一方面，它把主要的或重要的情节留给读者细细赏阅，以保持戏剧的幕、场次结构的主导性。否则，高渥所作的叙述会给人以“先声夺人”之嫌。因此在内容上，它表现为故事的正常发展被叙述者中断，留待以后交代。

在叙述过程中还存在分述的情况。所谓分述，即分头叙述，叙一事毕，又叙一事[1]。这在中国传统小说中通常都有明确的开端和收尾之词，起讫交代得十分清楚。《泰尔亲王配瑞克里斯》中高渥的叙述虽没有使用这些词汇，但故事之间衔接依旧清晰自然，叙述内容可谓脉络分明。例如第五幕高渥讲了三件事：一是玛琳娜的处境，二是她父亲的情况，三是米提林发生的父女相遇的事。三件事之间并无连接之词，且处于不同的故事线索中，但三者很难说在时间上不会是同时发生，尤其是第二、三件事，以情节发展来看，应近乎于同时。而分述的运用把它们整合到统一的线性时间之中，对于情节复杂的故事而言，这种叙述方法显示出其合理性与优越性。

中国传统小说中还存在开科诗与煞尾的叙事诗。开科诗是将一首（或多首）诗或词，置于（短）篇之首或（长）卷之始。煞尾则与前者相对，处于篇章之尾[2]。这在《泰尔亲王配瑞克里斯》中同样有类似的表现。高渥所述的叙事诗表现出这些特征：处在幕、场次前的类似于开科诗，反之则似于煞尾。具体说来，在该剧每一幕开头都类似于开科诗。它既可以理解为剧情的一部分，也可以理解为对剧情的开导。它与剧中场景的关系可分为三种：一是作为场景的提要。如第一幕开头高渥介绍了配瑞克里斯求婚的对象的情况以及求婚者将要面临的困难。有了这一介绍，读者才容易把握场景中配瑞克里斯求婚的动机和其危险性。二是作为剧中人物命运的评点。如第四幕第四场，高渥诵读玛琳娜墓碑上的诗句，表现为“诗中诗”的形式。该诗以比喻、拟人和夸张的手法讲述了玛琳娜的身世和命运。三是制造情境，烘托场景。如第三幕高渥讲述配瑞克里斯携妻回国途中遭遇暴风雨，又恰逢妻子临产，这为接下来发生于海船上的故事（场景）提供了必要的背景，也起着强烈的烘托作用。此外，整部剧似于煞尾的仅有一处，即全剧的结尾。其内容是对整剧情节和人物的总结和评叹。

然后是三级虚构空间叙述。如果说第一、二级叙述相对属于“故事外空间”叙述，那么这一级叙述则相对属于“故事内空间”叙述。其叙述的部分大

① 王彬：《红楼梦叙事》，中国工人出版社，1998年版，第32页。

② 同上，第35、39页。

致等于戏剧的“场景”，而进入的标志是故事内人物的登场。该空间的叙述给人以“事件正在发生”之感，具有“即时性”的特征。这一级叙述以故事内人物的行动和言语来展开，其活动范围广阔，跨及欧、非、亚三大洲：西至英国，东至中东叙利亚一带，北及北欧的丹麦，南到北非的埃及。涉及的国家近二十个。在莎士比亚的三十七部戏剧中，故事内人物活动背景较多的国度有两个：英国和意大利。

其中，故事内人物活动于英国的剧目最多，一共十四部。主要包括取材于霍林谢德（Raphael Holinshed）《英格兰、苏格兰和爱尔兰编年史》的十部历史剧。另外还有时代较近的《麦克白》，故事发生在苏格兰；时代较远的有《李尔王》，故事发生在古代不列颠；《辛白林》，故事主要发生在古威尔士。还有一部较为特别，即《温莎的风流娘儿们》，该作是作者自由选择虚构剧情地点的一部戏，故事发生在英格兰，这也是莎士比亚唯一一部描写当时英国社会生活的戏剧[①]。作为一名英国作家，如此多的剧目以故国作为写作的空间背景也是情理之中。

值得注意的是，莎士比亚把十三部戏剧的场景都设定在了意大利，意大利成了他的“第二个世界”。其中十部的故事发生在中世纪和文艺复兴时期，包括《罗密欧与朱丽叶》《维洛那二绅士》《驯悍记》《威尼斯商人》《奥瑟罗》（仅第一幕）、《仲夏夜之梦》《终成眷属》《无事生非》《冬天的故事》《暴风雨》。其余三部故事发生在古罗马，包括《科利奥兰纳斯》《泰特斯·安德洛尼克斯》《裘利斯·凯撒》。除了自己故国，在如此多的剧目，用如此多的笔墨描写这样一个特别的国度，的确让人惊异。有论者如此评述：在莎士比亚的戏剧里隐藏着一个神秘的意大利，是一个用生花妙笔写成的意大利，他对这个国家的兴趣丝毫不亚于自己的祖国[②]。在那个时代，意大利是文艺复兴的发源地，这一现象也似乎说明作者对他国的向往和执着，也有人认为作者应该是去过那里，并且非常了解。除此之外还有十部剧，莎士比亚把每一部

① 程雪猛、祝捷：《解读莎士比亚戏剧》，武汉大学出版社，2008 年版，第 76 页。

② 理查德·保罗·罗：《寻找莎士比亚：探访莎剧中的意大利》，韦春晓译，上海译文出版社，2014 年版，第 1—2 页。

都设在了一个不同的国度，比如《哈姆莱特》发生在丹麦，《安东尼与克莉奥佩特拉》发生在古埃及，《雅典的泰门》发生在古希腊。

这些故事内的叙述空间通常是相对固定的，往往故事中提供了一到两个大的空间（一般为国家），然后里面又包含了较小的空间（一般为城镇）以及更小的空间（一般为具体场所）。在这里有两种现象需要提及。一是剧作者在安排剧情时，往往是借用较为真实的地点来讲述故事。就地点而论，我们很难发现莎剧故事中存在子虚乌有的地点，除了很小的空间以外，稍大的空间一般都具有真实性。至于明显不真实的，有两个地点常被人们指出：一个是《威尼斯商人》中的贝尔蒙特。不少人认为这一个地名是作者编造的，因为该剧问世以来，历经几个世纪，人们都无法寻找到这个地点。有人认为这可能是海边的一个城堡，也有人认为可能是一栋乡间别墅，但这些都仅仅是推论，没有得到佐证。另一个是《冬天的故事》中的波希米亚海岸。波希米亚没有滨海之地，故属于地理上的错误。有人指出这不是作者本人的问题，而是因袭他人所致。二是故事内的人物常有穿梭“城市”与“田园”两个背景空间的经历。这样的剧目达到莎剧总数的三分之二。通常，故事内人物是由“城市”进入“田园”，部分还由“田园”返回“城市”。“田园”在故事情节发展中具有不可忽视的作用：有时它是推动情节的必要背景，有时它是人物命运改变的场所，有时它是制造或洗涤罪恶之处，有时它是解决矛盾的必经之地。

最后是四级虚构空间叙述。这一级叙述是由剧中故事衍生出来，它有别于“即时空间”，笔者将之称为“再塑空间”。该级空间的进入没有统一的标识，需要根据情节作具体判断。依笔者之见，其叙述可分为以下三种情况：首先是“戏中戏”的叙述。这类叙述属于“故事内的二度虚构”，但其虚构的色彩还不算浓厚。如在《哈姆莱特》第三幕第二场，哈姆莱特授意戏子们上演的“贡扎古之死”，是“故事中的故事”，其演出旨在揭示真相；又如《温莎的风流娘儿们》第五幕第五场，众人为了捉弄福斯塔夫，分别扮作仙后、山羊怪和各种精灵，上演了一出“恶作剧”，给剧情带来了滑稽和讽刺的效果；再如《暴风雨》第四幕第一场，众精灵为向一对新人祝福，扮成了谷物女神塞瑞斯、彩虹女神埃利斯以及天后朱诺，举行了一次“庆典”，渲染了喜庆的气氛。其次是对“过去”和“未来”的叙述。故事内人物常有追溯过去的言语行为，由此引出一个“往事空间”。通过对往事的追寻，补充完善了故事情节，也使整个故事空间显得立体且完整，这类例子甚多，故不赘述。同时，故事内人物也有对未来的描述：往往采用了预述的形式，构成了富有想象色彩的未来空间。如《约翰王》第四幕第二场庞弗莱特的彼得对约翰王结局的预言、《安东尼与克莉奥佩特拉》第二幕第三场预言者对未来战局的叙述、《辛白林》第五幕第五场预言家对纸本上箴言的解读、《亨利八世》第五幕第五场对英格兰未来的预示。其中，前两部的预述在后来的情节中应验，也就实现了预言空间与未来空间的交集；而后两部预述的空间在故事之外，能否成为事实还难以预料，具有未知色彩。再者是对“超自然之境”的叙述。这一类应属于“纯粹虚构”，毫无真实性可言，其叙述表现形式有五种：一是梦境。如《裘利斯·凯撒》第四幕第三场，凯撒的鬼魂出现在勃鲁托斯的梦中，告知他将在腓利比见面；又如《亨利八世》第四幕第二场，王后凯瑟琳在悲哀的歌曲中睡去，梦见仙女们请她赴宴，还给她带来了桂冠。二是幻境。如《亨利六世》（中）第三幕第二场，红衣主教波福突然患病，生命垂危，神志错乱，仿佛在和已故的葛罗斯特公爵的鬼魂说话；而后亨利六世和他说话时，他似乎还看到葛罗斯特公爵的鬼魂在威胁他。三是鬼境。如《罗密欧与朱丽叶》第四幕第三场，在朱丽叶的想象中，一到晚上，鬼魂便会归返他们的墓穴，他们浑身发出恶臭的气味，同时发出凄厉的叫声；又如《亨利六世》（中）第一幕第四场，勃令布洛克召唤魔鬼问话，预测国王和诸位大臣的前景。四是神境。在莎剧中，神境有时与人世并行，偶有相交，如《仲夏夜之梦》。该剧有两条表现人世之事的线索：忒修斯与两对雅典情人的故事、一群丑角扮演皮拉摩斯与提斯柏插剧的故事。还有一条是表现神境的线索：仙王奥布朗与仙后提泰妮娅的矛盾纠葛。通过仙王派遣迫克帮助雅典青年男女，使神境与人世出现了交错，神话与现实实现了融合。此外，神境有时也与人世合二为一，难以区分，如《暴风雨》。主人公普洛斯帕罗通过施展魔法，驱使众多精灵为他服务，由此轻而易举地改变了自己的不利处境：他不仅惩罚了宿敌，化解了多年的恩怨，还实现了下一代人圆满的结合。在整个过程当中，普洛斯帕罗似乎“神明附体”，他拥有神的力量，能主宰一切。五是异境。如《裘利斯·凯撒》第二幕第二场，凯尔弗妮娅给凯撒讲述了最近罗马城发生的一系列可怕的异象：母狮在街上生产，坟墓张开了口，云端有骑士交战，战斗的声音在空中震荡，街道上出现悲号的鬼魂。在她看来，这一切都是不祥之兆。

在莎剧的空间叙述中，还需要注意到一种现象，即在叙述故事场景的过程中，是需要一些停顿和转换的。在剧中场景内、场景外、场景与场景叙述之间，有一种自然而然、油然而生的停顿与转换现象，而这种空间场景的停顿与转换的描写被称之为“分节”（articulation）。

分节是西方20世纪60年代以来视觉艺术和心理学研究中的一个重要的中介术语，后来被移植到小说空间叙述中使用，以期使它成为与空间叙述相适应的一个新概念。分节的含义包括连接点、关节点，它与影视手法的切换相似，但又有所不同。切换，是完全由一个空间画面转换为另一个空间画面，而分节不仅有切换的特征，还具有分中有连的含义，而不是把事物截然分开、隔断。这也是分节的最大特点。因此，采用分节概念来分析戏剧文本中空间场景的停顿与转换，就在于它能表述场景叙述画面和段落有分有连，分中有连，连中有分的特点①。

分节带有很明显的空间感，这在莎剧的空间叙述中有较为明显的呈现，主要表现在以下几个方面：一是剧中各幕、场次的交代。第几幕、第几场，这在每一部剧目中都是很自然的分节现象，而每一场后面提示的地点，包括某国家、某地域、某个城市乡镇村落、某个场所，则把每一个场景明晰化。二是某人物上（或者下）之类的表述。剧中人物上、下场都会涉及场景的转换，也推动了剧情的发展，也属分节。三是体现在剧中人物的其他行为动作，特别是人物视角的变化。例如《辛白林》第四幕第二场，在伊摩琴苏醒过来之后，通过她的言语可以推断是在向一位先生问路：该怎么走，有多少路。接着便出现提示语：见克洛登尸。由于尸体无首，穿着她丈夫的衣服，故她以为丈夫被害，不觉痛哭失声。在这里，从伊摩琴问路到她伤心痛哭，其转换就通过提示语实

① 张世君：《〈红楼梦〉的空间叙事》，中国社会科学出版社，1999年版，第110页。

现分节。四是人物的言语有时可以起到分节的作用。例如《哈姆莱特》中，国王、王后、波洛涅斯正在一起议事。王后道："可是瞧，这可怜的孩子（指哈姆莱特，笔者注）忧忧愁愁地念着一本书来了。"波洛涅斯说："请两位陛下避一避开，让我上前招呼他。"（第二幕第二场）此景中，无论是王后所见所说还是波洛涅斯的请示，都起到了分节的作用，可知场面即将转向哈姆莱特。有时，人物的语言会直接提示空间的转换，形成分节。例如《皆大欢喜》中，罗瑟琳告诉同伴："好，好，这儿就是亚登森林了。"（第二幕第四场）读者就立刻意识到场景的变化。五是剧中特殊文本的出现，比如人物的咏唱、吟诗、读信等。这些情形出现意味着文本的"嵌入"，情节的发展便开始停顿和转换。

值得关注的是，分节现象有时也存在于部分故事外叙述者叙述的内容中，像前文中提到的致辞者（《罗密欧与朱丽叶》）、剧情解说人（《亨利五世》）、时间老人（《冬天的故事》）、高渥（《泰尔亲王配瑞克里斯》）的叙述。其中，高渥在剧中每一幕之始都有出场，他所作的叙述具有多重分节的效果。这里笔者以第三幕为例，为厘清高渥讲述的故事线索以及前后因果联系，便通过排序的方式来进行说明。

第一部分，引入配瑞克里斯夫妇新婚之夜的情景："兴阑人散，梦魂入定，满屋子一片的寂静。"（第三幕开篇）这里提到了新房，后文再回顾婚礼的情况。

第二部分，说明后面发生的故事异常复杂，"苦的是俺两片唇儿，说不完这万绪千丝"（同上）。

第三部分，把视线转移到了配瑞克里斯的故国泰尔："却说那泰尔的群臣，把他们的君王访寻。"（同上）经历千辛万苦，他们终于找到其下落。

第四部分，"西蒙尼第斯的宫廷，传来了泰尔的音声"（同上），泰尔人民想唤回他们的故主。

第五部分，"潘塔波里斯全境，每个人欢呼若狂"（同上），配瑞克里斯携家眷远航返乡。

第六部分，"且说他们一帆风满，早走完了路程一半"（同上），随即遭遇了海上风暴，王后突然临产。

第七部分，后面的情况如文中所述：“究竟后来结果如何，台上自有一番交代。”（同上）

以上七个部分中，第一、三、四、五、六部分故事画面各不相同，呈现出前后相续的特征，引出的句子作为每一部分的开端，使得画面与画面之间“分”与“连”的关系十分清晰，“分”中有“连”，“连”中有“分”。其中，第三部分中的“却说”和第六部分中的“且说”是属于同时并置的空间叙述手法，也是一种典型的场景“切换”。可见，高渥叙述的多个情节通过画面空间的转换实现分节。

如果说这五个部分的分节现象更侧重于“内容”的话，那第二、七部分则侧重于“形式”。其中，第七部分既是说明暴风雨场景将告一段落，也是为连缀和转换到第一场戏奠定基础。而第二部分引出的句子既可以理解成是为后面的繁琐情节做切换式的铺垫，也可以看作是带入“哑剧”环节的必要前提。在此，笔者先将“哑剧”呈现如下：

哑剧：配瑞克里斯及西蒙尼第斯率侍从自一方上；一使者自另一方上，相遇，以书信跪呈配瑞克里斯；配瑞克里斯以信示西蒙尼第斯；众臣向配瑞克里斯下跪。泰莎怀孕偕莉科丽达上；西蒙尼第斯以信示泰莎；泰莎喜悦；泰莎、配瑞克里斯向西蒙尼第斯辞别，众下。

（《泰尔亲王配瑞克里斯》第三幕开篇）

在这部哑剧中，首先“哑剧”二字的出现起到了分节的作用。因为之前故事的交代是采用的诗体，而“哑剧”内容的呈现则采用了散文体，故“哑剧”二字是分节现象的提示。同时，“哑剧”中的内容又出现四次分节：配瑞克里斯及西蒙尼第斯率侍从自一方上；一使者自另一方上；泰莎怀孕偕莉科丽达上；众下。此外，“哑剧”这一段本身就是分节，这不仅是因为体裁的转换，也是故事内容画面的转换。“哑剧”在高渥的表述中起到了承上启下的作用，换言之，“哑剧”之前的叙述是它上演的前奏；之后的叙述是对“哑剧”做进一步的解释和说明。

由此可见，在高渥的叙述中，从“形式”到“内容”，都不同程度地表现出莎剧中存在的多重分节现象，这与剧中故事内叙述的分节现象有着明显的不同。由于故事外叙述在整个莎剧中并不多见，因此这种多重分节现象或许可以被看作是戏剧文本中分节现象的一道独特的风景。

需要说明的是，物质空间涵盖的范围很广，值得关注的问题也颇多，通过这一节的论述难以具有深度和广度。在笔者看来，物质空间领域的有些话题还有进一步进行探索和研究的必要性，故以分类的方式，在后文中分别讨论莎剧中的理想空间、超自然空间和夜空间。

三、理想空间

在莎士比亚戏剧叙述的物质空间中，存在一些被作者理想化，或者是作了理想化描写的人类生存空间，笔者暂且把其称之为“理想空间”。该空间既然是理想化的，自然应该属于美好的存在。对于这类空间，部分学者已有关注，只是在表述中常用其他意思相近的词汇称谓之，常见的如“绿色空间”，进而关注莎剧中的“绿色世界”。这个绿色，可直观地理解为以森林、草原为代表的绿色景象，也可延伸为“充满活力、生机、希望、美好”之意。有研究者指出：“‘绿色世界’是莎士比亚代表整个人类根据自己的愿望所创造，与经验世界大相径庭，是一幅乐观的、向上的、浪漫的、理想主义的图画，是对自由、道德、美好的人的理想和友善的人与人之间关系的憧憬。”[①] 也有人认为，莎翁倾力塑造“绿色世界”是因为他希望人类社会能像这样美好，给人们带来宁静恬美的生活，使社会秩序和谐井然，人们尽情享受爱情、友谊、自由[②]。结合作者生活的时代来看，“绿色世界”寄托了他对理想社会的美好憧憬和向往，代表了他心中对乌托邦世界的建构，彰显了伊丽莎白全盛时期乐观、

① 肖四新：《莎士比亚戏剧与基督教文化》，巴蜀书社，2007年版，第194页。

② 汤平：《魔幻与现实：莎士比亚戏剧中的超自然因素研究》，四川大学出版社，2015年版，第146页。

向上的人文主义精神。

“绿色世界”在莎士比亚戏剧中有较多描写，作为莎剧中“理想空间”最重要的表现形式，主要出现在一些富含喜剧色彩的剧目当中，以多种方式呈现出来。

一是森林。这是表现得最多的一种，涉及的剧作有《皆大欢喜》《维洛那二绅士》《仲夏夜之梦》等。在《皆大欢喜》中，以森林为背景的戏就占据了五幕中的四幕，剧中的亚登森林在很多人看来，是作者构想并营造的一个理想王国。作者也极尽所能对其进行描绘：蓝天、白云、草地、羊群、牧人、歌声……借助其和谐优美的自然景色来象征他所向往的理想之地。长期生存在此的长公爵很满意这里的一切，他对这儿饱含感情，心里充满了无尽的眷恋：“我们的这种生活，虽然远离尘嚣，却可以聆听树木的谈话，溪中的流水便是大好的文章，顽石里面也有谆谆古训，每一件事物中，都可以找到些益处。我不愿改变这种生活。”（第二幕第一场）树木、流水、顽石等组成了远离尘嚣的宁静的世界，自然在宁静的目光中，变得分外迷人。不仅如此，在这个世外桃源，人与人的关系也是非常理想而和谐，这里没有等级，没有不公，没有剥削，是一个所谓的大同世界。长公爵不需要任何统治手段，他的魅力的奥秘在于一个字——善，他待人接物和蔼可亲，虚怀若谷，因此“有好多人跟着他，据说每天有许多青年贵族投奔到他那儿去，逍遥自在地把时间消磨，像是置身在古代的黄金时代一样”（第一幕第一场）。为了这里，西莉娅放弃了豪华舒适的宫廷生活，紧紧地陪伴着罗瑟琳；年近八十的亚当心甘情愿地拿出所有的积蓄跟着奥兰多流浪。在《仲夏夜之梦》中，作者用了较多的篇幅谈到雅典郊外的森林，这是作者创造的一个充满浪漫幻想和丰富想象的理想世界。这里有溪谷与山陵、荆棘与丛薮、树木与草地、园场与园庭、亭亭的莲香花、晶亮的露珠，构成了五彩斑斓的壮丽景象。这里的居民是大自然的花草树木和禽兽昆虫，此外汇聚了各式各样浪漫的人物：来自雅典追求爱情的美丽姑娘和英俊小伙，来自雅典趁着月光排练节目的令人发笑的一群伶人，来自仙境的仙王、仙后和奔来奔去的小神仙、小精灵。自然生命的一切都是那么清新可爱，充满勃勃生机；一切都那么协调，人与自然水乳交融；一切又都沐浴在淡淡的月光中，朦胧而美丽[①]。这里到处充满浪漫梦幻，引人遐想，令人神往。在《维洛那二绅士》中，作者提到了曼多亚边境的森林。虽然作者没有花多少笔墨去描写这片森林的情况，但也可通过主人公伐伦泰因的言语去感知："在这座浓荫密布人迹罕至的荒林里，我觉得要比人烟繁杂的市镇舒服得多。我可以在这里一人独坐，没人看见我，和着夜莺的悲歌调子，泄吐我的怨恨忧伤。"（第五幕第四场）在伐伦泰因看来，待在这里很舒服，唯独缺少了心上人。他期盼着对方的到来，不要长久抛弃这所"殿堂"。这里的"殿堂"具有双重含义，既可以指伐伦泰因自己，也可以理解为这片森林。在伐伦泰因看来，这里就是属于他们两人的"殿堂"。

二是草原。涉及的剧作主要是《冬天的故事》。在该剧第四幕，空间背景从西西里的宫廷切换到了波希米亚的海滨草原。这里有着明媚的阳光，奥托力格斯一出场便咏唱出这里的美好："水仙花初放它的娇黄，那是一年中最好的时光，听那百灵鸟的清歌婉丽，还有画眉喜鹊的叫噪，一齐唱出了夏天的欢喜。"（第四幕第二场）这里的花儿开得格外艳丽，正如帕笛塔所吟咏的那样："在燕子尚未归来之前，就已经大胆开放，风姿招展地迎着三月之和风的水仙花；比朱诺的眼睑，或是美神西塞利娅的气息更为甜美的暗色的紫罗兰；像一般薄命的女郎一样，还不曾看见光明的福玻斯在中天大放荣辉，便以未嫁之身奄然长逝的樱草花；勇武的、皇冠一样的莲香花；以及各种的百合花，包括着泽兰。唉，我不能用这些花朵来给你们扎成花圈；再把它们洒遍你，我的好友的全身！"（第四幕第三场）帕笛塔面对草原的希望，充满了对友情的向往，水仙花、紫罗兰、樱草花、莲香花、百合花、泽兰花，聚成了绿色原野上花的世界，美的世界。这片草原上生活的牧羊女帕笛塔无比美好，她有着鲜花般的容貌，美妙的歌喉，动人的舞姿，先天得来的端庄贤淑。她被看作是"四月之初的花神"，是"牧场上最美的小家碧玉"，"在她的每一个动作、每一种姿态上，都有一种比她自身更为高贵的品质，她可说是田舍里的女王"（同上）。此外，美还体现在剧中描写的剪羊毛的时节。牧人们聚在一起剪羊毛，

① 张丽：《莎士比亚戏剧分类研究》，中国社会科学出版社，2009 年版，第 61 页。

还要举行剪羊毛的喜宴，参加宴会的人载歌载舞，开怀畅饮，一片欢呼喜庆的景象。这个时节还见证了美好的爱情。波希米亚王子弗罗利泽爱上了牧羊女，为了她，把自己尊贵的装束隐藏起来，他的心上人并不看重那些礼物，她要的是他心中珍藏的无价之宝。至于他本人对于牧羊女的挚爱之情更是无比深厚，他说："天地和万物，都可以来为我作证：即使我戴上了最尊严最高贵的皇冠，即使我是世上引人注目的最美貌的少年，即使我有超人的力量和知识，假如我得不到她的爱情，我也不愿看重它们；它们都是她的臣仆，她可以随意支配它们，如果拒绝她可以贬斥它们沦为永劫。"（同上）可见，这里的景、人、情都显得如此之美，可谓世外桃源一般。

三是山野。涉及的剧目主要是《辛白林》。从该剧第三幕第三场开始，多次把人物活动的空间安排在威尔士密尔福特港附近的山野。这里远离城镇，人迹罕至，属于被遗忘的角落。这里的生活条件艰苦，自然环境也未必理想，但这里较之于人类群居之所，却能够亲近大自然，感受到人和自然的和谐与友好。培拉律斯一出场就有这样的感言："真好的天气！像我们这样住在低矮的屋宇下的人，要是深居不出，那才是辜负了天公的厚意……美好的苍天！我们虽然住在岩窟之中，却不像那些高楼大厦的人们那样对你冷漠无情。"（第三幕第三场）并且，他对目前的生活状况是满意的，认为现在的生活高尚、富有、值得骄傲，而那些受人供养、不懂得报答的人的生活是不能与之相比的。在培拉律斯看来，自己已经实现了对两个养子的抚育和培养，而这样的生活环境也带给他们积极有益的影响。虽然他们是在卑微的洞窟之中教养长大，可他们过人的天性，使他们在简单渺小的事物之中显示出他们高贵的品格。特别是在遇见两个异乡人，发生了一些事情之后，培拉律斯的言辞更是充满了对两个养子的肯定和认可："一种无形的本能居然会在他们身上构成不学而得的尊严，不教而具的正直。他们的文雅不是效仿他人，他们的勇敢茁长在他们自己的心中，就像不曾下过耕耘的工夫却得到了丰盛的收获一般。"（第四幕第二场）伊摩琴也对他们极具认同感："他们洁身自好，与世无争，保持他们纯洁的德性，把世俗的过眼荣华置之不顾，这样的人果然可敬。"（第三幕第六场）同时，在山野中长大也形成了两个养子与人为善的良好品性，使他们极富人情，如培拉律斯认为他们像微风一般温柔。对于伊摩琴的到来，其中一个养子阿维雷格斯表示愿意爱她像爱其兄弟一样，正像欢迎一个久别重逢的亲人。当他们误以为伊摩琴已死时，阿维雷格斯对朋友的死去极度哀伤："早知会看见这种惨事，我宁愿从十六岁跳到六十岁，从一个嬉笑跳跃的顽童变成一个扶杖蹒跚的老翁。"（第四幕第二场）剧中对山野的描写，虽然并非读者所想象的那样美好，但这里哺育的人心存善良，具有大自然赋予的美好品质，他们的生存之地也会让人向往。

四是海岛。其展现在《暴风雨》一剧。这是一个被世人忽略的小岛，同时也是一个极富幻想之地。生活在岛上的有人类的代表，也有奇异的精灵。精灵的存在使这个海岛瑰丽而神奇。他们聪明伶俐，勤劳能干，在岛上四处散播着快乐。他们时而在空中飞，时而在水里游，时而变化为美丽的仙女，时而弹奏起动听的乐曲。特别是精灵爱丽儿，她能击鼓吹箫，依曲调而奏，她的歌声能抚慰人的心灵。当弗迪南德在海边因父王的惨死而痛哭的时候，爱丽儿发出的音乐便从水面略过，飘到他的身旁，而甜柔的乐曲平静了海水的怒涛，安定了他的感情的激荡。不仅如此，在剧中第四幕，作者还安排精灵们扮演朱诺、塞瑞斯、埃利斯等神明，演出一场假面剧，让他们尽情地赞美绿色的田园、富饶的土地以及一切美好的自然景物，让他们载歌载舞，极尽欢乐。在这个海岛上，最美好的人类代表无疑是米兰达。她纯美无暇，一尘不染。她有着公主的身份，却是在大自然的怀抱中长大的，纯朴的心灵仿佛还是一块没有经过人工打磨的璞玉，因此她特别率真而坦诚，当她第一眼见到弗迪南德时，她惊呼："那是什么？一个精灵吗？……他生得这样美！但那一定是一个精灵。""我简直要说他是个神圣，因为我从来不曾见过宇宙中有这样出色的人物。"（第一幕第二场）她的情思不能自禁，看到弗迪南德背负着重木不禁流下泪来，她甚至想用自己柔弱的肩代他搬木。为了爱，她的言辞竟如此卑微："我太平凡了，我不敢献给你我所愿意献给你的，更不敢从你那里接受我所渴望得到的……你可以拒绝我做你的伴侣，但不论你愿不愿意，我将是你的奴仆。"而弗迪南德对她予以这样的评价："可赞美的米兰达！真是一切仰慕的最高峰，抵得上世界上一切最珍贵的事物……你啊，这样完美无双，是把每一个人的最好的优点集合起来而造成的！”（第三幕第一场）如果说海岛上所见给人以无尽的美好，那贡札罗设想的“共和国”则代表他，也代表作者心中的希望：“我要实行一切与众不同的方式……大自然中一切的产物都不须用血汗劳力而获得……大自然会自己产生出一切丰饶的东西，养育我那纯朴的人民……这样的理想统治，足以媲美以往的黄金时代。”（第二幕第一场）这完全是一幅自然原始的理想国的图画，废除现实社会的一切关系，人类回归到原始淳朴的自然状态，这既是一种社会理想，又是一种对回归自然的向往。

五是贝尔蒙特（Belmont）。贝尔蒙特是《威尼斯商人》中剧情发生的两个主要地点之一。全剧一共五幕二十场，安排在贝尔蒙特的就有八场，可见这个地点的重要性。对于贝尔蒙特，并无实际的地理考证能为它提供确实的“身份证明”，从构词学的角度看，它是由“bel”和“mont”拼缀而成，前者有“美丽”或“美好”的意思，其阴性还有“美女”之解；而后者则作“高山”解释。因此，贝尔蒙特可以暗示“美丽的高山”，至少是“美丽的高地”[①]。可见，这很可能是作者想象并虚构的一个浪漫、理想之地。贝尔蒙特是一个充满温情的地方，那里完全是一个女性的世界：主要的也是颇为出彩的女主人公鲍西娅和尼莉莎是那里的居民。这里发生的一切，都是那么轻松、甜美、富于田园情调。正如有论者所说：“《威尼斯商人》的重要价值，在于此剧结尾时（背景地点为贝尔蒙特，笔者注），在月光如水的月色中那令人陶醉的优美歌曲。”[②]贝尔蒙特这个地方让人心神向往：一方面，它是一个适合谈情说爱的地方。对于鲍西娅并不属意的那些求婚者，她所做的只不过是和尼莉莎一起笑着捉弄一番，而未选对匣子的人，也不失风范地体面告退，埋怨的只是自己命运不济；对于中意者，能够得到上天的眷顾，如鲍西娅所愿，有情人终成眷属。也是在这里，罗兰佐和杰西卡私奔之后能在此落脚，得到“女性世界”的收留和照顾。而在此地的林荫路上，罗兰佐和杰西卡的情意绵绵也无尽展现，他们在交谈中想象出一幅幅历史典故的浪漫画面。另一方面，它是一个充满生

① 张冲：《莎士比亚专题研究》，上海外语教育出版社，2004 年版，第 92 页。

② 傅光明：《戏梦一莎翁：莎士比亚的喜剧世界》，天津人民出版社，2018 年版，第 307 页。

活乐趣的地方。特别是最后一场的“指环风波”，鲍西娅和尼莉莎两人尽情地把自己的丈夫捉弄了一番，她们对男人不忠的谴责，不过是一场有惊无险的喜剧，其目的与其说是要制造紧张的悬念，不如说是为了使包袱抖开后让大家笑得更畅快。因此，《威尼斯商人》还能被归于喜剧一类，在很大程度上恐怕是依靠了最后一场的贝尔蒙特。

以上充满理想化的“绿色世界”虽然在莎士比亚笔下呈现方式不同，风格面貌各异，但放在一起也能从中发现某些共通的元素。在此，笔者主要想谈两个方面。一是这些“绿色世界”几乎都成了现实世界中的“避难所”。莎剧中的“绿色世界”大都远离了正常世界的法律和暴力，成为作者表现现实生活中难以实现的愿望和理想的最佳场所，为剧中人物提供“逃离宫廷和生活压力”之地，扮演着让剧中人逃避迫害、追求自由的避难所的角色[①]。在《仲夏夜之梦》中，赫米娅不愿按照父亲的旨意嫁给狄米特律斯，却爱上了拉山德。公爵要求赫米娅从父，否则会按照当地法律被处死，或被赶出家门，削发为尼。为了逃避严酷的法律，拉山德和赫米娅逃到雅典附近的森林。在《冬天的故事》中，西西里国王列昂特斯认为王后生下的女儿是“孽种”，令大臣把婴儿弃之荒野，让她自生自灭。后来被抛弃的公主由一个心地慈善的牧羊人拾到并收养，从此在草原上长大。在《辛白林》中，伊摩琴不堪忍受继母的迫害和恋人被放逐的痛苦，逃出宫廷来到了威尔士的一片山野。在《威尼斯商人》中，杰西卡背着父亲从牢狱般的家里逃出，后跟随罗兰佐到了贝尔蒙特，被鲍西娅收留。二是这些“绿色世界”几乎都成了洗涤罪恶之地。莎剧中的“绿色世界”纯净美好，能陶冶情操，再混乱的局面一到这里就会变得井然有序，再复杂的关系一到这里就变得单纯起来，再尖锐的矛盾一到这里就会化为乌有，再邪恶的人一到这里就会变得仁义善良。在《皆大欢喜》中，奥利佛长期对弟弟奥兰多不公，并且打算谋害弟弟，后来在亚登森林，奥兰多为了救哥哥与狮子搏斗而受伤，奥利佛感到惭愧、悔恨，真心悔改，照顾受伤的弟弟，感受到了从未有过的手足亲情。弗莱德里克公爵本想带领军队捉拿并杀死兄长，但在森林的

① Victor L.Cahn, *The Plays of Shakespeare:A Thematic Guide*, Westport CT: Greenwood, 2001, p.257.

边界，他遇见一位老年的修道士，交谈之下，悔悟前非，停止进兵。同时他看破红尘，决定跟随修士潜心修道，抛弃富贵的宫廷生活，把权位、土地和财富都归还给兄长和他的臣仆。在《维洛那二绅士》中，伐伦泰因在曼多亚森林阻止了普洛丢斯的卑劣行径，痛斥了对方的背信弃义，普洛丢斯又羞愧又懊悔。同时，普洛丢斯认出了自己的女友，为自己曾经的见异思迁，真心表示了悔恨。米兰公爵表示要忘记以前的恩怨，要重用伐伦泰因，把雪尔薇亚许配给他，并宽恕了和他一起的那些被放逐的人。在《暴风雨》中，普洛斯帕罗通过掀起暴风雨，使曾经迫害他的弟弟和那不勒斯君臣流落岛上，他阻止了几场阴谋和罪恶的发生，揭露了一些人犯下的罪行，最后他宽恕了所有的人。

尽管莎士比亚在自己的笔下对这些“绿色世界”进行了理想化的描写，但细细思考，会发现这些所谓的“理想空间”并非尽善尽美，相反它们在剧中也显现出“非理想”的另一面。在《皆大欢喜》中，长公爵在肯定亚登森林生活具有美好一面的同时，也指出其严酷的一面：“冬天的寒风张舞着冰雪的爪牙，发出狂烈的呼啸，砭刺着我的身体，使我冷得发抖。”（第二幕第一场）此外，作者通过杰奎斯令读者对这个被理想化的森林生活产生质疑。他毫不客气地指出亚登森林本是鹿儿们世世代代生息繁殖的场所，现在长公爵带人闯了进来，他们的行径和那些使用暴力的篡位者、暴君没有两样。在《仲夏夜之梦》中，伊吉斯的女儿赫米娅因抵触强制的爱情和不合情理的法律，才逃到雅典附近的森林避难，但就是在这里，伊吉斯依然会要求女儿嫁给自己不爱的人；于此近似的是，精灵迫克也一样犯了“乱点鸳鸯谱”的错误，他的疏忽和不负责造成了几个男女青年被捉弄，他反倒觉得十分有趣。在《威尼斯商人》中，尽管生活在温情脉脉的贝尔蒙特，鲍西娅却不能自主选择中意的人，只能按照父亲遗嘱的规定行事；尽管她得到了心仪之人，但贝尔蒙特的主人已经是巴萨尼奥，因为她的一切都已经归于那个浪荡子弟了，欢乐的结局中充满了隐忧。在《冬天的故事》中，王子弗罗利泽和牧羊女在草原上邂逅相爱，可他们美好的爱情却受到了一位专制君王的阻挠。同时，草原上有牧羊人、乡下人等诸多良民，但也存在像奥托力格斯这样的流浪贼子，他们处处行恶，使得这个“绿色世界”鱼龙混杂。在《暴风雨》中，远离人世的海岛并非净土：落难的安东尼奥、塞巴斯蒂安等人还在实施着他们夺权的阴谋；岛上的居民卡列班鼓动一帮侍臣去谋害主人普洛斯帕罗和他的女儿。即便是贡札罗心中理想化的“共和国”，也显得虚无缥缈且不切实际：这个国度排斥一切，任何人都无需作为。他指出这里没有君王，却又称是他的殖民地，这无疑是自相矛盾。由此可见，这些理想化的空间远不及“理想”，尽如人意的世界并不存在。

对于莎士比亚而言，这些理想化的空间可能只是存在于他的“理想”之中，是希望，也是企盼。在他看来，“绿色世界”仅仅是没有通过加工的原始材料，是作为现实世界的补充而存在的，是与现实世界对比存在的欲望对象。正因为现实中缺乏这样的世界，才在其上强加一种欲望的形式[①]。在处理自然（现实生活）与艺术的关系问题时，他不是照搬自然，而是把自然私化，以美学的态度对待自然；换言之，既忠于自然（现实生活），又高于自然（通过虚构、想象去形象地反映生活）[②]。或许这可以作为理解莎士比亚为何描写“理想空间”的初衷。

四、超自然空间

在莎士比亚戏剧中，有近一半的作品涉及对梦境、幻境、鬼境、神境、异境等空间的叙述，同时在这些空间里带有对巫师、魔法师、神仙、精灵、鬼魂、幽灵、梦、预兆、预言等超自然因素的直接或间接的描写。这些超自然空间及附带对象的叙述和描写在剧中为营造紧张气氛、制造悬念、推动情节发展、加强人物性格塑造、化解冲突发挥了重要作用[③]。

超自然空间的叙述在莎士比亚一生创作的三个阶段都有不同程度的呈现。在他早期的历史剧和喜剧时期，有《亨利四世》（上）《亨利六世》（上）《亨利六世》（中）《理查三世》《约翰王》等历史剧；《仲夏夜之梦》《错

① 肖四新：《论自然在莎士比亚戏剧中的作用》，载《广东外语外贸大学学报》2011年第4期。
② 王木春：《莎士比亚的美学思想》，载《外国文学研究》1997年第1期。
③ 洪增流：《论莎士比亚戏剧中的超自然描写》，载《外国文学研究》1995年第3期。

误的喜剧》《温莎的风流娘儿们》等喜剧。笔者以《理查三世》和《仲夏夜之梦》作为历史剧和喜剧的代表展开论述。

在《理查三世》中作者塑造了一个穷凶极恶的邪恶化身——理查。他采用造谣、陷害、欺骗、残杀等卑鄙手段除掉反对他称王的势力，弑君后登上国王的宝座。在第五幕第三场，描写了一段梦境：亨利六世之子小爱德华王子、亨利六世、克莱伦斯公爵、里弗斯伯爵、格雷勋爵、沃恩爵士、两小王子、黑斯廷斯勋爵、安妮夫人、白金汉公爵的阴魂先后在两军营帐间升起，谴责理查犯下的滔天罪行。这些鬼魂分别对代表邪恶和正义的理查王和里士满伯爵致以诅咒和祝福之辞。他们激愤地表示要重重地压在理查的灵魂上，要让他绝望而死。他们对里士满伯爵表达了衷心的祝福，愿他的王朝繁荣兴旺。众多阴魂的造访惊醒了梦中的理查，使他仿佛觉得自己曾杀害的人全都来到了他的营帐，每一个阴魂都在威胁说要找他算账。这一段梦境的描写预示了理查将罪不可赦。该作中鬼魂数量是莎剧中最多的，通过鬼魂形象能对人物内心产生的冲突给予一种确认，在一定程度上表现出人物内心善与恶的交锋，从而达到多层次刻画人物性格的丰满效果。接下来，剧中又有对异境的描写。理查注意到作战当日太阳没有按时升起，不肯照耀了。因为按照日历记载，它在一个小时以前就该照得东方一片光明。故理查觉得今天对某个人总是个晦气的日子。这里的异境描写无疑是对梦境描写的进一步深化，再次昭示了理查悲剧命运的不可逆转。

《仲夏夜之梦》在作者早期的创作中更具有超自然色彩。从该剧题意来看，想述说的是一场梦，描写的应该就是梦境中发生的故事。但实质上只有站在剧本叙述者的角度，才可以理解为叙述者叙述了一场幻化出的梦。所以其空间看似属于梦境，实则属于神境。剧中的背景空间，出场的神仙、精灵，以及发生的故事展示了作者无人企及的想象力和创造力，是一种超自然的充分体现。有学者这样评价道："莎士比亚凭借他特殊的想象力，把梦与醒、人与妖、影子与实体、幻想与真实、光明与黑暗之间的各种状态加以具体化、形象化，使自然与超自然、生命与非生命、瞬间与永恒、无限大与无限小全部都消失了原来的界限，构成了一个超越时间与空间的水晶一般的透明世界，一个不为人知、精灵与仙人们所生活的世界。”[①]

该剧中的超自然叙述和描写通过多个多方面表现出来。首先表现在对神境情形的描写上。作者运用超自然因素将现实世界与梦幻世界融合在一起，使戏剧笼罩着亦真亦幻的神秘色彩，形成了一个令人无限遐想的神秘世界。在这个神境之中，有代表最高权威的仙王，有美丽动人的仙后，有淘气可爱的精灵仙子，还有悦耳轻柔的仙乐。作者借小仙所述，用梦幻的笔调描绘了这个充满神秘感的奇异的世界：“越过了溪谷和山陵，穿过了荆棘和丛薮，越过了围场与园庭，穿过了激流和爝火，我在各地漂流流浪，轻快得像是月亮光；我给仙后奔走服务，草环上缀满轻轻露。”（第二幕第一场）仙后的休息处更是美丽无比，仙王这样描述：“我知道一处茴香盛开的水滩，长满着樱草和盈盈的紫罗兰，馥郁的金银花，芗泽的野蔷薇，漫天张起了一幅芬芳的锦帷。”（同上）在这神境之中，溪谷与山陵、荆棘与丛薮、激流与爝火、树木与草地、围场与园庭、露珠与水滩构成了色彩斑斓的美妙图景。

然后表现在神仙和精灵活动的空间上。他们在超越人类世界的同时，又与人类世界互动，在人类的城市和精灵的森林中制造了边界。尤其是仙王潜伏在人类社会的边缘，戏耍、干预他所选择的人类玩偶，却从不向任何人展示自己。精灵们属于中间人，影响人类世界的事务，但不参与进来。因此，他们在剧中所做的一切是难以被人类所感知的。而这种感知在剧中偶尔出现过：仙王为了捉弄仙后，通过具有魔力的花汁让仙后爱上了长着驴头的织工波顿。波顿感受到了爱意，颇为得意。在这里，波顿能接触仙王和众精灵，已是对神境与人世边界的突破，或许可以解释为因魔力的作用，使仙后主动接触了人类，人类才能被感知。只是波顿对这段经历并不确信，觉得是自己做的一个离奇的怪梦。再者是表现在仙王、精灵从事的活动和付诸的行为上。在剧中，仙王奥布朗是神境中的王者，他拥有至高的权力，支配着这里的一切。故事重点叙述了他干预几个青年的爱情和他与仙后提泰妮娅的纠纷。他耳闻目睹几个青年之间

---

① 张泗洋、徐斌、张晓阳：《莎士比亚引论》（上），中国戏剧出版社，1989 年版，第 184 页。

的感情纠葛，决定用魔法来调节他们的关系。在神境中，唯独奥布朗知道爱懒花、女贞花及其汁液的神奇功效，通过运用起到了干预青年男女爱情的作用，也达到了惩戒仙后的目的，足见他拥有强大的魔力。此外，他可以随意隐形，在神境中看到精灵们都看不到的场景，正如他告诉迫克："你看不见，但我能看见。"（第二幕第一场）如果说在解决问题的过程中，奥布朗是整个计划的设计者，那迫克便是受他之命的执行者。迫克行动迅速，可以在四十分钟内环绕世界一周。他能给织工波顿套上驴头，使其经历了一场"变形记"；他为了阻止青年人的决斗，把夜空遮暗了，用浓雾盖住星星。这些都表现出其超能的一面。

在莎士比亚中期创作的悲剧时期，超自然空间叙述继续出现在他的多部悲剧中，如《哈姆莱特》《李尔王》《麦克白》《裘利斯·凯撒》《特洛伊罗斯与克瑞西达》等。

《哈姆莱特》一剧中备受关注的超自然叙述无疑是对前国王鬼魂的描写。与《理查三世》中出现众多鬼魂有所不同，该剧只有这一个，而且成为作者笔下塑造得最为成功的鬼魂之一。莎剧中的鬼魂大致可以分为三类：阴间鬼、幻觉鬼和梦中鬼。前文中《理查三世》一剧出场的显然都是梦中鬼。而《哈姆莱特》中的则属于第一种——阴间鬼。该剧中前后一共有三次出现前国王的鬼魂。第一次是第一幕第一场，坚守城池的将士们在寒冷、漆黑的夜晚发现了这个"可怕的怪象"。这一次，鬼魂只有行动，没有言语，守城的勃拉多已发觉它像已故国王的模样。霍拉旭很认同，在他心里充满了恐怖和惊奇，上前盘问后，鬼魂便昂然不顾地走了。第二次是第一幕第四、五场，哈姆莱特不顾众人劝阻，在深夜凛冽的寒风中，毅然紧随鬼魂其后。于是出现了一段令人毛骨悚然、震撼人心的人鬼对话。哈姆莱特质问鬼魂："尊严的丹麦先生，啊，回答我！不要让我在无知的蒙昧里抱恨终天……你这已死的尸体这样全身甲胄，出现在月光之下，使黑夜变得这样阴森，使我们这些为造化所玩弄的愚人充满了不可思议的恐怖，究竟是什么意思呢？"（第一幕第四场）鬼魂招手示意让哈姆莱特独自过去，并告诉他自己被兄弟（现任国王克劳狄斯，笔者注）毒害谋杀的经过，要求哈姆莱特必须替他报复那逆伦惨恶的杀身的仇恨。哈姆莱特感叹道："啊，我的预感果然是真！"（第一幕第五场）第三次是在第三幕，当哈姆莱特在王后寝宫谴责母亲时，父亲的鬼魂穿着睡衣出现。意外的是，母亲却看不见鬼魂，也没听到鬼魂说话，她认为儿子"在心神恍惚的状态中，容易出现这种幻妄的错觉"（第三幕第四场）。在该剧中，鬼魂总是出现在庄严的时刻，令人恐怖的夜的寂静中，它是一个实际行动的人物，它激起恐惧，也激起读者的同情和怜悯，使读者内心深处受到一种难以名状的灵魂的强烈震撼①。

在莎士比亚的悲剧中，《麦克白》无疑是超自然叙述最为浓厚的一部了。其叙述引进该剧中并非为了有意宣扬鬼神迷信和宿命论思想，而完全是为了艺术表现的需要，渲染悲剧的恐怖气氛②。具体而言，主要从两个方面来看。首先是对女巫形象的塑造。女巫形象在莎士比亚的多部剧中均有呈现，她们往往形象丑陋，内心邪恶。她们的出没大都与黑暗、神秘联系在一起。她们具有呼风唤雨、预知未来的超自然能力，是人物贪婪、堕落的外在表现。她们属于邪恶势力，似人非人，又与神明格格不入，故笔者把其归于对鬼境的描写。女巫在《麦克白》中一共有四次出场，其中两次在开端，两次在中间。一开场，三女巫便在雷电交加的荒原上出现，她们在此等候着麦克白大军到来。到了第一幕第三场，作者通过班柯的视角叙述了女巫们狰狞的外貌："这些是什么人，形容这样枯瘦，服装这样怪诞，不像是地上的居民，可是却在地上出现，你们是活人吗？你们能不能回答我们的问题？好像你们懂得我的话，每一个人都同时把她满是皱纹的手指按在她的干枯的嘴唇上。你们应当是女人，可是你们的胡须却又使我不敢相信你们是女人。"（第一幕第三场）从这段描述中可见女巫在身形、年龄、外貌等诸多特征，给人感觉不伦不类，难以归于正常人。第四幕是描写女巫最为集中突出的，在众巫唱着黑幽灵之歌声中，麦克白来到女巫们酿制魔药的山洞里，他把这些女巫们称为"神秘的幽冥的夜游的妖婆子"（第四幕第一场），要求她们凭着职业回答，不管秘密是从哪里得来的也要回答。整部剧中这些女巫出场的次数不多，描写她们的篇幅很有限，但从中可发

① 杨周翰：《莎士比亚评论汇编》（上），中国社会科学出版社，1979年版，第235页。
② 张泗洋、徐斌、张晓阳：《莎士比亚引论》（上），中国戏剧出版社，1989年版，第462页。

现她们有着两方面的显著特征。一是她们的出场大多与黑暗、神秘相关。黑暗是一切恶势力的化身，是代表善与美的光明的死对头。一切惧怕光明的恶行都要在黑暗的遮蔽下进行，故剧中多次出现的幽灵意象暗示了女巫们法力的恐怖。不仅如此，每个女巫都有一个听差精灵供其驱使。跟随女巫甲的是狸猫精，跟随女巫乙的是癞蛤蟆，跟随女巫丙的是一只怪鸟。此外，女巫们熬制魔药的材料更是让人毛骨悚然：蟒蛇肉、蝾螈目、青蛙趾、蝙蝠毛、犬之齿、蚯蚓刺、蜥蜴足、巨龙鳞、鲨鱼胃、毒芹根等。这些都衬托了女巫们从事的黑暗、血腥的破坏性行为。二是她们具有呼风唤雨、预知未来的超自然能力。如开场时她们预示麦克白将受封为考特爵士，还将成为未来的君王。之后又提醒麦克白要留心麦克德夫、法夫爵士；告知没有一个妇人所生下的人可以伤害他；他永远不会被打败，除非勃兰的树林会移动。女巫的预言以其模糊性和复杂性增加了剧本的神秘色彩，并以先验性的感知在以后的事态发展中得到印证。

然后是对麦克白夫妇反常精神状态的描写。反常精神状态，如疯狂、梦游和幻觉是表现悲剧人物畸形心理的最常用的手法。在《麦克白》中，种种反常精神状态的出现，无不与麦克白夫妇犯罪后失掉平衡的心理有着逻辑上的必然联系①。笔者把这种精神状态的描写归于幻境。在第二幕第一场，麦克白谋害邓肯国王之前，看见一把刀在自己面前摇晃着，刀刃上和刀柄上流着血，他虽看得见，但抓不住。他已经感觉到这是“不祥的幻象”，正是因为“杀人的恶念才看到这种异象”（第二幕第一场）。在杀死邓肯后，他告诉夫人：“我仿佛听见一个声音喊着：‘不要再睡了！麦克白已经杀死了睡眠。’那声音继续向全屋子里喊着：‘不要再睡了！葛莱密斯已经杀害了睡眠，所以考特将再也得不到睡眠，麦克白将再也得不到睡眠。’”（第二幕第二场）在他进一步杀死班柯之后，其幻觉进一步加重。在第三幕第四场，麦克白设宴招待群臣时，突然发现班柯的鬼魂竟坐在自己的位置上，对自己怒目而视。当他请大家举杯

① 张泗洋、徐斌、张晓阳：《莎士比亚引论》（上），中国戏剧出版社，1989 年版，第 464 页。

为缺席的好友班柯干杯时，他又看到了鬼魂。在他眼中，这简直就是“可怕的影子，虚妄的揶揄”（第三幕第四场）。实质上，这些都是麦克白恐惧心理和预感到自己的良心将遭受折磨而产生的幻觉。同样，犯下的罪恶也造成了麦克白夫人沉重的精神压抑。虽然她在策划和实施阴谋时，比她的丈夫要坚决、狠毒得多，可她柔弱的神经却经不起恐惧的折磨，很快就精神错乱了，良心负疚的她常常向无言的衾枕泄露自己的秘密。在第五幕第一场，麦克白夫人秉烛梦游，洗涤沾满鲜血的双手，她自言自语，道出了有关杀死邓肯和班柯的秘密，也使读者从中体会到她在犯罪的重负下备受心理的煎熬。这些反常的精神状态，透露了主人公真实的内心感受，渲染了阴郁、痛苦的气氛，也属于一种难以言说、道明的异常现象。

在莎士比亚创作的晚期，其作品中的超自然叙述表现得更为广泛和普遍。这在他创作的四部传奇剧中均有体现。

值得注意的是，神力这种超自然因素在传奇剧的矛盾解决中都发挥了不可替代的作用，成了改变和解救正面主人公命运的关键一环。而且剧中超自然的展现只是发生在较短的时间里和有限的空间内。在《泰尔亲王配瑞克里斯》第五幕第一场，配瑞克里斯在遇见女儿后沉睡过去，狄安娜女神在幻象中向他现身。在梦境之中，狄安娜让他到以弗所的神庙里去献祭，要他当着众人的面诉说自己的不幸遭遇，预言这样将给他带来最大的幸福。这段叙述中，主人公在梦境中接触到神明，故带有梦境与神境的融合，而后的结果也应证了神明出现的作用。在《辛白林》中，普修默斯在狱中的梦更是与超自然充分结合。身陷囹圄的他在睡梦中见到了亲人，其父、母、兄长等鬼魂纷纷登场。这时舞台上出现的不再是早期剧作中单个的鬼魂，许多鬼魂几乎同时出现。它们根据自己的身份对普修默斯的身世做了一些补充。鬼魂们请求神明朱庇特下凡，拨开迷雾，拯救普修默斯。朱庇特果然携雷电下界，答应众鬼魂的要求，并许诺道：“他灾辛将满，无限幸运展开在他眼前。”（第五幕第四场）普修默斯从梦中鬼魂和神明的语言里悟出了命运的启示，一切都在后来得以应验。在此，剧中出现了人、鬼、神同台的场面，同时梦境、鬼境、神境之间实现多重相融，既起到了预示未来的作用，又增强了剧情的神秘色彩；不仅体现了作者鲜明的主观意志和感情色彩，也为被人格化的超自然因素的出没提供了合适的场景[①]。

《暴风雨》是莎士比亚传奇剧中最具有魔幻色彩的一部，其剧中极具超自然因素的便是魔法的呈现。主人公的法力使背景空间——海岛笼罩在奇幻的光环之下。莎剧中的魔法几乎都与巫师、精灵相关，如前文中论述的《仲夏夜之梦》《麦克白》以及现在谈到的《暴风雨》。在《仲夏夜之梦》和《暴风雨》中，仙王奥布朗指挥精灵迫克、魔法师普洛斯帕罗指挥精灵爱丽儿为其执行任务。两位魔法师为了达到目的都运用了神秘知识去实践魔法，指挥精灵。魔法也成了他们用以操纵和制造幻觉的主要手段。在《麦克白》和《暴风雨》中，三女巫和普洛斯帕罗都具有呼风唤雨、预知未来的超自然能力。与代表邪恶的力量的女巫相比，普洛斯帕罗是正义的化身。女巫形象显得模糊，而普洛斯帕罗则鲜明、清晰。

普洛斯帕罗的魔法在剧中的影响无处不在。在第五幕，他身着法衣念叨魔法："遮掩了中天的太阳，唤起了作乱的狂风，在青天碧海之间激起了浩荡的战争，把火给予霆雷，使稳固的海岬震动……"（第五幕第一场）在这种法力之下，他主宰了整个海岛，控制着这里的精灵和居民，并让他们按照自己的意旨行事。普洛斯帕罗通过魔法实现的对他人的控制，也是一种被欲望所激发的控制。他扮演着"法则之父"的角色，对自己居住的世界进行了"再塑造"。他可以为所欲为，尤其是可以随心所欲地处置敌人[②]。普洛斯帕罗具有魔法师惯有的预知能力，他能意识到"慈惠的天意眷宠着我，已经把我的仇人们引到这岛上来了。我借着预知术料知福星正在临近我命运的顶点，要是现在放过了这机会，以后我的一生将再没有出头的希望。"（第一幕第二场）当安东尼奥怂恿那不勒斯国王之弟除掉哥哥，夺取王位时，他再次凭借法术预知了这伙人的阴谋，阻止了他们的罪行。普洛斯帕罗的魔法还具有强大的催眠作用。在暴风雨之后，他给女儿讲述了自己的经历。当女儿追问兴起风浪的原因时，他为了抓紧时间不耽误复仇，回答道："别再多问啦，你已经倦得要睡去；放心睡

① 谢江南：《超自然因素在莎士比亚戏剧中的功用》，载《戏剧》1999 年第 3 期。

② Stephen Greenblatt, *Will in the World:How Shakespeare Became Shakespeare*,New York:W.W.Norton & Company,Inc.2004,p.373.

吧！我知道你身不由己。”（同上）为了实施下一步的计划，他对女儿实施了催眠术，使她瞬间进入梦乡。后来，他布置完任务后，又用魔法唤醒女儿：“醒来，心肝，醒来！你睡得这么熟；醒来吧！”（同上）由此可见，他能使用魔法随意控制女儿的睡眠。

爱丽儿是普洛斯帕罗忠实的听差和任务的执行者。普洛斯帕罗主导了整个复仇计划，在实施的过程中，他很少直接出手，而是指挥精灵（尤其是爱丽儿）去行动。在剧情一开始，爱丽儿按照主人的指令在靠近海岸的地方掀起了暴风雨，然后把船上的人一队一队地分散在岛上，船只被安全地藏在一个幽静的海湾。爱丽儿利用自己的超自然能力对乘船者采取了不同的措施和做法。一是它隐身于那不勒斯王子身边，通过声音把其引到普洛斯帕罗的女儿身边。二是它变幻成女面鸟身的怪鸟，用翅膀打翻了那不勒斯国王等众人的酒食，宣布了这些人曾经犯下的罪行，并随着一阵雷鸣隐去。三是当卡列班和两个侍从密谋夺取岛屿时它一路上让狂风击打他们，用鼓声迷惑他们，把他们困在污水池里，后又让一群精灵化成的猎狗去撕咬他们。四是船上的水手们被它施了法术，一个个都昏睡在船舱里。另外，爱丽儿等精灵还会演奏奇妙的音乐，也是一种超自然音乐，通过音乐把魔法世界和凡人世界联系起来，使海岛上真实与虚幻之间的界限相互交织①。爱丽儿会针对不同场景、不同人物来调节音乐类型，使音乐与它要影响的人物的身份保持一致。例如在暴风雨之后，爱丽儿通过演奏甜美的音乐引导那不勒斯王子弗迪南德与米兰达会面。音乐给弗迪南德带来了莫大的慰藉，安定了他感情的激荡，因此他愿意跟随（音乐）。又如爱丽儿演奏庄严的音乐，使沦落到海岛上的那不勒斯国王等人像受了电击一般昏昏沉睡，后又以这样的音乐唤醒贡札罗，阻止了一场阴谋的发生。为了揭露一些人曾经犯下的罪恶，爱丽儿在酒席上再次发出庄严的音乐，以达到教化对方的意图。再如为了惩戒一伙不法之徒，爱丽儿演奏了快节奏的音乐。这种音乐使这伙人“像旷野的小马一样，竖起了他们的耳朵，睁大了他们的眼睛，张开

① 汤平：《魔幻与现实：莎士比亚戏剧中的超自然因素研究》，四川大学出版社，2015年版，第320页。

了他们的鼻孔，似乎音乐是可以嗅到的样子”（第四幕第一场）。爱丽儿以音乐迷惑了他们，把他们引入到普洛斯帕罗设计的圈套中。可见，音乐属于爱丽儿特别的本领，成了它制造奇迹的法宝。

五、夜空间

夜空间，顾名思义是指人物在夜晚活动的空间。这既属于空间背景，也带有时间性质，可谓空间和时间的有机融合。在各种体裁的作品中，故事通常都发生在白天，这也符合人类“日出而作，日落而息”的作息规律，故夜晚较之白天在表现人物活动方面相对较少。在莎士比亚戏剧中，这一普遍性特征同样存在。选择夜晚作为人物活动空间的剧目超过了莎剧总量的半数，但从幕场次数来看，只有很少的一部分事件发生在夜晚。这些发生于夜晚的故事或者场次占比并不高，但它们的存在具有独特的意义和价值，在推动剧情发展、塑造刻画人物、烘托故事背景、表达深层含义等方面都有着不可替代的作用。

在莎剧中要判断事件是否发生在夜晚并不复杂。通常而言，剧中幕后的叙述者不会直接告知读者此时的故事、场次发生在夜晚，但读者可以从其他方面去获知或者判断。最常见的便是通过故事内人物言语中的提示，如人物道一声晚安，或者提到今晚如何，这样的提示能够确定是在夜晚。有时也可以根据物品来判断，如某人物持火炬上，但这仅能为判断提供参考，而非绝对。以《特洛伊罗斯与克瑞西达》为例，在第四幕，狄俄墨得斯来到特洛伊城，见到了帕里斯和埃涅阿斯，双方各持火炬自一方上。在双方的对话中，狄俄墨得斯说道：“早安，埃涅阿斯将军。”帕里斯说道：“将军，你有什么事起得这样早？”埃涅阿斯说道：“那么各位早安。”（第四幕第一场）从这几句对话中，可见天应该已经亮了，此时发生的事也难以归于夜晚。

在描写夜空间的众多莎剧中，可以根据剧情的内容、性质以及所带有的褒、贬、中性的评判性特征进行分类。首先，部分莎剧的夜空间描写具有正面的含义和色彩。常见的是围绕着爱（或者爱情）的话题，表现夜晚美好的一面，这些在莎士比亚的多部喜剧中有所描述。如《威尼斯商人》中，在皎洁的月色下，罗兰佐和杰西卡走在贝尔蒙特的林荫路上，他们在谈情说爱中，联想起诸多神话和历史传说中的人物在夜晚里发生的故事。罗兰佐抒情的言语中抒发了这里的美好：“月光多么恬静地睡在山坡上！我们就在这儿坐下来，让音乐的声音悄悄送进我们的耳边；柔和的静寂和夜色，是最足以衬托出音乐的甜美的……瞧，天宇中嵌满了多少灿烂的金钹；你所看见的每一颗微小的天体，在转动的时候都会发出天使般的歌声，永远应和着嫩眼的天婴的妙唱。”（第五幕第一场）柔和的夜色加上抒情的语言，使这里的夜晚显得格外的美，也渲染出爱情的浪漫。而接下来鲍西娅等人策划的“指环风波”，则是爱人之间的小游戏，玩笑过后更加恩爱，这场“小闹剧”更是给这个夜晚增添了喜剧色彩。

同样是表现爱情，有的剧作只是在一定程度上呈现出美好的一面。如《维洛那二绅士》第四幕第二场，普洛丢斯在夜幕之下追求公爵的女儿雪尔薇亚。在他眼中，对方太好、太贞洁、太神圣，如他所言：“卑微的礼物是不能把她收买的。可是她越是不理我的爱，我越是像一只狗一样对她紧跟谄媚。”（第四幕第二场）为了达到目的，他要到她的窗下去，为她奏一支夜曲。他还表示要伺候她，甚至抛出谎言说自己曾经爱过的女郎已经死了，她爱恋的人也死了。他的求爱终究没有被雪尔薇亚接受，也给对方心里带来沉重的负担，她觉得正经历着“一生中最悠长最难挨的一夜”（同上）。在这个夜晚，普洛丢斯的求爱虽然在一定程度上体现了对爱情的企盼和向往，但他的行径却是建立在背叛好友、动用了不道德手段的基础之上的，这样的爱情已经变质，也不会被雪尔薇亚所容忍和接受。又如《仲夏夜之梦》，该剧五幕当中有近三幕的故事是发生在夜晚，重点描写了夜幕下的雅典郊外森林。这片林子是神仙和精灵们盘桓出没的地方，在夜晚仙人们会出来饮宴跳舞，这里成了他们的乐园和天堂。在这样一个无限美好之地，同时发生了人与人、神与神、神与人之间的有关爱（或者爱情）的故事。一是几个青年之间的爱情纠葛。他们为了爱情来到这片森林避难，由于精灵迫克的失误，导致他们之前的海誓山盟在花汁的作用下失去效力。拉山德“移情别恋”，伤害了自己的爱人，好在错误及时被发现并纠正，几个青年各随所愿，终成眷属。二是仙王与仙后为了争夺孩童而发生冲突。仙后爱这个孩童，想沦为己有；仙王不悦，想夺取。这导致双方爱的失衡。而后仙王利用花汁使仙后爱上凡人，让其出丑。最终仙王仙后实现和解，双方之爱恢复和谐。在这几场因为爱（爱情）引发的矛盾中，爱（爱情）的美好被魔力所干预，即便夜晚的浪漫美好仍然是主流，但黑暗中的危险依然不可避免地存在着。

还有的莎剧，在表现爱情方面总体上可以归于美好。如在《终成眷属》中，伯爵贝特兰看不上府中养女海伦娜，抛弃了对方并离家出走。后来贝特兰又去勾引一个寡妇的女儿，海伦娜得知后，请求寡妇帮忙，以实现自己和丈夫的团圆。在第三幕，海伦娜以预述的方式向寡妇讲了自己的计划，即在夜幕之下顶替寡妇女儿赴贝特兰之约。当日之夜，这个实施过程在剧中未再提及，但读者可根据其他剧情判断计划已经顺利付诸实施。在此剧中，美好的爱情却需要通过特殊的方式去成全，即“假罪恶之行，行合法之事，手段虽然不正当，行为却并无错误”（第三幕第七场）。无独有偶，在《量罪记》中，依莎贝拉想要救出弟弟，摄政官却提出以委身于他为前提。依莎贝拉便接受公爵的建议，先答应了夜晚的赴约，后让被摄政官抛弃的未婚妻代她前往。这场夜晚的约会虽然带上了“调包”的色彩，但这有助于维护摄政官未婚妻的合法权益，重获爱情，也及时纠正了摄政官犯下的过错。

其次，部分莎剧的夜空间描写带有反面的含义和色彩。较多的是属于制造阴谋、犯下罪恶的话题，表现夜幕下邪恶的一面，这些在莎士比亚的历史剧、喜剧、悲剧、传奇剧中均有表现。在《理查三世》中，提瑞尔爵士以自白的方式述说已完成新国王交代的任务：收买了两名杀手，在夜深人静之时，害死了前国王的两个孩子。尽管行凶者都是好杀的歹徒，“嗜血的猎狗”，却都禁不住柔肠寸断，满怀怜惜，在说起孩子们临死时的情况时都哭得像孩子似的。可见，两个凶手都经不起良心和悔恨的重压。在提瑞尔看来，“这是这个岛国所曾犯下的最无情、最凶暴的残杀”（第四幕第三场）。在《无事生非》中，唐·约翰设下卑鄙的圈套，以图破坏克劳狄奥和希罗的婚约，即在夜幕下制造希罗与其他男子约会的假象。剧中有三处提到这天夜晚发生的罪恶：一是唐·约翰预告众人，“只要今天晚上跟我去，就可以看见在她（指希罗，笔者

注）结婚的前一晚，还有人从窗子走进她的房间里去。”（第三幕第二场）这番说辞引发了众人对希罗的怀疑；二是通过唐·约翰侍从波拉契奥之口，诉说今晚众人在花园里远远瞧见“希罗幽会”的场面，因为“天色昏黑，蒙过了他们的眼睛，证实了唐·约翰随口捏造的谣言”（第三幕第三场）。三是被逮捕的波拉契奥供认了一切：在夜色下希罗窗口的那一幕，其实是他和打扮成希罗的侍女故意扮演的。至此，邪恶终被揭开，一切真相大白。在《麦克白》第二幕前两场，描写了麦克白在夜晚刺杀国王邓肯前后的情形。行凶前，杀人的恶念使他看到刀子在空中晃动的异象，在钟声的召唤下，他举起了屠刀。行凶后，麦克白心惊胆战，好像听到城堡里回响着一个声音，使他再也不能睡觉。麦克白夫人很镇定，她让麦克白洗净手上的血迹，并布置好了作案现场。天亮后，一名贵族提到昨夜的异常：刮着很厉害的暴风；空中有哀哭的声音；听见奇怪的死亡的惨叫和一个可怕的声音；不知名的怪鸟整整地吵了一个漫漫的长夜；大地都发热而颤抖。这些异象的描写无疑成了麦克白夫妇犯下罪恶的一种外化形式，它们的出现烘托了夜空间，渲染了悲剧的氛围，加深了罪恶的色彩。在《奥瑟罗》中，由伊阿古阴谋引发的重大罪恶主要产生于夜间。一是在第二幕第三场，伊阿古在守夜时怂恿凯西奥喝酒，使对方不能自持，同时通过造谣引发罗德利哥与凯西奥之间的冲突，造成严重的后果，使伊阿古的阴谋初步得逞。二是在第五幕，该幕的两场戏都发生于夜晚。先是在阴暗的街道，伊阿古指使罗德利哥行刺凯西奥，导致双方受伤，伊阿古为了防止阴谋败露而杀人灭口。然后是在夜幕中的卧室，奥瑟罗被忌恨和痛苦所压倒，完全失去了理智，掐死了妻子。值得一提的是，剧中的阴谋和罪恶的产生便是在夜里，即在奥瑟罗携妻子出征之夜，伊阿古开始谋划复仇；而阴谋和罪恶的实现也是在夜里，即故事最后的惨痛结局。在《辛白林》中，埃契摩出于打赌，想获得伊摩琴失贞的证据，为此他想出存放箱子的诡计。在第二幕第二场，他藏身箱中混进伊摩琴的卧室。等到夜深，他爬出来将对方卧室里的陈设探了个仔细，又悄悄地在熟睡的伊摩琴身上找了个小痣之类的特殊记号，还从她手臂上偷取了手镯，顺利地得到了他需要的证据，这使得普修默斯相信了他的谎言。这一诡计导致普修默斯误认为妻子背叛了爱情，失去了对对方的信任，也一步步造成了

伊摩琴多次遭遇苦难和危机。

再者，部分莎剧的夜空间描写含有相对中性的含义和色彩，即介于美好与罪恶之间的范畴。具体而论，有的夜空间旨在揭示罪恶。在《哈姆莱特》第一幕便讲述在阴冷的冬夜，皇家城堡的露台上总会出现一个全身盔甲的鬼魂，颇像已逝的老国王。哈姆莱特知晓后，在黑夜中接触到了鬼魂，从对方口中得知了父亲被害的真相，使他立志复仇。在第三幕第四场，哈姆莱特在夜晚来到母后寝宫，痛心而愤怒地揭露母亲不贞和虚伪的罪恶，指责她背叛了自己的丈夫，使她看到了自己灵魂上的污点，促使她发生了根本的改变。在《奥瑟罗》第五幕，夜幕之下先后出现了两次揭露罪恶的过程。在苔丝狄蒙娜冤死后，奥瑟罗一开始并不认为过错在自己，而是因为妻子“干了无耻的事情，是个淫妇”，“她像水一样轻浮”，“她跟凯西奥有暧昧”。爱米利娅驳斥了他：“你已经做了一件大大不该的事——我不怕你的剑；我要宣布你的罪恶，即使我将要因此而丧失二十条生命。”（第五幕第二场）在她的呼喊中，众人都知道了奥瑟罗杀妻的事实。接着，爱米利娅又揭发了罪恶产生的根源：引起奥瑟罗对妻子怀疑的焦点——那只手帕，是她在丈夫伊阿古三番恳求之下偷走的，而指责苔丝狄蒙娜不贞的言论，都是出自于她丈夫的诡计。前后两次罪恶的揭发，使整个悲剧的成因真相大白。

有的夜空间是为了表现人性的恢复而设定的。在《李尔王》第三幕，李尔因不能忍受两个女儿的刻薄而流落荒野。在这样一个夜晚，他经受着狂风、暴雨、雷电的袭击。他的随从劝他回屋避雨，但李尔并不认为狂风暴雨对肌肤的侵袭，是一件了不得的苦事。他经历了亲情上的打击，也从内心深处体会到那些无家可归的穷人的处境：“无论你们在什么地方忍受着这无情的暴风雨的袭击，你们的头上没有片瓦遮身，你们的腹中饥肠辘辘，你们的衣服千疮百孔，怎么抵挡得了这样的天气呢？啊！我一向太没有关心这种事情了”，“安享荣华的人们啊，服一剂药吧；暴露你们自己去感受这些不幸的人们的感受，你们才会分一些多余的东西给他们，表示一下上天还是公正的吧！”（第三幕第四场）李尔的自省改变了之前给人以负面的印象，他的人性也开始由恶转善。在《安东尼与克莉奥佩特拉》第四幕，面对安东尼的慷慨大度，背叛了主子的爱诺巴勃斯感到羞辱难当，在夜晚，他陷入了深深的自责和忏悔之中："无上尊严的忧郁的女神啊，把黑夜的毒雾降在我的身上，让生命，我的意志的叛徒，脱离我的躯壳吧……安东尼啊！你高贵的精神，是我的下贱的行为所不能仰望的，原谅我对你个人所加的伤害，可是让世人记着我是一个叛徒的魁首。"（第四幕第九场）最终他拒绝苟且偷生，了结了残生。

还有的夜空间是为主人公的行为提供掩饰或庇护。在《维洛那二绅士》中，雪尔薇亚为了摆脱既讨厌又缠人的修里奥和普洛丢斯，更主要是为了去寻找自己的心上人伐伦泰因，下决心出逃。第五幕第一场，趁着夜幕，她和埃格来莫约在修道院相会，然后一起上路。雪尔薇亚选择在夜晚出逃，避开了父亲对她的监视，也改变了她的不利处境，为自己重获爱情提供了契机。在《仲夏夜之梦》中，仙王奥布朗、仙后提泰妮娅以及众多精灵平时都是选择在夜间出没。由于夜晚能为他们的活动提供掩饰，不易被人类发现和察觉，故他们行动都在夜晚展开：仙王了解到几个年轻人逃到森林的缘由，命迫克去帮助他们；几个年轻人在黑暗的森林迷了路，无比困乏，酣然入睡，被神仙们摆布，造成了误会的发生；仙王指使迫克通过花汁的魔力捉弄仙后；仙后对长着驴头的匠人产生了感情；仙王让迫克纠正了错误，使几个年轻人恢复了正常；仙王和仙后带领众精灵唱歌、跳舞，为熟睡的人们祝福。在整个过程中，几个年轻人始终没有感知到神仙的存在，更不知道神仙对他们施加的影响。而匠人波顿虽然接触到了仙后以及众精灵，但也是在仙后等主动接触凡人的前提下才得以实现。在阴暗的夜里，波顿感到迷糊，以为是幻觉，所以当他清醒后，还以为自己做了一场离奇的怪梦。

对夜空间描写最为充分的莎剧无疑是《罗密欧与朱丽叶》。该剧在表现罗、朱二人生死不渝的爱情过程中，将故事发展的主要节点都置于夜间呈现，包括二人的相识、相恋、结合、离别、逃婚、殉情等。这种夜空间叙述像一条隐形的珠链一样，把整个故事串联起来，使剧情发展清晰明了，自然流畅，紧凑完整。剧中的矛盾冲突也因之展现无疑。在该剧中至少有十三场戏（能够确认的有十三场，还有部分场次不能确认，存疑）都发生在夜晚。在这十三场戏中，有两场展现出悲剧色彩较为浓郁的一面。一是第三幕第一场，在维洛那广场上凯普莱特家族的提伯尔特与罗密欧的好友发生了争吵并引发斗殴。虽然罗密欧进行了调解，但没能阻止双方矛盾的升级：罗密欧的好友被提伯尔特杀死，罗密欧出于自卫又将提伯尔特杀死。在这场纷争中，造成了两个青年的死亡，同时罗密欧也犯下了过失，被当地的亲王放逐。二是第五幕第三场，在墓地里罗密欧与巴里斯争吵并格斗，伤心已极的罗密欧杀死了对方，看到朱丽叶“已死”，他喝下了毒药。朱丽叶醒来后，看到罗密欧已经先她而去，便用匕首结束了自己的生命。至此，整剧达到了悲剧的高潮，也把悲情的色彩渲染到了极致。

虽然该剧是被后人划归于悲剧行列，但是剧中也营造出了部分喜剧的氛围，明显冲淡了剧中的悲剧情调，主要体现在以下三处：一是凯普莱特家族举行晚宴，罗密欧第一次见到朱丽叶，就被对方所吸引。在他看来，“火炬远不及她的明亮，她皎然照耀在暮天颊上……她是天上明珠降落人间……我从前的恋爱是假非真，今晚才遇见绝世的佳人！”（第一幕第五场）朱丽叶也对罗密欧一见倾心，散场还向乳媪打听他的身份。两个年轻人的初次见面就彼此倾慕，一见钟情，燃起了爱火，这个过程显得颇为浪漫，为他们接下来的进一步接触做了很好的铺垫；二是罗密欧乘着黑夜，攀墙跳进凯普莱特家的花园。当他看到朱丽叶的倩影出现在楼上窗口时，他又惊又喜，心旌荡漾，浮想联翩，仿佛在窗子里亮起了太阳，“她的眼睛变成了天上的星”，“她脸上的光辉会掩盖了星星的明亮”，“她用纤手托住了脸庞，那姿态是多么美妙”（第二幕第二场）。遥望夜空中星星点点，罗密欧不禁睹物兴情，赞颂着灿烂的星星、妒忌的月亮和黯然失色的朝阳，以抒情、浪漫、诗意般的语言表达了他对朱丽叶由衷赞美和无限爱慕之情；三是罗密欧和朱丽叶在劳伦斯神父的寺院里秘密举行了婚礼。对于这神圣的结合，双方都充满了美好的向往和殷切的期待。对于罗密欧而言，“只要你（指劳伦斯）用神圣的言语把我们的灵魂结为一体，让我能够称她一声我的人，我也就不再有什么遗恨了。”（第二幕第六场）而在朱丽叶看来，真诚的爱情已充盈在她的心里。此时，两个人心心相印，结为连理，成为他们人生中最幸福的时刻，也达到了剧情中喜之顶点。

除了这些具有浓郁悲剧色彩和喜剧氛围的夜空间，该剧还有的是介于二者之间，起着引发悬念、加深冲突或者推动情节发展的作用。在第三幕中，朱丽叶在家中等着罗密欧来度过新婚之夜，乳媪却给她带来死亡的消息。由于乳媪前言不搭后语，使朱丽叶对事情的真相不断产生误解。她最初以为罗密欧死了，之后才逐步得知是哥哥死了，罗密欧被放逐了。对于哥哥之死，她开始是咒骂罗密欧，说他是“美丽的暴君”“天使般的魔鬼”“一个万恶的圣人”“一个庄严的奸徒”（第三幕第二场）。接着她又懊悔了，觉得不该这样责骂，去凌辱罗密欧，因为对方是她的丈夫，不应当说他的坏话。然后她又能理解罗密欧的行为，因为哥哥想要杀死她的丈夫。再往后，她感到痛心，比哥哥的死更痛心——丈夫被放逐。最后她急切地想见罗密欧，让乳媪赶快去找他。在获得消息的过程中，朱丽叶经历了数次的心理矛盾和冲突，她对罗密欧的态度和看法也随着真相的一步步揭开而发生变化，他们的关系也经历了从恶化趋向缓和的曲折过程。这一切的发展变化都紧紧地牵动着读者的心。在该幕第三场，罗密欧从劳伦斯那里得知自己被放逐的消息。在他看来，放逐比死还要可怕，当他听乳媪说朱丽叶在家里哭个不停时，他恨不得把自己杀死。劳伦斯神父斥责了罗密欧，要他用男子汉行为来证明他和朱丽叶的海誓山盟，并想出了解决难题的良策，订下了将来实施的计划。在这一场中，乳媪的出场及时阻止了罗密欧的自杀行为，避免了悲剧的过早发生；劳伦斯的计策在一定程度上缓解了罗密欧与朱丽叶所处的不利局面，为后来寻找转机提供了契机，也让读者从中似乎看到了主人公命运改变的希望。在第四幕第三场，朱丽叶在闺房里准备吞服劳伦斯神父送给她的药水。但是当她拿起药瓶时却疑虑了：她首先想到药水不灵验怎么办？那就意味着天亮后要被迫嫁给自己不爱的人。然后她又想到，劳伦斯神父的药水是否有毒，会不会因为他懊悔主持了婚礼而有意毒死自己，但她立马又否定了：劳伦斯是公认的圣洁之人，不可怀有这样坏的想法。接着她意识到，如果自己醒来时罗密欧未及时赶来可怎好？岂不会被活活闷死，或者面对阴森可怖的坟地，也会很恐怖，特别是还会见到血肉模糊的表兄。她还进而联想到，坟地里是鬼魂聚集的地方，会有曼陀罗缠身，人骨、尸衣遍地，造成自己精神错乱……这一场通过朱丽叶前后的思想变化，把她当时心理的极度复杂和思前顾后的犹豫充分展现了出来，同时也带给读者一种前景莫测、祸福难料的悬念。

除此之外，剧中的夜空间叙述还蕴含深刻的喻义。首先，夜空间代表了恋爱中人的期盼和向往。对于相恋男女而言，总是希望处在夜色之下，因为夜晚是他们幽会的好时候，成了他们渴望的“光明”，故在他们心中期待着夜晚降临。也正是在万籁俱寂的夜里，罗密欧才能翻入院墙，投入朱丽叶的怀抱，“不被人家看见也不被人家谈论”，“可以在他们自身美貌的光辉里相互缱绻”（第三幕第二场）。其次，夜空间也预示着悲剧的前景。它的频繁出现揭示了男女爱情悲剧的必然性，罗密欧与朱丽叶生活在封建社会的漫漫长夜，要想获得自由的爱情婚姻是很难的，并且他们的爱情从一开始就笼罩在家族世仇的阴影里，像无尽的黑夜，终究难以避免悲剧的结局。故读者看到，剧中罗密欧和朱丽叶的爱情开始在夜里，发展在夜里，也终结在夜里。夜晚这一意蕴，不断在反复重现[①]。再者，夜空间还透露出了一线希望，即预示了黎明即将来临：如果夜已深了，黎明还会远吗？故罗密欧和朱丽叶拿出了足够的勇气和信心，用圣洁的爱情打破“夜晚”，迎接光明。这又紧扣了英国乃至整个欧洲的时代脉搏，揭示了时代发展从黑暗走向光明的必然趋势。从这种意义上说，此剧远远超出了对男女爱情的描写，而是具有更为深广的社会内容和时代意义。

① 李伟昉：《说不尽的莎士比亚》，中国社会科学出版社，2004年版，第122页。

第三章 莎士比亚戏剧叙述的结构

所谓结构，乃是指事物的一些相关部分的组合，它意味着叙述文本的总体布局和各个部分相互关系的安排。在戏剧文本中，结构又称为布局，是指剧本的外部构成，即戏剧情节构成与铺展的方式。简言之，就是一出戏是怎样开头、怎样开展、怎样结束的[①]。结构对于戏剧具有重要意义，首先与其体裁有关。由于戏剧是一种舞台表演艺术，在叙述过程中受到各种客观条件的限制，这就必然要求有严格而精巧的结构。同时结构不仅仅是一种形式和内在技巧，它有机地将组织情节、展开戏剧冲突、表现人物性格结合在一起，从而准确体现剧本的主题思想。

最早论及戏剧结构的著作是亚里士多德的《诗学》。该作中对戏剧结构主要论述为："布局重于性格，位于悲剧六项成分之首；一个人一个行动，要有头、身、尾，不可随意挪动、删削；'结'与'解'——剧外事件，往往再配搭一些剧内事件，构成'结'，其余的事件构成'解'。"[②]他提出的学说，迄今为止也仍然是戏剧结构理论的基石。在他之后的一千多年中，关于戏剧结构最重要的探讨是关于"三一律"的争论，这也是一个由《诗学》的解释引出来的问题。亚氏之后对戏剧结构有重要开拓的是黑格尔，他提出的冲突学说在理论深度上大大前进了一步。但总体来说，在亚氏之后的两千年中，对于戏剧结构的有效探索主要集中在纯戏剧结构上。因此，其进展更多地表现在深度上

① 董健、马俊山：《戏剧艺术十五讲》，北京大学出版社，2012年版，第118页。
② 亚里士多德、贺拉斯：《诗学·诗艺》，罗念生、杨周翰译，人民文学出版社，1962年版，第60页。

而较少表现在广度上。

莎士比亚戏剧作为传统经典，他的剧作以结构严密、构思精巧而闻名于世。他的戏剧类型较多，表现形式灵活多样，其结构呈现出较为复杂的局面。下面将结合形式与内容、内在与外在来进行探讨。

一、“戏中戏”结构

对于“戏中戏”，首先需要关注的是它的定义问题。之前已有不少人有过阐释，但说法各异。有的认为“戏中戏”是独立于戏剧情节而存在的艺术形式或片段表演；有的认为它是戏剧中套演该剧之外的其他戏剧故事和事件；有的是据词生义，认为它是在一出戏中演出另一出戏；也有的从行语角度，认为它等同于穿插的搬演形式；还有的是直接解释为故事里的故事。从不同的角度来看，这几种说法都有合理的成分，只是觉得不够完整、全面。在笔者看来，“戏中戏”有狭义、中义和广义之分，如果狭义地理解，“戏中戏”应当成为全剧的主要成分，其戏中的叙述性故事自始至终受到一个明显的剧场性的框架的制约，而且由于这个框架的存在而时时暴露出故事和人物的不确定性。但是要撤去这个框架，全剧也就不存在了①。从中义理解，“戏中戏”是戏剧叙述性结构中的一部分，但并非主要的成分，如果把它去掉，戏的主要部分仍然可以确立。从广义理解，“戏中戏”还需考虑剧情中故事内与故事外的关系问题，即不同角色有戏内戏外之分，二者之间也会构成另一种“戏中戏”的关系。

由于“戏中戏”这一概念在理解当中存在差异，要准确概括并非易事，故这并不是一个理想的概念，毕竟它的外延很可能会超出原有的范畴。但在笔者看来，有几方面的性质应该是“戏中戏”始终存在的：其一，戏与戏之间必然有因果关联，要么是直接联系，要么是间接联系；其二，戏与戏之间存在主次之分，怎么分需根据具体情况来定，比如篇幅长短、重要与否或者出现的先后顺序；其三，参与“戏中戏”的人物，应自知是演戏，他（们）既可能出现在

① 孙惠柱：《戏剧的结构与解构》，上海人民出版社，2016年版，第175页。

前一个或后一个戏中，也可能前、后戏中均出现；其四，“戏中戏”既存在于故事内容中，也能关联于表演形式上，即实现了内容与形式上的有机结合。

莎士比亚对“戏中戏”结构的运用颇有心得，技法圆熟，表现形式多样，广泛表现在他一生的戏剧创作当中。经笔者粗略统计，莎剧中使用了“戏中戏”结构的至少有十五部，超过了莎剧总数的百分之四十。具体而论，其“戏中戏”结构的表现形式存在以下五种情况：

一是以故事的形式引出。这种表现形式相当于“故事套故事”的叙述结构，即由一个故事引出其他故事。该形式据说是来源于阿拉伯国家，例如问世颇早的《天方夜谭》（*Arabian Nights*）中便有运用。在该作中，山鲁佐德为化解灾难给国王讲故事便是前一个故事，而由此讲出的许许多多的故事是被引出的对象，即“戏中之戏”。这种表现形式在莎剧中仅有一例，即早期喜剧《驯悍记》。在该剧的序幕中，讲述了一个叫斯赖的补锅匠在入睡时，被一伙打猎者劫走，醒来后又被这伙人捉弄，被迫相信自己是一个“贵族”。接着，斯赖接受仆从的建议，携所谓的“夫人”一起观看一出有趣的戏，而这出戏便是“驯悍记”。该故事主要讲述了一个叫披特鲁乔的绅士娶了一位悍妻，并在婚后通过特别的方式驯服妻子的经过。其中，前一个故事按照结构安排应该是主要的故事，但它所占篇幅太少；后一个应该是次要的故事，属于“戏中戏”，却占据了整剧绝大部分篇幅。这种情况本不合常理，既然“戏中戏”处于次要地位，它的篇幅就应该少于主要的故事。而且我们看到，斯赖的故事在整剧中除了序幕作了交代外，就只剩第一幕第一场的末尾简要提及：看戏者因打瞌睡被仆从弄醒，于是继续看戏。之后这一故事再也没有后续。这多少让人感到困惑，因为无论是根据旧剧本所述还是常规，都应该有一个结尾才算完整。

二是以表演形式结合故事形式引出。这种表现形式在莎士比亚的《亨利四世》（下）《亨利五世》和《罗密欧与朱丽叶》等三部剧中存在，并且具体的表现形式也大致属于同种类型。做出如此判断的关键点在于剧中的异故事叙述者（heterodiegetic narrator）。异故事叙述者不是故事中的人物，由于他不参与故事，因此在叙述上具有较大的灵活性，可以凌驾于故事之上①。正因为他的存在，使剧中多出了一层“框架式”的结构，他位居其中，与书中的读者或者台下的观众进行互动，扮演了一个特定的角色，我们可称之为说戏者（类似于中国传统小说中的说书人）。他在表演说戏时，既有对读者和观众的调侃（属于表演形式），也有涉及接下来要上演的剧情（属于故事形式）。而他所营造的这个场面就构成了整部剧中的第一层戏（类似于书场中说书的情形）。在他下场后，剧情将移交幕后叙述者继续叙述（有的称这个阶段属于纯粹的演绎过程，不存在叙述），由此才进入第二层戏，即主要故事情节，而这段情节充当的便是“戏中戏”。在《亨利四世》（下）中，说戏者是“谣言”，她乃一长舌妇，故遍身绘满舌头，以肖其饶舌。她出现在序幕中，她先是对读者和观众作了一番自我介绍和评论，然后切入剧情，报告亨利王在战场上打败叛军的情况。在序幕之后，剧中讲述了亨利父子继续平乱，而后亨利王子登位为亨利五世的过程，故序幕之后的故事情节就属于“戏中戏”了。在《亨利五世》中，说戏者是剧情解说人，他在第一幕之前上台，歌颂了伟大的君王亨利五世，并希望观众们能发挥想象，以狭小的舞台来展示广阔的国土，去追溯亨利五世征战法国的历史。并表示要像报幕人一般请观众耐心看戏，请观众既聆听又批判。从第一幕开始，“戏中戏”便拉开了序幕，直至剧终。在《罗密欧与朱丽叶》中，说戏者是致辞者，他先后两次出现在序诗当中，分别位于第一幕和第二幕之前。在第一首序诗里，说明人讲述了故事发生的地点，故事中的大致剧情以及演绎剧情的时间。并提出，如果观众肯耐心细听，他会对过于简单的情节尽力补充。而在第二首序诗里，说明人以自己遇见所爱的感受，来引申出罗密欧与朱丽叶分开后彼此的心境。因此，致辞者在剧中两次引出了“戏中戏”，一次是第一幕，述说了罗密欧与朱丽叶的相识，第二次是第二幕至剧末，述说了罗密欧与朱丽叶的相恋、逃婚和死亡。

三是在故事中嵌入。这种表现形式在多部莎剧中均有体现，也是莎剧中出现频率最高的一种。与前两种表现形式不同的是，“戏中戏”都出现在主要故

① 胡亚敏：《叙事学》，华中师范大学出版社，2004年版，第41页。

事情节当中，篇幅较为短小，而演戏的人都属于故事内人物。这些“戏中戏”的类型各异，可划分为三种。第一种类型是主要故事情节中供人观赏、消遣的戏。演戏者是由一些次要人物组成，他们是演给主要人物看的，或者说通过演戏对主要人物产生某种影响。如《哈姆莱特》第三幕第二场，一班戏子在哈姆莱特的授意下上演了《捕鼠机》。在最初时，戏子们所演之戏本与整部剧情没有直接的关联，如果没有哈姆莱特的授意，想必这出戏就仅有单纯的观赏价值，但正是受人为因素的影响，这出戏就不同寻常了。结合前后剧情，它不仅仅是对先王被害情节的再现，还有力地印证了鬼魂所言的真实性，更决定了哈姆莱特下一步的行动。又如《仲夏夜之梦》第五幕第一场，一帮工匠根据公爵的要求上演了一出戏，名为《最可悲的喜剧，以及皮拉摩斯和提斯柏的最残酷的死》。戏中讲述了皮拉摩斯与提斯柏爱恋，在父母反对下私会，由于误会场面的出现，两人先后自杀而死。从内容来看，故事显然属于悲剧，这与标题不符，而且在公爵婚礼的庆典上演出也不合氛围。有的认为这出戏是为了告诫青年男女们应顺从父母的意愿才能避免悲剧的发生，但是整部剧的末尾却是青年男女们自主的爱情获得了圆满。第二种类型是故事内主人公客串角色演的戏。如《亨利四世》（上）第二幕第四场，福斯塔夫建议亲王练习一下第二天见父亲如何答话，于是二人交换角色进行扮演。第一次是由福斯塔夫扮演“父亲”。“父亲”建议亲王不要和他人一起胡闹，唯独应该和福斯塔夫这样有德行的人来往；第二次是由亲王扮演“父亲”，福斯塔夫扮演“亲王”。“父亲”指责“亲王”结交福斯塔夫，而“亲王”一个劲儿地替福斯塔夫辩护。这场戏很快就被敲门声打断了，虽然短暂，却生动有趣。第三种类型是以人物行为传情达意的“哑剧”。如《亨利八世》第四幕第二场，王后凯瑟琳在悲哀的歌曲声中入睡，在她的幻梦中，六个人身穿白袍，头戴桂冠，面罩金色面具，手持桂枝，向她鞠躬、跳舞，在她头上举起王冠，并行礼，随后在舞中消逝。这场戏带有浓厚的奇幻色彩，这种“托梦给人”的演出方式给读者和观众以直观的印象，预示了王后将不久于人世。

四是以表演形式结合故事形式的嵌入引出。这种表现形式类似于上文中第二种情况（即以表演形式结合故事形式引出）。二者的主要差别在于异故事叙述者在剧中所处的位置。对于前者而言，异故事叙述者处于主要故事情节开始之前（通常为第一幕之前），而后者处于主要故事情节之中（某一幕之中或者某一幕开始之后）。如在《泰尔亲王配瑞克里斯》中，异故事叙述者名为高渥，他在莎剧诸多异故事叙述者中算是出场频率最高的了（共七次）。他主要出现在每一幕拉开之初，此外，第四幕第四场他上演了“独角戏”，讲述了玛琳娜的个人遭遇；而在第五幕第三场的末尾，他总述整个故事的经过，特别对剧中的各个人物作了评论。他在剧中的主要任务还是讲述故事情节，这些情节一般不属于最主要的部分，但也不能缺失。他的另一个任务便是扮演说戏者的角色，营造一个说戏的场面。以引出后文的“戏中戏”。又如在《冬天的故事》中，异故事叙述者名为时间。他只是出现在剧中第四幕之始。他扮演了和高渥相似的角色，剧中称之为致辞人（与说戏者并无二异）。他言词不多，先是作了自我介绍，然后谈到列昂特斯和帕笛塔的情况。在述说故事的同时，他依旧带着说戏的口吻：“容我向你们把一个新的场面铺开……时间的消息到时候自会一一揭晓……”（第四幕，引子）说毕，剧情便进入“戏中戏”部分。

五是以表演形式的作结揭示。这种表现形式在莎剧中并不多见，主要表现为故事内人物从故事之中跳到了故事之外，站在了异故事叙述者的位置。故人物在扮演原先角色之余，又客串了一个说戏者的新角色。虽然此时人物名称未变，但身份和角色已经发生了改变。这种客串给人感觉是临时性的，因为故事内人物扮演说戏者总是出现在剧末。至此，读者和观众才恍然大悟：原来之前看到的剧情竟然是这个说戏者亲自扮演的一出戏，而他（她）扮演这个角色之前的剧情都是“戏中戏”而已。因此，这一类“戏中戏”是通过剧末的这种表演形式揭示出来的。比如《暴风雨》的剧末有“尾声”，其内容是主人公普洛斯帕罗的诵词：他诉说了自己此时的感受，同时也向读者作别。又如《皆大欢喜》的剧末是一段“收场白”，罗瑟琳自知来念“收场白”是不合适的，但她还是向读者和观众表白，希望他们能喜欢她的戏，盼望大家以鼓掌来欢送她退场。再如《终成眷属》的剧末是“收场诗”，说戏的角色是由剧中的国王担当的。他登场致词，表示自己的戏已演完，身份由国王变成乞丐，并请读者和观众以掌声予以鼓励。

概览这些运用“戏中戏”结构的莎剧，可见这一结构在诸多方面都能发挥其不容忽视的作用，主要表现在以下五个方面。

一是有力地推动甚至直接牵制着剧情的发展演变。如《哈姆莱特》中王子根据叔父看戏过程的神态和反应，做出明确的判断。从国王如坐针毡、未及终场便仓皇离席证实了鬼魂所言确凿无疑，促使王子立下复仇的决心。这堪称整部剧情发展环节的转折点——在此之前，由于尚未证实叔父的罪行，哈姆莱特游移不定、消沉沮丧，陷入“生存还是毁灭”的精神危机。而“戏”后他一改之前的颓废心态，重新抖擞精神，从此复仇的目标坚定不移。因此，该“戏”容涵着推启情节发展的强大驱动力。

二是勾连剧中人物之关系，突显和彰显人物的性格特征。同样以《哈姆莱特》为例。剧中处于矛盾对立的叔侄双方相互窥探，都试图借助“戏中戏”敲开对方紧紧闭锁的心灵大门，挖掘出对方掩藏于心底的秘密。当“戏”上演至凶手用毒药灌入伶王耳朵之时，必然的反应开始了：克劳狄斯情不自禁地站起来，他内心掀起了惊恐的风暴，叩开了这个杀人凶犯的灵魂世界。一方面他受欲壑难填的野心驱使，干出惨绝人寰的暴行；另一方面尚未泯灭的良知、深深的负罪感使他经受着痛苦的折磨。由此成功刻画出人物性格，揭示其隐秘的内心世界。

三是给人以剧场感和独特的审美体验。如《驯悍记》中补锅匠“变身”为“贵族”看戏的故事，虽与“驯服悍妇”的故事没有直接的关联，但在其表现形式上是有一定新颖性的，它给人以身临其境的感觉，让读者不由跟随他们，一起坐下来观戏。而像《皆大欢喜》《终成眷属》等剧，“剧情中人”陡然变成了“剧情外人”，这一跨越也给读者带来惊异的感受，而剧中人物与剧外读者的“交流”考虑到了接受者的心情，调动了他们的情绪，活跃了剧场氛围，打破了仅停留于戏内的惯用模式，给人以美好的体验。

四是引出、补充、连接剧情，道出前因后果。多部莎剧中都有异故事叙述者这一特殊角色，他们的存在对整部剧情的引出、补充、连接起着不可忽视的作用，正是通过他们的叙述，接受者更清楚地知晓了故事的来龙去脉、前因后果。同时，他们的存在也对引出、嵌入“戏中戏”起着至关重要的作用。可以说，如果没有他们表演的“说戏”成分，剧中诸多的“戏中戏”就缺少了得以形成的外在结构，失去了其存在的土壤。

五是增加浪漫成分，营造喜剧氛围。如《亨利四世》（上）中，在充满混乱和纷争的英格兰内战的时代背景下，福斯塔夫牵引出的故事，特别是他和亲王的“换角色”表演，给剧情增添了难得的喜剧情调，在一定程度上化解了因战乱带来的凝重气氛。而在《亨利八世》中，当凯瑟琳王后的地位被废除，导致她的病情日益严重之时，天使进入她的梦境之中，一段兼“哑剧”“舞剧”和“音乐剧”的表演为她悲剧性的人生结局注入了奇幻和浪漫的成分。

二、圆形结构

圆形结构在文艺作品中较为常见，其涵义可以理解为：文本叙述由起点出发，经过一个过程过渡到终点，但它并不是按照时间顺序自然发展而成的直线性叙述，而是终点又回归到原点，形成一个近似的“圆”，即故事从这里开始也从这里结束，形成了一个叙述的圆形。它通常给人以周旋无端、头尾相接、完整无痕之印象。钱锺书曾谈及文艺作品结构布局的圆形：“窃尝谓形之浑简完备者，无过于圆”，并对古文中“起结呼应衔接，如圆之周而复始”者极为赞赏：“浪漫主义时期作者谓诗歌结构必作圆势，其形如环，自身回转。近人论小说、散文之善于谋篇者，线索皆近圆形，结局与开场复合。或以端末钩接，类蛇之自衔其尾，名之曰‘蟠蛇章法’。”[①] 在他看来，圆形结构乃文艺作品结构之至美境界。不过，这一结构在文本中的呈现并不直观，而是时隐时现，能够让人感受到它的存在。而且它的表现方式也是广泛且灵活多样，在人物描写、情节设置、思想表达、主题揭示等方面均有体现。

在莎士比亚的戏剧中，圆形结构以多种方式呈现，笔者选取一些较为突出的进行阐述。

首先，表现在人物的行动、经历等人生轨迹方面。如有的以人物的个人追求历程构成一个圆形结构。在《维洛那二绅士》中，伐伦泰因与雪尔薇亚私

① 钱锺书：《谈艺录》，中华书局，1979 年版，第 229 页。

好，但因朋友的泄密，导致了二人被拆散，雪尔薇亚离家出走寻找所爱，二人终相遇，在女方父亲同意下而结合，这是剧中的第一个“圆”。普洛丟斯本与裘丽亚相好，但他离开后因见异思迁而背叛了所爱，终究他的“追爱”行为被制止，在悔过后他选择与裘丽亚重归于好，这是剧中的第二个“圆”。在《爱的徒劳》中，纳瓦国王和三侍臣的追求也构成了两个“圆”。第一个是追求学问的“圆”：国王为了使宫廷成为一所潜心探讨学术的学院，要求侍臣们立下誓约，三年内一起学习、吃斋，但随着法国公主及侍女们的到来，他们纷纷违背了约定，对学问的追求很快前功尽弃，戛然而止，回到了原点。第二个是追求爱情的“圆”：国王及侍臣对法国公主及侍女展开了追求，他们通过写信、送礼、装扮自己向对方求爱，但没有得到公主及侍女们的答应，他们对爱情的追求再次回归原点。不过，在剧末，公主及侍女们给出了一年的期限，让国王及侍臣静心修过，这意味着他们对爱情的追求还存有希望，未来能否“圆满”充满期待。《无事生非》中也有类似的前后两个圆形结构，表现于克劳狄奥在爱情道路上的两个阶段，也是他在爱情问题上经历的自我改变。在第一个阶段，克劳狄奥虽然痴心于希罗，但他不够理性，缺乏独立的认知和判断。当唐·约翰故意造谣，透露亲王正迷恋着希罗时，克劳狄奥竟轻易相信，心中懊恼万分。他的这一弱点被约翰抓住，故在结婚前，克劳狄奥再次被约翰制造的“假象”欺骗，并在婚礼上当众羞辱希罗，使对方在愤慨中晕倒。在这一阶段，正是人性的缺陷，导致爱情之花的枯萎，回到原点也是必然的；第二阶段，克劳狄奥在得知希罗受冤的真相后悔恨不已，他请求原谅，甘受重罚。在祭奠希罗时，他流泪忏悔，虔诚地唱起哀婉动人的挽诗。正因为他能正视自己犯下的过错，并真心悔过，才得以与心爱的人重逢，他对爱情的追求才划上一个“圆”。在《第十二夜》中也有截然不同的“圆”：薇奥拉见公爵为爱情而痛苦，内心深受感动，不知不觉由怜生爱。但公爵心有所属，还让薇奥拉充当求爱使者，让她有苦难言。当她身份被揭开后，公爵终于理解了她的一片痴心，有情人终成眷属；伯爵小姐奥丽维娅的管家马伏里奥自命不凡，总认为小姐钟情自己。他的傲慢无礼引发他人的反感，被家里人设计捉弄，也遭致小姐误解，他如此追求爱情自然是无果之行、无功而返。在《仲夏夜之梦》中，拉山德和赫米娅的爱情遭到女方父亲的反对，公爵也要按法律裁决二人分手，要求赫米娅必须嫁给狄米特律斯。而狄米特律斯之前爱过海伦娜，现在却变了心。为了从困局中解脱出来，几个青年只好逃离。在经历了一系列爱情风波后，几个青年各随所愿，选择了自己最初钟爱之人，并得到了公爵的认可。这两对青年最终在爱情上坚持了初心，故获得了“圆满”；公爵在首尾的两次裁决分别兼顾了法理和情理，从“法”开始回归于“情”，是遵循了爱情自由的人文观念，这样的结果也是“圆满”的。

有的是以人物的身份转换构成一个圆形结构。在《威尼斯商人》中，鲍西娅为了解救因丈夫而陷入困境的安东尼奥，不得不改变自己的性别身份，以法律代理人出庭审判。在完成使命之后，她很快褪去男装，回归家庭，向丈夫坦诚了所做的一切。在《皆大欢喜》中，罗瑟琳出于在逃难途中的安全考虑，变身为男子，进而在林中安顿下来。在此期间，她让奥兰多把她当作罗瑟琳来求爱，以排解忧思；她也被牧羊女菲比看上，向她表达倾慕之情。在找准合适的机会后，她恢复了女儿身。在《量罪记》中，公爵文森修为了纠正自己的过失，重整法纪，把政务委托给安哲鲁等人。他借度假之名化身为教士暗中体察民情，发现了安哲鲁以权谋私的罪恶。为了及时拨乱反正、秉公执法，他以真面目示人，实现了从“授权”到“收权”的转变。在《仲夏夜之梦》中，波顿在排戏时，被精灵迫克戴上了驴头，成了怪物。这一“变形”先是吓跑了同伴，而后被仙后迷上。直到被解除魔法后，他才恢复正常。这也是一个由现实到梦幻再回到现实的过程。在《雅典的泰门》中，泰门最初是一个富人，他出手阔绰、为人豪爽，经常大宴宾客。随着他的财源走向枯竭，欠下的债务也与日俱增。在求助无门之下，他在荒郊野外开始了流浪生活，成了衣食无着的穷人。后偶然发现埋在地下的宝藏，他又变得富有。但他将财宝赠予别人，重回贫穷。泰门经历了富人与贫者身份的多次转化，这同样具有“圆”的特征。

也有的以人物的生死转化构成一个圆形结构。比如在一些悲剧和历史剧中存在以“死”获得“生”再走向“死”的人生结构。《哈姆莱特》中的克劳狄斯通过阴谋手段害死兄长夺得王位，但他的罪行终被暴露出来，走向了死亡。《麦克白》中的麦克白在野心的驱使下杀死国王取而代之，遭到正义之师的讨伐，终归于毁灭。《裘利斯·凯撒》中的勃鲁托斯在他人的鼓动下，参与刺杀凯撒。他和同伴的行为遭致民怨并被驱逐，在与支持凯撒势力的斗争中最终失败，选择了自尽。《理查三世》中的理查以充满血腥的杀戮扫除一切障碍，登上王座。他的暴行终遭天谴，在众叛亲离之下，得到了应有的下场。与“死—生—死”相对的是从“生”进入“死”再重获“生（新生）”的人生结构。如《无事生非》中的希罗、《终成眷属》中的海伦娜、《冬天的故事》中的赫美温妮、《辛白林》中的伊摩琴、《泰尔亲王配瑞克里斯》中的泰莎等，她们都是在遭遇人生中的困局时，无奈选择或接受“死亡”，进而为自己获得“新生”争取了机会。

此外，人物的行动、经历也与其活动空间的转换结合在一起，进而构成圆形结构。这在描写“绿色世界”的多部莎剧中均有体现，如《维洛那二绅士》《仲夏夜之梦》《威尼斯商人》《皆大欢喜》《终成眷属》《暴风雨》《冬天的故事》《辛白林》《泰尔亲王配瑞克里斯》等。这些剧以主人公“遭难—避难—回归”的模式居多，人物活动的空间往往是从宫廷到田园再回到宫廷。在该过程中，矛盾起源于“正常世界”，展开并解决于“绿色世界”，然后再回到“正常世界”[①]。相对而言，《威尼斯商人》稍显独特。在该剧中，男女主人公的行动轨迹各自构成了一个“圆”：巴萨尼奥为了摆脱困境，从威尼斯来到贝尔蒙特求婚，在达到目的后，因安东尼奥面临危机又返回威尼斯；鲍西娅为了帮助丈夫解决朋友的危机，从贝尔蒙特赶到威尼斯，完成使命后又返回了贝尔蒙特。这对夫妻都经历了从本性世界到异性世界再回归本性世界的过程。而剧末男主人公巴萨尼奥和安东尼奥都去了贝尔蒙特，这象征着女性世界的美好战胜了男性世界的丑恶。另外，经历空间转换构成“圆”的还有物品。如《爱的徒劳》中的俾隆以书信向心上人求爱，没想到他托人送出的信件经数人之手后，又阴差阳错地回到自己手中。信件回归原点，隐含着他的目标难以实现的寓意。又如《终成眷属》中的国王赐给海伦娜一个戒指，并嘱咐她不能离手。

① Northrop Frye, *A Natural Perspective: The Development of Shakespeare's Comedy and Romance*, New York: Columbia University Press, 1965.

但戒指后经贝特兰之手重回国王手中。戒指的回归有利于揭示背后的真相，同时也象征了海伦娜终不会失去国王赐予的婚姻。

其次，圆形结构也表现在季节的转换与交替方面。如《爱的徒劳》一剧包含了一种冬春交替的传统仪式模型，采用了冬春之争的复杂形式。剧情之始，国王腓迪南以及他的三位侍臣准备在宫中潜心学习三年，通过努力博取声名，以获得不朽的光荣。国王表示“要让众人所追求的荣誉永远记录在我们的墓碑上……我们的生命可以终了，我们的名誉却要永垂万古”（第一幕第一场）。侍臣俾隆不赞同国王制定的清规戒律，指出“春天到了，小鹅孵出了蛋壳”，“要是小鸟还没有啭动它的新腔，为什么要让盛夏夸耀它的荣光？我不愿冰雪遮掩了五月的花天锦地，也不希望蔷薇花在圣诞节含娇弄媚”（第一幕第一场）。作者借此否定了通过节欲苦修的方式获取真理和知识的做法，认为这违背了人的正常天性，这种咬文嚼字的学究风气也不值得提倡。此时，春季已经来临，本应是万物复苏、充满生机与活力的时节，可纳瓦王御园却被“冬日的寒气”所侵袭，一切陷入凋零。即便国王立下了“任何女子不得进入离朕宫廷一里之内”的条文，但法国公主及侍女的来临使这些君臣很快将戒律抛之脑后，甚至国王带领众侍臣戴上假面具扮成俄罗斯人，想博得公主及侍女们的欢心。结果却因提前泄露了消息，被对方捉弄而闹了笑话。在此，公主等人居住的帐幕与“冬日严寒般”的纳瓦王御园形成对比反差，呈现出一派春意盎然的景象。在当时英国人的观念中，俄罗斯位于北方边陲，属于天寒地冻之地，因此国王等人装扮成俄罗斯人前去拜访暗含了冬天“袭击”春天的寓意，而公主等人以巧妙的方式嘲弄了这些“异邦人”，使他们的求爱无果而终。整部喜剧最后以一个怪诞西班牙人的“春之歌”结束，意味着通过对春天的吟诵来与冬天作别。又如《冬天的故事》也带有季节循环和周而复始的交替更新精神，含有夏季胜过并取代冬、春季的深层涵义。该剧一开场，便交代了波希米亚王已在西西里享受了九个月的热情款待，当他提出辞别时，西西里王列昂特斯极力挽留却没有成功。王后的出面劝阻起了作用，却让丈夫无端怀疑，醋意大发，妒火中烧。列昂特斯对于朋友的真挚情谊，对于妻子的爱情和信任，都已被疑忌腐蚀殆尽，内心充满了凶残和敌意。这一突发状况让这个冬天格外的寒冷，完全掩盖了九个月前迎来朋友之谊的春天。因此，正是由于“冬”对“春”的侵袭，使两位国王多年的情谊没能经受住考验，波希米亚王也在得知真相后怆然离去。而随之带来的后果是大臣卡密罗的“叛离”，王后的无辜入狱、受审和“死亡”，王子的过早夭折，公主的被人抛弃。在列昂特斯的忏悔思过中，历经十六年岁月的流逝。而十六年的循环往复，四季更迭，为抹平多年来的创伤带来了希望。多年后的夏天，两位国王的后人——帕笛塔与弗罗利泽，以热烈的爱情融解着多年来父辈间冰封的友情。在波希米亚草原上，花朵在绽放，鸟儿在叫噪，“一起唱出了夏天的欢喜”，“那是一年中最好的时光”（第四幕第二场）。对应起地理位置靠北的英国，夏天被理解为一年中最美好的时节，胜过了“春”。因此，即便父辈给青年的爱情带来阻扰，给人以阵阵“寒意”，但“夏”却能避免重蹈多年前“春”的覆辙而获得对“冬”的胜利，这也是作者人文观中“爱”的伟大力量的体现。

再者，圆形结构还表现在“和（合）—分—和（合）”叙述模式上。这一结构模式在各类莎剧中广泛存在，其意义可以从两个层面来理解：一方面，从个人和家庭来说，人物的故事是经历了从和睦到冲突再复归于和睦（或者是经历了从相聚到分离再复归于相聚）的过程。在这一类中，人物和家庭的结局都是美好的，或者是人物和家庭在经历了某些冲突或分离后复归于好，这在带有喜剧色彩的剧中表现较多。另一方面，从政权和国家层面来说，各政治势力、集团或者国家是经历了从和解到纷争再复归于和解（或者是经历了从统一到分裂再复归于统一）的过程。这一类往往是涉及政治或历史为主要题材的剧目，这在历史剧和悲剧中表现突出。如历史剧兼有“和解—纷争—和解”与“统一—分裂—统一”的结构模式。单独来看，剧中主要的几个君王，像约翰王、理查二世、亨利四世、亨利五世、亨利六世、理查三世等，分别以他们为中心发生的故事，都严格遵循了这类叙述结构。放在一起看，从《理查二世》开始一直到《理查三世》结束，又构成了一个更大、更完整、更具整体性的叙述结构。而构织这一结构的正是以“红白玫瑰战争”“英法百年战争”为代表的历史事件和作者“厌乱思治”的历史观。

“和（合）—分—和（合）”的叙述结构在作者晚年的传奇剧中得到了集

中体现。较之于作者之前的创作，四部传奇剧将该结构的个人、家庭层面和政权、国家层面充分地融为一体。在个人和家庭层面，该结构的故事如：安东尼奥夺取了哥哥的爵位，多年后他悔过，将爵位归还；弗迪南德与父王失散，后得以重逢（《暴风雨》）；辛白林放逐了大臣培拉律斯，后来二人化解了恩怨；普修默斯因被驱逐而与妻子分离，在经历战乱后与妻子团聚（《辛白林》）；列昂特斯误会了妻子，多年之后得到妻子谅解；列昂特斯的疑心导致他失去了女儿，多年后终于找到（《冬天的故事》）；配瑞克里斯在风暴中与妻子离散，后经神示与妻子相认（《泰尔亲王配瑞克里斯》）。在政权和国家层面，该结构的故事如：那不勒斯王因支持安东尼奥而与普洛斯帕罗交恶，通过子女的联姻两国和好（《暴风雨》）；辛白林拒绝向罗马纳贡导致两国交战，战后他与罗马讲和（《辛白林》）；列昂特斯的疑忌导致西西里与波希米亚之间断绝往来，而两位国王子女的结合使两国重归于好（《冬天的故事》）；配瑞克里斯因获知叙利亚国王的隐情而遭到对方追杀，在该王遭致天谴而亡后，国家之间实现了和解（《泰尔亲王配瑞克里斯》）。这种充分的相融也有力地说明了传奇剧在整体上更符合圆形结构的特征。值得留意的是，该结构得以形成的关键点在于后一个“和（合）”，正是它的存在方能使叙述结构成为一个“圆”，这个点便是“大团圆结局”。所谓“大团圆结局”，通常是指在带有悲剧性的作品中加上一个“光明的尾巴”。根据这一理解，带有“大团圆结局”的莎剧并不多，而四部传奇剧则完全符合：由于传奇剧中悲剧色彩浓郁，按照剧情的正常发展，故事结局都是不容乐观的，如果没有由外界因素而带来的团圆局面，那必定会成为悲剧。传奇剧中如此设置结局，是有其必然的原因，即作者一生蕴存于心的“仁爱”思想。也就是要实现和解（和睦），达到一种“圆满”，其基点要建立在他所坚持的“仁爱”之上。不可忽视的是，作者的“仁爱”思想，既有人文观念的成分，也有宗教思想的影响。鉴于作者广受基督教的浸润，因此，当他在现实中寻找解决社会矛盾的出路遭致挫折时，就会很自然地开启宗教之门，到充满“爱”的世界中去寻找出路。由此可见，传奇剧之所以呈现出“大团圆结局”，并非空穴来风，而是受制于并服务于作者所要表达的和解（和睦）的主题思想。而这一主题思想的表现，又是作者所处的时代和社会生活所使然，并建立在作者人文理想和基督教“仁爱”思想的基础之上的。

三、宗教结构

莎士比亚生活的文艺复兴时代与基督教关系密切，如果看不到这点就不能深刻理解他的戏剧。莎士比亚虽然是在基督教文化语境中进行创作，但他并不是宗教狂，他创作也不是为了说教，然而，他的戏剧却离不开宗教，基督教思想始终贯穿于他一生的作品中。据统计，莎士比亚戏剧中直接引用和化用《圣经》（*Bible*）多达几百处。影响如此广泛，并不是他有意宣扬宗教，而是在不知不觉中，宗教思想已经成为了他人生与创作的一个组成部分[①]。因此，《圣经》给予了莎剧无穷的养料，是其剧作思想魅力的重要来源。柏格斯（Burgers）曾指出：“莎士比亚汲取《圣经》的井泉如此之深，甚至可以说，没有《圣经》便没有莎士比亚的作品。”[②] 加德纳（Helen Gardner）认为“莎士比亚以最为优美动人的形式表现的显然是基督教的观念，他的一些最有代表性的特点，都是与基督教的宗教感情和宗教的理解相联系的”[③]。当然，这种影响是说不完道不尽的，鉴于这方面研究颇多，笔者仅立足结构来看莎剧在艺术形式上对基督教及《圣经》的借鉴。

在莎士比亚戏剧中可以看到，戏剧结构方面呈现出程式化的态势。而这种程式化的叙述模式，与作为文学的《圣经》的叙述模式是密切相关的，在莎剧之中暗含着一条宗教性质的结构，即“圣经结构”[④]。从《圣经》的叙述来看，它呈现的是一种U型结构。这一称谓来自于弗莱（Northrop Frye），他认为《圣经》在叙述中遵循了“乐园—犯罪—受难—忏悔—得救”的模式，即起初上帝创造了人类和乐园，而人类却背叛上帝，招致惩罚；人类通过对上帝的

① 李伟民：《对爱的真切呼唤》，载《四川外语学院学报》2005 年第 1 期。

② 朱维之：《基督教与文学》，上海书店，1992 年版，第 71 页。

③ 海伦·加德纳：《宗教与文学》，沈弘等译，四川人民出版社，1989 年版，第 128 页。

④ 肖四新：《莎士比亚戏剧与基督教文化》，巴蜀书社，2007 年版，第 286 页。

忏悔，历尽种种磨难，最后又进入新天新地之中。简言之，就是以欢乐的伊甸园为起点，经历了人类失去乐园，最后又恢复乐园的过程。这如但丁在《神曲》所描述的：主人公在黑暗的森林里迷了路，经过向导的引领，历经层层磨难，最终获得救赎；也如生活中陷入迷途的但丁在意中人的感召下，摒弃心中邪念，获得精神上的拯救。弗莱提出的这一模式成为基督教《圣经》的基本结构线索和基督教信仰的核心，在带有宗教思想的莎剧中普遍存在。

弗莱还认为，基督教《圣经》中的这种结构，在文学作品中以标准的喜剧形式出现[①]。纵观莎剧，这一模式的确在喜剧中表现最为广泛：正面主人公在得到好的结局之前通常都会遭遇各种磨难，类似“好事多磨”。在《错误的喜剧》中，由于城邦之间的结仇，两地人制定出严酷的法律条文限制来往，导致一个善良的老人伊勤陷入绝境，为这一世间荒谬的法规而赎罪。虽然伊勤道出自己已经承受了三十多年的妻离子散之苦，但判决不可收回，个人权限不能逾越。而巨额的赎金虽然可以挽回他的性命，但对于人地生疏、举目无亲的老人而言，一天的期限转瞬即逝，使他在精神上备受煎熬。在即将赴刑之际，偶遇亲人，一家人得以团聚，伊勤也被免除重罚。在《维洛那二绅士》中，伐伦泰因私下和公爵女儿雪尔薇亚恋爱，被公爵察觉，以“忘恩负义”“有非分之心”为名将伐伦泰因驱逐。伐伦泰因落草为寇，饱受思念爱人之苦，后偶遇并营救了前来寻找他的雪尔薇亚，终得到公爵的认可，把女儿许配给他。普洛丢斯出于私念背叛了对裘丽亚的爱情，为了得到雪尔薇亚不惜出卖了自己的好友，这种违背誓约、背信弃义的行为也让他内心充满煎熬。在罪行暴露之后，他羞愧难当，表示了悔恨，得到了谅解。在《爱的徒劳》中，国王腓迪南为了追求永垂万古的名誉，和侍臣们立下了违背人性的誓约，后因各自追求爱情而背弃约定，遭致被追求之人的婉拒。他们需为自己的过错进行长达一年的忏悔和苦修：安心地隐居在荒凉僻野的地方，过一种严肃而孤寂的生活，或改正不良习性，陪伴那些受苦受罪的人。在《仲夏夜之梦》中，青年人的爱情因父辈

① 诺思洛普·弗莱：《伟大的代码》，郝振益等译，北京大学出版社，1998年版，第220页。

的反对而受到阻挠，为此还要承担无情法律的责罚。这些青年逃入森林，历经磨难，在外界力量的干预下，才得偿所愿。仙后为了争得收养一名男童的资格而与仙王发生争吵，为此她受到仙王的捉弄：眼皮被精灵滴上花汁，在魔力的作用下，与一个“丑八怪”谈情说爱。仙后终认识到自己的过失，同意让予男童，与仙王言归于好。在《威尼斯商人》中，安东尼奥由于傲慢、歧视夏洛克，遭致对方的报复：签下一份事关生死的借约，为此付出了险被割肉致死的后果，经过他人相助脱离困境。夏洛克出于贪婪和仇恨而报复别人，经众人劝说之下也拒绝动一点慈悲之心，终被正义的法庭严厉制裁，失去了大笔财产，差点性命难保。在《无事生非》中，希罗无缘无故被恶者诬陷，不仅失去了缔结良缘的机会，还被包括自己爱人、父亲在内的众亲友谴责和诅咒。众口铄金使希罗有口难辩，不得不委屈自己，暂时与世隔绝，直到真相大白之时，她才得以洗涤一身“污水”。在《皆大欢喜》中，长公爵被其弟篡夺了爵位，过起了流亡的生活，在远离尘嚣之中亲近自然，品悟人生，找回自我。奥兰多被哥哥排挤和暗算，选择了逃离是非之地，在漂泊中忍受饥饿、劳累、相思之苦，在友人慰藉之下他得以排解忧思并终得所愿。罗瑟琳遭到公爵的驱逐，无奈出走寻觅亲人，在历经多番波折之后才与所爱之人喜结连理。奥列佛被公爵没收土地和财产，沦落森林之中，在他面临危险之时，被其弟发现并解救。他在惭愧之中真心悔改，感受到了从未有过的手足亲情。在《第十二夜》中，薇奥拉和其兄西巴斯辛一起经历了海难而离散，他们在寻找彼此的过程中面对了各自的困惑和不幸，终究得以重逢，消除了误会，与心上人结合。在《终成眷属》中，海伦娜因出身卑微，被心上人嫌弃，即便得到国王的恩典与爱人结为夫妻，也被丈夫存心摆脱。为了所爱，她独自一人寻访他乡，以自己的智慧化解了诸多难题，实现了丈夫提出的要求，挽回了对方的心。

这一模式不仅在喜剧中广泛存在，还在部分悲剧和带有浓郁悲剧氛围的历史剧中也有体现。其叙述结构演化为基督教的“罪恶—审判—赎罪”模式。该模式属于“乐园—犯罪—受难—忏悔—得救”模式的变体，结合《圣经》乃是表现撒旦对上帝的反叛及其堕落，耶稣被门徒出卖走向死亡最后复活。这样的原型反映在莎剧中，往往是邪恶的谋杀、叛逆，善良的遭难，正义对邪恶的审判乃至最终胜利等政治、社会和道德冲突[①]。在《哈姆莱特》中，王子叔父克劳狄斯心术不正，荒淫无耻，为了满足自己的淫欲，对王兄下了毒手。登位之后他对哈姆莱特的异常举动感到惶恐不安，特别是观看侄儿排演的“戏中戏”时如坐针毡：演到下毒一场，克劳狄斯见其丑恶罪行被揭示在众人面前，再也看不下去。经历了这场“审判”之后，他为自己的深重罪恶而畏惧不安，跪在地上喃喃地祈祷，求上帝解救他那颗黑暗的心，最后他以死赎罪。在《李尔王》中，李尔通过听取三个女儿的言辞把国土进行分封。其中，大女儿和二女儿巧舌如簧，善于阿谀奉承，故博得父王的欢心；小女儿如实表达却被父亲视为忤逆。当李尔退位后，大女儿和二女儿暴露了她们的真实面目，以怠慢和无礼回敬父亲，这让李尔悲恸不已，他在狂风暴雨中流浪荒野，进行自我忏悔，从而开始恢复人性，完成了道德改善。在《麦克白》中，麦克白在班师回朝途中被女巫们蛊惑，遂起了谋权篡位的野心，后在夫人的怂恿之下，他谋害了国王，并登位为王。为了巩固地位，麦克白以血腥的方式犯下累累罪行。而正义之师的讨伐使他心中的恐惧与日俱增，其夫人也噩梦连连，心绪不宁，自杀身亡。他自己也回天无力，死亡对他而言既是赎罪也是解脱。在《科利奥兰纳斯》中，科利奥兰纳斯虽战功卓著，但遭到政敌的嫉妒和排挤，被当局及广大民众驱逐。他为了发泄私愤，投靠了敌方，并带领外敌讨伐故国。在危机之时，其好友先后前来劝说，都被他拒绝。而其母亲、妻子和儿子的到来让他内心倍感交集，在这场心灵的拷问中，他的正义天性战胜了矫饰的倔强，终与故国达成和解。在历史剧《约翰王》中，约翰通过征战不断巩固自己的王位，但他对侄儿始终怀有提防之心，试图除掉对方。但这种建立在血泊中的基础是不会稳固的，也是难以持久的，约翰为此心怀恐惧，在内心的纠结和灵魂的挣扎中，他选择了放弃王位以换取国家的安定。

值得留意的是，无论是前一种模式还是后一种变体，都在莎士比亚后期创作的传奇剧中得到了更深入的展现，而该类剧作为喜剧和悲剧的高度融合，也充分把两种结构模式并入其中。在此以《泰尔亲王配瑞克里斯》为例。首先，

① 陈惇、刘象愚：《比较文学概论》，北京师范大学出版社，1991年版，第312页。

该剧就性质而言总体上是归于喜剧一类，因此重要人物的故事是按照“受难—忏悔—得救”的模式来展开，如主人公配瑞克里斯先是因为求婚遭致杀身之祸，他在逃难途中解救过他国灾民，敬畏过大自然的神威，但他依然屡受命运的捉弄。他先后失去了妻子和女儿，其内心的哀伤无以言表，因为过于悲伤，他十几年来都未剃须。最终他还是得到了上天的眷顾，得以遇见并找到亲人。其次，剧中次要人物的故事则是按照“罪恶—审判—赎罪”模式来讲述的，如克利昂夫妇曾得到配瑞克里斯的帮助，解除了民众的困苦。多年后，他们却忘恩负义，蓄意害死配瑞克里斯的女儿。虽罪行未遂，但他们之举在正义面前受到“审判”，即激起了全城民众的公愤。最后他们及住所被民众烧成了灰烬，“一念之差终遭天弃”（第五幕第三场）。此外，该剧故事在叙述过程中是由若干阶段性的悲剧组成的一部大喜剧，整体构思呈现出U型特征。具体而言，配瑞克里斯的故事是通过三个小U型模式组成，即包含三个起伏的阶段：第一阶段，配瑞克里斯因知晓“隐情”遭到他国君王的追杀，为了避难，他逃亡在外，途中遭遇风暴后只身一人，窘困潦倒。至此他的命运跌至谷底，也是第一个小U型结构的最低点。之后他参加了比武招亲，被一国王招为女婿，生活趋于安定。第二阶段，配瑞克里斯在得知追杀他的君王暴亡后，随部下回国执政，不料途中再遇风暴，导致他与妻子的分离，这成为第二个小U型结构的低点。第三阶段，配瑞克里斯去异国接女儿回来，却得知女儿的“死讯”，此处乃他经历的最低谷，也是第三个小U型结构的低点。再往后是他命运的逆转，呈一种上升趋势，最后是找回女儿，夫妻相认。

以上两种模式的终极目标都是实现赎罪或者救赎，这也是基督教的中心信仰之一。实质上，全部《圣经》合起来，就是一部赎罪或救赎的史诗①，其主题是人类的犯罪以及神对有罪之人的拯救。在此过程中，受到惩罚的罪人有时用羊作为赎罪的祭物，故“替罪羊”形象在这种U型结构中具有重要意义。在莎剧中，“替罪羊”形象以各种不同的形态广泛存在。有的是缘于与他人的直接矛盾。如普洛丢斯为了得到雪尔薇亚不惜使情敌伐伦泰因受难，后者成为前者

① 朱维之：《基督教与文学》，上海书店，1992年版，第60页。

变心这一过错的负罪者（《维洛那二绅士》）；仙后夺走仙王所宠爱的男童，导致夫妻感情不和，也造成天时不正，气候反常，故仙后的被捉弄意味着她承担了这些罪过（《仲夏夜之梦》）；理查为了成就唯我独尊，不惜除掉眼前的障碍，刺杀了亨利六世，使后者成了权力争夺罪恶的受害者（《亨利六世》下）；配瑞克里斯由于解出了“哑谜”，知道了暴君的隐私，便成了伦理罪恶的承受者（《泰尔亲王配瑞克里斯》）。有的是缘于与他人的间接矛盾。如弗莱德里克夺取了兄长的爵位，觉得兄长之女罗瑟琳是个威胁和隐患，故把对方驱逐，而罗瑟琳就成为长辈之间矛盾的受过者（《皆大欢喜》）；海伦娜得到国王的恩赐与贝特兰结合，贝特兰对国王一手包办毫不认可，导致海伦娜承受了无爱婚姻的过错（《终成眷属》）；普修默斯拿妻子的贞操与他人打赌，导致妻子无端承受被诬陷的压力（《辛白林》）。有的是无缘无故被卷入而导致。如唐·约翰与哥哥闹过别扭，为了发泄心中不平，便策划阴谋，陷害希罗。而完全置身事外的希罗便成为无辜的受冤者（《无事生非》）。有的是多人造成，个人受过。如科迪利娅没有顺从父亲的意志，承受被父爱抛弃之罪；她为了解救父亲，讨伐两个姐姐，成为父女矛盾和姐妹矛盾的受害者（《李尔王》）。有的是个人造成，多人受过。如列昂特斯的无端猜疑导致他与朋友的友谊破裂，与臣子的疏离，妻子的被审判，儿子的过早夭折，女儿的被抛弃。多个受害者为此承受罪责（《冬天的故事》）。有的是受社会意识形态因素所致。如夏洛克作为一名犹太人，在民族归属、宗教信仰等方面饱受社会的不平等对待，成为时代、社会迫害之罪的承载者（《威尼斯商人》）。还有的“替罪羊”属于非人之物。如约翰为了摆脱国内政治危机，摘下了自己的王冠，交到教皇使者手中。而王冠就充当了承担约翰之过的替代物（《约翰王》）。

这种宗教性的U型叙述结构还表现于“死亡—再生”的模式。这一模式是对《圣经》中“死而复生”结构的再现，正如罗伊（Battenhouse Roy）所言“死亡与再生的模仿是莎士比亚戏剧的结构”[①]。例如《无事生非》中的希罗

---

① Battenhouse Roy, *Shakespeare's Christian Dimension*, Indiana University Press, 1994, p13.

以“假死”换回自己的声誉，博得众人的同情，而后的“复生”是在克劳狄奥的真心悔过后实现的，有利于两人重归于好。《终成眷属》中的海伦娜以“假死”为策略，减轻贝特兰心中对她的抵触，也让对方心中产生负疚感，为她后来俘获丈夫的心铺平了道路。《暴风雨》中的弗迪南德通过“死亡”唤起了那不勒斯国王心中的悲悯之情，也促使这位国王在精神上真心悔过，易于在重逢时接受儿子的姻缘。《辛白林》中的伊摩琴先后经历了两次“死亡”，前一次是她听从仆从的建议，以“死”让丈夫平息心中的愤怒；后一次是她意外中毒而“死”，暂时失去了兄妹相认的机会。但两次“死”都意味着伊摩琴重获“生命”，以一种不同于以往的新身份换取与丈夫重逢的机会。《冬天的故事》中的赫美温妮以“假死”暂时摆脱与丈夫的恩怨，使其能在漫长岁月的流逝中抚平失去儿女的伤悲，同时也有助于唤醒丈夫回归原本，获得“新生”。《泰尔亲王配瑞克里斯》中的泰莎，因生育女儿而“死”，在丈夫找回女儿之后“重生”，她的“死”和“生”来自天意，有经历苦修必获拯救的寓意。

经过考察莎剧中潜藏的宗教结构，可以看到作者通过这一结构充分表达出其中心信仰，这也是他对艺术传统延续和传承的有效方式，证明了作者身处时代的社会生活与宗教思想和学说有着不可分割的必然联系，而深受基督教侵染的莎士比亚，自然会在创作中把这些影响运用其中，由此织就了其戏剧世界里的奇观，也织就了他精神世界的奇观。如果看不到这一点，就不能完整地理解这位戏剧大师的不朽杰作。

四、内在叙述结构

如果说戏剧艺术是结构的艺术的话，那么，莎士比亚堪称戏剧结构艺术的大师是毫不为过的。在他的剧作中，往往精心设置、呈现出多重叙述结构，以此丰富剧作的内容，突出戏剧矛盾冲突，深化剧作主题。如《威尼斯商人》《哈姆莱特》《李尔王》等。而他的有些剧作，除了有表面的显形的叙述结构外，还设置了内在的隐形的叙述结构，接受者只有把二者有机结合才能深入理解剧作的真正内涵，笔者把这内在的隐形叙述结构称之为“一张无形的网”。

既然称作“网”，就必然有“布网者”，通过这一角色的“布网”行动，有力地推动剧情的向前发展，决定着故事中诸多人物的前途和命运，特别是对于其中的重要主人公的结局产生了不可忽视的影响。

在莎剧中采用这种内在叙述结构的剧作有《奥瑟罗》《麦克白》《科利奥兰纳斯》《无事生非》《量罪记》等。在这些剧中，推动内在结构展开叙述的关键人物——“布网者”多为反面角色，往往以不可告人的目的展开行动，在阴谋的实施之下，被针对的主人公则遭遇不幸。也有个别剧作如《量罪记》，“布网者”为正面角色，其行动化解了困局，挽救了他人。但不论结果怎样，“布网者”的目的最终都得以实现。

先谈两部悲剧——《麦克白》和《科利奥兰纳斯》。前者是一部“由野心引发的悲剧”。麦克白最初是一名能征善战的将领，一位被民众爱戴的英雄。然而野心的勃发导致他成了一个罪无可赦的弑君者，一个嗜血如命的暴徒。在这个过程中，促使他发生的变化就暗含在那条内在叙述结构之中，即三个女巫对麦克白的蛊惑。先是女巫们为麦克白送上的祝福很快得到应验，使麦克白惊愕的同时相信女巫的话具有可信力，加之妻子的怂恿，使他逐步陷入女巫构织的“网”中。后来女巫带给他的三则信息中又很快实现了一项，这使麦克白对女巫的话深信不疑，并在“网”中越陷越深。他甚至相信自己具有“无边的法力”，后面才发现自己遭遇了“残酷的欺骗”。在该剧中，女巫们在剧中鲜有出现，接触麦克白仅仅两次而已，但这条隐线却对麦克白的人生走向产生了最直接的作用。后一部剧中，科利奥兰纳斯本有机会凭借立下的赫赫战功成为执政官，但他在政治斗争中遭遇了惨痛的失败，并被逐出故土。溯其原因，不能否认有他个性因素的影响，但最根本的还是缘于他遭遇了对立势力——护民官西西涅斯和勃鲁托斯的排挤。这两个护民官深谙权利斗争之术，熟知科利奥兰纳斯的人性弱点，即有着傲慢不逊的脾气，容易失去理智，意气用事。于是这两人巧设陷阱，先是以调查民意为名进行刁难，然后摆出罪状有意激怒对方，让科利奥兰纳斯一步步踏入其预织的“网”中。两个护民官在行事中不急于求成，不轻举妄动，而是暗中等待时机，最终阴谋得逞。

再说两部喜剧——《无事生非》和《量罪记》。前一部中，剧情主要围绕两对青年男女——克劳狄奥与希罗、培尼狄克与贝特丽丝的恋爱故事展开。其中，克劳狄奥与希罗在感情发展中出现意外，一度造成悲剧的产生，这缘于亲王之弟唐·约翰的暗中使坏。剧中伊始，亲王与其弟的恩怨由来已久，两个人之间的争斗并未完全了结，这场纷争依然在暗中逐步展开。在这一矛盾中，唐·约翰为发泄心中不平，将克劳狄奥作为打击的对象，并暗中指使他人扮作希罗与人幽会，将不贞之罪名扣在希罗身上。这造成了克劳狄奥等人的误解，也使希罗“含冤而死”。唐·约翰并非剧中主角，但他在暗地里展开的行动却直接影响了主人公命运的走向。而在《量罪记》中，公爵文森修为了重整法纪，以度假为名，让他的属下安哲鲁摄政。没想到安哲鲁利用职权，在严惩克劳狄奥的同时胁迫其姐满足自己的私欲，进而引发一系列的纠纷。公爵化装成教士暗中考察政绩，及时发现问题并解决了矛盾。在剧情中，公爵暗中寻访构成故事中的内在线索，其他几位主角都在明处，而唯独他处于暗处，他以其智慧积极献言献策，为当事人指点迷津，最终寻求到一举多得的办法。如上文所言，在这些反面的“布网者”当中，他是唯一的正面角色，他不是暗中制造罪恶，而是设法解决难题，最终同样实现了个人的目标。

在这几部莎剧中，内在叙述结构运用最为突出、最为成功的要数悲剧《奥瑟罗》。从表面看，奥瑟罗的轻信、嫉妒导致了他“杀妻自刎”的悲剧。而实际上，悲剧的真正制造者则是阴谋家伊阿古。作为“布网者”，他的一次次罪恶阴谋构成了十分缜密的内在叙述结构。他布网的动机十分明显：一是垂手可得的副官职务被主子奥瑟罗给了别人（凯西奥）；二是他所倾慕的美丽出众的苔丝狄蒙娜却做了摩尔人奥瑟罗的妻子；再者是他怀疑奥瑟罗在被窝里头代表他“行使职权”（意即与他的妻子有私情）。因此，伊阿古的妒、恨之火在胸中燃起，并决意把他的仇敌“一网打尽”。

伊阿古复仇的主要目标虽是他的主子奥瑟罗，但他善于审时度势，并非以卵击石，冲着奥瑟罗进行明火执仗的拼杀，而是不动声色，暂时忍耐，以屈求伸。他凭着旗官的职务和奥瑟罗等人对他的好感和信任，施展两面派伎俩，采用从易到难、从小到大、步步为营、各个击破等战术，最后使凯西奥落入圈套，使苔丝狄蒙娜死于非命，使奥瑟罗束手就擒。因此，伊阿古对奥瑟罗和苔丝狄蒙娜阴谋报复的过程，正是他布下罪恶之网的过程，这个过程也就形成了整部悲剧的内在结构。

首先，他轻而易举地把威尼斯的花花公子罗德利哥抓进了他的“网”里。罗德利哥是一个典型的游手好闲之徒，头脑简单，生活放荡，他凭着金钱出入社交圈子，正垂涎于苔丝狄蒙娜的美貌，并梦想着要做她的丈夫。伊阿古摸透了他的心理，一是想在他身上敲诈钱财，供自己享用；二是借此网罗狐朋，实现对奥瑟罗的报复，于是用花言巧语，激起罗德利哥的欲望和对奥瑟罗的妒忌和仇视，并以“红娘”的身份，赢得了他的好感和信赖。罗德利哥为满足私欲，寄希望于伊阿古身上，和他一拍即合，充当了他的忠实信徒和得力打手。

伊阿古在把罗德利哥抓进“网”里以后，接着便把布网的目标瞄准苔丝狄蒙娜的父亲勃拉班修。勃拉班修身为宫廷元老，德高望重，他虽然看重奥瑟罗的武功，却蔑视异邦人，更不愿意让自己的女儿嫁给奥瑟罗这样一个摩尔人。伊阿古深知这一点，正好利用他来拆散奥瑟罗和苔丝狄蒙娜的婚姻，使奥瑟罗受到打击，身败名裂。于是他巧使妙计，趁奥瑟罗和苔丝狄蒙娜幽会之夜，唆使罗德利哥向勃拉班修告密，并在深更半夜，故意大喊大叫，把奥瑟罗和苔丝狄蒙娜私下结合的事，用最恶毒的字眼灌进勃拉班修的耳里，使其怒火中烧，暴跳如雷，吩咐左右，要拿奸治罪。巧逢土耳其舰队入侵塞浦路斯，奥瑟罗被公爵任命为抗敌首领。在公爵召开紧急会议的元老院里，奥瑟罗以坦荡的胸怀，苔丝狄蒙娜以真挚的情感，当众公开了他们的爱情“秘密”，从而使伊阿古的诋毁化为灰烬，也使勃拉班修的愤怒之火渐渐熄灭。

伊阿古一计未成，又生一计。他把行动的目标转向了塞浦路斯岛，并把布网的方向对准了奥瑟罗的副将凯西奥。凯西奥“样儿潇洒”，为人忠厚，对奥瑟罗和苔丝狄蒙娜忠心不二。伊阿古视他为情场上的情敌，官场中的对手，实施阴谋的障碍。因此，他决定从凯西奥身上下手，可以一箭多雕。而凯西奥却对伊阿古十分信任，毫无戒心，这正是伊阿古下手的有利之处，所以伊阿古十分自信：“我只要张起这么一个小小的网，就可以捉住像凯西奥这样一头大苍蝇。”（第二幕第一场）终于，他等到了一个下手的好机会：土耳其军队在海上遇暴风沉没，奥瑟罗的军队不战而胜，塞浦路斯沉浸在军民共庆胜利的欢乐的夜里，伊阿古不失良机，要在这个不寻常的夜里导演一场借刀杀人的好戏，让刚提升为副将的凯西奥乐极生悲。于是，他又一次燃起紧紧跟随他的奴才罗德利哥的情欲和嫉妒之火，去把凯西奥烧毁。他挑逗罗德利哥说："这家伙又漂亮，又年轻，凡是可以使无知妇女醉心的条件，他无一不备。一个十足害人的家伙。这女人已经把他勾上了"，"他们的嘴唇那么贴近，他们的呼吸简直相互拥抱了……这种表面上的亲热一开了端，主要的好戏就会跟着上场，肉体的结合是必然的结论。"（同上）罗德利哥听得心慌意乱，按耐不住，伊阿古又趁机吩咐他，让其代值班守夜，找一些借口向凯西奥挑衅，一旦动武，便可借着这个理由煽起一场暴动，以便早日达成愿望。罗德利哥言听计从，决意照办。

伊阿古安排停当，便在"酒"上下功夫，他深知凯西奥生性急躁，不胜酒力，酒后生事，必定无疑。于是，他一边借为将军和夫人干杯为名，向身负巡夜重任的凯西奥灌酒；一边又让罗德利哥和其他几个血气方刚的青年喝得酩酊大醉。酒后，罗德利哥按照伊阿古的吩咐，果真挑起凯西奥的怒火，引起斗剑。总督蒙太诺上前阻止，也被酒性发作而失去理智的凯西奥刺伤。罗德利哥趁机溜掉，高声大叫并胡乱地敲响钟楼上的警钟，惊动了全岛。奥瑟罗闻声赶到，止住了一场恶斗。伊阿古"既作婊子，又立牌坊"，在奥瑟罗面前故作遮掩，替凯西奥开脱，奥瑟罗正中奸计，立即撤销了凯西奥的副将职务。凯西奥成了伊阿古"网"中的又一个猎物。

伊阿古在取得第一个回合的胜利之后，便趁热打铁，继续实施要将奥瑟罗和苔丝狄蒙娜"一网打尽"的计划。于是，一个更为歹毒的绝招在伊阿古的心里孕育而成，他要利用"网"中猎物凯西奥，给苔丝狄蒙娜蒙上不白之冤，去燃起奥瑟罗的嫉妒和复仇之火，让他们自投罗网，自相吞噬。于是，伊阿古装着关心凯西奥的样子，为他想出一个"补救的办法"：让凯西奥去向苔丝狄蒙娜求情，再由苔丝狄蒙娜在丈夫面前为他疏通关系，以求恢复原职。其实在伊阿古的脑子里却打着一个鬼主意，要在凯西奥和苔丝狄蒙娜的"关系"上做文章。凯西奥复职心切，竟把伊阿古的歹意当善意，把他的圈套当良策，把一切希望都寄托在苔丝狄蒙娜身上，好像一个落入大海的人想竭力抓住偶然发现的一只舢板一样。然而当凯西奥去向苔丝狄蒙娜求情时，伊阿古却故意领来奥瑟罗让他看见他们交谈和凯西奥慌忙从夫人身边溜走的情景，并吞吞吐吐，用不三不四、似是而非的话语挑逗奥瑟罗，用最使他敏感的种族、肤色，妻子的贞洁、变心等言语刺激他，引起奥瑟罗对凯西奥和苔丝狄蒙娜关系的猜疑，巧妙地在奥瑟罗的脑子里埋下嫉妒的祸根。

然而，外界所发生的一切对于温柔、宽厚、善良的苔丝狄蒙娜来说，却像被蒙在鼓里一样，一无所知。她天性慷慨，乐于助人，总是有求必应，更何况凯西奥受罚实在冤枉，当然也就对他的处境十分同情。于是她毫无戒心地在丈夫面前极力为凯西奥说情，却不知伊阿古培育出来的嫉妒菌苗已在奥瑟罗心里发酵。她越是真心地为凯西奥说情，就越使奥瑟罗厌烦，就越加深了他对凯西奥和她的怀疑。苔丝狄蒙娜终究在丈夫面前碰了一鼻子灰而失去了为凯西奥说情的效能，同时感受到一种难以名状的不安。

奥瑟罗越是心神不定，情绪烦乱，伊阿古就越得意。他趁势推波助澜，火上浇油，又大肆中伤，捏造凯西奥在说梦话中泄露与苔丝狄蒙娜的奸情，散布凯西奥用奥瑟罗送给妻子作为定情礼物的手帕抹胡子以及凯西奥与苔丝狄蒙娜同床共寝的莫大谎言，使奥瑟罗气急败坏，神志恍惚，妒火和复仇之火越烧越旺，并发誓要铲除凯西奥，杀死妻子。

为了得到证实凯西奥与苔丝狄蒙娜奸情的有力“证据”，伊阿古又哄骗妻子爱米利娅（苔丝狄蒙娜的女佣人）从苔丝狄蒙娜那里得到奥瑟罗作为定情赠给苔丝狄蒙娜的手帕，并把这张手帕悄悄地放到凯西奥房间让他得到，伊阿古要这张小小的手帕“变成天书般有力的证据”，让苔丝狄蒙娜蒙受不白之冤，要奥瑟罗钻进他的“罗网”。紧接着伊阿古再一次导演了一场奥瑟罗躲在幕后亲自听到凯西奥讲出和苔丝狄蒙娜（其实是比恩卡）调情、通奸经过的丑剧，让奥瑟罗亲眼看到自己的那块失去了的定情手帕。到此，奥瑟罗的嫉妒和仇恨达到了顶峰，他的一切美好的信念彻底破灭了，他的理智在狂暴的感情冲动面前消失得无影无踪，他被伊阿古布下的罪恶之网越勒越紧，无法脱身，像一只困兽一样，疯狂地喊叫着要把妻子“剁成肉酱”，以解心头之恨、之痛。

为了实现“一网打尽”的罪恶阴谋，伊阿古在坚定了奥瑟罗杀妻的决心之后，便立刻决定向凯西奥下毒手。他再一次怂恿罗德利哥，趁夜黑人静，合伙向凯西奥行刺。行刺中，罗德利哥反被凯西奥刺伤倒地，伊阿古趁势刺向凯西奥，却未能致他于死地。伊阿古见势不妙，便摇身一变，装成救助凯西奥的样子，去追捕杀人的强盗。为杀人灭口，他毫不迟疑地刺死了受伤的罗德利哥，并血口喷人，把比恩卡说成是刺杀凯西欧的同党，以掩盖自己的罪行。与此同时，奥瑟罗也在自己的卧室里疯狂地扼死了苔丝狄蒙娜。正当伊阿古的阴谋实现，就要收“网”之际，心直善良的爱米利娅在弄清奥瑟罗杀妻的原因后，终于恍然大悟，她不顾丈夫的威胁，大义灭亲，当众暴露了事情的真相，揭露了伊阿古的罪恶行径，伊阿古见天机泄露，恼羞成怒，迅速拔剑刺死了爱米利娅。一切真相大白，恶人原形毕露，上当受骗的奥瑟罗痛心疾首，悔恨交集，也刎颈倒地。一场血淋淋的惨剧终在伊阿古的导演下发生。然而，“机关算尽太聪明，反误了卿卿性命。”如玩火者必自焚一样，伊阿古这个老奸巨滑的“布网者”也不免落网。正义终于战胜了邪恶，一场惊心动魄的的悲剧，也到此戛然而止。

可见，《奥瑟罗》整个剧情的发展都是与伊阿古实施其罪恶阴谋的进程相一致的。伊阿古是贯穿悲剧始终的重要人物，全剧五幕十五场，几乎幕幕有他，场场有他，整个剧情的开展，可谓非他莫能。他像一个熟练而高深莫测的导演一样，调度着剧中每个角色的行动，指挥着每个人物的表演，决定着剧情的发展变化，低潮和高潮，以及人物的命运。也正是他像一个运筹帷幄的军师一样，精心布下了一张看不见、摸不着的罪恶之网，而且得心应手地几乎把他所看准的目标（除凯西奥幸存外）“一网打尽”。虽然最后这张“罪恶之网”被莎士比亚的人文主义利器所击毁，但从全剧看，毕竟好人一个个遭到劫难或不幸，真善美不可避免地受到一场血腥的摧残，悲剧仍旧发生。

通过剧中这条内在的叙述结构，能进一步理解这出悲剧的性质远远超出了“嫉妒悲剧”的范畴。而悲剧的实质仍然反映的是莎士比亚的人文主义美好理想同黑暗现实之间的激烈冲突。具体体现为正直善良与阴险狡诈、光明与黑暗两股势力的冲突。从中也让人见识到了资本原始积累时期资产阶级野心家、阴谋家的奸诈与狠毒和人文主义者的稚嫩与脆弱，从而揭示出悲剧产生的必然性。

第四章　莎士比亚戏剧叙述的情节

情节是叙述性的来源，是任何叙述之所以为叙述的原因。任何叙述的学理思考，首先要处理的就是情节问题[①]。对于情节一词的阐释，说法是多样的，比如“一系列事件按某一逻辑顺序编撰起来，便构成情节”[②]；“情节是有关人物关系和人物成型的叙事过程”[③]；“情节就是被叙述的事件”[④]。国内的《文学理论词典》对情节的定义是：叙事性文艺作品中展示人物性格，表现人物之间，人物与环境之间的复杂的一系列生活事件和矛盾冲突的发展过程[⑤]。

情节涵义的理解源于亚里士多德。他在《诗学》中花了较多的篇幅论及情节。其中许多观点富有见地：情节（事件的安排）是行动的模仿，它是六个成分里最重要的；组织情节是悲剧艺术的目的；情节是悲剧的基础和“灵魂”；情节如果能做到有条不紊，便越长越美；情节里的事件要有紧密的组织，随意变动会导致整体松动和脱节；缺乏可然或必然联系的情节是劣等情节等[⑥]。亚里士多德对情节的这些论述，对后世影响颇为深远。讨论的人大都继承了亚氏的学说，均属于传统情节理论的范畴。其内涵表现为注重情节发展过程的审美和心理效果，关注单个情节的独特性，着力于探讨情节展开过程是否丰富新

① 赵毅衡：《广义叙述学》，四川大学出版社，2013 年版，第 165 页。
② 梁工：《圣经叙事艺术研究》，商务印书馆，2006 年版，第 134 页。
③ 赵思孝、沈亮：《影视剧作叙事艺术》，上海大学出版社，2001 年版，第 36 页。
④ 赵毅衡：《当说者被说的时候：比较叙述学导论》，四川文艺出版社，2013 年版，第 193 页。
⑤ 郑乃臧、唐再兴：《文学理论词典》，光明日报出版社，1987 年版，第 47 页。
⑥ 亚里士多德：《诗学》，罗念生译，人民文学出版社，1982 年版，第 20—43 页。

颖、曲折动人，是否能引起悬念和好奇心，富于戏剧性，事件对人物塑造起何作用，冲突有何特点等[①]。尽管如此，这一话题却一直是叙述学的最困难问题、最薄弱环节。至今都没有一个关于情节的基本定义，甚至对于情节研究究竟要讨论哪些问题，都没有共同的意见。

莎士比亚的戏剧以情节的丰富性和生动性而著称，引起了后人的广泛关注。作为传统剧作，其研究成果可谓汗牛充栋，的确难以出新。尽管如此，有的问题还是有再关注的必要。故在这一部分笔者选择从莎剧的情节构织的艺术手法、基本特征及规律等方面入手探讨。

一、悬疑与伏笔

悬疑与伏笔是作者在谋篇布局时，为了把作品构成血脉一贯、此呼彼应的艺术整体而运用的一种写作技巧。二者之间有着紧密的关系：通常而论，伏笔是属于悬疑的有机组成部分，或者是算作特殊的悬疑。因此，它们在文本中并非都是孤立地存在，而往往是交融互补、相辅相成，构成复杂多变、完整严密的叙述网络，并各自在自己的结点上发挥着必不可少的作用。在莎士比亚的戏剧中，这两种手法使用颇多，以各异的方式呈现出来。在此，笔者试对莎剧情节叙述中的悬疑和伏笔艺术略陈管见，冀以窥豹一斑。

悬疑即悬而不决，多指让人感到疑惑的地方[②]。具体而言，就是突出不同寻常的情境并延缓披露底细，使其呈明显的悬而未决的状态。其重要特征就是“预示出一种十分吸引人的事态，却不把它预叙出来”[③]。如《第十二夜》中，薇奥拉和哥哥乘船出海遭遇风暴，许多人落水遇难。薇奥拉虽脱险，但她十分伤心，认为哥哥已被淹死。好心的船长安慰她说，他亲眼看到她哥哥把自己绑在桅杆上顺水漂流，说不定已经获救。薇奥拉听后稍许安心，企盼能找到哥哥。在这之后，薇奥拉哥哥的下落始终存疑，成为一大悬念，直到船长安东

① Peter Brooks, *Reading for the Plot*, New York: Alfred A. Knopf, 1984, p.46.

② 中国社会科学院语言研究所：《现代汉语词典》，商务印书馆，2017年版，第1485页。

③ 刘锡庆、李保初：《写作技法词典》，商务印书馆，1996年版，第466—467页。

尼奥的出场，其下落才揭示出来。又如《温莎的风流娘儿们》一剧，培琪家的小姐安面临范顿、斯兰德、卡厄斯大夫的同时求婚。在与三名追求者的接触当中，安会选择谁构成了剧情发展中的重要疑问。为了增加胜算，三个男子都去找快嘴桂嫂帮忙说亲，而女方家长也有各自的想法和打算：培琪大娘对卡厄斯大夫有好感；培琪大爷看中斯兰德；范顿虽被他人看好，但没有得到安父母的认可。后在温莎公园的装扮宴会上，培琪夫妇都希望自己心仪的求婚者能带走女儿。最后悬疑才被揭开——安选择了自己更中意的范顿。

在部分莎剧中，悬疑甚至从开篇一直持续到末尾，即贯穿了整部剧作的始终。如《错误的喜剧》中，贯穿全剧的悬疑是伊勤能否找到自己妻儿。这一疑问从开篇伊勤便向公爵诉说，但由于他人地生疏，举目无亲，暂无法寻求帮助。而在当天，他的一对孪生子和曾收养的一对孪生仆从之间经历了多次“戏剧性”的相遇，还造成种种误会发生。等到住持尼来排解纠纷，公爵出面进行调停，伊勤才发现住持尼原来是自己离散的妻子，同时他也找回了儿子。这类首尾相接的悬疑甚至也跨越于多部剧之间。如历史剧中描写的“红白玫瑰战争”，其最重要的悬疑是两大家族谁能赢得王位。为此，红白两派爆发了多次内战，在相互较量中互有胜负，情节发展也是悬念不断、跌宕起伏，并造成了惨痛的伤亡和难以估量的损失。在这一你死我活的斗争中，王位经历了数次更迭，多位君王付出了生命的代价，直到《理查三世》剧尾，“红玫瑰”一派的里士满伯爵通过两大家族联姻，才彻底结束了这场旷日持久的纷争。至此，涉及多剧的悬疑终被揭开，读者心中的谜团得以消解。

有的莎剧中的悬疑还带有环环相扣、层层推进的特征。如《泰特斯·安德洛尼克斯》一剧，一开始便产生了悬疑——谁能继承王位？为此，前皇的两个儿子争锋相对，互不相让。被民众所拥戴的泰特斯不贪图权位，拥戴前皇长子继位。接着又产生了下一个悬疑——谁能成为王后？新皇要娶泰特斯之女，却不料被皇弟夺走，故改变主意，立哥特女王为后。然后是第三个悬疑——新后上位对安德洛尼克斯家族有何影响？由于王后与安德洛尼克斯家族有深仇，故王后得到皇宠后展开了复仇：先是谋杀了皇弟，把罪名栽赃于泰特斯的两个儿子，而后指使儿子奸污并残害了泰特斯的女儿。接下来是第四个悬疑——泰特斯如何反击？他在悲恸之下，让被放逐的儿子外出调集军队，向皇帝诉冤叫屈，并利用“议和”的机会将计就计，杀了王后之子。第五个悬疑——最后的结局怎样？泰特斯在杀死王后后被皇帝刺死，他的儿子替父复仇，后被拥戴为皇。在整部剧情的发展中，悬疑很好地吸引了读者注意，使其对人物的命运、故事的走向产生一种关切和期待心理。

从这些例子中可见，悬疑的形成，究其本质，就是“提出问题，延缓提供答案”[①]。但需要注意的是，这一“延缓”仅仅是将情节滞后，并不等于叙述节奏的变化。实质上，悬疑的“悬”内含“紧张”，但紧张之中，也有松弛的一面，即悬疑有着“张”“弛”之分。其中，“张”如一根绷紧的绳，凸显张力，读者会跟随角色一起心情紧张不已。如《威尼斯商人》中，摩洛哥亲王、阿拉贡亲王、巴萨尼奥先后前来求婚。在“择匣”环节，虽然两个亲王没有选中匣子，结果也是鲍西娅所期望的，但二人选择的过程是令人紧张的；当轮到巴萨尼奥做选择时，鲍西娅心情的紧张展露无遗，她很担心对方选错，建议其缓一缓，甚至可以住一段时间再试。在巴萨尼奥坚持要选时，鲍西娅作为旁观者比做选择的人还要惊恐万倍。在这一刻，读者也和鲍西娅一样，为她能否如愿而绷紧心弦。与“张”相异的是，“弛”是在情节推动中有意放慢节奏，从而使读者急切地想知道答案，以“弛”显“张”。如《哈姆莱特》中，对于王子“发疯”的原因，波洛涅斯自认为有了发现。当国王急着要听时，波洛涅斯借接待钦使之事有意延缓，表示自己的消息可留作茶余饭后的话题。等接待之后，波洛涅斯才漫不经心地道出王子的“疯”与女儿奥菲利娅有关。波洛涅斯给出答案的过程当属“有意放缓”，不过有时“放缓”也会带有无意的成分。又如《辛白林》剧末，辛白林询问埃契摩手指上戒指的来历。埃契摩指出这牵涉到辛白林，然后从隐藏在自己心头的痛苦秘密说起，先后提及辛白林的女儿伊摩琴、女婿普修默斯，再说到普修默斯对伊摩琴的爱恋。如此表述让辛白林“好像站在火上一般”，他催促埃契摩“不要尽说废话”，“快讲正文”（第五幕第五场）。终于埃契摩点到正题，说这个戒指是通过与普修摩斯打赌得到

① 戴维·洛奇：《小说的艺术》，王峻岩等译，作家出版社，1998年版，第14页。

的，并详述了自己作恶的过程。埃契摩的追溯并非刻意延误信息，而是他的表述没能切中要点，说话过于啰嗦所致。

悬疑的形成可以采用两种方法：一种是在事件的正常顺序位置上说出一部分情况，但扣留一部分至关重要的情况，等待后文倒述；另一种方法正相反，提前预述一部分情况，而让后文在事件的正常位置说出全部情况。所以前一种是倒述悬疑，后一种是预述悬疑[①]。就倒述悬疑而言，如《无事生非》中，唐·约翰告诉克劳狄奥等人希罗是不贞洁的，说当晚会有人从窗口进入她的房间，可去现场看个明白。而事实是否如此，剧中没有直接演示，当中细节也没有按时交代，给人留下疑问。直到事后，约翰的仆从波拉契奥才向他人透露了当晚的情形，即通过制造假象，使克劳狄奥等人信以为真。当希罗的受冤真相大白后，波拉契奥向众人招认了他们作恶的整个过程。较之倒述悬疑，预述悬疑在莎剧中并不常见。以《泰尔亲王配瑞克里斯》为例：配瑞克里斯携妻子回国途中遭遇海上风暴，其妻被吓得哀声惨叫，造成她腹痛如绞。这段经历被高渥提前述说出来，并表示详情会在以后告知。当讲到狄奥妮莎因妒成憎，要把配瑞克里斯之女玛琳娜除掉时，高渥再次预说狄奥妮莎已安排让利奥宁行凶，而行凶的过程在后文作了详尽交代。另外，在配瑞克里斯入睡时，狄安娜女神在他梦中现身，让他到女神庙述说自己的不幸，便可得到极大的幸福。至于为何要去，为何能获得幸福，这一切都要在后面才一一揭晓。

悬疑可以根据其在剧中出现的位置进行分类，即分为“开篇即悬”“篇中设悬”和“篇尾仍悬”。这三种当中，绝大多数悬疑都属于“篇中设悬”，例子颇多，不赘述，这里只谈另外两种。“开篇即悬”主要表现为剧作标题。有的莎剧标题容易让读者产生疑问，进而展开联想。如《爱的徒劳》，为什么说爱是徒劳的？什么原因导致了徒劳？又如《仲夏夜之梦》，剧中讲述的是一个怎样的梦？是人物做的梦，还是故事本身就是一个梦？再如《温莎的风流娘儿们》，剧中的娘儿是什么身份？她们真的风流吗？如何风流？这些问题在读者

---

① 赵毅衡：《当说者被说的时候：比较叙述学导论》，四川文艺出版社，2013年版，第204页。

接触剧目之初便在心中形成所谓的悬疑，等待着被解开。与“开篇即悬”相对应的是“剧末仍悬”。这里的设悬能引发读者对人物命运和剧情未来发展的猜测，具有较大的不确定性。如《暴风雨》之末，普洛斯帕罗在尾声中表达了对未来的期待：希望能顺利地离开这寂寞的海岛，以解脱自己灵魂上的系锁。同时他也表达了对自身命运的莫测：失去了魔法和精灵，结局可能会变成不幸的绝望。以后究竟会如何，将成为待解的谜团。又如《亨利六世》（中）之尾，约克—华列克大军在战场上取得对国王大军的决定性胜利。他们决定要乘胜追击，直捣伦敦，不给亨利六世以喘息的机会，力争一举解决王权更迭的问题。而约克能否如愿推翻亨利六世的统治夺取王位，便成了剧尾的悬疑。这一悬疑留给读者一个开放式的结尾，从而让读者参与思考，寻找自己的结论。

立足读者对作者设置悬疑的认知性情感，还可把悬疑划分为正向迁移（positive migration）和负向迁移（negative migration）。悬疑的正向迁移是指悬疑在剧情发展中顺应读者的思路，向着读者所期望的方向发展。而悬疑的负向迁移则与前者相对，即背离了读者的思路，使之产生出乎意料的情感。在莎剧中，悬疑的发展几乎都是顺从了读者的期待，只有个别例子显得特殊，属于负向迁移。如《冬天的故事》结尾，帕笛塔在与父王相认后，怀着满心的渴慕去瞻仰母亲的雕像。没料这一尊雕像看起来竟然栩栩如生，像是天公之作。在宝琳娜的“法术”下，“雕像”竟动起来了，并开口说话。原来，当初王后并未死去，是宝琳娜在危机关头谎报消息，掩护王后并供养她直到如今。这一结局，确实出乎读者预料，故归于负向迁移。有的负向迁移只存于片刻，产生了暂时误导读者之效果。如《泰尔亲王配瑞克里斯》中，潘塔波里斯国王就女儿的人生大事，想试探一下配瑞克里斯。不料，配瑞克里斯误以为这是对方狡计，想谋害自己。加之国王措辞尖锐，使其反应激烈。在双方交锋之下，读者难免会被误导，以为配瑞克里斯会重蹈开篇之不幸。但误解随着公主的出面很快消除，“负向”转化为“正向”。

如果说悬疑主要是为吸引读者而运用，那么伏笔则是为情节的完整、和谐、一致、统一而服务的。所谓伏笔，就是为使后文的发展顺理成章所做的某种形式的暗示或铺垫，使故事的发展自然、连贯，不致让人感觉突兀。简而言之，便是文中前段为后段埋伏的线索[①]。如在《麦克白》中，麦克白在谋杀国王后，仿佛听见一个声音喊着：“不要再睡了！麦克白已经杀害了睡眠”，“考特将再也得不到睡眠，麦克白将再也得不到睡眠。”（第二幕第二场）这一虚妄的声音看似无意，但它与后文中人物的状况有着多次对应：在麦克白展开刺杀班柯的行动后，他透露自己每夜都在惊恐的噩梦的谑弄中睡眠；在参加与群臣的宴席后，借麦克白夫人之口也道出他自凶杀后还没有好好睡过。甚至“杀死睡眠”的声音也在麦克白夫人身上发生作用：医生说连续不断的幻想扰乱了她的神经，使她不得安息。因此，这一伏笔的使用不断成为麦克白及夫人心里得不到安息的注脚。又如《亨利四世》（上）中，亲王与福斯塔夫分角色“扮戏”，当福斯塔夫扮演“亲王”，提出绝不能把福斯塔夫从自己身边赶走时，扮演“国王”的亲王却表示“我要，我偏要”（第二幕第四场）。结合《亨利四世》（下）的剧情，会发现扮演“国王”的亲王这一随口之词成了后文的伏笔：正是在下篇中，继承了王位的亲王宣布放逐福斯塔夫。从上述两例可以看出，伏笔刚出现时形同“闲笔”，看似与所述事件不相干，而后经点明，方知是有用意[②]。

伏笔存在显与隐之分。有些伏笔比较显露，或者由于读者可能具有的叙述能力，能辨别一般的叙述代码，使其一出现就能被辨别出来。如《仲夏夜之梦》中，仙王提到花汁的效用，即滴在眼皮上，当被滴者醒来第一眼所看见的东西，都会用最强烈的爱情去追求。这一解说成为了后文的伏笔，为后面花汁发挥作用起好铺垫，否则就会让读者不知其然。又如《辛白林》中，两位绅士谈到普修默斯的身世，提到他的父母、两个兄长，他们都很早过世。这一交代并非多余，当普修默斯身陷牢狱之时，正是其父母兄长的阴魂在他梦中浮现，为他鸣不平，才求得朱庇特降临化解灾难。显然，前面的身世交代是为后来挽救主人公所设置的伏笔，使后面的情节不会显得突兀。较之显性伏笔，有些则相对隐蔽，在文中的位置原则上只是个“小小不言的胚芽”，它甚至难以察

① 中国社会科学院语言研究所：《现代汉语词典》，商务印书馆，2017年版，第399页。
② 刘锡庆、李保初：《写作技法词典》，商务印书馆，1996年版，第176页。

觉，到后来回顾时才能看出它的胚芽价值[1]。例如《维洛那二绅士》中，普洛丢斯与裘丽亚告别时，他们互赠对方戒指。这一行为在情人之间本是平常之事，也不会引起读者特别关注。但到了剧尾，女扮男装的裘丽亚为了回归本来身份，故意出示戒指给普洛丢斯，从而让对方认出了她，并使他认识到自己的错误。至此，戒指所起的伏笔作用才显现出来，使读者恍然大悟。又如《哈姆莱特》中，奥菲利娅因父亲死去而精神失常，她在国王和王后面前唱完曲子后，作了道别："来，我的马车！晚安，太太们；晚安，可爱的小姐们；晚安，晚安。"（第四幕第五场）这一道别同样显得平常，但在得知她落水溺死的消息时，回过头来才发现这是她离开人世前的告白，故道别言辞成了伏笔。通过对比可见，隐性伏笔的设计更为巧妙，更能够给读者一种意外而深刻的情绪体验，从而感受到作者的精深构思和独到匠心。

伏笔的表现方式也是灵活多样的。在莎剧中，诸如言语、梦境、幻觉、异象、预兆、气氛、咏唱、文词等，伏笔均有触及。且在表现时总是比较概略、简单，这些比较"虚"的表现最后都在主情节中落实为"实事"[2]。具体表现举例如下：

有的以看似普通的言语来表现。如《罗密欧与朱丽叶》中，当罗密欧感叹自己得不到意中人（指罗瑟琳）的欢心时，班伏里奥呼应道："唉！想不到爱神的外表这样温柔，其实却如此残暴！"（第一幕第一场）对应后文，罗密欧与朱丽叶的爱情同样没能得到爱神的成全，还造成了惨痛的结局，这句话也就成了控诉这场悲剧的伏笔；在罗密欧得知心上人（指罗瑟琳）要参加凯普莱特家族的宴会，对见到对方充满期待时，班伏尼奥如此回复："要是把你的恋人跟另外一个我可以在这宴会里指点给你看的美貌的姑娘同时较量起来，那么她现在虽然仪态万方，那时候就要自惭形秽了。"（第一幕第二场）结合后面晚会上的情形可知，这一言辞无意间成了罗密欧恋上朱丽叶，并遗忘旧爱的伏笔。

① 热拉尔·热奈特：《叙事话语 新叙事话语》，王文融译，中国社会科学出版社，1990年版，第45页。

② 赵毅衡：《当说者被说的时候：比较叙述学导论》，四川文艺出版社，2013年版，第207页。

有的是通过预言来表现。如《麦克白》中，三个女巫预言麦克白将成为考特爵士。幽灵预告麦克白要留心麦克德夫；没有一个妇人所生下的人可以伤害他；麦克白永远不会被人打败，除非有一天勃南的树林会向邓西嫩高山移动。这些预言在之后都得到应证，故成了伏笔：麦克白很快被国王受封；麦克德夫成为麦克白强有力的对手，他是在未足月时剖腹而生；讨伐麦克白的队伍带树枝隐秘前行。又如《安东尼与克莉奥佩特拉》中，安东尼问占卜者：自己和凯撒比谁的命运强。占卜者作了预示："你的本命星是高贵勇敢，一往无敌的，可是一近了凯撒的身边，它就黯然失色……即使明明你比他本领高强，他也会把你击败。"（第二幕第三场）而最终安东尼也的确败给了凯撒，占卜者之言便成为伏笔。

有的是以梦境或幻觉来表现。如《亨利六世》（中），葛罗斯特公爵向夫人提及当晚自己做的噩梦，他梦见"代表我职权的手杖被折断了……在折断的杖上挂着萨默塞特公爵和萨福克公爵的首级。"（第一幕第二场）梦境中的内容都成为后面剧情的伏笔：存心与葛罗斯特作对的势力最终在权力争夺中胜出；参与谋害葛罗斯特的萨福克公爵和萨默塞特公爵先后丧命。又如《裘利斯·凯撒》中，勃鲁托斯在夜间"眼睛昏花"，觉得烛光变暗，似乎看到鬼怪一样的东西走近身边。通过对方之口得知，它是凯撒死后的冤魂，并表示会在腓利比再见。这一幻觉也构成后文的伏笔：勃鲁托斯恰好战死在腓利比。

有的依托异象或预兆来表现。如《理查三世》中，理查王在与里士满作战当日，太阳竟没有按时升起来，因为"按照日历记载，它（指太阳）在一个小时以前早就该照得东方一片光明"。因此，理查王觉得"今天对某个人总是个晦气的日子"（第五幕第三场）。这一异象起到了伏笔的作用：连天公都不作美了，对罪恶的一方也"皱紧了眉头"，理查王自然是"看不到当日的太阳"了。又如《泰特斯·安德洛尼克斯》中，艾伦带领昆塔斯、马歇斯兄弟去打猎。途中昆塔斯顿感不适，他如此说道："我的眼光十分模糊，不知道是什么预兆。"（第二幕第三场）他的这一感应也在后文中充当了伏笔：他们兄弟俩被人骗进藏有皇帝之弟尸体的地穴，进而被诬告为杀人凶手，终被处决。

有的伏笔会借助气氛来表现。如《哈姆莱特》中，开篇便是一个漆黑且寒冷的夜晚。在夜深人静之时，一个令人恐怖和惊奇的鬼魂多次神秘地出现，吓得人脸色惨白。如此氛围的营造，也在不经意间被看作伏笔的另类形式，即这里似乎将要发生什么，而且应该不会是什么好事。正如守城的霍拉旭所言："我有一种大致的感觉……我们国内将要有一番非常的变故。"（第一幕第一场）而随着剧情的推进，气氛的伏笔作用通过宫廷内部的冲突呈现出来。

伏笔有时还采用咏唱或文词来表现。如《奥瑟罗》中，苔丝狄蒙娜向女仆提到，一名侍女所唱的"杨柳歌"说中了该女子的命运，即她失去了爱人。为此，苔丝狄蒙娜唱起了这曲，借以表达心中的哀伤。该曲子以伏笔的方式揭示了她及女仆最终的命运，即她们都因爱人失去了生命。又如《泰特斯·安德洛尼克斯》中，小路歇斯赠予两个王子一纸诗句："正直无辜心胸坦荡者/无需配备摩尔人的矛矢。"（第四幕第二场）该诗句暗中揭示了王子的罪恶，也成为安德洛尼克斯家族实施复仇的伏笔。

二、巧合与误会

巧合与误会作为推动情节发展的艺术手法，在莎士比亚戏剧中广泛存在，也是莎剧艺术的重要特色。这两种手法都与偶然性的使用密切相关：由于戏剧这一体裁的显著特性，决定了其只能在有限的时间、空间来表现包罗万象、纷繁复杂的现实生活内容，这就必然需要对生活进行"戏剧化"的处理。而偶然性的使用不失为一种使生活"戏剧化"的重要手段和技巧，通过对其运用，可构成迅速展现形象运动的假定情境，变人物命运于须臾之间，辖人物安危于弹丸之地，能在较大程度上满足艺术样式的审美要求。对此，巴尔扎克也认为："偶然性是世上最伟大的小说家。若想文思不竭，只要研究偶然就行。"① 莎士比亚则善于从社会生活中寻觅那些最富有表现力的偶然形式，尤其以巧合与误会的使用最为突出。当然，由于生活的复杂多变，因此这两种手法在莎剧中

① 巴尔扎克：《〈人间喜剧〉总序》，见《西方古典作家谈文艺创作》，春风文艺出版社，1980年版，第300页。

出现也是多种多样、丰富多彩的：巧合与误会常常独自发生，但也可能同时发生；有时虽然出现巧合，但没有发生误会；有时发生了误会，也未必都是巧合造成的。以下，拟就具体情况逐一分析。

戏剧界自古崇尚“无巧不成书”的原则，这里所谓的“巧”，指的即是巧合。从其词意来看，它是指事情凑巧相合或相同之意[①]。在戏剧中，巧合的使用主要是为了更经济地安排人物和场面，以便于进行典型化的概括。莎剧里有关巧合的例子还是较多的。如在《奥瑟罗》中，奥瑟罗对妻子苔丝狄蒙娜的猜疑主要缘于伊阿古的设计诬陷，在这个过程中，奥瑟罗送给妻子的手帕起了意想不到的作用。由于伊阿古的妻子在照顾苔丝狄蒙娜的起居，故伊阿古曾甜言蜜语地求过妻子悄悄把苔丝狄蒙娜的手帕偷来给他。一次，奥瑟罗心情不好，苔丝狄蒙娜在搀扶丈夫时没注意到手帕掉落地上，被伊阿古妻子拾到。后者为了描下手帕上的花样，也为了讨丈夫的欢心，便将手帕交给了伊阿古。伊阿古的意外得手构成第一次巧合。伊阿古后将手帕故意遗落在凯西奥的寝室，凯西奥拾到后随手塞进自己的口袋，并把其赠给了与自己相好的比恩卡。之后比恩卡将手帕扔给了凯西奥，恰好被奥瑟罗看见，并认出了手帕，由此构成了第二次巧合。两次巧合可谓阴差阳错，成了奥瑟罗进一步认定妻子背叛自己的有力证据。又如《哈姆莱特》中，王子哈姆莱特从父王鬼魂口中得知克劳狄斯是杀兄夺嫂的罪魁。哈姆莱特虽知道了“真相”，但鬼魂的话是否可信，会不会因此而落入敌人的圈套，这都是他需要慎重考虑的。他认为，只有找到切实可信的证据后方能采取行动。那么如何去验证叔父罪行的真伪呢？哈姆莱特陷入极度的苦闷、迷惘、痛苦的境地。恰在这时，一个戏班子进宫演戏，哈姆莱特就特意安排编演了一出揭露某国王杀兄篡位的戏，并在演出中对叔父察言观色。而叔父的异常反应验证了鬼魂的话属实，也拨开了哈姆莱特心中的迷雾，坚定了他复仇的信心和勇气。在这里，戏班子进宫演戏纯属偶然，但这正好契合了哈姆莱特试图找到验证手段的想法，故属于巧合。

巧合可根据人物的有意或无意分为两种类型：有意制造的巧合和无意形成

① 中国社会科学院语言研究所：《现代汉语词典》，商务印书馆，2017年版，第1053页。

的巧合。前者完全是由于人为因素创造或导致巧合的发生，如《维洛那二绅士》中，米兰公爵在得知伐伦泰因当晚企图带雪尔薇亚私奔的消息后，正好遇见伐伦泰因路过，于是公爵以商量事为名编了一个巧合：他看中别人家闺女，但她家门户森严，白天很难进去。于是，伐伦泰因给公爵出主意，劝他在晚上用一副绳梯从窗户爬上去，为了便于携带绳梯，可以穿一件和他一样的长外套。公爵以试穿为名拉开了伐伦泰因的外套，从而揭开了对方的秘密。在此，公爵通过编造巧合证实了心中的疑问，同时也避免了伐伦泰因起疑。又如《无事生非》中，亲王为了把贝特丽丝和培尼狄克这两个冤家结成一对，与众人一起创造巧合场面：先是让培尼狄克相信贝特丽丝是爱他的，于是在明知培尼狄克躲在周围的情况下，故意交谈贝特丽丝对培尼狄克的一往情深；后让人偷偷报信引诱贝特丽丝上钩，有意谈论培尼狄克一心一意地爱着贝特丽丝。这两次巧合的设置，有效地拉近了男女主人公的心，让他们彼此了解到对方的真心。与前者不同是，后者则完全没有人为因素的掺入，一切都是在自然而然中形成。如在《威尼斯商人》中，夏洛克与借债人安东尼奥签订了一份借约，约定在一个月的期限内偿还债务，若违约便要在安东尼奥胸口割下一磅肉作为惩罚。安东尼奥作为一个富商，他完全有能力偿还那笔借款，使危险的契约化为泡影。但不料天公不作美——海上天气的突然恶化，使安东尼奥的商船遇礁石而被阻隔，不能如期到达，借约由此生效。这一巧合给安东尼奥的前景蒙上了一层阴影，也使借约双方的矛盾由潜在性向白热化陡然转化。又如《冬天的故事》中，西西里国王列昂特斯的无端猜疑使他和波希米亚国王的关系恶化，以致两个国王多年不相往来。十几年后，被列昂特斯抛弃的女儿帕笛塔在波希米亚长大，并与波希米亚王子邂逅相恋。两个年轻人彼此之间并不知道对方的真实身份，他们如此有缘当属巧合。不仅如此，当波希米亚王子带着帕笛塔赴西西里避难时，牧羊人包裹里的物品恰好证实了帕笛塔的真实身份，使列昂特斯得以与女儿相认团圆。这前后两次巧合在无意中改变了青年一代的命运，也使他们的父辈重归于好。

巧合在莎剧中还存在叠加组合的情况，即巧合非一次性使用，而属于“巧合之中套巧合”。如在《爱的徒劳》中，国王腓迪南和他的三个侍臣俾隆、朗格维、杜曼立下誓约，以不见女人、禁食、少睡的方式潜心做学问。但随着法国公主一行的到来，他们纷纷私下违约，通过写信向自己的心上人求爱。在他们行动一致的巧合中，又引发了另一连串的巧合：在国王御苑某处，俾隆、腓迪南、朗格维、杜曼先后出场，他们都持一纸情诗为陷入爱情而忏悔。有趣的是，每当后一个出场时，前一个便躲起来。等到他们都出场后，前面出场的依次露面，揭穿后者的过错。而最后现身的俾隆则把其他三人嘲弄了一番，说只有他才是“老实人”，没有违誓。不料此时一村女送来俾隆所写情书，使俾隆的谎言被当众拆穿，他只好认罪。国王及侍臣的先后出场如此凑巧，使“戏剧性”得到了完美的演绎。又如《泰尔亲王配瑞克里斯》中，配瑞克里斯在得知女儿的“死讯”后接连出现了三次巧合：先是他的船队迷失方向，来到米提林，意外遇见失散多年的女儿；他在宽慰中疲惫地睡去，又梦见狄安娜女神在幻象中现身，提醒他去女神圣坛献祭；当他来到女神神庙祭祀时，又找到了自己“已故”的妻子。这接连的巧合如冥冥中注定一般，在配瑞克里斯历经无数苦难后，终得到上天的眷顾，使他们一家人在离散后得以团圆。

巧合的运用也具有多方面的作用。首先，它有助于刻画、凸现人物的性格特征，在某种程度上能影响人物性格之发展和变化。如《雅典的泰门》中，泰门在流亡中挖树根充饥时意外发现了黄金。之前为负债所累的他曾需要这份财宝，而今的获得不正如他所愿吗？只是这一巧合的出现却没有让他产生改变境遇的打算，而是进一步激化了他心中对金钱罪恶的厌恶：“就是这些东西，可以使黑的变成白的，丑的变成美的，错的变成对的，卑贱便成尊贵……”（第四幕第三场）此后，泰门更加地悲愤厌世，而黄金起了催化作用。其次，巧合能构筑引人入胜的喜剧性情境。如《驯悍记》中，文生梯奥来找寻儿子卢生梯奥，却意外遇见冒名顶替自己的老学究。这一巧合进而引发了冲突：老学究坚称自己才是卢生梯奥的父亲，还把文生梯奥看作坏蛋，假冒名字向人讹诈。甚至冒充卢生梯奥的仆人也没有认出文生梯奥，把他看作是疯子。在这段戏中，冒充者与被冒充者在极具巧合性的相遇后产生了强烈的滑稽和讽刺效果。再者，巧合还可以掀动情节的波澜。如《暴风雨》中，米兰公爵普洛斯帕罗的弟弟安东尼奥利用哥哥的信任培植自己的势力，并投靠那不勒斯国王，进而获得了公爵的权力。而普洛斯帕罗和女儿则被逐出城，后在一座海岛上生存下来。多年后，普洛斯帕罗通过魔法预知了他的仇敌将乘船路过海岛，于是他把握住了这来之不易的巧合，通过掀起暴风雨开始实施他的复仇计划。在该剧中，这一巧合的安排非常重要，由此才能围绕主人公展开剧中最引人关注的复仇过程。

说完巧合，再提误会。所谓误会，就是一个人在处理事情时，由于对事情了解不够全面而无法做出正确的判断，或者表述为误解了对方意思之意[①]。而误会一旦发生，总不免要酿出事端、导引矛盾，孵化出千奇百怪、曲曲弯弯的故事来。这一手法在莎剧中也表现颇多。如《罗密欧与朱丽叶》一剧，当朱丽叶与罗密欧私下成婚后，她急切地等待乳媪捎来有关罗密欧的消息，以期秘密幽会。而乳媪恰从提伯尔特带血的尸体旁归来，惊魂未定，见到朱丽叶便发出了哀号："唉！他死了……我们完了！唉！他去了，他给人杀了，他死了！"（第三幕第二场）这一噩耗，使朱丽叶产生了多次误会：她先是以为罗密欧死了，故心都要碎了，想复归于泥土，和丈夫同眠；在得知提伯尔特的死讯后，她又以为罗密欧和提伯尔特都死了，她感到世界末日来临了，自己不该活在这世上；当她听说罗密欧杀死了提伯尔特时，又认为是罗密欧作恶，咒骂丈夫是"万恶的圣人""庄严的奸徒""恶魔的灵魂"（同上）。朱丽叶的这一误会，合乎她此时此刻的心情，显得自然贴切，丝毫不见刀斧穿凿的痕迹。又如《李尔王》开场，李尔想听女儿们如何表达对父亲的爱，并声称谁说得好就能得到最大的恩惠。小女儿科迪利娅作了如实表达："我爱您只是按照我的义务，一分不多，一分不少。"（第一幕第一场）这一回答却造成父亲对她的误会，其父认为她没有良心，并断绝了与她的父女之情和血亲关系。无独有偶，葛罗斯特伯爵由于听信了庶子埃德蒙的谗言，误会了儿子埃德加，视其大逆不道，剥夺其长子特权。这两次误会分别发生于主、副线索中，都导致了正面主人公的落难，形成对应，相得益彰。

误会也可以因其所导致的结果之不同，划分为喜剧性的误会和悲剧性的误

---

① 中国社会科学院语言研究所：《现代汉语词典》，商务印书馆，2017年版，第1394页。

会。喜剧性误会通常是剧作家用以生发妙趣横生、逗人捧腹的特定情境的那种误会。如《驯悍记》中，帽匠和裁缝向披特鲁乔呈上订做的帽子和衣服。没想到披特鲁乔却向他们发难，指出帽子“糟透了，这算什么帽子！简直是胡桃核”。同时又斥责裁缝制的衣服：“天哪！这算是什么古怪的衣服？这是什么？袖子吗？那简直像一尊小炮。”（第四幕第三场）他甚至表示不要这东西了，拿回去瞧着办，以后也不再光顾了。实质上，这些订做的帽子和衣服都是很时新、时髦的，披特鲁乔的妻子也非常喜欢，但披特鲁乔却故意贬低这些服饰，是出于惩戒、制服妻子而使用的一种手段。披特鲁乔如此表态，并未造成妻子的误会，其妻子自然是领会到了丈夫的用意。而形成误会的是帽匠和裁缝，不过披特鲁乔委托仆人化解了误会。这段戏中的误会通过人物诙谐、打趣的语言来展开，在嬉笑谩骂中制造“戏剧性”冲突，产生了啼笑皆非的喜剧性效果。又如《亨利四世》（上）一剧，威尔士亲王等人设计给福斯塔夫及伙计开一场玩笑：先是由福斯塔夫一批人去抢劫旅客的财物，在他们得手之后，亲王等人再出场劫下财物。这突然而来的袭击，使自恃“勇敢”的福斯塔夫一伙吓得心惊胆战，四散逃走。被这场误会蒙在鼓里的福斯塔夫回到酒店后，却吹嘘他们如何抢到财物，又如何遭遇强敌，他又是如何地英勇无畏。直到被亲王揭穿后，福斯塔夫才意识到这是一场误会。该误会的出现给尘封的历史增添了喜剧情调，改变了历史剧过于严肃的面貌。与喜剧性“误会”不同的是，悲剧性误会通常是剧作家所使用的造成人物身心伤害，甚至促其归于毁灭的那种误会。如《罗密欧与朱丽叶》中，由于给罗密欧送信的人误了事，没能将朱丽叶以“假死”逃婚的信息传送到，故罗密欧误以为妻子已死，在他来到墓地，见了妻子最后一面后，服毒死去。当朱丽叶醒来，看到罗密欧已经先她而去，自己也不想活下去，就用匕首结束了自己的生命。这一误会在剧情发展中纯属阴差阳错，却无意之中导致了男女主人公悲剧的发生。与之相似的是，《仲夏夜之梦》剧中的“戏中戏”有着类似的结局：皮拉摩斯和提斯柏相约私奔，后者先到，却遇狮子，匆忙中丢失面纱。等到前者到来，见带血之面纱，以为爱人已死，举刀自刎。后者返回后，随之自杀身亡。

误会在使用中也并非都单一存在，有时可能会多次性地安插，出现“误会之中生误会”或“误会套误会”的局面。如在《错误的喜剧》中，一对孪生兄弟大小安提福勒斯和一对孪生仆人大小德洛米奥，均因相貌酷似而闹出一系列的误会：小德洛米奥误把大安提福勒斯当成主人而被痛打一顿，造成大德洛米奥因否认自己找过主人也被痛打；阿德里安娜误把大安提福勒斯看作丈夫带回家吃饭，造成小安提福勒斯回家受阻，并误以为妻子讨厌自己；金匠误把大安提福勒斯看作小安提福勒斯，把订做的项链交给对方，而后小安提福勒斯否认自己收到了项链……随着剧情的发展，众多人物之间的误会一个接一个，逐步加深，直到两对孪生兄弟同时碰头，误会才得以消除。可见在该剧中，冲突源于误会，并以此为契机，延伸拓展，贯通全剧，离开其中一环，剧情便难以完整。又如《安东尼与克莉奥佩特拉》中，安东尼的船队在交战中投降了敌人，他误以为是克莉奥佩特拉背叛了他，便大骂对方是反复无常的淫妇，恨不得亲手杀死这个“负心人”。克莉奥佩特拉吩咐侍女谎称自己已自杀，以促使安东尼幡然悔悟，不料安东尼得知这一消息后，表示要随克莉奥佩特拉而去，并伏剑自尽。在这一过程中，前后两次发生误会，前一次是由安东尼主观判断有误所致；后一次则是克莉奥佩特拉出于善意而臆造。因前者而产生后者，并共同作用于主人公，使安东尼陷入误会的泥淖而无法回头。

误会的使用也具有多方面的意义。首先，它能够烛照人物性格的五色光斑。如《理查三世》中，理查觊觎王座，为此，他处心积虑地扫除前行的障碍。他先是派人散布流言，使弟弟被逮捕。他却假意表示同情，并承诺营救弟弟出狱，使其误以为他是可信之人。理查害死弟弟后，面对弟弟儿女却假意哭泣、怜悯、亲吻对方，使侄儿误把他当作好人。对此，理查生母如此评说儿子：“啊，欺诈竟能装出这样温和的外表，用高贵的面具掩盖深藏的邪恶！”（第二幕第二场）从这两次误会中可见理查穷凶极恶、奸狡巨滑、善于伪装，是一个典型的阴谋家。其次，误会还能制造、增强喜剧性效果。如《第十二夜》中，管家马伏里奥傲慢无礼，引起家里人的反感。这些人便模仿伯爵小姐的笔迹丢给马伏里奥一封情书，使他误认为小姐对他有意。他还按信中所说，穿起小姐最讨厌的黄袜子，见了小姐就微笑。结果马伏里奥丑态百出，小姐也以为他中暑发疯了。这里，误会带来了逗人捧腹的滑稽场面，喜剧色彩非常浓厚。再者，误会有助于推进戏剧情节的发展演变。如《哈姆莱特》中，哈姆莱特的装疯，形成两个误会：一个是克劳狄斯对他的误会，一个是奥菲利娅对他的误会。前一个是哈姆莱特所希求的，通过误会有助于克劳狄斯一伙放松对他的监视，也有利于他展开复仇计划；后一个是哈姆莱特所不愿有的，但他装出疯态说出违心之话后，伤害了恋人的心。由于奥菲利娅不能理解，导致误会产生，也是造成她早逝的直接因素之一。这两处误会都对情节发展影响巨大，也决定了主人公命运的走向。

需要留意的是，巧合和误会并非都是各自独立，有时二者也会一起发生，并巧妙地结合在一起。如《威尼斯商人》中法庭审判一场，鲍西娅女扮男装出庭担任律师。她聪明、机智地迷惑了夏洛克，巧布法网，引对方上钩。她表示要照约处罚，这对夏洛克来说正中下怀，对她产生了信任，认为她公正无私。夏洛克也称她是“聪明正直的法官”“法律界的中流砥柱”（第四幕第一场）。伴随夏洛克的误会，接着又产生了巧合：鲍西娅提出让夏洛克出钱请医生堵住伤口，夏洛克表示条约上没有这样写。所谓说者无心，听者有意，这一巧合恰好被鲍西娅抓住把柄，指出条约上并没有允许取一滴血，只是写明“一磅肉”，所以可以照约拿肉，却不能流血，否则夏洛克的土地、财产就要全部充公。最终，夏洛克由喜转悲，灰溜溜地败下阵去。在这剧情发展的关键时刻，误会与巧合的出现把整部剧情推向了高潮，使困扰众人的局面在顷刻之间得以化解。

此外，巧合和误会之间有时还存在明晰的因果关联，即巧合有时会导致误会，而误会有时也会造成巧合。就前者而言，如《仲夏夜之梦》中，拉山德和赫米娅相约来到森林，他们在极度困乏之下各自睡去。精灵迫克按仙王所述把花汁滴在拉山德的眼皮上。可巧合的是，海伦娜跟随所爱之人路过此处，发现了拉山德并叫醒了他。拉山德醒来后，花汁的魔法使他立刻爱上了第一眼就看见的海伦娜，他说了好些赞美对方的话，使海伦娜产生误会，觉得拉山德是在嘲笑、挖苦自己，简直不可理解。这里由巧合而产生的误会，使本就不幸的男女主人公雪上加霜。就后者而言，如《温莎的风流娘儿们》中，福斯塔夫自作多情，认为福德太太和培琪太太对自己有意，故向两位太太求爱。太太们想好好教训福斯塔夫，便假装同意与对方相约，使福斯塔夫误以为“有戏”。于是，在接下来的两次约会中，每当福斯塔夫到来之时，两位太太的丈夫便带人回来搜查。如此巧合使福斯塔夫饱受捉弄之苦：他先是躲进洗衣筐，被人抬出去倒进阴沟，后来又扮作一老婆子遭遇了一阵痛打。剧中，太太们以误会为诱饵，进而制造巧合，前者为因，后者为果，通过发生作用，起到了极佳的惩戒效果。

三、悲喜交融

悲喜交融作为一种审美特征，按照字面义理解，主要是指悲剧性与喜剧性的交互融合。它作为一个近代出现的美学概念，有很多有待发掘的内涵及意蕴，对其概念的界定，学术界至今还没有得出统一的定论。自古希腊以来，悲剧与喜剧一直被认为是两个相对独立的美学范畴，代表两种不同风格的艺术类型，二者泾渭分明，界限严格。古典主义者曾把这种严格划分看作是不可更异的律法。他们认为，悲剧的审美情感在于引起观众的怜悯和恐惧，喜剧的审美情感则是使人感到可笑和愉快。喜剧因素进入悲剧，就会冲击悲剧的审美情感。反过来说，悲剧因素闯进了喜剧，同样也会破坏喜剧气氛。但是，从文艺复兴时期莎士比亚的创作开始，悲剧、喜剧之间划下的严格界限被逐渐冲破。他将悲与喜、美与丑、崇高与滑稽融合得浑溶无间，广泛运用于他的喜剧、传奇剧、悲剧和历史剧当中，由此构成了他别具一格的戏剧体系[①]。看起来一切像是自然天成，没有明显的刻意的成分。

莎士比亚把悲和喜融合得最深、最广的是他的喜剧和传奇剧（亦称悲喜剧）。从他早期的浪漫喜剧，到中期的阴郁喜剧，再到晚期的悲喜剧，“喜”是其剧作的主旋律，但“喜”中多少带有一定的悲剧成分，主要根据其创作时代的演变，以及对作者产生的影响来进行判断。总的来看，悲剧因素在作者不

① 华泉坤、洪增流、田朝绪：《莎士比亚新论——新世纪，新莎士比亚》，上海外语教育出版社，2007年版，第106页。

同时期是随着时间的推移而逐渐增加，特别是到了后期，悲剧气氛几乎笼罩全篇。所谓“悲剧因素”，是指戏剧情节中包含的“正面（或非恶的）主人公无辜受难”的过程。它在剧中启动了基本的戏剧情节，是构成冲突的重要组成，并推动剧情的发展。其表现方式有两种：一种是表现于客观因素的影响，如出自背景、环境、氛围、社会势力等；另一种是倾向于主观因素的作用，如缘于性格、性情、“三观”等。

在部分早期喜剧中，悲剧因素主要被归于客观原因所致，例如《错误的喜剧》。此剧开篇，叙拉古商人伊勤因找寻失散的亲人而来到以弗所，进而触犯禁律，遭到逮捕，即将被判处死刑。这种悲剧性情节的产生正是来自于天灾（海上的风暴），造成他妻离子散，陷入困境。而这样的“悲”又导致了一连串喜剧性误会场面的产生，这属于“用悲剧故事框架套喜剧情节”的模式。这样的模式在《仲夏夜之梦》《皆大欢喜》《第十二夜》中得以重现。在《仲夏夜之梦》中，恋人们为追求爱情逃离雅典进入丛林，出现了一段奇幻波折的闹剧情节。在《皆大欢喜》中，男女主人公奥兰多和罗瑟琳为避免被迫害而逃入森林之中，在那儿上演了一出妙趣横生的恋爱求婚场面。这种模式在《第十二夜》中表现尤为突出，一开场就渲染了好几个死亡的情形：薇奥拉在海边遇救时目睹了其兄在风浪中挣扎逐渐沉没，心中由此蒙上了兄长遇难的阴影；奥丽维娅出场时也满面愁容，陷入了对亡父亡兄的哀痛不能自拔；小丑费斯特所唱四首歌曲中，有三首的主题与死亡有关。在这种背景及氛围之下，描写了一段充满幽默与欢乐的爱情故事。

《仲夏夜之梦》中的悲剧因素主要表现在社会传统势力对男女爱情的干涉。伊吉斯反对女儿赫米娅与拉山德自由恋爱，但这种干涉是毫无道理的，表现出作为父亲的专横。他为女儿安排的对象狄米特律斯在各方面条件上与拉山德并无多少差别，他执意要女儿服从，仅是为了维护其作为父亲的权威性。这种包办婚姻，虽不合情理，却受到当地法律的支持。雅典公爵忒修斯固然同情赫米娅，却不得不依照法律规定对赫米娅进行处置，正如他所说：“不是受死刑，便是永远和男人隔绝”，并下了最后通牒：“等到新月初生的时候，你便当决定，倘不是因为违抗你父亲的意志而准备一死，便是听从他而嫁给狄米特律斯；否则就得在狄安娜的神坛前立誓严守戒律，终身不嫁。”（第一幕第一场）虽然恋人们在历经磨难之后如愿以偿走到一起，但社会传统势力对自由爱情的干预，又在剧末上演的“皮拉摩斯和提斯柏的故事”中再现出来。男女主人公由于父母反对而不能结合，双双在月光下惨死，提斯柏无奈发出了悲叹：“墙啊！你常常听得见咱的呻吟，怨你生生把咱共他两两分拆。”（第五幕第一场）

更多喜剧中的悲剧因素表现在人性方面。往往由于主人公的作恶行径，导致喜剧中的悲剧因素逐步加深。这些主人公并非天性便恶，而是因为罪恶的念头在心中萌发，不能自控，进而误入歧途，犯下了过错。在《维洛那二绅士》中，普洛丢斯见到雪尔薇亚之后，内心马上起了变化，背弃了与女友的海誓山盟，追求新欢。为了夺得雪尔薇亚，他把好友伐伦泰因计划携女友私奔的秘密透露给了公爵，导致了伐伦泰因被公爵赶出门，落草为寇。后来他到森林里找到逃走的雪尔薇亚，企图强行占有对方，被伐伦泰因及时制止。普洛丢斯这一人物在私欲面前完全沦落，为达到目的而放弃做人的原则，直到他的丑行被彻底揭穿，才觉得无地自容，表达了忏悔。在《终成眷属》中，贝特兰嫌海伦娜身份低微，不愿遵照国王的意旨接纳她，并决然离去。海伦娜的一片痴心却得不到回报，她的不幸给剧情蒙上一层悲情的阴影。而剧情随后的发展似乎更不利于她：贝特兰在外迷上了一名寡妇的女儿，以出卖传家宝——指环来换取淫欲的满足，一步步陷入罪恶不能自拔。海伦娜最终通过自己的机智挽回了丈夫的心，结局固然很好，但海伦娜的做法却值得商榷：贝特兰抛弃她，甚至有极不道德的行为，而她却千方百计地投入对方的怀抱，这种强求的爱情能否圆满，此后贝特兰是否会真心爱她，这着实令人担忧[①]。在《量罪记》中，安哲鲁绝非纯粹的反面角色，他被划归于恶势力同样缘于心中的恶念。他作为摄政大臣，操生杀大权，当他想以权谋私时，更能制造罪恶，危险度也更大。他刚出场时道貌岸然，受到民众一致称赞，但当依莎贝拉为其弟克劳狄奥向安哲鲁求情时，他立即为依莎贝拉的美貌所动心，以满足个人私欲为条件来拯救她的弟

① 桂扬清：《埃文河畔的巨人：莎士比亚》，上海外语教育出版社，2001 年版，第 114 页。

弟。安哲鲁在罪恶深重的同时，却不顾劝阻，妄图通过处死克劳狄奥实现杀人灭口的目的。从他的身上可见人性的惊人蜕变：一个近乎完人的正人君子竟无法把控人性的缺陷一步步滑向罪恶的深渊，险些毁掉自己。安哲鲁的蜕变过程揭示了人性的脆弱，在善与恶的拷问与选择中，有的人没能经受住考验，投向了恶势力成为危害爱的世界的代表。不过，这几个从恶之人都在剧中经历了一个自我改造的过程：虽然在不同程度上与恶行为伍，价值观念发生变化，但在受到伦理道德的净化后被原谅和饶恕。

如果说以上三部喜剧中的主人公是有意作恶的话，那么有的人物则是因为被蒙蔽，造成其在无意中和恶势力同谋，从而带来悲剧因素。如在《无事生非》中，唐·约翰有意诽谤希罗，使她蒙受不白之冤。但更不幸的是，深爱希罗的克劳狄奥却有轻信的弱点。在唐·约翰精心设计的圈套之下，克劳狄奥受骗上当，化挚爱为仇恨，在教堂举行婚礼之时当众羞辱希罗。于是，这样一个贞洁女子被众人谴责，甚至连希罗的父亲也不得不为希罗的不贞行为而痛心：“啊！她现在落在污泥的坑里，大海的水也洗不尽她的污秽，海里所有的盐，也不够解除她肉体上的腐臭。”（第四幕第一场）父亲对女儿的爱作为最纯洁的感情纽带，一旦断裂，就必然在爱的世界产生骚乱和悲剧性的结局。虽然希罗遵照父亲之嘱，假称死亡，但她已经名声扫地，她的“死”和由此引发的悲剧意识一直持续到真相被揭示之后。

在莎士比亚看来，喜剧中带有的悲剧成分通常不能单方面归于客观因素或主观作用，而是二者的有机融合，这也许更能如实描摹社会的真实面貌和形态，这也是他的喜剧艺术不断走向成熟的一种体现。作为莎士比亚喜剧中的代表，《威尼斯商人》一剧把这种悲喜交融的特征作了更有深度的表达。整部作品的喜剧意味很浓厚，但悲剧性质也以各异的方式渗透剧中，主要从两个方面来看：一是夏洛克的个人遭遇带有明显的悲剧意味。溯其原因，既有他个人的原因所导致，如他作为高利贷商人的身份。从事放高利贷这一行当是不人道的，致富方式属于非法，自然会招致周围人的抵触和谴责，加之他具有贪婪和吝啬的行为处事特征，亦容易引发他人反感。同时也有社会现实背景的因素：在那个时代，犹太人备受鄙视的现象已经存在，夏洛克就曾抱怨过，安东尼奥经常骂他，叫他犹太狗，把唾沫吐在他的袍子上，还用脚踢他，显然这应属于民族偏见。另外，夏洛克信仰的是犹太教，而不是在社会中处于主流地位的基督教，故他属于被社会边缘化的异教徒，会遭致基督徒的排斥。而且，夏洛克的女儿杰西卡虽在一定程度上被周围人所接纳，但依然被朋友称为异教徒，可见这样的“偏见”不可能不存在。因此夏洛克的这些身份，无疑让他带上了悲剧的因素。二是鲍西娅的婚姻选择。其父留下的遗嘱就明确规定，向鲍西娅求婚的人必须在金、银、铅三个匣子中进行选择，只有选中带有鲍西娅肖像的那一个才能求婚成功。这意味着鲍西娅失去了主动选择的权利，她只能被动地接受命运的安排，这对于充满生气、富有智慧的“新女性”而言显然是悲剧性的，乃是外在父权思想对她的影响。同时，鲍西娅还有自身认识的局限性，对于巴萨尼奥求亲的原因浑然不知，对这名挥霍成性的浪荡子弟也缺乏认知和了解，仅凭个人印象就认定对方是自己中意之人。更让人感到意外的是，当巴萨尼奥选对匣子后，她一改往日独立张扬的个性，放下自己作为富家小姐的尊严，主动表态自己和自己拥有的一切均属于新婚丈夫，从中看到她自身还带有鲜明的夫权意识。这样的婚姻选择能否使鲍西娅获得想要的幸福恐怕难以预知，因此悲剧意味不可避免地存在着。此外，安东尼奥贸然与夏洛克签订的契约也是具有悲剧性的。毕竟这个契约带有“割肉”的内容，明眼人都知道这既不人道也不合理，带有“谋害”的性质。这样的悲剧因素既为突出夏洛克的性格特征而服务，又为后来出现的喜剧性转折并解决矛盾做了铺垫。

悲喜剧作为莎士比亚晚年的收尾之作，可以看作是莎剧由喜剧向悲剧的过渡。在带有悲剧性色彩的问题上，不仅含有外在与内在因素的结合，而且整部剧作自始至终弥漫着悲情氛围，难以等同之前的其他喜剧。在悲喜剧中，人物自身已经无法解决矛盾，只能依靠超自然的力量来实现。在《暴风雨》中，普洛斯帕罗的“玩物丧志”和弟弟的阴谋导致他和女儿被流放到荒岛。多年后，若非他练就一身魔法，能指挥精灵为其服务，恐怕他和女儿的结局就只能是悲剧了。在《辛白林》中，普修默斯的“卑微身世”和盲目轻信的缺陷使他陷入困局，好在父母兄弟的亡魂唤得神明下凡，才使他的命运得以逆转。在《泰尔亲王配瑞克里斯》中，配瑞克里斯多次被命运逼入险境，经历九死一生，虽屡遭不幸，但总能得到上天之眷顾，最后也是通过神明的昭示实现了一家人的团聚。这些悲喜剧的结尾已经纯粹成为一条“光明的尾巴”了。

《冬天的故事》中的悲剧色彩笼罩了全篇。在该剧中，悲剧的产生不是缘于外在施加的影响，而是来自国王列昂特斯自身无端的猜忌，纯属一种心理恶疾。由于他的捕风捉影，他的好友、属下离他而去；他的妻子受辱下狱，还受到法庭的审判；他的儿子因担心母亲而过早夭折；他的女儿因其错判被人遗弃荒野。他伤害了身边所有的人，破坏了自己与他人之间和谐的关系，几乎完全断送掉他那原本安定有序的世界。他甚至认为整个世界就是一个“荒淫的星球”。直到后来获得神明的指示以及证词的应验，他才开始追悔莫及，但此时一切都难以挽回了，他的韶华便在自己不尽的悔恨中度过。

从以上分析中可见，悲喜交融在莎士比亚的喜剧创作中运用最广，感受最深。但同时也要看到，它在作者的悲剧和历史剧的创作中也有一定的表现，只是较之于带有悲剧因素的喜剧，含有喜剧因素的悲剧就少了许多。尽管涉及篇目不多，但这也是莎士比亚在其他类型剧作中所做的进一步尝试，因此意义同样非凡。

在众多悲剧中，《罗密欧与朱丽叶》毫无疑问是喜剧色彩最为浓郁的一部。实际上，如果不是因为结局出现了意外，该剧完全应划归喜剧一类。其剧中的喜剧成分主要表现于两个方面。其一，全剧充盈着浓厚的抒情风格。除了最后一幕之外，其余各个场景都充满了诗情画意。像恋人在花园里谈情说爱的优美意境，那披着黑纱的夜色，那朦胧的月光，那低语的微风，那散发着花香的气息，再加上恋人的互诉衷情、温柔叹息、海誓山盟、依依惜别，简直是一支令人心醉的小夜曲，充满了抒情色彩[①]。其二，表现在对次要人物的塑造上，如朱丽叶的乳媪。这是一位饱经世故的老仆人，既烦人又逗人喜爱，多事碎嘴，唠唠叨叨，动不动就赌咒发誓。她会故弄玄虚，有意推迟透露一些关键信息，以收到让对方感到狂喜的效果，从而获得心理上的满足。因此，乳媪在剧

① 张泗洋、徐斌、张晓阳：《莎士比亚引论》（上），中国戏剧出版社，1989年版，第347页。

中是个滑稽的角色，她的一言一行，喜怒哀乐都是与主人公完全协调的，衬托得恰到好处。事实证明，正是有了这样的喜剧角色，悲剧才具有了自己独特的魅力。

与悲剧相似的是，莎士比亚的历史剧从整体上来说，让接受者获得更多的是悲剧性的感受，表现出较强的悲剧倾向。一来是缘于历史剧中的主要人物多是“大人物”，他们的目标往往很高，失败的风险如影相随。而事实上，剧中的这些“大人物”最后的结局多数是在失望与失败中走向毁灭；二来则与莎士比亚创作历史剧的动机有关，即强调避免历史的悲剧重演，要趋利避害，不要重蹈覆辙。因此历史剧就被作者更多地写成悲剧或具有悲剧的意味①。但同时，这些历史剧也带有一定的喜剧色彩，多数情况是由剧中的丑角发挥了作用。这些丑角通常在剧中插科打诨，一语双关，言行逗人发笑，但是幽默的话语中总是一针见血地揭露出事件的真相和本质，富有哲理性。且他们贴近现实，真实而平常，很具有生活气息。一提到历史剧中的丑角，人们自然会首先想到福斯塔夫，他出现在《亨利四世》的上、下两篇中，为该剧注入了喜剧色彩和活力。如在《亨利四世》（上）篇中，威尔士亲王与福斯塔夫一伙饮酒作乐、打家劫舍等情节的描写，充满喜剧性：亲王和几个人先埋伏起来，等到福斯塔夫一伙得手后，再冒充强盗打劫了福斯塔夫；回到酒店后，并不急于说出真相，而是兴趣盎然地观看福斯塔夫的解释和表演。在第二幕第四场中，亲王与福斯塔夫的“扮戏”也具有强烈的喜剧性，二人分别扮演亲王和国王，并更换角色，这是极为典型的既有喜剧色彩又蕴涵深刻含义和暗示的一幕。《亨利四世》的悲剧性也是很明显的，主要表现在亨利四世处心积虑，得到了王位，却并没有因此而轻松享乐，反而为此整日忧虑，终在战乱中离世。可见该剧中实现了悲与喜的融合和统一。这样的相融既利于反映历史剧严肃的面貌，契合作者创作历史剧的意图和主旨，也有助于再现生活中的情趣，使尘封的历史鲜活生动起来。

悲喜交融不仅体现在喜剧中带有悲剧因素，或悲剧中带有喜剧色彩，或悲

① 李艳梅：《莎士比亚历史剧研究》，中国社会科学出版社，2009 年版，第 243—247 页。

剧和喜剧成分在剧中并存，还在于悲喜之间的相互转化，甚至是频繁转化。这在莎士比亚晚年创作的悲喜剧中表现得尤为突出。顾名思义，悲喜剧既可以理解为喜剧带有浓郁的悲剧色彩，也可以解读为悲喜之间的高度交汇与融合。如在《辛白林》中，伊摩琴的经历就呈现出悲喜之间反复转换的特点：她先是和自己所爱的普修默斯结合，却遭到父王反对，丈夫也被流放异国他乡。后来她遭到王子克洛登的无耻纠缠，但又从意大利人埃契摩那里得到了丈夫的音讯。不料她被埃契摩暗中算计，使她的丈夫产生误解，并想害死她。接着她从仆从毕散尼奥那里得知这一消息，好在仆从未信以为真，还帮助她逃走。她虽然有找到丈夫的希望，但她孤身一人外出，不免让人担心她的安危。她碰巧遇见自己的亲生兄长，却又误食“灵药”，昏迷过去，被兄长误以为死去。之后她苏醒过来，却又遭遇敌国军队，并被敌军统帅收入其中，但战局的变化又使她的前景蒙上一层阴影。最终她在战乱中幸存下来，被仆人认出进而获救。又如《泰尔亲王配瑞克里斯》中配瑞克里斯的经历也是如此。他原本是慕名求婚，却无意知晓了叙利亚国王与女儿私通的隐情。他虽然及时逃走，但又遭到国王使臣的追杀。他逃至塔色斯，暂时安顿下来，后又得到刺客将要来到的消息。他再度领人出逃，却又遭遇海上风暴。他幸存下来，通过比武招亲，被潘塔波里斯国王招为女婿，后启程回国，竟再次遭遇风暴，造成他与妻子的分离。他把女儿寄养他国，多年后却得知女儿的死讯。之后通过命运的眷顾，他才得以与妻女团聚。在这类情节发展中，主人公屡次被卷入悲与喜的旋涡之中，其过程之曲折，命运之多舛让人难以置信，令人唏嘘不已。这样的描写给人以祸福难料、世事无常之感触，揭示出深刻的人生哲理。并充分说明悲与喜之间并无明确的界限，二者之间是相互并存、深度融合、动态转化的关系，可谓“你中有我，我中有你”，体现出一种辩证发展的观念。

总而言之，在莎士比亚一生创作中，悲始终与喜天然相成，没有纯粹的喜，也没有绝对的悲，这样的描写更贴近生活的真实形态。这既是很辩证的表现方式，也是作者对社会、生活、人生深刻认识的反映。这样的剧作才更易引起读者的共鸣，才更易被人们所接受。而这种创作也对后世的“严肃戏剧”“问题剧”产生了深远的影响。

四、互文性

互文性（intertexuality）一词最早出现于1967年法国的《批评》（*criticism*）杂志上，是克里斯特瓦（Julia Kristeva）在继承巴赫金（Mikhail Bakhtin）的“对话”“复调”（polyphony）理论基础上提出的。这一概念旨在说明文本之间存在的关系，即任何文本都存在引文现象，一个文本中必然含有另一个文本，或者说任何文本都像是引文的拼接，都是对另一个文本的吸收和转换[①]。由于这一概念的内涵难以界定，故其定义在人们看来是颇有难度的，通常阐释为“文本之间互相指涉、互相映射的一种性质”，或者“一文本与其他文本之间可论证的互涉关系”[②]。互文性有狭义和广义之分。狭义互文性的文本仅限于文学之内，探索文学文本之间的关系；广义互文性的文本超出了文学范畴，探索文学文本与社会文本的关系。互文性还分为两种类型：一类是表现于一部文本内部，即“内互文性”；另一类是表现于两部或多部文本之间，即“外互文性”。其中后一类存在两种形式：一种是一个作者的文本之间，另一种是两个或多个作者的文本之间。解读文本的互文性是人们热衷于关注的话题，其切入点有很多，常见的如原型、主题、意象、结构、人物、语言、情节、用典等。

互文性涉及面广，仅立足于莎剧中的情节来探索互文性问题也绝非易事。莎士比亚在创作中广为借鉴、博采众长，要弄清他的众多文本在情节方面与前人之作的互文关系，仅以一篇文章难以道明，故对其互文性的探讨仅限于莎剧之中。依笔者之见，由于构成互文性必须具备三个要素：文本A、文本B和它们之间的互文性联系C。因此既可以立足于互文性联系C来观照莎剧文本之间的关联，也可以从莎剧文本之间归纳出互文性联系C的存在。就前者而言，从情节中人物的行为、人物的经历、故事场景等方面能发掘出莎剧中情节的互文性体现。

---

① 秦海鹰：《克里斯特瓦的互文性概念的基本含义及具体应用》，载《法国文学》2006年第4期。

② 李玉平：《互文性定义探析》，载《文学与文化》2012年第4期。

人物的行为在整个剧情中只是较小的组成部分，但其作用却不可忽视：有的造成剧情冲突的开始或延伸，有的决定或改变着剧情的走向。例如“兄弟阋墙，一个谋害另一个”的情节。在《理查三世》中，国王之弟理查觊觎着王位，处心积虑地为自己扫除通向王位的障碍。他先是制造谣言，致使兄长乔治被捕入狱，进而刺杀了对方。之后篡位为王，即理查三世。在《皆大欢喜》中，弗莱德里克夺取了哥哥的王位；罗兰爵士的长子奥列佛从小欺负弟弟奥兰多，后来还想借角力者查尔斯置弟弟于死地。在《哈姆莱特》中，克劳狄斯为了满足淫欲，便趁着哥哥睡觉时，将毒汁灌入其耳朵，害死了对方，进而宣布国王是被毒蛇咬死，并登基为王。在《李尔王》中，葛罗斯特伯爵的庶子埃德蒙为了谋得家产，陷害了哥哥埃德加，导致哥哥被父亲剥夺长子权，并逐出家门。在《暴风雨》中，米兰公爵普洛斯帕罗沉溺于魔法研究，把国家政务托付给弟弟安东尼奥。没想到弟弟竟勾结外部势力，夺取了哥哥的领地。

又如“主人公精神失常”的情节。在《泰特斯·安德洛尼克斯》中，王后塔摩拉假意与泰特斯议和，泰特斯假装精神失常，在家设宴。针对王后的阴谋，他将计就计，装疯卖傻，最终杀死王后。在《哈姆莱特》中，王子为了弄清父王死去的真相，假装疯癫，并暗地里观察国王的一举一动。如果说上述二例中，主人公的精神失常属于故意而为之，那么在其他莎剧中主人公的失常行为则属于真实状态。同样在《哈》剧中，奥菲利娅因为情人发疯，父亲死去而精神失常，结果落水淹死。在《李尔王》中，李尔在被两个女儿抛弃后疯癫了，他在狂风暴雨中呼天抢地，胡言乱语，与弄人一起浪迹荒野。在《麦克白》中，麦克白在庆功宴上精神恍惚，惊恐万分，说话语无伦次；麦克白夫人也因作恶太多，噩梦连连，最后精神崩溃而自杀。

人物的经历往往构成情节的重要组成部分，而这些经历也或多或少决定了主人公的命运，也能直接或者间接地对故事的结局起到指示或引导的作用。例如“主人公流落异乡之经历”的情节。在《皆大欢喜》中，出现了三段类似的人物经历：长公爵被弟弟放逐，只得带着几位忠心的大臣流落在亚登森林；奥兰多先是被哥哥谋害，然后又被暗算，他感觉生命受到威胁，被逼无奈，也带上老仆人流落异地；罗瑟琳被公爵之弟赶出公爵府，便和西莉娅一起逃离宫廷，去亚登森林寻找长公爵。在《辛白林》中，普修默斯由于私下和公主结合，被国王逐出不列颠，流落到遥远的意大利；辛白林听信他人谗言，将大臣培拉律斯放逐，大臣出于报复拐走幼小的王子流落威尔士的荒野。在《冬天的故事》中，幼小的帕笛塔被国王列昂特斯派人抛弃在荒野，之后又被异乡的牧羊人收养长大；西西里亚大臣卡密罗为了避免国王犯下更大的错误，同时也为了保护客人，被迫跟随波希米亚王流落他国。在《暴风雨》中，普洛斯帕罗和其女儿被弟弟驱逐，流落到一座荒岛上生活了十几年。

再如“女主人公乔装打扮千里寻夫之经历”的情节。在《维洛那二绅士》中，裘丽亚为爱所煎熬，女扮男装去米兰寻找自己的心上人普洛丢斯。在《终成眷属》中，当贝特兰离家出走，去意大利从军之后，海伦娜便扮成香客，从巴黎前往佛罗伦萨去寻找丈夫。类似情节描写得最为惊心动魄的是《辛白林》。伊摩琴在得知丈夫误解她后，决定女扮男装前往密尔福特。她独自一人走在荒郊野岭，躲进威尔士的山洞，后因误饮毒药而昏迷，醒来后又被路过的侵略者带走。一路下来，她经历诸多艰险，险象环生。

故事场景主要表现人物在某个时间段的状况，展现人物活动的场面。例如“恋人结合”的故事场景。这一场景在莎剧中存在三种类型：一种是恋人变换后的结合。在《仲夏夜之梦》中，起初是拉山德和狄米特律斯爱恋着赫米娅。后来迫克滴错花汁后，拉山德和狄米特律斯又先后爱上了海伦娜。直到迷药过去之后，狄米特律斯终于与海伦娜重新相爱，拉山德也与赫米娅重归于好。在《第十二夜》中，由于薇奥拉的女扮男装，导致奥丽维娅爱上她，她所爱的是奥西诺，奥西诺则向奥丽维娅求爱。随着薇奥拉的孪生哥哥西巴斯辛的出场，情况发生改变，奥丽维娅错把西巴斯辛当作薇奥拉示爱获得成功，奥、西二人结为夫妻，而奥西诺得知薇奥拉是女儿身后，便放弃了奥丽维娅，而和薇奥拉走到一起。

第二种是女主人公恢复地位和男方结合。在《冬天的故事》中，牧羊女帕笛塔被验明是公主身份后，她与弗罗利泽的婚姻得到了双方父母的认可。在《泰尔亲王配瑞克里斯》中，配瑞克里斯在找回女儿后，当地的总督便向他提亲。在《暴风雨》中，普洛斯帕罗重新获得爵位后，他的女儿米兰达和那不勒斯王子弗迪南德的婚事就自然得到了两家人的同意。

第三种是两对甚至多对恋人实现结合。恋人的结合作为故事的结尾是莎士比亚喜剧惯用的表现方式。值得注意的是，其喜剧中通常都不止一对恋人结合。有的是两对实现结合，如《维洛那二绅士》中的伐伦泰因和雪尔薇亚、普洛丢斯和裘丽亚；有的是三对的结合，如《威尼斯商人》中的巴萨尼奥和鲍西娅、葛莱西安诺和尼莉莎、罗兰佐和杰西卡；还有四对的结合，如《皆大欢喜》中的奥兰多和罗瑟琳、奥列佛和西莉娅、西尔维斯和菲比、威廉和奥德蕾。

通过在一个“序列”（order）中研究人物和事件的功能，也能从中发掘出这类互文关系情节。卡勒（Jonathan Culler）指出，“只有着眼于一种‘序列’的整体眼界，才能确定前面事件的功能”①。在此基础上，“序列”体现出三个必经阶段：可能性的出现—可能性的实现过程—实现后的结果②。照此说法，若将特定的人物、行为和事件置于这个序列，就能构成一段故事情节。以《威尼斯商人》《哈姆莱特》《亨利五世》中的情节为例：

鲍西娅盼望意中人前来求婚—鲍西娅提醒巴萨尼奥选匣时不要急着做决定—巴萨尼奥选对了匣子顺利和鲍西娅成亲

哈姆莱特希望找到杀父真凶—哈姆莱特通过上演自己编排之戏观察叔父的反应—哈姆莱特确认真凶展开行动实现复仇

亨利五世为得到王位继承权欲征讨法国—亨利五世率领大军在战场上获得了胜利—亨利五世与法国国王女儿结合，得到了王位继承权

以上三段情节都由三个微小的事件构成。每一个事件就是一个基本序列，前一个序列的结果兼为后一个序列的开端。三个序列连缀起来，就构成了一段完整的故事情节。当然，这样的情节模式有较大的包容量，多少会造成文本之

① Jonathan Culler, *Structuralist Poetics*, London: Rortledge, 1975, pp.208—210.

② 张寅德：《叙事学研究》，中国社会科学出版社，1989 年版，第 153—175 页。

间的互文关系比较模糊。

相对而言，从莎剧文本之间归纳出互文性联系C的存在更有助于凸现关系的清晰化。普洛普（Vladimir Propp）从叙述功能角度，力图“以最小的篇幅涵盖最大限度的内容”[①]，由此开掘“情节下面的情节”。以几部莎剧中主人公经历的事件来概括其情节，可作如下比较：

《无事生非》：克劳狄奥被人蒙骗，以致误会希罗。经人调查，弄清楚了事实之后，克劳狄奥与希罗喜结连理。

《理查二世》：波令勃洛克被理查二世借故流放。波令勃洛克在众多贵族的支持下领兵回朝，夺得了王位。

《泰特斯·安德洛尼克斯》：塔摩拉陷害泰特斯，导致泰特斯儿女被害。通过巧设宴席，泰特斯杀死了仇敌。

《冬天的故事》：列昂特斯因无端猜疑失去了妻子和儿女。他知道真相后真心忏悔过错，多年后与妻女团聚。

通过以上几部莎剧情节的分析，不难发现，剧中情节存在可变与不变两种因素。其中角色的姓名、身份、属性发生了变化，他们的行动模式及功能却未发生变化。换言之，就表面形态而言，每部剧作都有不同的情节，但就深层结构而论，这些剧作又有着共同的或者类似的情节，它们的互文关系可简要表述为：某人物起初遭遇了不幸，后来通过某种方式最终渡过了难关。因此，角色的功能起着重要的作用，对它进行分析，使得莎剧情节的研究不会仅停留在表面层次上，而是进一步发掘出隐藏于下的深层情节，同时也归纳出剧作之间情节的共通规律，找出它们之间存在的互文关系。

以这种方式找寻互文性联系C的例子颇多，在此笔者以莎剧中存在的“嵌套式”情节为例，来分析嵌套文本之间存在的互文关系。所谓“嵌套”（embedding），其原意就是相同图形的嵌合[②]。而“嵌套式”情节，其主导特征表现为不同层次间的文本在情节上具有相当大的类似性。纵观莎剧，具有这

---

① Vladimir Propp, *Morphology of the Folktale,* St. Petersburg: Leningrad University Press, 1928, p.3.

② 赵毅衡：《广义叙述学》，四川大学出版社，2013 年版，第 275 页。

种互文关系的“嵌套式”情节体现于《哈姆莱特》《驯悍记》《仲夏夜之梦》等多部剧作中。

《哈姆莱特》中，王子的叔父克劳狄斯通过暗害其兄而篡夺了王位。对于这件事的细节，尤其是克劳狄斯是如何害死兄长的，其真相究竟是怎样的，剧中情节有多次描述。首先是在剧中第一幕，一个像已故国王模样的鬼魂多次于深夜在城楼上出现，在见到哈姆莱特之后，把其引到城楼上一僻静处。鬼魂透露了自己的身份，揭示出害死自己的真凶，至于最关键的行凶过程，它有很具体的交代：

> 当我按照每天午后的惯例，在花园里睡觉的时候，你的叔父趁我不备，悄悄溜了进来，拿着一个盛着毒草汁的小瓶，把一种使人麻痹的药水注入我的耳腔之内，那药性发作起来，会像水银一样很快地流过了全身大小血管，像酸液滴进牛乳般的把淡薄而健全的血液凝结起来；它已进入我的身体里，我全身光滑的皮肤上便立刻发生无数疱疹，像害着癞病似的满布着可憎的鳞片。这样，我在睡梦之中，被一个兄弟同时夺去了我的生命、我的王冠和我的王后……
>
> （《哈姆莱特》第一幕第五场）

哈姆莱特虽然知道了这一隐情，但他凭着求实的精神，认为鬼魂的话不能全信，还需找到“切实可靠的证据”。当一帮伶人进宫演戏时，他找准了机会，把鬼魂交代的暗害情节加入戏子所演出的《捕鼠机》中。值得注意的是，在这场戏演出过程中，这一“暗害情节”先后出现了两次。一次是出现在戏开演时一部哑剧的登场：

> ……另一人上，自国王头上去冠，吻冠，注毒药于国王耳，下。王后重上，见国王死，作哀恸状。下毒者率其他三四人重上，佯作陪王后痛哭状……
>
> （《哈姆莱特》第三幕第二场）

接下来该戏在正式上演过程中，再次出现了这一幕：国王的侄子趁着没人看见，将毒草炼成的毒汁注入睡者耳中。从戏中的这两处情节来看，都突出了行凶是如何实施犯罪的，即把毒药注入被害者耳中，导致对方中毒身亡。显然，这场戏的上演是对鬼魂之言的再现，具有高度的相似性和吻合度，故前者与后者之间形成了“嵌套”，在情节上产生了互文关系。另外，戏中的哑剧和正式演出都涉及关键的“暗害情节”，二者之间明显存在互文。由于二者在上演过程中是属于并列关系，而不是包含与被包含的关系，因此它们与鬼魂之描述构成“二次嵌套”，而不是“嵌套中的嵌套”。

《驯悍记》采用“框架结构”引出故事情节，即先述克里斯多弗·斯赖是怎样由一个补锅匠转换成为一名“贵人”，然后再由斯赖过起了“贵人生活”引出他和“家人”观看一出“驯服悍妻”故事的戏。在剧情的展开中，“驯服悍妻”的故事是整部剧的主体部分，其情节也更吸引读者；而斯赖的故事展开不多，从赏戏开始，后面几乎没有后续了，易被人忽略掉。加之这两个故事从表面上看，无论形式还是内容似乎“风马牛不相及”，也易被人隔开分别看待。但如果细细分析，会发现二者在深层结构上有诸多相似点，连贯起来就构成一个“套路”，存在一个共有的模式。具体情况笔者分别作如下阐述：

1.“斯赖的故事”：

一开始斯赖被人辱骂为“流氓”，且有耍赖的行为。

贵族发现斯赖昏睡，组织下人有意识地来改变斯赖的生活。

贵族及属下有意违背事实（如一再谎称斯赖出身高贵，是一位贵人）。

斯赖开头不认同，但后来渐渐信以为真，认同自己是一名“贵人”。

2.“驯服悍妻的故事”：

一开始凯萨琳娜被人评价“脾气极坏”，经常撒泼。

披特鲁乔娶了凯萨琳娜为妻，决心要去改变对方的性情（磨对方的性子）。

披特鲁乔有意违背事实，甚至颠倒是非（如把时尚的帽子说得很糟糕，把流行的礼服说成是过时）。

凯萨琳娜开始很抵触，甚至敢于反驳。但后来被“折磨”，逐渐认同了披特鲁乔的言论，变得温顺（如披特鲁乔认为是怎样，凯瑟琳娜完全同意）。

从这两个故事情节的对比分析可知，两个主人公一开始都有某种“缺陷”或“不足”，接着都被他人有意识地进行了改造（前一个被改造的是“身份”，后一个被改造的是“性情”），然后主人公逐渐接受了被改造，使有意改变者实现了最初的目标。由此这两个故事可以被统称为“一个被改造的人的故事”，也就是两个故事之间的互文关系。

“嵌套式”情节在分布时也有“直接”与“间接”之分。如果故事之间的嵌套关系仅存在于同一部作品之中，可归于“直接”；倘若这种关系需要通过另一部作品来对应方可确认，则归于“间接”。显然，《哈姆莱特》和《驯悍记》中的“嵌套式”情节属于“直接”。而接下来谈及的《仲夏夜之梦》中的例子则属于“间接”。

《仲夏夜之梦》里上演了一部“皮拉摩斯和提斯柏的故事”，主要讲述了男女主人公相恋却遭遇父母反对，最后在误解中招致悲剧的故事。该故事很容易让人联想起莎士比亚的另一部悲剧《罗密欧与朱丽叶》。客观而论，两个故事的情节具有高度的相似性，可以从四个方面表现出来：一是相恋双方受到父母阻扰；二是男女主人公为了结合，决定私奔；三是他们约好将来在某地相会；四是在相会时，由于误解，男女主人公先后自杀身亡。虽然这两个故事并非存于同一部剧中，“拉山德和赫米娅的爱情故事”也未必能直接与“皮拉摩斯和提斯柏的故事”构成嵌套关系，但通过对照可以发现，“罗密欧和朱丽叶的爱情故事”挺像是“拉山德和赫米娅的爱情故事”的深度模仿，也是一种改头换面的再现。而这两个故事之间的互文关系可以归纳如下：

1．“拉山德和赫米娅的爱情故事”：

拉山德和赫米娅相恋，遭遇女方父亲的阻挠。

拉山德为了和赫米娅在一起，两人约定私奔。

神奇的汁水有助于解决男女主人公的爱情问题。

神奇的汁水也造成了男女主人公之间的误会。

2．“罗密欧和朱丽叶的爱情故事”：

罗密欧和朱丽叶相恋，遭遇男女双方家族恩怨的阻挠。

罗密欧和朱丽叶为了能在一起，经神父帮忙，约定一起私奔。

神奇的药水有助于解决男女主人公的爱情问题。

神奇的药水也造成了男女主人公之间的误会。

经对比可发现，这两个故事之间具有高度的相似性，其互文关系显而易见，通过对应关系能有效实现“置换”，即“罗密欧和朱丽叶的爱情故事”可以通过与“拉山德和赫米娅的爱情故事”的对应进而与“皮拉摩斯和提斯柏的故事”形成嵌套关系。

以上众多例子足以说明，莎剧之间的情节广泛地存在互文现象。这充分地印证了莎士比亚创作的初文本和后来的互文本之间带有难以割裂的联系。文本之间是“你中有我，我中有你”，既不存在绝对的初文本，也不存在绝对的互文本。因此，这种互文关系可以被理解为作者有意识地不断借用，也可能是无意识地持续“重复”。读者在看莎剧情节时，不会觉得剧与剧之间属于简单的拼接和组装，而是经过作者发掘、置换，创造出的一个又一个崭新的文本。这是莎剧故事情节的魅力所在，也是人们对莎剧印象深刻的不朽之源。

第五章　莎士比亚戏剧叙述的人物

人物是叙事文本中重要的组成部分，也是最活跃的构成要素，在推动故事情节发展的过程中起着不容忽视的作用。正如有学者所言："人物和事件犹如生在一个跷跷板两端的游戏者，二者此起彼伏，相互作用，共同促成情节的运动和变化。"①查特曼也曾言："唯有事件和存在者共同存在，方有故事可言。"②这里的"存在者"显然指的就是人物。换而言之，对于任何叙事作品，人物和事件必备其一，或有事件，或有人物，或二者兼有之，故人物的地位不言自明。特别是在戏剧作品中，人物的重要性更是显而易见，戏剧本身便是若干人物共同参与的构织物，没有人物，戏剧则没有产生和存在的基础，就好比没有地基的建筑物一样成为空中楼阁。没有人物，剧中事件便无法交代，故事情节也无从展开。简而言之，"剧将不剧"了。

人物作为故事中的"行为者"或"行动者"经常处于积极主动或消极被动的运动状态中，其运动变化构成情节嬗变的过程。一般说来，人物指故事中的人，例如男人、女人、老者、少年、贵族、平民、主人、仆从等。在某些作品中，也指用拟人化、想象化、虚构化手法塑造的其他非人实体，像神明、魔鬼、动植物、机器人。在莎士比亚戏剧中，人物繁多，剧里除了有名有姓的之外，还有其他的一些参与者。人物身份各异，大致由三方面组成：一是剧中直接参与情节者，其中男女老少皆有之，他们占据了剧中人物的主体。二是剧中

① Lawrence Perrine, *Story and Structure*, New York: Harcourt Brace Jovanovich, 1974, p.67.

② Seymour Chatman, *Story and Discourse,* Ithaca and London: Cornell University Press, 1978, p.113.

间接参与情节者，这包括致辞者和剧情解释者（解说人）。三是部分非人实体，主要有神灵、精灵、巫师、鬼魂。这些人物形象相辅相成，共同构成了莎剧里多姿多彩的人物画廊。

一、人物的类型

这一问题涉及人物的分类。这曾在某些批评传统那里被看作是一个缺点，但也是被文学批评所喜好的[①]。其分类标准和方式各异，通常以性别、身份、地位、性格、主次等作为依据。只是这些方式可能因过于片面化或者其划分的标准不一致，会显得过于简单或者有些不伦不类。故笔者还是采用20世纪文论家普遍采用的方式，划分为“功能性人物”（functional character）与“心理性人物”（psychological character）、“扁形人物”（flat character）与“圆形人物”（round character）。

“功能性人物”是指在叙事作品中将人物从属于情节。即情节是首要的，人物是次要的，人物依附于情节而存在，人物的作用仅在于推动情节的发展和演变。也正因为人物在叙事作品中处于次要地位，所以人物的塑造并不被重视，被关注的仅仅是人物做了什么，在故事中起了什么作用[②]。

巴特（Roland Barthes）曾提出，“功能性人物”观念的发展经历了三个阶段：源于亚里士多德，继而由俄国形式主义学派加以论证，随后又由结构主义叙事学者深入探讨[③]。在亚里士多德看来，“最重要的是情节”，人物只有作为情节的构成者，才有实在的意义和价值[④]。之后，俄国形式主义学派深化了这一学说：作品里主人公存在必要性甚至被抹煞，用托马舍夫斯基（Boris Tomashevsky）的话说，“故事可以不要主人公及其性格特征。其实，主人公

① 米克·巴尔：《叙述学：叙事理论导论》，谭君强译，北京师范大学出版社，2015年版，第108页。
② 梁工：《圣经叙事艺术研究》，商务印书馆，2006年版，第83—84页。
③ 张寅德：《叙事学研究》，中国社会科学出版社，1989年版，第24页。
④ 梁工：《圣经叙事艺术研究》，商务印书馆，2006年版，第85页。

是用故事素材构成情节这一过程的产物。一方面，他是将叙述因子串在一起的手段；另一方面，他体现出将叙述因子结合在一起的动机”[①]。接着，结构主义者进一步发展了学说。在他们看来，人物是一种功能性而非心理性的文字构成要素，并且提出了“行动功能”“行动元”等理论作了各具特色的论述。

相对于“功能性人物”，“心理性人物”注重的是人物的“心理”而非“功能”。依照这一学说，人物被看作是作品中的首要因素，作品中的一切都为揭示或塑造人物性格而存在，特别是塑造具有独立个性的人物。这些人物虽然是作家虚构的艺术形象，但与实际生活中的真实人物却有很多共性，比如也和真实人物一样拥有丰富的内心世界，成了具备心理完整实质的艺术生命实体[②]。对此，巴尔扎克就认为，小说主人公应有内在的生命力，能灵活自如地行动，还能体现作家的思想感情，他们身上的生动丰富的色彩表现了作家所再现的实在人物的真实性，并且他还高于实在的人物。没有这一切，就谈不上什么艺术，也谈不上什么文学[③]。

由此可见，两种人物观的区别和对立是出在对人物性质的看法上。它们之间各有各的片面性，但作为不同的分析方法可以互为补充。在文学史中，确实也存在两类作品，分别适合“功能性人物”或“心理性人物”的研究。其中，“功能性人物”多与相对初级或简单化的叙事作品相关联。而“心理性人物”则多见于近现代心理小说和意识流小说中[④]。尽管文学作品中确实存在要么凸显人物要么注重情节的现象，但二者得以兼顾的作品还是有的，如《傲慢与偏见》（*Pride and Prejudice*），该作被认为是“将人物和情节有机结合的典范”[⑤]。此外，也有学者强调人物与情节相互依存，主张二者都是不可或缺的元素，比如詹姆斯（Henry James），他就说过：“除了事件的决定者，人物还能是什么？除了人物的说明者，事件还能是什么？”[⑥]

① 申丹：《叙述学与小说文体学研究》，北京大学出版社，2001 年版，第 63 页。
② 梁工：《圣经叙事艺术研究》，商务印书馆，2006 年版，第 80—83 页。
③ 王秋荣：《巴尔扎克论文学》，中国社会科学出版社，1986 年版，第 145 页。
④ 梁工：《圣经叙事艺术研究》，商务印书馆，2006 年版，第 87 页。
⑤ 申丹：《叙述学与小说文体学研究》，北京大学出版社，2001 年版，第 72 页。
⑥ Henry James, “*The Art of Fiction,*” *in Partial Portraits*,London: MacMillan,1948,p.42.

以上两种情况在一定程度上也能为莎士比亚戏剧的研究提供一些启发和借鉴。莎剧从体裁看，属于产生较早的戏剧作品。在年代上，它与近现代才盛行的“心理性人物”存在时空上的距离，故剧中人物很难归于“心理性人物”一类。莎剧里人物的塑造是以对白、独白、旁白等言语方式为主要手段。这些言语能揭示各种人物的性格特征，但不一定能表现出人物的心理状态。人物的心理主要依靠独白和旁白来体现，其次也包括部分的对白。这使人物在剧中的真实性打了折扣，并且仅通过这些独白和对白也难以交代出完整的剧情。

另一方面，剧中人物带有明显的“功能性”倾向。表现有三：一是在剧中主要参与对白的人物。对白主要被用于展开剧情，而用于塑造人物的甚少。由于对白多数反映不出人物的性格特征，故这些人物只能当作“提供情节”而存在。二是剧情解说人、剧情解释者和致辞者所叙述的人物。在《亨利五世》《罗密欧与朱丽叶》《特洛伊罗斯与克瑞西达》《冬天的故事》《泰尔亲王配瑞克里斯》中，这类人物体现了隐含作者的主观意图。以叙述者的身份，讲述因故事时间跨度大而无法一一交代的情节，起到了连贯情节的作用。其中提到的人物，也仅交代了他们的行动，并无人物的内心世界。三是剧中本身参与行动的人物，通常形式是“某某人做了什么”，如“某某人上”或“某某人下”便属此例。

当然，剧中人物所谓的“功能性”倾向只是相对而言的。一个剧中人物在某个情节中可能带有“心理性人物”的特点，而在另外的情节中含有“功能性人物”的特征。故莎剧里的人物要归于哪一类是很难下判断的，因此，笔者认为莎剧虽算不上“人物和情节有机结合的典范”，但也可看作是“将人物和情节相结合”的作品。

至于“扁形人物”和“圆形人物”，是英国评论家福斯特（E.D.Forster）在《小说面面观》（*All aspects of Novels*）中论述人物时提出的术语。其中，“扁形人物”又评作“扁平人物”“平面人物”“类型性人物”和“漫画式人物”[①]。它是指性格单一的人物。这类人物最单纯的形式，就是按照一个简单

① 福斯特：《小说面面观》，朱乃长译，中国对外翻译出版公司，2001年版，第175页。

的意念或特征被创造出来，他们只具备一种气质，可以用一句话来概括。例如狄更斯（Charles Dickens）《大卫·科波菲尔》（*David Copperfield*）的米考伯太太，其标识语是“我永远不会遗弃米考伯先生”——这句话把她一生的事迹全部概括出来了。在福斯特看来，狄更斯笔下的人物几乎都是扁形人物，差不多每个人都可以用一句话来概括。福斯特对扁形人物褒贬参半，认为他们易于产生喜剧效果，适合表现喜剧性角色，但其性格简单，缺乏深度和生命力，不适宜表现严肃的或悲剧性的角色[①]。简而言之，扁形人物易于辨认，易于记忆，性格稳定，不受环境影响[②]。

在莎剧里，许多角色都具备扁形人物的特质。这些角色既有次角和配角，也包括一些主角。由于他们性情单一，故容易成为某种概念的体现者。比如温柔贤惠的比恩卡（《驯悍记》）、见异思迁的普洛丢斯（《维洛那二绅士》）、重情重义的安东尼奥（《威尼斯商人》）、对爱执着的海伦娜（《终成眷属》）、生性懦弱的亨利六世（《亨利六世》）、缺乏自控的科利奥兰纳斯（《科利奥兰纳斯》）、忍让顺从的爱丽儿（《暴风雨》）、明辨是非的卡密罗（《冬天的故事》）。

除了这些例子外，更多的情况是人物在其经历中表现出的一成不变的性格特点。如《暴风雨》中的女主人公米兰达，其主导性格是表现她的善心，这一性格贯穿全剧始终。一开场，她父亲掀起的暴风雨使仇家的船只沉没。她为了不让船上的人受难，请求父亲平息这场风浪；当父亲向她数落叔父的罪行时，她马上宽慰父亲的心；在弗迪南德述说自己的不幸遭遇时，她又表现出同情和怜悯；而父亲故意刁难弗迪南德时，她又替弗迪南德向父亲求情；当她父亲强迫弗迪南德做苦工时，她这样说：“唉，请你不要太辛苦了吧……请你暂时放下来，坐下歇息吧……请你休息休息吧……要是你肯坐下来，我愿意代你搬一会儿木头……”（第三幕第一场）可见，米兰达这一性格非常恒定，使读者印象深刻。

① 福斯特：《小说面面观》，方土人译，载《小说美学经典三种》，上海文艺出版社，1990 年版。

② 福斯特：《小说面面观》，朱乃长译，中国对外翻译出版公司，2001 年版，第 175 页。

又如《终成眷属》中的海伦娜，其主导性格是对爱情的执着。她作为罗西昂家里的养女，早就爱上了年轻英俊的贝特兰，恨不能和他终身厮守。当贝特兰离家外出发展时，她止不住珠泪涟涟。后来她想靠着治愈国王的病来得到贝特兰的爱情。实现目标后，贝特兰却离开了她。为此海伦娜的心都要碎了，她此刻想到的不是自己，而是她深爱着的丈夫。她喃喃自语道："可怜的人，难道是我把你逐出祖国……我宁愿让我的身体去膏饿狮的馋吻，我宁愿世间所有的惨痛集于我的一身。"（第三幕第二场）在得知丈夫在追求其他女子的消息后，她想出办法力争让丈夫回到自己身边。最终她对爱情的执着也获得了相应的回报，丈夫也回心转意。她的这一特点贯穿剧情始终，其精神颇为感人。

再以国王辛白林为例，在剧中他是一个昏聩、专横和无能的君王。尤其是他的昏聩，可谓在他一生中从未间断过，故事中交代了早在二十年前，他就因听信谗言，而放逐了正直的大臣培拉律斯，这也导致了他的两个孩子神秘失踪。在第三幕中，培拉律斯有段独白："辛白林啊！上天和我的良心知道，你不应该把我无辜放逐。为了一时气愤，我才把这两个孩子偷了出来，那时候一个三岁，一个还只有两岁……"（第三幕第三场）

但二十年后，他的昏聩却进一步发展：他听从了王后的建议，反对女儿与普修默斯结合，并放逐了普修默斯，以示惩戒。他对普修默斯说道："你这下贱的东西，滚出去！走开，不要让我看见你的脸！要是以后你再敢把你这下贱的身体混进我们的宫廷，你可休想活命。去！你是败坏我血液的毒药。"（第一幕第一场）并且他还斥责女儿："啊，不孝的东西！……羞耻也可以不顾……啊，你这可恶的东西！……什么！你疯了吗？……你这傻瓜！"甚至他还诅咒自己的女儿："哼，让她每天失去一滴血，让她未老先衰，为了这一件蠢事而死去吧！"（同上）

事后，他又鼓励王后的儿子克洛登追求伊摩琴，并劝说对方要有耐心；他听从王后和克洛登的建议，不愿再与罗马维持和平局面；当罗马军队大举进犯之时，他却因克洛登的失踪和王后的疯癫而束手无策，这也导致了他在战场上失败被俘；在取得胜利后，他对自己的救命恩人却有所不敬：得知克洛登死于基特律斯之手，他说："你必须死。"（第五幕第五场）阿维雷格斯为哥哥鸣不平，他又说："你胆敢当着我的面这样咆哮无礼，你也必须死。"（同上）培拉律斯为救两个义子，说出了自己的真实身份，他却说："把他带下去，整个的世界不能使他幸免一死。"（同上）所有的这一切，都清晰地显示出他性格特点的一致性。

"扁形人物"这一提法自问世时起，便非议不断。西方有些学者指责这类人物缺乏深度，是对人类精神状态的复杂性缺乏了解，表现出对人生真相的曲解①。为此福斯特作了辩解，他认为人物的平面性并不意味着对人性认识的肤浅，比如狄更斯笔下人物几乎尽属扁形一类，却不乏人性的深度②。然而福斯特也承认扁形人物的艺术效果不如圆形人物，故主张特殊作品里两类人物可同时具备，并且互相转换③。而莎剧里也正好反映出了这一实践。

与"扁形人物"形成鲜明对照的是"圆形人物"，这一类人物远离典型性和漫画性，而给人以立体感和丰厚感④。在福斯特看来，许多现代作家，如笛福（Danile Defe）、菲尔丁（Henry Fielding）、萨克雷（William Thackeray）、福楼拜（Gustave Flaubere）等人都是创造圆形人物的高手。此类人物很多，比如蓓基，"很难用一句话把她的为人宗旨概括殆尽……她在小说里有过沉浮起落，盈亏盛衰，而且她的性格复杂，宛如人世间的一个真人一般"⑤。

多数人充分肯定圆形人物的审美标准，认为社会环境的复杂性、人生经历的多样性和精神世界的丰富性必然会反映到文学形象中，使出色的人物成为兼具各种性格特征的艺术实体⑥。对于复杂性格的原因，梁工先生概括为三方面⑦：其一，多种多样的心理因素作用于同一个人物，造成其性格的复杂性。这一原因在《冬天的故事》中能找到例子：列昂特斯怀疑妻子与波希米亚王有私，故情绪开始纷乱复杂起来。了解方式有二：一是从他对儿子迈密勒斯的称

① 梁工：《圣经叙事艺术研究》，商务印书馆，2006 年版，第 92 页。
② 福斯特：《小说面面观》，朱乃长译，中国对外翻译出版公司，2001 年版，第 185 页。
③ 同上。
④ 梁工：《圣经叙事艺术研究》，商务印书馆，2006 年版，第 93 页。
⑤ 福斯特：《小说面面观》，朱乃长译，中国对外翻译出版公司，2001 年版，第 181 页。
⑥ 梁工：《圣经叙事艺术研究》，商务印书馆，2006 年版，第 93 页。
⑦ 同上。

谓上可以察觉，此时的他对儿子的身世也产生了怀疑，儿子是否亲生扰乱了他的心思，使他的心在爱与恨之间左右徘徊。这种感情的波动，造成了他不断变换着对儿子的称谓。细数起来多达十六种：“我的孩子”“我的好小子”“司令官”“小公牛”“小母牛”“小牛犊”“顽皮的小牛仔”“老兄”“可爱的坏东西”“亲爱的”“我的亲骨肉”“小东西”“小爷爷”“我的好朋友”“我这个小家伙”“我最贴心的人”（第二幕第二场）。二是从他的言语（主要是旁白）中知晓。如“太热情了！太热情了！朋友交得太亲密了，难免会发生情欲上的纠纷……这种招待客人的样子也许是很纯洁的，不过因为诚恳、因为慷慨、因为一片真心而忘怀了形迹……嘿！那种招待我可不欢喜，就是我的额头也不愿意长什么东西出来呢。”（同上）“这种事情已经无忌惮地发生了，我已经感觉到了，这真使我痛心疾首。”（同上）“假如有不贞妻子的男人全都怨起命来，世界上十分之一的人都要上吊死了，没有一点补救的办法。”（同上）从列昂特斯的这些话语中，能分别表现出他疑忌、自我安慰、痛心、怨恨、哀叹等多种心理。

在《麦克白》中也能找到绝佳的例子。麦克白就是一个性格复杂的人物，这可以通过他谋权篡位前后的复杂且对立的心理历程体现出来。最初，他在内心上是忠于国王的，正如他所认为的，为主上尽忠效命本身就是一种酬报，无论做什么都是应该的。但由于他受到女巫的蛊惑，内心深处的野心便萌发出来，他认为在得到爵士的头衔之后，“最大的尊荣还在后面……接下去堂堂的帝王戏就要正式开演……要是命运将会使我成为君王，那么也许命运会替我加上王冠”（第一幕第三场）。此时麦克白的内心已经泛起了叛逆。当国王在他的城堡里留宿时，他的内心有了进一步的变化，决定谋杀国王。他一方面坚定了自己的想法，觉得“还是快一点干……这一刀砍下去，就可以完成一切，终结一切”（第一幕第七场）。另一方面，他还是顾虑重重：作为国王的亲戚和臣子，按照名分绝对不能干这样的事；作为东道主，应当保障国王的安全，怎么可以持刀行刺。但是麦克白跃跃欲试的野心，却不顾一切地驱使着他行动。在篡位为王遭遇被讨伐时，他面临众叛亲离的局面。他奋发抗争，为自己壮胆：“不要害怕，麦克白，没有一个妇人所生下的人可以加害于你……我的头脑永远不会被疑虑所困扰，我的心灵永远不会被恐惧所震荡。”（第五幕第三场）而传来的不利消息又很快让他陷入到沮丧和悲凉当中：“我的生命已经日渐枯萎，像一张凋谢的黄叶。”（同上）可见，在麦克白的复杂内心世界里，存在着忠诚和叛逆、坚定和犹豫、奋发和沮丧等多重矛盾心理，由此造就了一个备受争议的麦克白。

其二，内在的多重人格要素造成性格的复杂性。以《亨利四世》（上、下）中的福斯塔夫这一形象为例。有论者这样评价：“他被写成了一个完全由各种矛盾构成的人物性格：既有冒险精神，又游手好闲；既容易受骗，又富有机智；既没有心眼，又为非作歹；原则上软弱，而本性上果断；表面上胆怯，而实际上勇敢。”[①] 剧中福斯塔夫的经历和行为的背后正是他多重人格因素的体现，这些人格要素看起来相互冲突，但在福斯塔夫身上实现了极好的统一。

他胆大妄为，去偷去骗去抢。此时的他，显然是一个目无法纪、胆大妄为的亡命之徒。可是当别人出面干涉，并出奇不意地出现在他眼前时，这个银样蜡枪头式的窝囊废转眼间如惊弓之鸟，还没有看清对方的真实面孔就吓得魂不附体，虚晃一枪便仓促溃逃，一个方才还耀武扬威的狂徒，须臾间摇身一变就成了一战即败的无能狗熊。

他脸皮厚如城墙，其吹牛术虽很拙劣，但吹牛的形式则是古往今来绝无仅有的。他可以当着主子之面像耍魔术一般地当场变幻数据。他对亲王说遇到了一百个敌人，为了突出自己竟夸下海口：“我跟十多个人杀了起来。”（《亨利四世》（上）第二幕第四场）而且在对话中，他公然层层加码，从十多个到至少十六个，再夸大到五十二、五十三个，而且还在转眼间将四个穿麻衣的摇身一变成了十一个了。

他撒谎成性，其未经深思熟虑的谎言总是被别人揭穿。当他陈述在伸手不见五指的黑夜看到穿肯德尔绿的歹徒向他扑来时，却无法解释自己是怎么看清对方衣服颜色的。他在战场上装死后，却大言不惭地编出自己是如何勇猛地和敌军将领大战了一个小时，并亲手结束了对方的性命。对此亲王表示“若是撒

① 杨周翰：《莎士比亚评论汇编》（上），中国社会科学出版社，1979年版，第111页。

一个谎可以给你光彩的话，我愿以最快活的语句加以渲染。”（《亨利四世》（上）第五幕第四场）

他将一切传统习俗统统抛到九霄云外，不讲道德、良心，蔑视荣誉、礼法。在他看来，这些都不过是过眼烟云，一切皆空。在剧中第五幕，他曾自白道：“腿断了荣誉能接上吗？接不上……受了伤荣誉能叫人不痛吗？不，那么荣誉能有外科医生的技术吗？没有。什么是荣誉？一个词语。词语里是什么？空气，如此而已！……荣誉不过是送葬时用来装点门面的东西。”（《亨利四世》（上）第五幕第一场）

他经历丰富，人生充满坎坷，对世事认识深广，且敢于直言。他为自己辩护时狠狠地揭露了社会现实：“目前是生意人吃香的时代，真正的勇敢也就跟耍狗熊的玩命差不多。德行不受尊重，机智聪明只能用来跑堂，拿去算账。人的天赋才能在时代那双恶意的眼里连一个醋栗也不值。”（《亨利四世》（下）第一幕第二场）他还敢讥讽亲王是个浅薄的人，说他跟波因斯是“一路货色，半斤对八两，没有一根头发丝的差异”（《亨利四世》（下）第二幕第四场）。

他天性乐天，其荒唐的行为完全是他的天性使然。在他的自吹自擂自我打趣中不但自己快乐，也把快乐带给周围的人。他曾无不得意地说：“人是愚蠢的泥土，除了我所发明的笑料和拿我做成的笑料之外，就再也发明不出什么笑料来了。我不但自己风趣，而且为别人的风趣提供材料。”（《亨利四世》（下）第一幕第二场）从中可见他的负气使性、天真率性和荒唐可笑，这些都是他乐天性格的反映。

以上多重因素竟如此惟妙惟肖地集其一身，形成一个离奇古怪的复杂矛盾体。正是这种多层次的叠合，才能使这一角色富有多重性而不显单一，致使人们见解各异。阿尼克斯特（A.A.Anikst）说得好：“如同莎士比亚塑造的别的巨人形象一样，福斯塔夫的性格也是多方面与多侧面的。除了贵族习气外，他身上还有别的因素，那些因素决定了观众对他的态度。”[①]

① 阿尼克斯特：《莎士比亚的创作》，徐克勤译，苏联艺术文学出版社，1963 年版，第 266 页。

其三，人物性情的可变性、流动性或不确定性造成性格的复杂性。如《驯悍记》中的披特鲁乔，他在从求婚到成婚的过程中表现出性情的多变。当他登门拜访女方的父亲时，显得彬彬有礼；一见到女方则立马展现出他的能言善辩，强词夺理；当着女方父亲的面辩解又转为和颜悦色；娶亲的场面中他性情突变为乖张、疯癫；带妻子回家的过程又变得武断和不近人情；携妻子回娘家又显露出他的专断和任性；在达到自己的目的后，他回归“常态”。披特鲁乔性情的一系列变化带有明显的主观因素，主要是服务于他的目的而有意为之。又如《特洛伊罗斯与克瑞西达》一剧，克瑞西达在个人感情上经历了从忠贞到风流的过程。起初克瑞西达和特洛伊罗斯互诉衷情，信誓旦旦，经过他人作证立下誓言，永结同心。但好景不长，由于克瑞西达被交换给了希腊人，她不得不离开。由于希腊人“很俊秀，会讲花言巧语，容易被诱惑”（第四幕第四场），故克瑞西达变了。她与狄俄墨得斯调情，凑在对方耳边说悄悄话，还称对方为“我亲爱的保护人”，还转赠了定情物。从克瑞西达性情的变化中可见其主因来自他人的影响。再如《泰尔亲王配瑞克里斯》中，配瑞克里斯的性情也发生过巨大的改变。他先后失去了心爱的妻子和女儿，故变得失魂落魄、沉默寡言，即便很多人安慰他也无济于事。直到后来他偶然与女儿相遇，经过女儿的循循开导，他才重新振作起来，恢复了其本性。很显然，他的变化是缘于客观原因即意外变故所致。

二、人物的刻画

在叙事作品中，对人物进行分析，需要将人物的种种特征或标记汇合在一起，以构成对一个人物的完整印象，这种人物标记的方式便是人物刻画[①]。

对于不同的作家而言，刻画人物的方式会是千差万别的，即使是在同一位作家笔下，人物之间的刻画方法也会有所差异。由此才造就了形形色色各具特性的人物。里蒙—凯南曾在《叙事虚构作品》（*Narrative Fiction*）中对人物

① 谭君强：《叙事理论与审美文化》，中国社会科学出版社，2002年版，第209页。

刻画这一问题做过深入探讨。在她看来，人物刻画可分为两种类型：直接表现和间接表现。前一类通常用一些特定的词把人物特征明说出来，一般是用形容词、抽象名词或其他词类；后一类则不直说特征，而是以各种方式表现或用事例暗示出特征，让读者自己去推测其中隐含的性格①。

在莎士比亚戏剧里，直接表现的方式并不多见。虽然说，这一方式在传统的叙事作品中使用得较为广泛，而莎剧本身也理应属于传统的叙事作品，不多见的原因恐怕要归结于传统戏剧本身特点所致。由于戏剧内容的主体是由人物的话语所述，其故事的讲述类似于一种客观呈现。在这种叙述形式下，无论是隐含作者还是叙述者都很少干预其中。这也造成了直接表现这一方式在莎剧中的贫乏。

即便这一方式不多见，但还是能找到一些。在莎剧里其表现有两种情况：一种是出现在剧中的序幕。序幕里交代了人物的身份，但有时兼有人物的特征。例如：

贡札罗——正直的老大臣、卡列班——野性而丑乖的奴隶、斯蒂番诺——酗酒的管家、爱丽儿——缥缈的精灵（《暴风雨》）；路西奥——纨绔子、欧尔博——糊涂的差役、弗洛斯——愚蠢的绅士（《量罪记》）；凯西奥——光明正大的军人、罗德利哥——被愚弄的绅士、伊阿古——恶棍（《奥瑟罗》）；亚马多——一个怪诞的西班牙人（《爱的徒劳》）；艾帕曼特斯——性情乖僻的哲学家（《雅典的泰门》）；忒耳西忒斯——丑陋而好谩骂的希腊人（《特洛伊罗斯与克瑞西达》）。②

剧中对以上人物身份及特征作了极为简要的介绍。而这些简短的词集中地概括出了人物的主要特征。就其词性而言，运用的均为形容词。这也是刻画人物最常见的词类。那么序幕中对人物特征的介绍是否就准确、可信呢？对于这

---

① 里蒙—凯南：《叙事虚构作品》，姚锦清等译，三联书店，1989年版，第107页。
② 分别参见《莎士比亚全集》（第7卷、第2卷、第5卷、第1卷、第6卷、第2卷），朱生豪等译，译林出版社，1998年版，第304、480、406、222、428、274页。

个问题，里蒙—凯南说过：直接刻画人物的方法只有始终出自本文中最权威的声音才能站得住脚①。因此，人物的介绍是否出于“最权威的声音”便成了判断的基准。在剧中，人物的身份和特征是来自于隐含作者的介绍。这些介绍总被认为是可靠的，其原因或许在于戏剧的文体和规则所致，或许是由于剧中隐含作者有着恒定的价值观。

莎剧里的直接表现还出现在间接参与情节者的表述中。例如《泰尔亲王配瑞克里斯》中的高渥便是典型的例子。在该剧中，高渥并不直接参与故事情节，但他总会出现在每一幕的开头，起到连接情节的作用。如第四幕开头，高渥谈到了塔色斯公主菲萝登：“这菲萝登好胜心强，她总想争一日之长。”（第四幕开篇）在第四幕里有对其母亲的写照：“那心如蛇蝎的恶妇，偏会说蜜般的言语……最是那甘言的谄媚，越显出居心的奸诡。”（第四幕第四场）以上在谈到母女俩时都是运用形容词来刻画的，一个是表现出“好胜心强”，另一个是“心如蛇蝎”“甘言的谄媚”和“居心的奸诡”。通过这些形容词便把二人最突出的特征点了出来，使读者对两个旁衬角色一目了然。

与之对照的是，剧中对玛琳娜可谓赞叹有加。如第四幕中便有对她的评论：“那克利昂不负重托，把这公主悉心教育。亏她生得剔透玲珑，音乐文艺样样精通，那卓越的才华仪态赢得每个人的敬爱。”（第四幕开篇）此外，在第五幕高渥还说道：“她的歌声不似人间，她的舞态翩翩欲仙；尤其她针线的精能，天公也要退让三分，尺缣上的花鸟枝叶，和活的全没有分别。”（第五幕开篇）两段文字都主要用了抽象名词对她作了刻画，多次强调她才貌双全。这无疑层层加深了读者对她的印象。

高渥虽只是一个剧情解释者，但他在故事情节的发展中起着重要的作用。剧中隐含作者通过这位叙述者使情节更加完整，也使故事之间的衔接更加自然。此外，高渥对人物的叙述同样真实可靠，富有权威，毕竟，他是在遵照隐含作者的思想和意图的基础上，完成了对人物的叙述。

莎剧里直接表现的使用，使被刻画人物清晰明确，一目了然，使读者更容

① 里蒙—凯南：《叙事虚构作品》，姚锦清等译，三联书店，1989年版，第108页。

易、更准确地把握人物。但这种类似于“鉴定式”的直接表现，会留给读者一种可靠的、权威的、静止的印象①。因此，作品中这种刻画人物的手段不宜太多，而且方法上应该提倡多元化。

与直接表现的封闭性和确定性相比，间接表现的方式更具有开放性和可塑性。它对读者直接引导的功能减弱了，但引导读者参与文本创造的空间却加大了②。间接表现的方式是多样化的，主要有四种：行动、言语、外貌和环境③。而在莎剧中，由于外貌、环境的描写与人物性格并无联系，故表现方式仅为前两种。

先说行动。这一方式是通过人物的行为来体现人物的性格，即以其行见其人④。在莎剧中，描写人物行动比较常见。几乎在每一幕每一场中都能看到。只是对人物行动的表述比较简单化。而且人物行动往往仅能体现行动，无法表现人物的性格。随便举几个例子：“舞台上方出现斯赖披富丽睡衣，众仆持衣帽壶盆等环侍，一贵族亦作仆人装束杂立其中”（《驯悍记》序幕第二场）；“精灵等一面唱歌，一面拧福斯塔夫。卡厄斯自一旁上，将一穿绿衣之精灵偷走；斯兰德自另一旁上，将一穿白衣之精灵偷走；范顿上，将安·培琪偷走……众精灵纷纷散去。福斯塔夫扯下鹿头起立”（《温莎的风流娘儿们》第五幕第五场）；“王后凯瑟琳由诺福克公爵和萨福克公爵引上；她跪下，亨利王自御座起立，扶她起来，吻她，并让她坐在自己身边”（《亨利八世》第一幕第二场）；“泰特斯作厨夫装束放置盘盏，拉维妮娅戴面纱，小路歇斯及余人等上。泰特斯捧面饼一盘置桌上”（《泰特斯·安德洛尼克斯》第五幕第三场）。

从这些例子可看出，人物行动起到的是补充、完善和推动情节的作用。至于行动能反映人物什么，似乎没必要说明或者并不重要，叙述者也不关心。

不过莎剧里也能找到一些体现人物性格的行动。有学者将人物行动区分为

① 里蒙—凯南：《叙事虚构作品》，姚锦清等译，三联书店，1989年版，第108页。
② 谭君强：《叙事理论与审美文化》，中国社会科学出版社，2002年版，第211页。
③ 里蒙—凯南:《叙事虚构作品》,姚锦清等译,三联书店,1989年版,第110—120页。
④ 谭君强：《叙事理论与审美文化》，中国社会科学出版社，2002年版，第212页。

“一次性行动”和“习惯性行动”[①]，前者主要用于描写人物动态的性格侧面，常起到叙述转折点的作用。如《泰尔亲王配瑞克里斯》第四幕高渥所述：“她（指菲萝登，笔者注）的母亲因妒成憎，陡起了杀人的心情，她想把玛琳娜除去，便可让她女儿独步……”（第四幕开篇）菲萝登的母亲养育了玛琳娜，但因玛琳娜的光芒盖过了女儿，便起了杀人之心，这一行动从侧面把这位母亲嫉妒心强的性格表露了出来。这一行动也使玛琳娜的人生乃至故事情节发生了巨大的转变。又如《哈姆莱特》中，哈姆莱特父亲的亡魂述说自己被害的经过：“……趁我不备，悄悄溜了进来，拿着一个盛着梅草汁的小瓶，把一种使人麻痹的药水注入我的耳腔之内……”（第一幕第五场）克劳狄斯在暗中通过阴谋害死了兄长，其行径大逆不道，极其卑劣，正如老国王所言：“他有的是过人的诡诈，天赋的奸恶……那是一个多么卑鄙无耻的背叛！”（同上）克劳狄斯的这一行为读者认识他定下了基调，也构成了他特性的主要参考。

后者主要描写人物不变或静态的性格侧面。如《冬天的故事》第四幕致辞人的话：“列昂特斯悔恨他痴愚的无根嫉妒，此后便关起门来独自儿闲居思过。”（第四幕引子）这把列昂特斯犯下过错后的主导性格（即懊悔）表现了出来，这一习惯性的行动为列昂特斯后来与波希米亚王的和好以及对妻子的深切怀念作了铺垫。又如《第十二夜》开篇，由于奥丽维娅的哥哥不幸死去，悲痛欲绝的她便发誓独居，再也不与男人交往，并且“她要像一个尼姑一样，行走的时候蒙着面幕，每天用咸涩的泪水浇洒她的深闺”（第一幕第一场）。她每日“蒙着面纱”和“泪水浇洒”作为习惯性行动足以衬托出她心中的哀伤。

伊弗拉特（Shimon Bar-Efrat）曾言：“行动是性格的外化，人物及其事迹展示性格，并不亚于及其言辞展示……读者对人物的了解最初都是通过他们的行为方式。”[②] 例如《泰尔亲王配瑞克里斯》中高渥对赫力堪纳斯的叙述：

善良的赫力堪纳斯，他把国事努力支持，不学那懒惰的游蜂，贪享着他人

---

① 里蒙—凯南：《叙事虚构作品》，姚锦清等译，三联书店，1989 年版，第 110 页。
② Shimon Bar-Efrat, *Narrative Art in the Bible*, London: Sheffield Academic Press, 1989, p.77.

的成功；奖拔贤良，诛锄暴恶，不负他主人的付托；一切事务不论大小，他都报与君王知道……

（《泰尔亲王配瑞克里斯》第二幕开篇）

没有主的泰尔人民，他们想要拥立新君，多亏那赫力堪纳斯把众臣的劝进推辞；为了镇压叛徒异心，他向他们恳切言明……

（《泰尔亲王配瑞克里斯》第三幕开篇）

赫力堪纳斯是泰尔的大臣，通过短短几句叙述，便可了解他的主要特点：忠诚、勤恳、正直、善良。虽然在剧中他不是一个引人注目的人物，出现的次数少，话语也不多，但仅仅几句描述使他的光辉形象跃然纸上。

再说言语。在叙事作品中，言语是展示人物性格的重要手段，它可分为两种形式：有声言语和无声言语。其中，有声言语包括人物对话、独白等，无声言语主要指人物的心理活动①。在莎剧里，言语的展示几乎都是有声言语，如对白、独白、旁白、咏叹。人物的性格特征也就主要依靠有声言语表现出来。在《辛白林》中，对克洛登人物性格的刻画，便是很好地例子。

在第二幕，克洛登想尽办法追求伊摩琴，他先是请乐师奏美妙的音乐，但对方不予理睬，于是便有了他的一段独白：

我知道她的侍女们都在她的身边。为什么我不去买通她们中间的一个呢？有了钱才可以到处通行，事情往往是这样的。是呀，只要有了钱，替狄安娜女神看守林子的人也会把他们的鹿偷偷卖给外人。钱可以害好人含冤而死，也可以让盗贼逍遥法外。嘿，有时候它还会不分皂白，把强盗和好人一起吊死呢。什么事情它做不到？什么事情它毁不了？

（《辛白林》第二幕第三场）

这段独白揭示了克洛登的性格特征，道出了他的人生处世原则。在他看

① 谭君强：《叙事理论与审美文化》，中国社会科学出版社，2002 年版，第 214 页。

来，金钱是万能的，没有金钱办不到的事。爱情的获予同样可以通过金钱来实现。克洛登在价值观上的堕落无疑反映出他内心丑陋的一面。但他使的花招却没能行通，接着他与伊摩琴之间又有一场唇枪舌战：

伊摩琴　请你从此以后明白我的决心，我知道我自己的心，现在我就凭着我的真诚告诉你，我对你漠不关心；并且我是那样冷酷无情，我简直恨你。这一点我原望你自己能够察觉，当面说破却不是我的本意。

克洛登　讲到你自以为跟那下贱的家伙订下的婚约，那么像他那样一个靠着布施长大、吃些宫廷残羹冷炙的人，这种婚约是根本不能成立的。虽然在微贱的人们中间——还有谁比他更微贱呢？——男女自由结合是一件可以容许的事，那结果只不过生下一群乞丐般的小崽子。可是你是堂堂天潢贵胄，那样的自由是不属于你的，你不能污毁王族的荣誉，去跟随一个卑贱的奴才，一个奔走趋承的下仆，一个奴才的奴才。

（《辛白林》第二幕第三场）

这段对白有助于读者进一步了解克洛登其人：他对伊摩琴与普修默斯的婚约极为鄙视，反映出他头脑里带着根深蒂固的特权观念和等级思想。尤其是他对普修默斯的恶意中伤，更显出他卑劣的品性和别有用心。此外，旁白的运用也能从侧面表现克洛登这一人物。如第一幕中，克洛登挑战被放逐的普修默斯，被别人劝解开后便出现了下面一番话：

克洛登　我有没有伤了他？

贵族乙（旁白）　天地良心，没有；你不过伤了他的忍耐心。

……

克洛登　那浑蛋不敢和我对抗。

贵族乙（旁白）　可不是，他一看见你，就向你的面前逃了过来。

……

克洛登　我希望他们没有来把我们劝开。

贵族乙（旁白） 我也是这样希望，让你倒在地上量量你是一个多长的蠢才。

（《辛白林》第一幕第二场）

文中通过贵族乙的旁白，把克洛登目中无人和狂妄自大的性格特征展现了出来。

以上从不同侧面刻画出了克洛登多方面的性格特征，使读者对这一人物了解得更为全面、具体、深刻。

此外，言语中还能揭示人物对立矛盾的性格。同样以《辛白林》中克洛登与贵族的对白（含旁白）为例：

克洛登 她居然会拒绝了我，去爱这个家伙！

贵族乙（旁白） 假如恰当的选择是一种罪恶，那么她的确是罪责难逃。

贵族甲 殿下，我早就屡次对您说过了，她的美貌和她的头脑并不一致；她有一个美好的外形，可是我看不出有什么智慧的反映。

贵族乙（旁白） 她的智慧是不会照射到愚人身上的，因为害怕那反光会伤害了她自己。

（《辛白林》第一幕第二场）

以上对白反映了两对人物性格的对立。一是克洛登与贵族乙。前者的言语显示出其蛮横无理，目中无人的特点，而后者总与前者针锋相对，表现出事事在理，幽默睿智的特征，双方对比鲜明。二是贵族甲与贵族乙。甲一味迎合克洛登的看法，展现出他趋炎附势的特点。而乙则与甲完全相反，并且乙也驳斥了甲的观点，二者也形成鲜明对比。再以《辛白林》中普修默斯的两段独白为例：第二幕中，他由于轻信别人的谎言，故失去判断和理智的他非常恼怒：

我断言男人的罪恶的行动，全都是女人遗留给他的性质所造成的：说谎是女人的天性；谄媚也是她的；欺骗也是她的；淫邪和猥亵的思想，都是她的，她的；报复也是她的本能；野心、贪欲、好胜、傲慢、虚荣、诽谤、反复，凡是一切男人所能列举，地狱中所知道的罪恶，或者一部分，或者全部，都是属于她的……

（《辛白林》第二幕第五场）

到了第五幕，他决心上战场之时，又恢复了自己的判断和理智，恼怒已不见踪影，取而代之的是无尽的懊悔：

神啊！要是你们早一些谴惩我的罪恶，我决不会活到现在，干下这样的行为；尊贵的伊摩琴也可以不至于惨死，让她有忏悔的机会；只有我这恶人才应该受你们雷霆的怒击……

（《辛白林》第五幕第一场）

前后对照，普修默斯的性格发生了巨大的转变。或许，有人会认为性格的巨变所造成的落差会削弱人物的真实性。但我们也要看到，人物性格的前后矛盾也使人物形象更加丰满。而人物之间的性格对立，能使人物个性更加鲜明。

咏叹作为一种配有伴奏的优美旋律，有助于表达人物的个人情感。它在莎剧中时有出现，对刻画人物起到了辅助作用。例如在《维洛那二绅士》中，修里奥为了博得雪尔薇亚的好感，鼓动众乐师奏起美妙的音乐，便有了一段关于咏唱对方的调子。其中有几句提到雪尔薇亚身上的优点："神圣娇丽且聪明，天赋诸美萃一身……心柔貌美两相投，盈盈妙目启瞽矇……伊人美好世无伦……唯伊灿耀如星辰。"（第四幕第二场）从调子中可见吟唱者对雪尔薇亚的评价极高：从外在来看，她娇丽、貌美，有一双妙目；从内在来看，她心存善良，满怀柔情。此外，她很聪明、富有天赋，如星辰般灿耀无比。又如在《无事生非》中，亲王仆从鲍尔萨泽就许多求婚男子明知恋人没有什么可爱却有意恭维的做法发表咏唱。在这段咏叹调里面，述说了两个角色——求婚男子和被追求的女子。就男子而言，文中的评说带有负面，以批评为主，说他们都是些"骗子"，一脚在岸上，一脚在海里，天性里朝三暮四，故得出"哪一个男子不负心”的结论。这里对男子的看法带有了普遍性意义，不是个别，而是广泛存在着。面对这些男子们，被追求的女子充满了无奈和悲情。她们总是“叹气”，“愁眉不展”，不断地“悲吟”，发出“沉重的哀音”。而作为旁观者，在一边劝慰这些女子“不要叹息，让他们去”，“收起哀丝怨绪，唱一曲清歌婉转”（第二幕第三场）。再如《皆大欢喜》第二幕第七场，长公爵让自己的从臣阿米恩斯来一曲，于是从臣献唱。在调子中，对冬季作了评判。先是说到冬风，冬风虽凛冽，却难以企及人世的薄情寡义，因为它的牙齿不是那么的尖，而且本身没有形迹。再是提及冬天的冰雪，冰雪虽寒冷，但难以企及人间的忘恩负义，因为它的牙齿不够凶，像那不念旧交的人。可见，在述说者看来，冬天固然给人以残酷之感，却不及人类社会中存在的残忍和罪恶。通过这种拟人化的对比，产生了莫大的张力，使听众和读者对现实社会中的人有了更深入的认识和感触。还如《第十二夜》的剧末，一个小丑上场咏唱一歌。他自称是一个小儿郎，在回顾自己从小到大的历程中评述了自我。在幼小的年段，做了很多的傻事，毫不思量。可见他那时不懂事，对待问题不动脑子，犯了不少错误，可见那时的他单纯、幼稚、涉世尚浅。在长大的过程中，他不学好，闭门羹到处吃个饱。这时的他没有多大的变化，也没有主动地改变自我，容易犯老毛病，所以到处碰壁。在婚后，他的秉性不改，自身依然存在很多问题，如他觉得照顾老婆都是一件麻烦事；他喜欢到处吹牛，但是吹牛医不了肚子饿。于是他借酒消愁，“一壶老酒往头里灌，掀开了被窝三不管”（第五幕第一场）。从中看到他对生活极度消极，甚至对父母、妻子、儿女都不管不问，做“甩手掌柜”。总的来看，这个小儿郎在自己的人生中，对人和事不闻不问不管，他忧遇事，怕麻烦，无担当，在世间浑浑噩噩地度过。在他的咏词中虽有无奈，却少有懊悔，同时也带有自嘲的意味。

三、人物的结构模式

在前文中，笔者谈到了以人物的类型来分析莎士比亚戏剧里的人物形象。这种分析方法虽有利于准确把握人物角色，但无助于在情节的动态运动中掌握众多人物的结构关系①。因此，结构主义者提出的通过分析结构模式来解读人物的方法无疑具有开拓意义。其中“二元对立模式”（binary opposition model）是结构主义者在早期提出的，它涵盖了生活中普遍存在的对立观念，比如天地、生死、上下、左右等。这一方式后来成为结构主义方法论的核心。

在莎剧里，二元对立模式无处不在，它可以用来分析人物的关系和性格。首先，剧中存在邪恶当权者与无辜受害者的对立。如弗莱德里克篡位导致长公爵及从臣被放逐流亡，也导致罗瑟琳被迫逃难（《皆大欢喜》）；安哲鲁的严刑峻法使克劳狄奥被判了死罪，而他的无耻要求使依莎贝拉陷入险境（《量罪记》）；皇后塔摩拉使用阴谋害死了前皇之子巴西安纳斯，指使儿子割掉了拉维妮娅的舌头，使泰特斯无奈砍掉了自己的一只手，害死了泰特斯的两个儿子（《泰特斯·安德洛尼克斯》）；昏聩的李尔断绝了与小女儿科迪利娅的关系，剥夺了封赏她的土地，放逐了忠臣肯特伯爵（《李尔王》）；麦克白派刺客杀死了大将班柯，后又杀死了逃走的麦克德夫的妻儿（《麦克白》）；列昂特斯的无端怀疑使得其子凄然离世，其女被弃他乡，其妻被迫“假死”（《冬天的故事》）。

其次，剧中也有神力与人力的对立。如仙王奥布朗派迫克以滴花汁的方式成全他人的爱情，却意外捉弄了几对青年男女；奥布朗为了惩戒妻子，派迫克把织工波顿“变了形”；奥布朗与妻子不和，造成天时不正，气候反常，造成人类的不适应（《仲夏夜之梦》）。普洛斯帕罗通过超出凡人的力量（即法术）才实现了自己的复仇大计，他的忠实奴仆——精灵爱丽儿，也可看作是神的力量的化身（《暴风雨》）；普修默斯是依靠朱庇特的护佑才得以改变自己的不利命运（《辛白林》）；列昂特斯对妻子的误解是通过阿波罗的神谕才得以消除的（《冬天的故事》）；配瑞克里斯也是依托狄安娜女神的相助才实现了与妻子的团圆（《泰尔亲王配瑞克里斯》）。这几个例子都说明了人在自然界中难以实现的事，神的力量却能办到。

再者，剧中还有惩戒与宽恕的对立。如普洛丢斯为了把雪尔薇亚据为己

① 梁工：《圣经叙事艺术研究》，商务印书馆，2006年版，第103页。

有，便出卖了好友伐伦泰因，后来伐伦泰因阻止了普洛丢斯的卑劣行径，痛斥了对方的背信弃义，普洛丢斯羞愧难当，表示会真心悔过，伐伦泰因便原谅了对方（《维洛那二绅士》）；叙拉古商人伊勤触犯禁律来到以弗所，遭到逮捕，被公爵索列纳斯判处死刑，后来伊勤在筹措罚金的过程中找到了自己的亲人，得到了公爵的赦免（《错误的喜剧》）；阿朗索支持安东尼奥夺取了普洛斯帕罗的王位。若干年后，普洛斯帕罗完成了复仇计划，宽恕了阿朗索等人的罪行。卡列班企图谋害普洛斯帕罗，却被后者发现，最终卡列班得到了对方的饶恕，获得了自由。普洛斯帕罗对塞巴斯蒂安等人的内讧丑行不予揭发，也原谅了其弟安东尼奥的罪恶（《暴风雨》）；针对埃契摩所造成的巨大伤害，普修默斯却以宽恕作为报复，辛白林效仿女婿的宽容大度，与罗马帝国言归于好（《辛白林》）。

此外，剧中也描写人物内在的二元对立，一种情况是共时性的，即某人同时存在两种截然不同的一面。如披特鲁乔登门巴普底士塔家求亲，他天花乱坠地吹捧了凯萨琳娜，摆出老熟人的样子和凯萨琳娜打招呼，求婚过程中始终和颜悦色，彬彬有礼。而在迎亲时，披特鲁乔却迟迟不到场，到场后却穿戴得很滑稽，像小丑，似乎有意拿正经事开玩笑（《驯悍记》）；又如贝特丽丝对婚姻充满了顾忌，认为男人都是泥做的，一个女人把自己终身托付给顽固的“泥土”，还要低三下四，很是倒霉。但她看到希罗有了归宿，又羡慕不已，感慨自己一个人年老珠黄，想躲在墙角哭哭自己没有丈夫（《无事生非》）；再如普洛斯帕罗对奴仆卡列班的态度主要是反感和斥责，其语言表现出他暴烈的一面，相反，他对自己女儿的态度主要表现为关怀和疼爱，展现出他和蔼的一面（《暴风雨》）。

另一种情况是历时性的，指某人可能经历前后完全相反的变化，如奥列佛出于私心不待见弟弟奥兰多，他不愿给奥兰多接受教育的机会，还想通过一位拳师之手除掉对方，在计划落空之后还想放火烧死弟弟，其害人之心暴露无遗。后来奥列佛在林中遭遇毒蛇和母狮的袭击，多亏奥兰多及时驱赶了蛇，并与母狮搏斗，才化险为夷。奥列佛既羞愧，又懊悔，他真心悔改，感受到了从未有过的手足之情。另外，弗莱德里克放逐了哥哥，篡夺了王位，而后他在征讨哥哥途中被一位老修士劝导，于是痛改前非，看破红尘（《皆大欢喜》）；又如海伦娜想和贝特兰在一起，但对方心高气傲，瞧不起她，即便被迫娶了她，也很快选择离家出走。海伦娜毫不气馁，通过自己的机智满足了丈夫提出的条件，贝特兰被妻子的忠贞感动不已，接受了对方。

另外，在二元对立的人物模式中，还可以通过对比揭示不同人物的特性及其命运。如安东尼奥重情好义，为了帮助好友不惜签下充满陷阱的“一磅肉借约”。当他面临违约，即将被割肉之时，大家都为他想办法，最终通过鲍西娅的出面化险为夷。而夏洛克追求金钱至上，以不义手段发财致富，而且极度贪婪吝啬，导致众叛亲离，其谋害他人的计划遭遇失败，落得人财两空（《威尼斯商人》）；又如配瑞克里斯曾救助过塔色斯人，由此得到当地民众的敬仰，他们“钦仰他的智慧才能，为他筑起一尊雕像，旌表他的功德无量”（第二幕开篇）。而克利昂夫妇由于谋害配瑞克里斯的女儿，故“全城民众激起公愤，把阖家烧成了灰烬”（第五幕第三场）（《泰尔亲王配瑞克里斯》）；再如宝琳娜不屈从于列昂特斯的暴烈，最后帮助王后实现了与丈夫的团聚，她的丈夫安提贡纳斯，服从列昂特斯的命令，把公主弃之荒野，终被熊咬死（《冬天的故事》）。

这种充满矛盾对立性质的人物性格和人物关系在《雅典的泰门》一剧中表现尤为突出。全剧紧密围绕着中心人物泰门的人生经历和人际关系展开情节，这当中既有他自身的对立，也有与他人的对立。

就他自身而言，一是表现在他的从善转恶。他起初做了不少善事，广施博爱，后来却憎恨人类，恨世间的一切，甚至他鼓动别人制造纷争，进行杀戮。二是表现于他在富有与贫穷间转换。泰门最初有很多财产，他经常请客吃饭，乐意遍洒钱财，不断地挥霍，给予别人最高的回报。后来他欠下巨额债务，一贫如洗。在外游荡期间，他又挖到了黄金重新变得富有，但他却赠予别人，宁可回归贫穷。三是表现在他经历了由尊贵到落魄的转化。泰门本是一位城邦的执政者，地位至尊的贵族，因此人们都来迎合他，讨好他，歌颂他，把他奉为神明。当他财囊枯竭，欠下债务之后，四处碰壁，便沦落到荒郊野外，住在岩洞里，靠挖树根充饥。四是表现在他经历了由热闹到凄凉的转变。泰门最初很喜欢请客，家里经常是高朋满座，宾客如云。在他困窘之后，这些昔日的酒肉朋友如鸟兽散，泰门孤立无援，在外开始了自我流亡的生活，最终在孤独中离世。

就泰门与他人的关系而言，这种矛盾对立同样表现得非常明显。一是表现在礼物赠送的不对等。别人一幅画，几句诗，都能从泰门这里得到丰厚的报酬；送一条狗，就能换来金子；送一匹马，就能换回二十匹马；谁替他做了一件事，他就给别人价值几倍的酬劳。二是表现在非理性与理性的对比。泰门不知道自己究竟有多少财富，只要自己高兴，就出手阔绰。对这样的慷慨，论辩家艾帕曼特斯有自己的看法，并多次讥讽和劝诫过泰门："我要去看肉塞在恶汉的嘴里，酒灌在傻子的肚里"（第一幕第一场），"神啊，多少人在吃泰门，他却看不见他们"（第一幕第二场），"泰门，我怕你快要写起卖身文契来，把你自己也送给人家了"（同上）。对于朋友之劝，泰门却听不进去，甚至要发誓不理了。三是表现在慷慨解囊与薄情寡义之间的对立。泰门帮助过很多人，在经济上花销甚多。例如他曾经替文提狄斯还债，赎其出狱，帮助对方渡过难关，而后文提狄斯继承遗产发了财。但见泰门倒霉，他却翻脸不认人，债都不肯还，更不用说借钱了。此外，剧中的路歇斯、路库勒斯、辛普洛涅斯等人均是如此，曾经受过恩惠的他们都以各种借口回绝了泰门的求助。

通过对这些对比的呈现以及对立关系的梳理，一方面塑造出泰门的性格和特征，揭示其悲剧形成的原因，另一方面也以此告诫读者从泰门的经历中了解人性，认识社会，汲取教训。

二元对立的结构模式有助于揭示人物的性格特征，展露并解释故事中的矛盾，给读者以良好的审美体验。但若止步于此，则不免失之简单化[①]。而把这一方法作进一步发展和完善的是结构主义者格雷马斯（Algirdas Greimas）。他提出了一个由六种"行动元"（actant）构成的人物关系模式，认为该模式普遍存在于所有叙事作品中。就分析莎士比亚剧中人物的结构关系而言，这一方法

① 乔纳森·卡勒：《结构主义诗学》，盛宁译，中国社会科学出版社，1991年版，第38—39页。

具有很强的可操作性。具体说来，其六种行动元分别为：主体（subject）与客体（object），发送者（addresser）与接受者（addressee），帮助者（helpers）与反对者（protester）[①]。

☆　**主体与客体**

主体与客体的关系存在于追求某一目标的行为者与那一目标之间，他们是整个故事中最重要的关系[②]。其构成形式是一个实现“欲望”这个语义效果的句子。例如“安东尼迷恋着克莉奥佩特拉”（《安东尼与克莉奥佩特拉》）；“罗密欧和朱丽叶彼此深爱对方”（《罗密欧与朱丽叶》）。这些主体对客体有种“意欲获得、占有”的关系[③]，这样的例子在莎剧里可谓比比皆是。值得注意的是，在这一模式中，主体行动元不一定是人，也可以是人格化的事物或神祇。如“仙王和仙后的不和造成天时不定，气候反常”（《仲夏夜之梦》）；“狄安娜女神托梦给配瑞克里斯”（《泰尔亲王配瑞克里斯》）；“阿波罗大神留下了神谕”（《冬天的故事》）。同样道理，客体行动元既可以是人，也可以是其他目的物或某种状态，如实现某种愿望，改变某种地位，求得问题答案等。例如“纳瓦国王腓迪南及众侍臣探索学问”（《爱的徒劳》）；“奥列佛和奥兰多重新获得兄弟情谊”（《皆大欢喜》）；“伊勤寻找自己的亲人”（《错误的喜剧》）；“葛罗斯特公爵想谋得王位”（《理查三世》）。在这些表述中，主体行动元分别是纳瓦国王腓迪南及众侍臣、奥列佛和奥兰多、伊勤、葛罗斯特公爵，客体行动元是学问、兄弟情谊、亲人、王位。由此可见，客体行动元未必就是人，准确地说应是主体追求的目标。

☆　**发送者与接受者**

发送者与接受者是这样一类角色：他们支持主体实现其意图，或者使客体能够得到补充或给予，而接受给予的客体人物所组成的行动元则属于接受者[④]。如“罗森格兰兹和吉尔登斯吞送哈姆莱特去英国”（《哈姆莱特》）；“精灵

① 张寅德：《叙事学研究》，中国社会科学出版社，1989 年版，第 153—175 页。
② 谭君强：《叙事理论与审美文化》，中国社会科学出版社，2002 年版，第 202 页。
③ 格雷马斯：《论意义》（上），冯学俊等译，百花文艺出版社，2005 年版，第 179 页。
④ 谭君强：《叙事理论与审美文化》，中国社会科学出版社，2002 年版，第 203 页。

迫克在青年人身上滴花汁”（《仲夏夜之梦》）。发送者分别是克劳狄斯和仙王奥布朗，接受者分别是罗森格兰兹和吉尔登斯吞、精灵迫克。克劳狄斯发出了让罗森格兰兹和吉尔登斯吞陪同哈姆莱特去英国的指令，仙王奥布朗则发出了派精灵迫克去化解青年人之间纠纷的指令，而罗森格兰兹、吉尔登斯吞和迫克分别接受了指令。在这里，接受者与主体实为一人。发送者从词义来看，有一种主动干预或介入的意思。但这并不意味着发送者一定表现为人，也可为非人的抽象物，像嫉妒、仇恨、野心、欲望等。如“伊阿古制造假象误导奥瑟罗”（《奥瑟罗》）；“科利奥兰纳斯带领沃尔西人讨伐罗马”（《科利奥兰纳斯》）；“麦克白暗杀了邓肯登位为王”（《麦克白》）；“福斯塔夫自作多情，追求两位太太”（《温莎的风流娘儿们》）。在这几个例子中，“嫉妒”“仇恨”“野心”“情欲”都充当了发送者，伊阿古、科利奥兰纳斯、麦克白、福斯塔夫则是接受者。

☆　帮助者与反对者

主体在实现其目标（客体）的过程中，往往实际情况并不是那么简单，主体的目标并非就是唾手可得，因此在其实现的过程中，主体可能会得到帮助或者受到阻挠，因此便形成了第三组行动元：帮助者与反对者①。帮助者促使主体实现目标，反对者则阻挠（或妨碍）目标的实现。在莎剧里，充当帮助者与反对者的例子颇多，恕不一一举例。这里只是论述一下两种特殊情况：一是帮助者兼为反对者（或者反对者兼为帮助者）。如福斯塔夫勾引福德太太和培琪太太，两位太太为了教训福斯塔夫，故意配合约会，因此她们是促成此事的帮助者。但她们在约会中找准机会捉弄了福斯塔夫，故又成了反对者（《温莎的风流娘儿们》）；又如克莉奥佩特拉随安东尼出海迎战屋大维，此时她是安东尼的帮助者，但在关键时刻，她率埃及军队临阵脱逃，导致了安东尼的失败，故她又成了反对者（《安东尼与克莉奥佩特拉》）。另一种是帮助者未必是正面角色，反对者未必是反面角色。如夏洛克同意向安东尼奥借三千块钱，作为帮助者的他心怀鬼胎，暗藏杀机。后来他设计的困局被破解，主裁的鲍西娅备受

① 格雷马斯：《结构语义学》，蒋梓骅译，百花文艺出版社，2001年版，第261页。

颂扬（《威尼斯商人》）；又如凯歇斯等人打着反专制的旗号对抗凯撒，但他们却怀着不可告人的目的行事。勃鲁托斯成了反对凯撒的一员，但他的出发点是为了维护民主。

在莎剧中，《辛白林》以人物矛盾冲突强烈，人物关系异常复杂而著称。以下笔者运用格雷马斯的人物结构模式理论，选择该剧中伊摩琴寻夫的关键内容作综合分析。在这个故事里，伊摩琴是主体，他的丈夫普修默斯是客体。故事中的发送者来自多方面：如人物有辛白林、王后、克洛登、毕散尼奥。其中辛白林和王后的态度使她不愿回宫里，克洛登对她的无耻追求让她难以忍受，毕散尼奥是劝说她去寻夫的策划者。这些人都促使她有了寻夫的动机。有的是非人格化的抽象物：如她对丈夫的爱恋、丈夫对她的误解。也有的是非人格化的实物：如她丈夫的亲笔信。接受者无一例外都是伊摩琴本人。在她寻夫的过程中，帮助者有：毕散尼奥、培拉律斯父子三人和琉歇斯。毕散尼奥为她提供了路上所需，培拉律斯父子保护了她的安全，琉歇斯收留了她。反对者有：克洛登、两国交战。克洛登一路追赶她，想抓她回去，不过他属于行动未遂。两国交战既不利于她的安全，也不利于她目的的实现。

从伊摩琴寻夫的内容中可见人物结构模式的复杂性，但这也仅限于一剧之中，较之而言，莎剧中有的内容则涉及多部剧目，对于其关注需要综合多部，立足整体来展开透视，例如莎士比亚历史剧中的“红白玫瑰战争”。该故事主要跨越在四部历史剧当中：《亨利六世》（上、中、下）和《理查三世》。这些剧中人物众多，经历也很复杂，结合人物结构模式分析具有一定难度。依笔者之见，把握住客体可以作为分析的出发点。在这场纷争中，最适合的客体应该是“国家权力”和“君王宝座”。针对客体，便有主体的争取，主要包括兰开斯特、约克家族及拥护者，此外也有国内的其他势力以及国外的势力（如法国）。至于发送者和接受者存在狭义和广义之分。就狭义理解而言，兰开斯特家族和约克家族双方均为发送者和接受者，一方采取行动成为发送者，另一方付诸应对措施便成为接受者。就广义理解而论，两大家族势中任意一人的行为对局势产生影响的，都构成发送者，而其他人（发送者除外的其他双方家族成员以及牵涉到的人）均属于接受者。另外，发送者也可以是非人的抽象物，如“野心”“权势欲”“家族利益”等，它们会直接影响两大家族以及相关的人，使他们充当接受者。帮助者和反对者则由拥护和反对两大家族势力的人组成。如兰开斯特家族势力的帮助者主要有：亨利·波福、约翰·波福、克列福父子、玛格莱特、爱德华（威尔士亲王）、亨利·里士满等；约克家族势力的帮助者主要有：理查·普兰塔琪耐特、索尔兹博里、华列克、白金汉、乔治、理查（即后来的理查三世）等。在两大家族的冲突中，彼方的帮助者即已方的反对者，反之亦然。值得注意的是，有的参与者经历了角色和身份的改变，如华列克最初是兰开斯特家族的反对者，但后来被昏君戏弄，故倒戈支持敌方，成了兰开斯特家族的帮助者；克莱伦斯公爵乔治本是约克家族的成员，后跟随华列克投敌，最后拒绝兄弟互相残杀，又回归自己家族一方，故他是经历了从帮助者到反对者再回到帮助者的转变。

四、人物的易装

易装在莎士比亚戏剧中是一个很特别的话题，也是作者在剧中惯用的表现手法。对易装的理解并无一个统一的说法，在笔者看来，可有广义与狭义之分。从广义来说，是指通过主动或被动地改变人物的装束以掩盖其真实身份；从狭义来看，就是指“男扮女装”或者“女扮男装”。一般而言，易装往往可以制造一种身份错位或性别错位的效果，从而为剧情的发展奠定基调。同时，易装不仅仅意味着外表装束的变化，也是内心世界的声音试图与外界进行“对话”的特殊表达方式。由于易装现象广泛表现于剧中人物的外在改变，其涵盖的方面偏广，为了便于把握这一现象，笔者站在狭义的角度来进行分析和解读。

不论是“男扮女装”还是“女扮男装”，都牵涉了性别发生转变的现象。巴特勒（Judith Butler）在《性别麻烦》（*Gender Trouble*）一书中认为，性别即是“表演”，是人们在特定时期所戴的标志。她认为在易装中人物都进行着性别“表演”，不管是否符合传统，所谓的“性别本质”仅仅只是一种幻想。通过异于传统的“表演”如性别越界，可以颠覆性别规范和对于男性与女性的二元理解[①]。这种“表演”在莎剧中多数以“女扮男装”的方式呈现，只有个别表现为“男扮女装”。就后者而言，笔者列举两例。一是在《温莎的风流娘儿们》第四幕第二场，福斯塔夫第二次来到福德太太家里，便遇到福德带人过来。为了逃出去，福斯塔夫按太太们的主意，穿上裙子，包上头巾，扮成女仆姑妈的样子，结果还是遭来福德的反感，并把这个“老婆子”痛打一顿。二是在《驯悍记》序幕中，贵族为了捉弄斯赖，便让童儿装扮为贵妇，要求他表现得端庄稳重，说话必须温柔和婉，屈膝致敬，“要是没有女人家随时淌眼泪的本领，只要用一颗洋葱包在手帕里，擦擦眼皮，眼泪就会来了。”（序幕第一场）这名童儿扮得成功，让斯赖信以为真。从这些例子可见，“男扮女装”主要是为了求爱或者达到某种目的，常带来滑稽、可笑的喜剧效果。

较之而言，更多的情况属于“女扮男装”。其易装的女主人公主要有《维洛那二绅士》中的裘丽亚、《威尼斯商人》中的鲍西娅和杰西卡、《皆大欢喜》中的罗瑟琳、《第十二夜》中的薇奥拉、《辛白林》中的伊摩琴等。她们易装的初衷各有不同：裘丽亚是为了便于找寻普洛丢斯，清楚对方的境况；鲍西娅是为了解救因帮助她丈夫而陷入困境的安东尼奥；杰西卡是为了隐瞒自己身份便于逃走；罗瑟琳是为了在出逃过程中寻求人身安全；薇奥拉是为了等待时机寻找因遭遇海难而失联的兄长；伊摩琴是为了顺利找到丈夫化解误会。综合来看，这些女主人公的易装，多半是为了保护自己的安全，避免遭致出行途中的麻烦，或者是为了寻找、帮助自己的心上人。

这些女性的易装行为还有更为深层的目的，即通过易装，女性能够走出闺房，实现从私人空间到公共空间（或者从女性世界到男性世界）的转换。在这一转换的过程中，故事里大多呈现出两个带有对立性质的空间：维洛那与米兰（或者米兰与曼多亚边境）、贝尔蒙特与威尼斯、公爵宫廷与亚登森林、奥丽维娅宅与奥西诺公爵府（或者奥丽维娅宅与宅外场所）、英国与意大利（或者英格兰宫廷与威尔士山野）。前者具有相对的内闭性，人物活动范围及自由受

① 朱迪斯·巴特勒：《性别麻烦：女性主义与身份的颠覆》“序”，宋素凤译，三联书店，2009 年版，第 8 页。

到限制较多；后者具有外展性，人物活动范围受限且人物行动占据主导性。由于男性在社会上扮演的角色能使男性获得社会认同，也就意味着他们拥有相应的社会角色、社会财富以及社会地位，他们在公共活动领域拥有权威。而女性的活动是被限制在封闭的、狭窄的场所，如家庭、家族生活所在的圈子内，这里往往被认为是女性活动的唯一舞台，因此她们主要充当的是主妇，承担的主要是繁琐的家庭内务。如在《维洛那二绅士》中，史比特谈到自己心目中理想的姑娘：

第一条，她会挤奶。第二条，她会酿上好的麦酒。第三条，她会缝纫。第四条，她会编织。第五条，她会揩拭抹洗。第六条，她会织布。第七条，她有许多无名的美德。

（《维洛那二绅士》第三幕第一场）

通过史比特的描述可见，女性在生活中的主要职责是从事家务劳动，这在前面六条的内容中充分体现出来。根据以上标准和条件，如果能予以满足，那么女性在男性心目中将显得完美，成为理想的配偶。史比特作为仆从，他的择偶标准更符合广大中下层男性的实际情况，如果是上层人士，则更看重地位和财富等外在因素。就上层社会女性而言，她们的职责主要是管理庄园以及监督和检验仆从的劳动成果。对此，巴特勒曾一针见血地指出：“一个女人之所以为女人，是因为在主导异性恋的框架里担任了女人的职责。”[①] 例如《威尼斯商人》中的鲍西娅，她作为贝尔蒙特的女主人要亲自从事整个家族的日常管理，尤其是要抓好衣食住行等方方面面的工作。又如在《第十二夜》中，奥丽维娅是一家之长，在管家马伏里奥被众人捉弄得狼狈不堪时，她还得拿出家长的威严对这种行为进行阻止和训斥。而裘丽亚、罗瑟琳、伊摩琴都出于各自不同的原因离家远行，但女性独自外出在当时是不被允许的，这既有对安全问题

① 朱迪斯·巴特勒：《性别麻烦：女性主义与身份的颠覆》，宋素凤译，三联书店，2009年版，第5页。

的考虑，更在于社会中人们具有的一种普遍意识：女性本应呆在家里，禁止踏入男性活动空间。如果这些女主人公以无所畏惧的姿态进入男性世界会被认作是惊天之举，其行动颠覆了层层防守、铜墙铁壁般的性别界限。

若是要突破这种性别的界限并非易事。结合莎士比亚生活的时代来看，女性依然是缺乏基本的社会权利，她们作为社会中的弱势群体，不仅在行动上不自由，不能随意出入公共场所，而且她们还被传统的观念和意识紧紧束缚。这在易装最为成功也最为出彩的鲍西娅身上表露无遗。她作为一个被上天眷顾的宠儿，却无法自由地决定自己的婚姻大事，只能按照父亲生前的遗嘱，通过求婚者对“三匣”的选择来决定自己的命运，这对于她而言实在是尴尬和无奈，这也说明在当时她只能维持父亲的绝对权威，这是对父权的认可和遵从。虽然她机智巧妙地使她所厌弃的人选不中她，最终与自己中意的巴萨尼奥顺利结合，但她又把自己继承的产业包括她自己献给了丈夫。在她心中，丈夫就是她的“主人”“统治者”和“君王”，在这里她又不自觉地让自己陷入夫权的束缚之中。不仅如此，鲍西娅还深感男权在社会中对女性有着极大的震慑力。她为了自己的幸福，虽有意助丈夫和安东尼奥一臂之力，但她也清楚自己的女性身份是实现目标的一大障碍：先不说通过何种办法救人于刀下，就连顺利进入法庭都难以实现。因此，易装便成了她不得不采取的手段，通过改变自我性别身份，方能有机会化解困局。由此可见，鲍西娅所面对的“父权”“夫权”和“男权”的存在是她行为处事中难以逾越的鸿沟，这一传统和现实对鲍西娅产生了根深蒂固的影响。

鲍西娅选择“女扮男装”无疑在潜意识中认同了男性在社会中的优越性，通过易装她可以获得一些男性身份拥有而女性不能拥有的权利，如进入到女性禁止进入的男性领域，和男人们共享男性话语机制，有机会平等地参与到社会生活的建构中。为了能够顺利进入威尼斯法庭，鲍西娅遣人从她的表兄培拉里奥博士那里取得了回信和衣服。有了这两样东西，鲍西娅的“男装”身份才能得以确认。同时，表兄的职业服代表了男性在法庭上拥有的权利和地位，鲍西娅通过获取使自己能够名正言顺地实施计划。培拉里奥博士的回信相当于引荐信：“其学问才识，虽穷极赞辞，亦不足道其万一，务希勿以其年少而忽之，盖如此少年老成之士，实鄙人生平所仅见也。倘蒙延纳，必能不辱使命。”（第四幕第一场）虽然信中的内容并未提及化解困局的办法，但至少培拉里奥博士证明了鲍西娅作为律师的专业性。鲍西娅并不乏聪明才智，她缺少的仅仅是回信和衣服。波伏娃（Simone De Beauvoir）曾宣称：“小女孩身上的任何部位都不可能成为她自己的化身。要弥补这个缺憾，把自己堪称第二自我，就需要给她一个外来的客体——布娃娃。”[①] 布娃娃既代表整个身体又是被动客体，它与小女孩形成认同，成为无生命活力的特定客体。鲍西娅取得回信和衣服，类似于她装扮成披上了男装的布娃娃，由此得到了她梦寐以求的越界身份，进而充分展露她超越男性的智慧和才华。

如果说鲍西娅是凭借自己的律师长袍和一封推荐信获得了人们的信任，进而获得机会展示自己过人的口才和缜密的思维，那么在其他几部存在“女扮男装”情节的戏剧中，女性都有类似的与换装相关的行为：裘丽亚要求女仆给她找一套合适的男装，使其穿扮起来就像一个良家少年一样，要用丝线把头发扎起来，扎成二十种七巧的同心结，装束得炫奇一点，看起来比实际年纪要大，还要穿上紧身裤；罗瑟琳身材特别高，就索性穿得像个男人一样，大腿上挂一柄威风凛凛的短刀，手里拿一柄刺野猪的长矛；薇奥拉让船长帮忙把她装扮成一个净了身的侍童；伊摩琴穿上紧身衣、男士长袜，戴上帽子。显然，这些女主人公经过换装以后，仅凭借着一身别致的男装就可以掩人耳目，丝毫不会引起别人的怀疑。同时，这些女性为了使自己的伪装更为可信，也开始注意在言谈举止上模仿男性。鲍西娅就深知男性服饰只能起表面的装饰作用，为了扮演好一个真正的男性，她必须表现出与之相应的男子气概，正如她所言：

我会沙着喉咙讲话，就像一个正在发育的男孩子一样；我会把两个姗姗细步变成一个男人家的阔步；我会学着那些爱吹牛的哥儿们的样子，谈论一些击剑比武的玩意儿，再随口编造些巧妙的谎话，什么谁家的千金小姐爱上我啦，我不接受她的好意，她害起病来死啦，我怎么心中不忍，后悔不该害了人家的

① 西蒙娜·德·波伏娃：《第二性》，陶铁柱译，中国书籍出版社，2004年版，第261页。

性命啦，以及二十个诸如此类的无关重要的谎话……

（《威尼斯商人》第三幕第四场）

为了易装后不露破绽，鲍西娅必须谨慎地安排规划。服饰只能掩饰一个人的性别身体，还要学着谈论击剑比武的玩意儿，试着模仿男人说些讨女孩儿喜欢的大话，模仿一些青年男子们的神气。而在《辛白林》中，仆从毕散尼奥也有类似的嘱咐过伊摩琴的话：

您必须忘记您是一个女人，把命令换成服从，把女人本来的怕事和小心，换成放肆的大胆；您必须把讥笑的话随时挂在心头；您必须应答敏捷，不怕得罪别人，还要像鼬鼠一般喜欢吵架；而且您必须忘掉您有一张世间最珍贵的脸庞……最后，您必须忘掉那曾经使天后朱诺妒恨的一切繁细而工致的修饰。

（《辛白林》第三幕第四场）

在莎士比亚所处的时代，女性被认为是柔弱、顺从的，而男性是阳刚、进取的。因此毕散尼奥要求伊摩琴“把命令换成服从”“把小心换成大胆”，既要敢于争辩，还要应答敏捷，能够随时讥笑他人。而美丽的面庞，作为女性魅力的来源，则要被彻底地忘记，完全呈现出男性的气质和状态来。波伏娃就指出：“女人知道，人们注视她的时候，不会将她和她的外貌区分开来：她通过她的打扮受到评价、尊重、渴望。”[①] 因此，放弃自己的美貌和修饰，就意味着放弃自己作为女性的身份。

易装后的女性也会在语言上有明显的转变。为了更好地“扮演”新的身份和角色，她们表达的语言会与传统意义上的淑女用语大相径庭，甚至会说粗话及骂人的话。例如罗瑟琳在被牧羊女菲比爱上之后，她以带有攻击性的话语对待有意于自己的菲比：

① 西蒙娜·德·波伏娃：《第二性》，陶铁柱译，中国书籍出版社，2004年版，第547页。

你生得这般丑陋——老实说，在你身上我看不出一点点漂亮的地方。我看你晚上不如不点蜡烛摸黑上床……怎么，这是什么意思？你望着我做什么？我瞧你不过是一件天生的粗货。老天救救我！我想她想迷住我哩。不，老实说，骄傲的姑娘，你别做梦吧！……有买主的时候赶快出手吧，你可不是什么俏销品……生得丑再要瞧人不起，那才是奇丑无比了。

（《皆大欢喜》第三幕第五场）

像文中“天生的粗货”“奇丑无比”这类粗鄙的语言对于莎士比亚时代英国贵族女性来说显然是不合体的。当时贵族女性所接受的教育是培养一个优雅、顺从、谦恭的女性典范，但此时的罗瑟琳却可以凭借自己获得的男性身份肆无忌惮地说出这番粗话。

这些女主人公在实施易装的行为中，有时也会考虑自己的社会地位包括男性的社会地位的问题。这应该与莎士比亚时代颁布的政令有关，即规定过女性的着装要依其丈夫的社会地位而定。由于女性的地位从属于男性，其着装便要匹配男性。几位“女扮男装”的女主人公有的就属于已婚，自然在易装时会考虑到。以伊摩琴为例，由于她背着父亲辛白林私下与普修默斯结合，故遭到父王的反对和斥责。虽然普斯默斯的祖上立下战功，但他是以孤儿的身份被收养，在辛白林看来，普修默斯是一个“叫花子”“下贱的东西”，是“卑微之人”，故伊摩琴在服饰选择上也要参照丈夫的情况，她吩咐仆人：“立刻替我备下一身骑装，不必怎样华贵，只要适宜于一个小乡绅的妻子的身份就得了。”（第三幕第二场）可见，伊摩琴作为公主，她的服饰选择却因丈夫目前的地位而扮成身份低下之人。这种情况在其他几位易装的女主人公那里也同样存在：裘丽亚和薇奥拉为了找寻自己的心上人都装扮成仆从，并且还得代表主人言不由衷地向自己的情敌表达爱意；罗瑟琳则因为处境所迫由公爵的女儿沦落为山野的牧羊人。唯独鲍西娅算是未降低自己的身份，她从一个富家嗣女成为代表权威和正义的法官。尽管这些女性在易装之后获得了男性身份，有了属于男性才有的自由和权利，但是实际上，她们更多的是变成了比自己原来地位更低的人。

值得注意的是，这些女性在实现性别越界，感受易装带来的新鲜感的同时，也不免会承受来自性别边界的困惑与挣扎。这主要缘于时代对服饰的管制，如果衣着不当，可能会带来不必要的麻烦，承担起相应的后果，甚至是来自法律上的惩罚。有些女主人公在“女扮男装”时意识到了这一点，如裘丽亚向女仆透露出心中的顾虑：“我这样冒险远行，世人将要怎样批评我？我怕他们都要说我的坏话呢。”（第二幕第七场）杰西卡在跟随罗兰佐逃走时，她这样说道：“幸亏在夜里，你瞧不见我，我改扮成这个怪样子，怪不好意思哩……丘必特瞧见我变成一个男孩子，也会脸红起来哩。”（第二幕第六场）当罗兰佐提出让她拿着火炬，她更是显得不自在：“怎么？我必须拿着烛火，照亮自己的羞耻吗？像我这样子，已经太轻狂了，应该遮掩遮掩才是，怎么反而要在别人面前露脸？”（同上）伊摩琴也有过心中的担忧，但她敢于去面对：“要是有这样的机会，只要对我的名节没有毁损，即使冒险，我也愿意一试……我已经下了决心，实行这样的尝试，并且准备用最大的勇气忍受一切。”（第三幕第四场）从她们的话语和反应可知，违背和挑战原有的服饰规范并非她们的本意，而是迫于形势不得已而为之。易装行为虽然有正当的理由，但仍被她们视为“不体面”，心中并未完全认可。

但不管怎样，这些易装的女性在男性服饰的掩护下，最终都顺利地实现了自己的目标：鲍西娅得以获准进入法庭，获得了难以想象的审判他人的权力，加之她的聪明才智，其审判震撼了整个男性世界——威尼斯；杰西卡逃离了父亲的魔掌，和自己所爱的罗兰佐结为连理；裘丽亚、薇奥拉、伊摩琴能够以男性仆从身份待在主人身边，她们要么获得机会影响事态发展，要么做到隐瞒自己的真实身份，要么把握住命运转危为安；罗瑟琳很好地保护了自己，为和奥兰多走到一起提供了契机。不仅如此，“女扮男装”的行为还让她们获得一个独立的具有主体性的身份，成功阻断了男性习惯性地窥视女性的欲望，进而可以“乘机”窥视男性。鲍西娅在完成审判之后，面对巴萨尼奥主动的谢意，提出让对方赠予戒指。在达到目的后，鲍西娅和尼莉莎商量着：“一定可以听听他们指天发誓，说他们把指环送给了男人；可是我们要压倒他们，比他们发更厉害的誓。”（第四幕第二场）鲍西娅通过这种方式掌握了窥视男性世界的主动性，也是她对当时女性低下地位的抗议。这一戏弄证明了女人运用自己的聪明才智完全可以在两性关系中取得平等的，甚至是支配性的地位。在《皆大欢喜》中，罗瑟琳以充分的才智赢得了奥兰多的信任，进而成为对方爱情的寄托和假想的恋人。在这一爱情游戏中，易装的罗瑟琳无疑拥有着更多的主动性：她通过扮演爱情顾问帮助奥兰多化解心中的相思之苦，同时也利用自己的双重身份实现角色的自由切换，主导着这场游戏发展的走向。通过这种方式，罗瑟琳能够有效地窥探奥兰多对自己爱情的忠诚度。

不过，戏剧舞台上的易装“表演”并没有进行到最后，在自由意愿下，女主人公们脱下了男性服饰，重新回到属于她们自己的位置，扮演本该属于她们的角色。鲍西娅在履行完自己的任务后，自然会选择脱下律师长袍，她虽然在贝尔蒙特家中制造了一场戏谑的“闹剧”，但她终究主动向巴萨尼奥坦诚了一切，她依然是他的妻子、他的臣服者；裘丽亚选择通过主动出击，以出示戒指的方式让普洛丢斯认出自己，继而恢复原貌；罗瑟琳穿着原本属于自己的服饰嫁给了奥兰多；薇奥拉也脱下男性服饰和公爵走到一起；伊摩琴还原了自己的声音，并拥抱了那个曾想取她性命的普修默斯。这一切看似美好的结局，看似偶然，实则必然，毕竟这些女主人公再怎么扮演男性身份，终究只是虚幻的“表演”，虽然她们都经历了一段对性别身份的颠覆，但始终摆脱不了权力话语的牢笼，她们无法突破父权、夫权和男权对她们的束缚，因此这样的性别表演也终会结束。

第六章　莎士比亚戏剧叙述的主体

关于主体，通常被称为叙述主体（narrative subject）。对叙述主体的理解大同小异，有的定义为文本所表达的主观的感知、认识、判断、见解等的来源[①]。有的则认为是叙述活动中的主观因素的承担者[②]。这一概念的内涵有着不同的界定。有些人认为叙述主体就是指的真实作者（true author）、叙述者（narrator）或者隐含作者（implied author），但这样的论断是否过于片面化了。就狭义而言，它用于指称创作主体和接受主体[③]。就广义而言，只要有语言，就有一个说话者在讲此语言；只要这些语言表达构成叙述本文，就存在讲述者，一个叙述主体[④]。为此，托多洛夫进一步认为，叙述活动中包含有三个主体：叙述主体、被叙述主体、被叙述的叙述主体[⑤]。有的学者将其分为隐含作者、（各）叙述者和各人物[⑥]。

在笔者看来，叙述主体既是叙述活动的实施者，又是意识观念的体现者。它在叙述活动中的意义和作用就是充当“二传手”的角色，将现实生活中那些

① 赵毅衡：《当说者被说的时候：比较叙述学导论》，四川文艺出版社，2013 年版，第 27 页。

② 徐岱：《小说叙事学》，商务印书馆，2010 年版，第 71 页。

③ 同上。

④ 谭君强：《叙事理论与审美文化》，中国社会科学出版社，2002 年版，第 58 页。

⑤ 徐岱：《小说叙事学》，中国社会科学出版社，1992 年版，第 66 页。

⑥ 赵毅衡：《当说者被说的时候：比较叙述学导论》，四川文艺出版社，2013 年版，第 28 页。

引人入胜或具有意义的现象尽可能新鲜地传达给读者[①]。因此，围绕着整个叙述活动过程中的参与者（包括叙述行为的实施者）应该都可以纳入叙述主体的范畴。它包括真实作者、真实读者（true reader）、隐含作者、隐含读者（implied reader）、叙述者、受述者（narratee）、人物等。查特曼绘出的“叙述交流图”，把叙述主体都展示了出来，后有学者又进行了补充完善，参考其图示展示如下：

真实作者—［隐含作者—（叙述者）—［人物］—（受述者）—隐含读者］—真实读者

叙述文本

在这一部分当中，笔者将特别关注莎士比亚戏剧中的叙述者和受述者。由于戏剧也属于演示文本，这类文本的叙述者是谁，如何表现便相对复杂，哪怕是结合文字进行叙述也非三言两语就能道明。而剧中的人物有时也会充当叙述者的角色，承载着其叙述功用。另外，受述者也受叙述者的多样化以及人物的特殊角色的影响，其表现也各不相同。

一、叙述者的分类和表现形态

叙述者指叙述文中的“陈述行为主体”[②]，或称“声音或讲话者”[③]。任何文本在叙述中都至少有一个叙述者，否则意义就无法组织和表达。同样，任何文本都要通过叙述来接收，即只要被对象接收，就必然存在叙述者的叙述，戏剧文本当然也不例外。但在西方，其叙述传统深受亚里士多德思想的影响，认为戏剧是“非叙述”文本，理由是戏剧是表演性艺术，是通过表演展现（演

① 徐岱：《小说叙事学》，商务印书馆，2010 年版，第 72 页。

② 托多洛夫：《文学作品分析》，载张寅德编选《叙述学研究》，中国社会科学出版社，1989 年版，第 71 页。

③ 里蒙—凯南：《叙事虚构作品》，伦敦梅休因，1983 年版，第 87 页。

示）出来的，不存在具体的叙述行为。直到今天，这样的观念依然盛行，甚至不乏知名学者坚持这一看法。这种观念自然也遭到不少人的驳斥：如果没有叙述，戏剧（表演）怎么能被读者或者观众所接收？因此，即便是演示过程，一样有叙述，也就有叙述者的存在，正如布斯（Wayne Booth）所述："在叙述中不存在绝对的纯净的展示，一切'展示'同时也都是一种'讲述'，因为即使最高度戏剧化的叙述者所作的叙述动作，本身就是作者在一个人物延长了的'内心观察'中的呈现。"①

戏剧中叙述者的表现形态包括戏剧表演和剧本两种情况。在表演中，叙述者通常被认为是"演示集合人格"，这个"人格"是创作集体制造出来的，是一个抽象的"集合人格"，也是整个表演（演示）团队"委托叙述"的一个"人格"。而在剧本中，叙述者通过文字展开叙述，在其过程中，充当叙述的主体繁多，常见的如剧中人物（角色），他们有言语，如对白、独白、旁白等，这些是剧本里最主要的构成因素。如果单单就某人物发言而成为叙述者，那么每个发声的角色都能算作叙述者，这样的话，叙述者就随处可见了，对这样的叙述者进行研究并无多大价值，也不应成为叙述关注的焦点。因此，剧中的叙述主体是有主次之分、取舍之度的，其最基本的标准是剧中叙述主体的叙述能对推动故事发展起到一定的作用，或者具有不容忽视的地位，或者是剧中不能随意缺失的必要成分。在莎士比亚戏剧中，故事的展开离不开叙述主体的叙述行为，尤其是叙述者在这当中起到了不可忽视的作用。因此，叙述者在莎剧中如何呈现，其表现形态又是怎样，这类问题很值得探究。

在谈叙述者的呈现及表现形态之前，先说一下叙述者的分类问题。该问题很早就受到关注，其分类方式多样，这里列举常见的几种。人们首先容易提及的涉及人称。不少论者想当然地认为叙述者有人称之分，因为文本中无非都是以"我""你""他（她、它）"三种人称形式出现。所以，自然也应该有第一人称叙述者、第二人称叙述者、第三人称叙述者之分。其实不然，在叙述文本中看到的人称不是对叙述者的称谓，都是以被叙述的姿态出现的，它们是叙

① 布斯：《小说修辞学》，华明等译，北京大学出版社，1987 年版，第 20 页。

述中的人物的称谓，是被叙述的对象的人称而绝非叙述文本的叙述者的人称，“叙述者在叙述中只能以‘第一人称’存在”[①]。赵毅衡也认为“第一人称小说”之所以得名，是因为叙述者自称“我”。但是第三人称小说中的叙述者并没有自称“他（她、它）”，如果必须称呼自己，还是得自称“我”。第三人称小说对人物称“他（她、它）”，但是第一人称小说中对叙述者之外的人物也一样是称“他（她、它）”。因此，把小说分为“第一人称”“第二人称”“第三人称”显然是不尽恰当的，第二、三人称叙述只不过是叙述者尽量避免称呼自己的叙述而已[②]。小说是如此，戏剧文本中同理。在莎剧中，从人称角度来看，叙述者绝大多数是采用“第三人称”展开叙述，比如剧中舞台背景的交代、人物的行动和言语。也有一部分是“第一人称式”，如某些起到串接故事情节作用的角色、讲故事的某些人物等，有时他们会称呼到自己。

叙述者是否具有“人格化”特征也是对其分类中常见的一种方式。在叙述作品里，叙述者不一定都具有人格化特征，即便叙述者人格化，其程度也存在很大差异。因此，不能简单地把叙述者界定为“一个人”。巴尔认为，应该将“叙述者”理解为一个“语言学范畴的主语，因为叙述者是通过语言来展现的一个功能”[③]。通常而言，在第三人称叙述中，如果叙述者不站出来发表评论，一直隐蔽在第三人称后面，叙述者就是“非人格化”的。在戏剧文本中，演示叙述始终占据主导，幕后叙述者几乎可以认定属于“非人格化”的。在莎剧中，除了极少量的人物介绍带有评论的用语之外，其他的叙述均属此列。而“人格化”的叙述者在莎剧中部分存在，例如高渥（《泰尔亲王配瑞克里斯》）、时间（《冬天的故事》）、剧情解说人（《亨利五世》）等。这些角色在充当叙述者的过程中有发表评论的行为。此外，由叙述者是否“人格化”的区分，又进一步分为两种情况。一种为“自然而然”的叙述者（natural

① 热拉尔·热奈特：《叙事话语 新叙事话语》，王文融译，中国社会科学出版社，1990 年版，第 171 页。

② 赵毅衡：《当说者被说的时候：比较叙述学导论》，四川文艺出版社，2013 年版，第 6 页。

③ Mieke Bal, *Narratology: Introduction to the Theory of Narrative*, London: U of Toronto Press, 1985,p.119.

narrator）与“自我意识”的叙述者（the narrator of self consciousness）。前者的叙述者指其隐身于文本之中，尽量不露出写作或叙述的痕迹，仿佛人物、事件自行呈现；后者的叙述者或多或少意识到自己的存在，并出面说明自己在叙述。另一种为客观叙述者（objective narrator）与干预叙述者（intervention narrator）。这对叙述者在划分标准上与前一对有关联，但在侧重点上有所不同：“自然而然”的叙述者与“自我意识”的叙述者的着眼点是叙述行为，而客观叙述者与干预叙述者强调的是叙述者对作品中人物、事件的态度[①]。

根据叙述者和故事的关系，可将叙述者分为故事内叙述者（intradiegetic narrator）和故事外叙述者（extradiegetic narrator）。前者指故事中的人物叙述者，后者指故事外的叙述者，即叙述行为的框架叙述者。这两种叙述者在叙述文本中如何分布，未必易于总结出规律。有学者认为，所有第三人称叙述和第一人称回顾性叙述都有一位故事外叙述者，但不少作品采用故事内的人物作为叙述者讲述自己或他人的故事[②]。笔者认为，故事内外叙述者如何分布还要看叙述行为的框架是否明晰，才便于作判断下结论。像戏剧文本，框架结构明显存在是其典型特征。通常而论，幕、场次的出现可以作为框架的分水岭，故事内、外叙述者分别会出现在框架之内和框架之外。而在莎剧中，这种说法还不能通用，如有的角色只是在幕、场次之内偶尔登场或者短暂登场，并未参与到主要情节当中，把他（她）归于故事内恐怕也有争议。因此，人们在分析故事内叙述者和故事外叙述者的时候，还要考虑各种叙述者是否参与故事以及参与程度。依照热奈特的定义，可以把参与故事的叙述者称为同故事叙述者（homodiegetic narrator），把不参与故事的叙述者叫作异故事叙述者（heterodiegetic narrator）[③]。通常，故事内叙述者属于同故事叙述者，故事外叙述者属于异故事叙述者，以同、异故事叙述者来分析莎剧也更容易避免分歧。

---

① 胡亚敏：《叙事学》，华中师范大学出版社，2004 年版，第 46 页。

② 申丹、王丽亚：《西方叙事学：经典与后经典》，北京大学出版社，2010 年版，第 79 页。

③ Genette Gerard, *Narrative Discourse*, Trans, Jane E.Lewin, Ithaca: Cornell UP, 1980, pp.255—256.

还有一种分类方式是立足于叙述者的隐现状态，便有“隐身式”叙述者（implicit narrator）、“现身式”叙述者（explicit narrator）和“半隐半现式”叙述者之分。其中，“隐身式”叙述者在叙述中尽量不显示自己的存在，但要彻底做到隐身几乎是不可能的，总会留有蛛丝马迹。“现身式”叙述者在叙述中可以完全显示自己，有个明显的身份，如可以兼任作品中的人物甚至主人公，也可以仅仅作为叙述者出现，只是偶尔参与情节。而常见的是“半隐半现式”叙述者，即叙述者没有很明确地出现，但在许多时候冒出来说话①。通常而论，“现身式”几乎都属于第一人称叙述，“隐身式”和“半隐半现式”大都属于第三人称叙述。莎剧作为演示叙述文本，从整体上来看是采用了第三人称叙述，这类叙述中的叙述者绝大多数都是隐身的，只有少数的异故事叙述者属于现身。而在故事之中，部分人物充当叙述者以第一人称或者第三人称方式进行叙述，这类叙述的叙述者显然属于现身。

除了以上方式，还可以从时间关系、叙述层次、知情程度、可靠性等方面对叙述者进行分类，在此笔者不一一陈述。为了便于把握，更好地理解这些叙述者的具体表现，故选择以“隐现”问题作为切入口，并结合异、同故事叙述者来看看在莎剧中，叙述者是如何呈现在观众和读者面前的。具体而言，剧中的叙述者并无“半隐半现”式，故分为“隐身式”和“现身式”两类。

在戏剧文本里，常被人提及的是幕后的叙述者。这个叙述者通常躲在幕后，不轻易露面，也很少发出自己的声音，故属于“隐身式”叙述者。其给人的直观感觉是过于“沉默”，又有“沉默的叙述者”之称。实际上，这个叙述者并未“沉默”，只要稍加留意，就不难发现其在剧中是留有叙述痕迹的。笔者认为莎剧中的“隐身式”叙述者显示自己的存在主要来自以下几个方面：一是剧首的舞台说明和幕、场次介绍。舞台说明是任何剧本之始不可或缺的部分，这在莎剧中叙述较为细致，既有人物的姓名，也会有身份信息，甚至带有感情色彩评价的字眼。另外也会交代剧中故事发生的地点，一般为国名、区

---

① 赵毅衡：《当说者被说的时候：比较叙述学导论》，四川文艺出版社，2013年版，第6—7页。

域名或者城市名称。幕、场次介绍中每一幕中都包含了几场（景），每一场（景）后面都说明了故事发生的具体场所。部分剧目，在一些幕、场（景）之前或之末还设有“序诗”（如《罗密欧与朱丽叶》）、“序幕”（如《驯悍记》）、“收场白”（如《终成眷属》）、“尾声”（如《暴风雨》）等字样。这些短小的叙述属于剧中的框架结构，通常成为必不可少的组成部分，它们一旦出现，就要意识到这是“隐身式”叙述者在发挥它的职能。二是叙述人物的行为和动作。这一类出现于每一场（景）中，位置灵活多变，其叙述相当于小说中第三人称式的客观陈述，一般都比较简短，常见的如某人物的上场或者下场，有时会用几句话交代人物的行为，表述简洁明了，丝毫不会拖泥带水或者出现修饰的成分。偶尔会出现较长的文字，起到辅助交代情节的作用，这在莎剧中算是罕见的，例如《亨利八世》第二幕第四场，叙述了在黑衣僧修道院大厅里，教会人士、教皇的使节、国王、王后、诸多贵族、卫士先后入场就座，这个过程的描述就有好几百字。三是部分剧目的开场白叙述。莎剧中共有五部剧含有开场白，其性质均涉及剧情解释。其中有三部的开场白都由指定的角色代为叙述。而《亨利八世》和《特洛伊罗斯与克瑞西达》这两部剧本却没有这样的叙述角色。这两部开场白的叙述均为第一人称，以“我”的口吻来述说的，其中《亨利八世》的开场白旨在证明述说的历史是具有可信度的，能感染观众，并奠定了悲剧的基调；而《特洛伊罗斯与克瑞西达》重在交代故事背景，并说明故事从哪里讲起。至于“我”的身份理当理解为幕后的“隐身式”叙述者。四是“嵌入式”文本的叙述。其类型有多种：有的是在剧中插入“哑剧”，如《泰尔亲王配瑞克里斯》第二幕和第三幕开头，在故事外叙述者补充交代情节的过程中，很突兀地出现插剧行为。此时故事外叙述者暂时停止了叙述，“沉默以对”，而幕后叙述者接着叙述了故事内人物做出的行为和动作。通过这个环节，可以大致推测出发生了特别的情况，叙述者有意留下了悬念，以待后文中揭晓。有的是在剧中插入“说明”，如《亨利八世》第四幕第一场，在王后出场后，出现了一份“说明”——“加冕典礼行列次序”。上面从十个方面陈述了王后加冕活动的参加者及装扮。这样一个文本通过幕后叙述者的介绍，列出了整个典礼的程序，展现了活动的盛大和气派。还有的是在剧中插入“梦境”。同样是《亨利八世》，在第四幕第二场，前王后病倒了，而且病情越来越重，她在悲哀的歌曲中入睡，于是接下来叙述了一段梦境：在幻梦中，六个天使降临她的四周，为她举行了欢迎仪式，并献上了桂冠，使她感受到无尽的快乐。幕后叙述者通过这段叙述预示了这位王后的命运。五是“作特殊说明”的叙述。在莎剧中经常能看到幕、场之中带有括号的特殊说明。这是幕后叙述者在人物言语之外的叙述，起到提示或者补充说明的作用。最常见的是叙述人物做出的行为和动作，此外，有的是告知人物所处的位置，有的是提示人物说话的对象，有的是说明发出的声响，还有的是为了区别于对白和独白。

除了幕后的“隐身式”叙述者之外，还有一些是“现身式”叙述者。具体而言可分为两类：异故事叙述者和同故事叙述者。

异故事叙述者在剧中扮演了某个特定角色，用于串联故事情节，或者去讲述别人身上发生的故事，他（她）游离于故事之外，不会参与到故事情节当中，并和幕后的“隐身式”叙述者共属于“第二文本叙述者”。包括说明人（《罗密欧与朱丽叶》）、“谣言”和舞者（《亨利四世》下）、剧情解说人（《亨利五世》）、高渥（《泰尔亲王配瑞克里斯》）、时间老人（《冬天的故事》）等。在莎剧中，这些角色并非至始至终地显示自己的存在，而是处于特定的位置让接受者感知。相对而言，剧情解说人（《亨利五世》）和高渥（《泰尔亲王配瑞克里斯》）在剧中出现频率要高一些，他们在剧首、剧尾、每一幕的开头露面：在剧首，交代背景，引出故事；在剧中，衔接幕、场，补充情节；在剧尾，要么发表总结性的评论（高渥），要么收拢情节并预示未来（剧情解说人）。而其他三个叙述者露面的时候就少很多：说明人（《罗密欧与朱丽叶》）在剧首述说了故事的背景，概括了大致剧情；在第二幕开头为接下来发生的故事作铺垫。“谣言”、舞者（《亨利四世》下）只是分别出现于剧首和剧尾，他们扮演的都是调侃接受者的角色，满口胡言，说话特别饶舌，讲述的内容与剧情并无紧密关联。时间老人（《冬天的故事》）仅仅在第四幕开头露面便消失不见，像是一个来去匆忙的过客，不过他在漫长的时间长河中还是起到了很好的衔接作用。

同故事叙述者较之于异故事叙述者要多得多。主要表现为参与故事的人物在对白和独白中展开叙述，处于“第一文本”之中。当然，如前文所言，人物发言在广义上算是充当了叙述者的角色，但其研究意义有限，因此有必要在一定标准的基础上进行选择。笔者认为有这样几种情况是值得注意的：一是人物倒述和预述。倒述在莎剧中很常见，每部剧本里都多多少少存在，差异仅在于出现的频率和篇幅的多少，倒述意味着叙述过去发生的故事，对了解剧情有辅助作用。较之倒述，预述就少许多，在莎剧中总共也就十多处，它是叙述未来可能会发生的事。二是人物的咏唱。莎剧中有超过半数的剧目带有咏唱的成分，这些咏唱是故事中人物在特别背景下唱出的调子，多数是抒发个人情感，少数含有叙事因素，因此故事性有限。三是人物的阅读行为。剧中人物阅读的对象有纸（手）卷、信件、铭（碑）文，通过阅读，交代出一些信息，甚至是很关键的信息，对破解悬疑产生影响，成为叙述故事的必要成分。第四种情况是最值得留意的，即故事中人物从事的外围叙述。例如普洛斯帕罗（《暴风雨》）、潘达洛斯（《特洛伊罗斯与克瑞西达》）、国王（《终成眷属》）、罗瑟琳（《皆大欢喜》）、小丑（《第十二夜》），这些人物都是在剧尾来到故事之外，对接受者致词、唱歌谣、发表言论等。此时，他们暂且担负起叙述者的职责。

通过以上分析可见，戏剧文本和其他类型文本一样，通过叙述而被对象所接收，也正是在叙述的过程中，叙述者证明了自己存在。在莎士比亚戏剧中，很难想象，如果没有叙述者，这些故事怎么能被广大的观众和读者所认知。经过对莎剧中叙述者的探讨，尤其是论述莎剧中叙述者的表现形态，便于理解剧中叙述者是如何分布的，这些叙述者呈现出了怎样的面貌，进而发现剧中的叙述者呈现出多样化、丰富化的特点。在这种纷繁复杂的局面里，既有助于看到作者创作方式和手法的灵活多样，也有助于领略到其独到的艺术造诣。

二、叙述者干预

叙述者的干预（narrator's intervention）是其拥有的一项特权，即可以对叙述指指点点地发议论。一般是通过叙述者对人物、事件甚至文本本身进行评论的方式进行，简而言之，便是叙述者对叙述的议论，这称之为干预[1]。

对于干预如何体现，布斯提出了他的看法，具体包含六种方式：一是提供事实、“画面”或概述；二是塑造信念；三是把个别事物与既定规范相联系；四是升华事件的意义；五是控制情绪；六是直接评论作品本身[2]。布斯区分的这六种方式被查特曼化约为两种：其一为对叙述（或话语）的干预，其二为对故事的干预。赵毅衡把这两种干预表述为对述本的干预和对底本的干预，意思是内容属于底本而形式属于述本。前者属于“隐含”评论，主要针对形式，也就是叙述者自身的叙述干预；后者则是针对内容的干预，也就是公开的评论[3]。普林斯（Gerald Prince）也指出，叙述者在评论中解释叙述成分的意义，进行价值判断，涉及超越于人物活动范围的领域，以及评论他自身的叙述。评论可以是纯装饰性的，可以达到修辞目的；也可以作为叙述文戏剧性结构的基本部分而起作用[4]。在普林斯的表述中，评论是纯装饰性的，以修辞为目的突出的是内容，而作为戏剧性结构指代的是形式。针对干预中的形式与内容之别，赵毅衡分别把它们称之为指点干预和评论干预[5]。

先说指点干预。它是以文字的形式显示其对叙述的控制权，其存在是为了在叙述文本中显示叙述方式的某些风格性特征[6]。例如在作品某一部分结束时，叙述者不需要进行提醒和说明，读者也能看得出来，所以这样的表述是可有可无的，而真正因为没说清楚需要加以指点的毕竟是极少数情况。

指点干预的表现形式比较多样，像中国传统作品里的“预知后事如何，请听下回分解”之类的套路具有典型性。这可以想象为一个假定的说书人讲故事的场面，通过讲述让观众进入其中，充当叙述接受者的角色。指点干预作为一

---

① 赵毅衡：《当说者被说的时候：比较叙述学导论》，四川文艺出版社，2013 年版，第 33 页。

② 布斯：《小说修辞学》，华明等译，北京大学出版社，1987 年版，第 80—236 页。

③ Seymour Chatman,*Story and Discourse*,Ithaca:Cornell University Press,1978,p.228.

④ Gerald Prince: *A Dictionary of Narratology,* University of Nebraska Press, 1987, p.14.

⑤ 赵毅衡：《当说者被说的时候：比较叙述学导论》，四川文艺出版社，2013 年版，第 33 页。

⑥ 同上。

种形式化的存在，其叙述当中套路还是很明显的，容易辨认出来。在莎士比亚戏剧中，诸如“却说”“且说”“休谈”“且不谈”“不表”“哪知道”“请看”“让列位”“请诸位”等表述就呈现出类似的特征，均是出自某个特定的身份和角色之口。不过这样的指点干预并非在莎剧中普遍存在，而是分布在少数几部剧中，笔者列举几例：“容我向你们把一个新的场面铺开”（《冬天的故事》第四幕引子）；“交代过这几句挈领提纲，请诸位耐着心细听端详”（《罗密欧与朱丽叶》开场诗）；“请诸位多多照顾，我们表演不好，就用你们的想象弥补”（《亨利五世》第三幕开篇）。在所有莎剧中，《泰尔亲王配瑞克里斯》无疑是指点干预出现最频繁的剧目了。该剧采用了中国传统小说中的拟书场格局，每一幕的开端或结尾都由一个类似说书人的角色高渥来串接叙述，展示如下：

俺且把秃舌儿收了，请列位眼皮上看饱。（第一幕开篇）

要知道以后的情形，再请列位接看下文。（第二幕开篇）

究竟后来结果如何，台上自有一番交代。（第三幕开篇）

请列位略耐一耐心，咱们又到了米提林。（第四幕第四场）

说不尽的悲欢离合，都在台上表演明白。（第五幕开篇）

这些表述在剧中有其特殊的作用：一方面它是对书场吸引观众或读者的一种模拟，另一方面，它把主要的（重要的）情节留给观众（读者）细细赏阅，以保持戏剧的幕、场次结构的主导性。否则，高渥所作的叙述会给人以“先声夺人”之嫌。因此在内容上，它表现为故事的正常发展由于叙述者的干预而中断，留待以后交代。

指点干预也表现在剧中的舞台说明。它亦称舞台提示，是剧本里的一些说明性文字，如剧始的人物、故事地点介绍，幕、场次的提示，剧中人物的行为动作等。在以演示叙述为方式的戏剧文本中，舞台说明并非是必须有的，通过演员的表演（尤其是通过言语、行为动作）一样可以实现观众对剧情内容的理解，故舞台说明一旦呈现出来就会成为干预。而在以文字叙述为方式的戏剧文本中，交代故事情节主要依靠人物的言语，通过言语读者也能够把握故事内容，故舞台说明也同样并非不可或缺。以剧中常见的人物上、下场的行为为例，在莎剧中，人物上、下场都以括弧中的文字进行说明，如“（某某上）”或“（某某下）”。这类交代能让读者清楚地知道人物是否在舞台上。但如果没有交代，读者也可以凭借剧情的发展推断出来。所以，不论演示叙述还是文字叙述的戏剧文本，舞台说明都会构成叙述当中的一种干预形式，是一种干预的存在。对此，赵毅衡也指出，指点只与叙述方法有关，就像舞台说明只与演出方式有关①。

指点干预还可以通过伴随文本（co-text）体现出来，即伴随文本手段干预。伴随文本是在文本内或文本外，伴随着一个符号文本，一道发给接收者的附加因素。它积极参与文本意义的构成，决定着文本的解释方式②。在莎剧中，它通常是完全“显露”在文本表面，以副文本的形式构成文本中的“框架因素”③，如书信纸条内容、特殊形式的诗、咏唱的词、文中附带的各种表演形式的剧等，这些成分在莎剧中也能形成一种特殊的指点干预手法。这里以《泰尔亲王配瑞克里斯》中高渥的叙述为例。在该剧第四幕，高渥以诗体的形式（即八言诗，在朱生豪译本中，该部分以八字为一句，显得工整，其表述贴近传统诗歌的风格）讲述配瑞克里斯带众臣远渡重洋去塔色斯王国接回女儿的故事。在这当中附带了两个叙述形式独特的副文本。先是一部哑剧，内容如下：

> 哑剧：配瑞克里斯率侍从自一门上；克利昂及狄奥妮莎自另一门上。克利昂指玛琳娜坟墓示配瑞克里斯；配瑞克里斯作痛哭流涕状，以麻忏悔衣披身，大恸而去；克利昂、狄奥妮莎同下。
>
> （《泰尔亲王配瑞克里斯》第四幕第四场）

① 赵毅衡：《当说者被说的时候：比较叙述学导论》，四川文艺出版社，2013年版，第37页。

② 赵毅衡：《符号学：原理与推演》，南京大学出版社，2011年版，第141页。

③ 同上，第142页。

该哑剧以散文体的形式表述，其呈现在八言诗中显得突兀，破坏了文字工整的局面。从内容上来看，也并非一定需要交代，因为结合下文，观众和读者也能知晓配瑞克里斯的女儿遭遇意外而亡的事实。而且，即便要告知也完全可以以八言诗的形式陈述，故哑剧更多表现为一种形式。同时，也需注意哑剧之前的表述："请看这些人影憧憧，又有一番哀怨凄凉。"（第四幕第四场）这显然是属于指点干预式的句子，由此可知哑剧也是对这种干预的延续、补充和强化。

在高渥接下来的讲述中还出现另一个另类的文本——五言诗。该诗记录了玛琳娜墓碑上的文字，内容如下：

佳人多薄命，奇花易萎折，新春方吐蕊，遽尔辞枝别。谁欤墓中人？泰尔王家女；死神展魔手，一朝攫之去。厥名玛琳娜，美慧世无比。当其诞生时，海神大欢喜，吐浪如山高，百里成泽国。大地为战栗，恐至全沦没，故将此女郎，上献与苍冥。至今怒海水，犹作不平声。

（《泰尔亲王配瑞克里斯》第四幕第四场）

该五言诗前有如此表述："列位且看这首墓铭，追叙玛琳娜的生平。"（第四幕第四场）可见这段文字和上文中的哑剧一样，都是通过指点干预式的句子引发出来。而玛琳娜之死在前文中已经交代，这里的补充是否还有必要？或许这里只是以这种形式来加强玛琳娜之死的悲剧性。更值得注意的是，这个五言诗副文本与前面的哑剧副文本有着紧密的关联。在哑剧中，克利昂夫妇引领配瑞克里斯看了墓碑，而五言诗前，正是通过克利昂之妻的口吻读了上面的文字。因此可以判定，五言诗这一副文本是由哑剧副文本衍生出来的，笔者暂且把这种副文本称之为"嵌套式"或者"衍生式"伴随文本。

再说评论干预。对于叙述中的评论，布斯称之为"作者干预"。但叙述毕竟是由叙述者来控制的，而作者无法直接进入叙述，若要发表评论，就必须以叙述者评论的方式出现，故有学者建议改为"叙述者干预"[①]。这种干预可

① 赵毅衡：《当说者被说的时候：比较叙述学导论》，四川文艺出版社，2013年版，第40页。

长可短，可长篇大论，也可短到一个词语，如形容词、副词或插语，这在文本中随处可见。在莎剧中，有些具有评论性质的词语明显带有套路色彩，常出现在一些句子的开头，例如“可怜”“可叹”“可喜的是”“苦的是”“果然”“谁料”“多亏”等，起到了干预的作用。

评论干预在莎剧中分布很广泛，首先它会出现在剧目的名称当中。诸如《错误的喜剧》《驯悍记》《温莎的风流娘儿们》《爱的徒劳》《仲夏夜之梦》《量罪记》《冬天的故事》《暴风雨》等。在看待干预的存在并理解题意的时候，既要注意翻译带来的问题，也需在了解故事内容的基础上进行判断。如《错误的喜剧》，不是指喜剧自身的错误，而是说明这是一部有关“出错”话题的喜剧。又如《冬天的故事》，不是指故事就发生在冬天，而是应该理解为故事源于冬天。从剧中可知，故事自某年冬天始，至二十多年后的夏日止。再如《暴风雨》，意为突然而猛烈的风雨。它既是指故事开端海岛附近出现的一场风雨，又指代主人公复仇计划实施得非常迅猛，在掀起惊涛骇浪之后很快又风平浪静，整个过程仅若干个小时。

其次，评论干预也出现于舞台说明中对人物的介绍。莎剧中出场人物众多，在介绍人物身份时，多数都带有干预作用的修饰词语。这些修饰词比较多样化，从不同角度概括出人物的主导特征。最常见的是涉及身份，例子颇多，不赘述。此外，有的突出性格，例如欧尔博——糊涂的差役（《量罪记》），凯萨琳娜——悍女（《驯悍记》），艾帕曼特斯——性情乖僻的哲学家（《雅典的泰门》）；有的描述外貌，例如忒耳西忒斯——丑陋而好谩骂的希腊人（《特洛伊罗斯与克瑞西达》），卡列班——野性而丑怪的奴隶、爱丽儿——缥缈的精灵（《暴风雨》）；有的论及行为，例如薇奥拉——热恋公爵者（《第十二夜》），埃格莱莫——助雪尔薇亚逃脱者（《维洛那二绅士》），凯西奥——光明正大的军人（《奥瑟罗》）；有的谈到境遇，例如鲍西娅——富家嗣女（《威尼斯商人》），长公爵——在流亡放逐中（《皆大欢喜》），艾伦——塔摩拉之嬖奴（《泰特斯·安德洛尼克斯》）；有的点出专长，例如卡珊德拉——能预知未来（《特洛伊罗斯与克瑞西达》），庞弗莱特的彼得——先知（《约翰王》）。

评论干预还较多地出现在异故事叙述者和同故事叙述者的叙述当中，这些叙述者对人或对事发表了各种类型的评论。至于有哪些类型，不同学者各有看法。其中，查特曼从解释、判断与概括三个方面论述了评论干预。依他之见，“解释”是对于故事成分的要旨、关联或意义成分的公开阐述；“判断”表示道德或其他价值看法；“概括”则从小说世界深入到真实世界，以作为相互的参照，无论它所涉及的是“普遍的真实”，还是实存的历史事实。赵毅衡则认为评论干预主要分为三种：解释性、补充性和评价式[①]。笔者在此选择后者的方式进行阐述。

“解释性”评论适应于任何说明与解释，无论是对故事中的人物、事件，还是出现在作品中的其他成分。用布斯的话来说就是“告诉读者他们自己不太容易搞清楚的事实”[②]。例如《亨利四世》（下）的“序幕”中，“谣言”用数不尽的舌头散播各种消息，使得大家慌乱不已，它却说什么事儿都没有。然后它提出了三个疑问：造成误会的是谁？谣言为什么来到这里？为什么先要说得那么真实？遂一一以评论作答：造成误会的只能是“我”，因为谣言是一只风笛，吹响它的是臆测、妒忌和猜想；之所以来到这里是因为“我”跑在了哈利王的胜利之前；之所以说得那么真实，是缘于“我”的职责就是向世人叫嚣。在这里，“谣言”以自问自答的方式对自己的言行进行解释，发表看法。无独有偶，在剧末的“尾声”中，一个舞者先表示了他的不安，然后向诸位敬礼，最后由自己发言。为此，舞者作了解释：他不安，是怕大家不喜欢；他敬礼，是缘于他的本分；他发言，是想请诸位包涵。

“补充性”评论往往是为读者提供故事的背景知识，达到补充某些信息的目的。例如《亨利五世》第二幕中，剧情解说人讲述全国青年都去追随国王积极备战，征讨法国。在这样的局势下，他又补充透露了一个正在暗中酝酿的阴谋即将铺开——内部出现了叛贼，收受了敌国的贿赂，准备暗杀国王。剧情

① 赵毅衡：《当说者被说的时候：比较叙述学导论》，四川文艺出版社，2013 年版，第 41—44 页。

② Wayne Booth, *The Rhetoric of Fiction*, Chicago: University of Chicago Press Borges, 1964, p.169.

解说人评述这些人是“没心没肺的”“堕落的”“该下地狱的”（第二幕开篇）。这一补充性评论，让读者知晓了目前危机的形势，为接下来国王粉碎阴谋做了铺垫。同时，这种评论也用于提前说出未来发生的事。例如《罗密欧与朱丽叶》第一幕前的开场诗中，致辞者说道：“他们（指罗密欧和朱丽叶）的悲惨凄凉的陨灭，和解了他们交恶的至尊亲。”（开场诗一）这显然是谈及后来的情况，即故事最后的结果。而在第二幕前的开场诗中，在“幽闺锁住了桃花人面”的情况下，致辞者评论说：“热情总会战胜辛艰，苦味中间才有无限甘甜。”（开场诗二）这也是预先指出在困境之下，爱情的力量会帮助男女主人公克服阻碍，并走到一起。

“评价式”评论是评论干预中数量最多的，它更多地属于基于精神、心理道德上评价的说明与解释，也就是说，它主要是叙述者对其人物与事件所作的价值、规范、信念等方面的评价与判断①。简言之，就是叙述者跑出来对人对事直接作判断②。例如《泰尔亲王配瑞克里斯》中，对主要的人物及事件，高渥都给出了相应的评价。他评价安提奥克斯“无耻”“恬不知羞”“逃不了人世的讥评”“逃不过上天的诛夷”；配瑞克里斯“善良”“充满智慧才能”“功德无量”“命中多助”；赫力堪纳斯“不负付托”“奖拔贤良，诛锄暴恶”“是千古忠良的典型”；塞利蒙“博学好善”“谁都对他敬佩赞叹”；克利昂夫妇“奸恶”“犯下罪辜”“激起公愤”“一念之差终遭天弃”（第一幕至第五幕）。这些评述都是叙述者的评价性表态，常通过形容词以对人物做出道德规范的评价，自然无可避免地显示出叙述者自身的意识形态立场与价值规范。

以上三种评论干预方式各有侧重，区分起来较为容易，但界限未必显得分明。有时在评论的话语中，三种方式也存在相互兼容的情况。比如上文提到的玛琳娜墓碑上的五言诗，结合情节交代和诗歌内容可见，三者均含其中：其

① 谭君强：《叙事作品中的叙述者干预与意识形态》，载《江西社会科学》2005年第3期。

② 赵毅衡：《当说者被说的时候：比较叙述学导论》，四川文艺出版社，2013年版，第44页。

一，诗中对玛琳娜的死因作了说明，属于“解释性”评论；其二，玛琳娜之死在前文中已经交代，诗中通过再次提及，补上了人物死亡的背景，故又属于“补充性”评论；其三，诗中还对玛琳娜做了评价：“佳人多薄命”“美慧世无比”。

这种相互兼容的情形也存在于指点干预和评论干预之间。如玛琳娜墓碑上的五言诗，就形式而言，可归于指点干预中的伴随文本手段干预；就内容而言，又带有多种评论干预。同样在该剧中，配瑞克里斯参加比武游行，比武举办方登上楼座观看，于是出现了带括弧的表述：喧呼声，众喊“好啊，寒酸的骑士！”（第二幕第二场）从形式上看，括弧中的内容是属于舞台说明，用于烘托现场的气氛；从内容上看，又是对配瑞克里斯出场发出的感叹。由此可见，有时要区分形式与内容，不是一件容易事。

三、受述者

受述者这一概念是由普林斯于1971年提出，现在已被叙事学家普遍接受，成为研究叙述机制的重要方面之一。普林斯以十分肯定的语气指出：“凡叙述——无论是口述还是笔述，是叙述真事还是神话，是讲述故事还是描述一系列有连贯性的简单动作，不但必须以（至少一位）叙述者而且以（至少一位）受述者为先决条件，受述者即叙述者与之对话的人。”[①] 这就是说，受述者是叙述者相对应的概念，是叙述者的交流对象，是叙述者的听众，它与叙述者相互依存。与叙述者不等同于作者一样，受述者也不同于读者。受述者是叙事文内的参与者，是虚构的，而读者则是叙事文外的真实存在，是现实生活中千差万别的人[②]。可见，叙述文本不可能没有读者，叙述行为完全可能从未有读者，但一个叙述行为却不可能没有受述者，叙述行为的定义决定了叙述者不可能脱离受述者而单独存在[③]。

① 普林斯：《“叙述接受者研究”概述》，载《Poetique》1973 年第 14 期。

② 胡亚敏：《叙事学》，华中师范大学出版社，2004 年版，第 54 页。

③ Gerald Prince, “*On Readers and Listeners in Narative*”, Neophilogus, p.55,pp.117—122.

和叙述者一样，受述者在叙述交流活动中呈现出类似的特征。在口头叙述中，受述者也是具体的，能够被感知的一个物质性的存在，是一个有血有肉的人。在叙述文本中，它成为一个抽象的人格，是戏剧化了的叙述行为中的一个环节。在戏剧文本中，无论是某一个人，还是抽象人格，都以不同的方式展现。要说清楚，还是需从受述者的分类说起。对这个问题，学界有多种见解。有的人认为可以把受述者分为文本接受者（text receiver）和文本内接受者（in text receiver）。需要说明的是，这里不包括文本外叙述者（out of text receiver），缘于其在文本外，即真实读者，不在分析之列。文本接受者由文本的话语形式来体现，它不可以完全分离文本，叙述文本的全部话语都是以它为指涉对象，没有它，文本就成了无源之水，它要参与文本话语的交流过程。文本内接受者指与故事叙述者相对应的接受者，其特征由故事的叙述者话语来显现，比如《十日谈》中的十个青年男女互为叙述者和接受者[1]。这个见解是立足于故事外叙述者和故事内叙述者分别对应的接受者来进行的划分。

也有人立足叙述主体的层次，把受述者分为外层受述者（outer narratee）、次层受述者（second layer of narratee）和内层受述者（inner layer by layer）。从信息接收端来看，作为叙述机制的戏剧“最高叙述者”是将故事讲述给观众的，如果说故事讲述给谁听谁就是受述者，那么剧场观众便是外层受述者。这里的剧场观众并非真实观众，而是真实观众中具有潜在或隐含观众性质的群体，是能够进入审美情境中的观众。次层受述者是处于叙述层次中次叙述层，它是由高层次的叙述提供的第一级的“次叙述框架”，“这个框架邀请第二层的叙述者出来讲故事，也邀请演员或玩家扮演角色表演故事”[2]。次层叙述者所对应的交流对象就是次层受述者。它可以是剧中人物，也可以是剧场观众，只要是次叙述层故事的聆听者，就可以被认为是次层受述者。通常情况下，若处于演剧场景空间中，次层受述者则为剧中人物；处于观剧场所空间中，次层受述者则为观众。在莎剧中，次层受述者可以体现为接受人物充当叙

① 祖国颂：《叙事的诗学》，安徽大学出版社，2003年版，第56页。
② 赵毅衡：《广义叙述学》，四川大学出版社，2013年版，第44页。

述者（如高渥、时间老人、剧情解释者、处于上一层次说话的故事内人物等）叙述的观众，也可以是“戏中戏”表演对应的观众。前者处于观剧场所，后者处于演剧场景。内层受述者是指与叙述者处于同一叙述层，听对方讲故事的人。这类受述者是由演员扮演的，是剧中必不可少的人物。较之次层受述者可以有观众参与文本，内层受述者通常没有观众参与。在莎剧中，内层受述者是由同一叙述层（即主叙述层）中叙述者的听众构成，在剧中广泛存在。

还有一种常见的分类方式涉及“隐现”问题。受述者作为叙述行为中的一个必要成分，它可以隐身，也可以现身。在展现受述者的隐现方面，戏剧的现场演出和纸质文本叙述存在一定的差异，相对而言，现场演出表现更为直观一些。就莎剧的实际情况而论，其受述者的隐现可以分为三类：“隐身式”“半隐半现式”和“现身式”。

“隐身式”受述者可以理解为整部剧作表演中潜在的观众。一出戏不可能没有观众，“表演、布景、服装、舞台本身等所有这些附属的东西，戏剧都可以没有，唯独观众是决不可缺少的……不管什么样的作品，写来就是为了聚集成为观众的许多人看的，这就是它的本质，这就是他存在的一个必要条件。”[①] 同样，每部剧都有源头叙述者（即幕后叙述者），它作为非人格化的最高叙述者，具有对整部戏剧的讲述、评价、组织的作用。在莎剧中，主要体现舞台说明的文字，以及剧中人物的话语表达内容。而接收这些信息的受述者是谁？对此，阿契尔（William Archer）认为：“用戏剧叙述故事的艺术，必然与叙述故事的对象——观众息息相关，你必须先假定面前有一群处于某种状态和具有某种特征的观众，然后才能合理地谈到用什么最好的方法去感动他们的理智和同情心。”[②] 这里所说的观众，是叙述中的理想的接受者，他们都是认可戏剧规定情境或假定性的观众，也就是能够真正进入审美情境中的观众。通常，这些观众在莎剧中没有直接露面，难以感知到，处于隐身状态，但他们不能缺席。

① 布·马修斯：《戏剧创作的原理》，罗晓风选编《编剧艺术》，文化艺术出版社，1986 年版，第 29 页。

② 威廉·阿契尔：《剧作法》，吴钧燮、聂文杞译，中国戏剧出版社，1983 年版，第 9 页。

“半隐半现式”受述者在莎剧中主要体现在剧中人物充当叙述者时对潜在观众的称呼上，也就是这些潜在的观众在剧中偶尔有现身的时候。这种情况类似于第二人称叙述文本中叙述者始终称呼对方为“你”或者“你们”的现象。这个“你”或者“你们”实质上是对文中受述者最为常见的称谓，这在部分莎剧中人物充当叙述者或者幕后叙述者讲述故事情节时使用相对较多且具有典型性。当然，这些叙述者称谓的也不仅仅只是“你”或者“你们”，也有一些其他的称呼方式。具体信息笔者通过以下表格列出，供参考：

莎士比亚戏剧受述者称谓一览表

叙述者名称	叙述者出处	叙述者类别	受述者的称谓
迫克	《仲夏夜之梦》	同故事叙述者	你们、诸位、先生们
罗瑟琳	《皆大欢喜》	同故事叙述者	你们、他、她们、男人们、女人们、诸君
小丑	《第十二夜》	同故事叙述者	诸君
幕后叙述者	《特洛伊罗斯与克瑞西达》	异故事叙述者	你们、在座观众诸君、诸位、吃风月饭的朋友们
潘达洛斯		同故事叙述者	
国王	《终成眷属》	异故事叙述者	你们、诸位、大家
谣言	《亨利四世》（下）	异故事叙述者	您、你们、大家、诸位、诸位高贵的债主、诸位先生、在座的女士们、先生们、女士们
舞者			
剧情解说人	《亨利五世》	异故事叙述者	你们、各位、诸位、先生、女士们
幕后叙述者	《亨利八世》	异故事叙述者	他、他们、看客、诸位、各位、大家、各位圣明、行家、京城有名的观众、有些人、这些人、夫人、先生、所有的男士、好心的女士们
致辞者	《罗密欧与朱丽叶》	异故事叙述者	诸位
高渥	《泰尔亲王配瑞克里斯》	异故事叙述者	你们、列位、看官、列位看官、贵人淑女
时间老人	《冬天的故事》	异故事叙述者	你们、诸君、善良的观众
普洛斯帕罗	《暴风雨》	同故事叙述者	你们

从以上对受述者的称谓来看，多数指代的是广泛意义上的潜在观众，只有少数带有限定式的修辞用语，如“贵人淑女”“吃风月饭的朋友们”“京城有名的观众”“先生”“女士”等。称谓一旦带有修辞语，指称的身份越具体，也更能增加潜在观众的存在感和真实感。

“现身式”受述者在莎剧中都是故事内的具体人物，他们既参与故事情节的发展，也充当场景中叙述信息的接受者。他们可以是单独的受述者（single narratee），也可以是面向一个按照某种特征结合起来的个体共同体。而单人受述者和群体受述者（group narratee）绝不仅是数量上的区别，实质上更体现于他或他们在情节中产生的作用。具体而言，笔者认为可以分为以下几种情况。

首先，最常见的是场景中叙述者通过讲故事或者透露某些信息而对应的受述者。这类接受者可能是单独的，也可能是多个的。如果是单独的，很有可能与叙述者有着特殊的人物关系，如《错误的喜剧》中的伊勤、《维洛那二绅士》中的米兰公爵、《量罪记》中的依莎贝拉、《哈姆莱特》中的哈姆莱特、《科利奥兰纳斯》中的奥菲狄乌斯、《暴风雨》中的米兰达等。在《错误的喜剧》一开场，叙拉古商人伊勤因为涉足以弗所违反了法律规定，在交不出赎金的情况下，等待被处死。当地公爵索列纳斯开恩，让伊勤在临死前道出背井离乡来此地的原因。索列纳斯甘当对方的倾诉的对象，即受述者，其作用明显：一来通过伊勤的讲述说明他出现的原因，为后来他的两个儿子、两个仆从、妻子的先后出场以及发生的一系列故事做了很好的铺垫；二来索列纳斯作为故事中唯一有权主宰伊勤命运的人，他充当受述者就显得尤为重要，正是他的同情和通情达理，才能使伊勤的命运得以逆转，包括最后他不收取分文，豁免了伊勤，使对方一家人得以团聚。在《量罪记》中，克劳狄奥由于未婚致女友怀孕而遭到严厉制裁。依莎贝拉想救出弟弟却面临摄政官安哲鲁提出的无耻要求。在陷入僵局的情况下，化身教士的文森修暗中得知，他深谙此困局仅依莎贝拉能解，因此作为受述者的伊莎贝拉按照文森修的方案顺利实施了计划，并一举三得：依莎贝拉救出了弟弟，安哲鲁有了赎回罪过的机会，文森修获得了依莎贝拉的爱情。由此可见，作为受述者的依莎贝拉在解决故事矛盾、推动情节发展中发挥了不可替代的作用。

群体受述者由于人数多，结构成分或单一或复杂，出现时间或同一或先后，对所接受事件信息的感知或有或无，因此群体的受述者又分为同时性的和历时性的，有意识的和无意识的。在《雅典的泰门》中，泰门因乐善好施、助人为乐而负盛名。这在该剧第一幕第二场中表现尤为充分：泰门热情招待各位来宾，并表示喜欢大家分享自己的财产。在场人士包括艾西巴第斯、众贵族元老、文提狄斯、艾帕曼特斯等，他们构成了群体受述者。从出场时间看，这群人是同时出现在同一场合，参加同一项受述活动，因此是共时性受述者（synchronic narrtee）。为了表现泰门的热情好客的特点，剧中还多次将他乐于分享自己财产的言行进行了描写。他接待的客人有诗人、画师、宝石匠、商人、一雅典老人、路西律斯、众舞女等。他们都是属于得到泰门恩惠的群体，却又是在不同时间获知泰门的秉性，应属于获益群体的历时性受述者（diachronic narrtee）。而在这些接受者中有对泰门恩惠感知的强弱之分，如在受接待中提出自己对泰门的看法，表露出声音的人物都是有意识的受述者（conscious narrtee），他们以不同的方式，不同程度地产生了自主反应。还有一个例子笔者觉得挺好，只是需要分开看待受述者的“隐现”问题。在《威尼斯商人》中，鲍西娅父亲在临终之时留下遗嘱：以抽签取决的方式，让有意者在金、银、铅三匣中做出选择，来决定女儿的亲事。这个信息发布后，一时间广泛传开，便有了相应的接受群体。相对而言，这个群体里的人是属于共时性受述者，他们是潜在的，剧中未作交代，故属于“隐身式”受述者。获得招亲消息登门而来的人在时间上有先后之别，有些求婚者未出场，但在鲍西娅的评述中被提及，如那不勒斯的亲王、巴拉廷伯爵、法国贵族勒滂、少年男爵福根勃立琪、苏格兰贵族、撒克逊公爵的侄子等，他们可以被列为“半隐半现式”受述者。而剧中先后出场的三位求婚者——摩洛哥亲王、阿拉贡亲王和巴萨尼奥显然属于“现身式”受述者。抛开隐现性质而论，这些先后登门者都属于历时性受述者。在这些人中，产生了自主反应的是三位出场的求婚人，故他们又属于有意识的受述者。

其次，故事中“戏中戏”的表演形式存有对应的受述者。如《驯悍记》里伶人班子上演了一部“关于驯悍妇的故事”；《爱的徒劳》里国王及侍臣扮俄罗斯人演戏，考斯塔德、纳森聂尔、霍罗福尼斯、毛子、亚马多分别扮演庞贝、亚历山大、犹大、赫拉克勒斯、赫克托的戏；《仲夏夜之梦》里手艺匠们在婚宴上演出短剧《皮拉摩斯和提斯柏》；《亨利四世》（下）里亲王和福斯塔夫选择和互换角色扮戏；《哈姆莱特》里王子授意戏班子上演《捕鼠机》；《暴风雨》里众精灵扮演的“假面剧”等。通常而言，戏是演给大众的，不只是为某一个人，故这些“戏中戏”的上演都有较多的人物观看，他们均属于群体受述者。在这几部“戏中戏”中，有几个例子比较特别，主要表现在演戏过程中叙述者和受述者的关系方面，在此笔者单独论说。

一是《哈姆莱特》中上演的《捕鼠机》。在该戏的上演过程中，叙述者主要是参演的伶人们，而观看演出的嘉宾，包括国王、王后及众臣子，当然也包括哈姆莱特，他们都是受述者。而该戏是由哈姆莱特授意排演的，里面的情节也带有哈姆莱特的设计意图，因此从某种意义上说，哈姆莱特也属于该戏叙述者的组成，这就意味着他既是该戏的受述者，同时也是叙述者。此外，哈姆莱特是想通过该戏的上演试探国王克劳狄斯的反应，以求证对方是否是害死前国王的真凶。由此就构成了哈姆莱特与国王之间“叙述与受述”的互动关系。最终，哈姆莱特通过克劳狄斯（充当叙述者）的反应，得到了真相（哈姆莱特充当受述者）。

二是《驯悍记》中“驯服故事”的演出。该剧中的“叙述—受述”关系需通过结合区隔再现来说明。从剧中序幕开始，便是讲述斯赖的故事，即进入二度再现；而从第一幕开始，“驯服的故事”正式拉开序幕，即进入三度再现；在第三幕第二场，披特鲁乔到女方家参加结婚仪式，故意扮演“妖怪”或“魔鬼”，把婚礼变成了一场闹剧，这个扮戏的过程或许可以看作是进入四度再现，即进入一个“鬼怪的世界”。四度再现中彼特乔鲁的一番“戏剧性表演”被三度再现中参加婚礼的人所接受，这些观众成为受述者；参加婚礼的人中，新娘的父亲和仆人不认可披特鲁乔奇怪的行头，多次进行劝诫，故他又成了受述者；这种互为“叙述—受述”关系被二度再现中看剧的观众“斯赖夫妇”感知；而斯赖并不知道，他所谓的“夫人”是一个小童扮演的，他浑然不知，沉浸在“老爷”的虚假身份之中，故斯赖又是一个被现实生活真相蒙蔽的受述者。可见该剧中同度再现和异度再现之间，存在多种身份和性质的受述者。

三是《亨利四世》（上）中亲王和福斯塔夫之间的扮戏。在该剧第二幕，为了帮助亲王应对国王的问话，福斯塔夫主动提出以扮演角色的方式来练习。先是由福斯塔夫扮演“国王”来问话亲王。不料这位“国王”偏袒福斯塔夫，老是说他的好话，认为他“并不放荡，身上具有美质，是个有德之人”，鼓励亲王“跟他做朋友”（第二幕第四场）。在这段戏中，叙述者应是“国王”，但他的袒护使其角色失真，因此作为受述者的亲王表示了质疑，并提出换演角色。接着由亲王扮演“国王”，福斯塔夫扮演“亲王”。结果“国王”在评述时把福斯塔夫的真实本性暴露无遗，而这只有亲王才能做到，故再次让“国王”缺乏真实感；而“亲王”也一个劲儿地为福斯塔夫求情，这也不符合亲王的真实看法。因此，在两段扮戏中，由于两次扮演的“国王”（即叙述者）都不符合实际，脱离了生活的真实，故造成与受述者的矛盾冲突。特别是在后一段戏中，造成受述者扮演的角色也跟着变得不真实。

最后，剧情中的“特殊文本”都有与之对应的受述者。这里所谓的“特殊文本”包括书信、诗作、碑文、谜语等。这些文本虽功能不同，性质各异，但在故事发展中都能起到一定的甚至是重要的中介作用。以《皆大欢喜》中奥兰多写的诗作为例。奥兰多逃亡到亚登森林后，抑制不住自己对心上人罗瑟琳的挂念，于是通过写诗来排解忧思。他的诗作指称对象很明确，因为每一篇都带有罗瑟琳的名字，是为她而写的，可以理解为罗瑟琳就是诗歌潜在的或者期待中的受述者。奥兰多知道心上人在宫廷，是看不到这些诗的，故他的诗主要是起到抒发心曲的作用，即自己是叙述者也是受述者。只是没料到罗瑟琳会化装为男子出现在此，读到了诗，成为诗作理想的接受者。从整部剧来看，这些情诗受述者的意外变化促成男女主人公开启了感情上的交流。

这种意外的变化还涉及书信文本，并产生了各不相同的影响。在《维洛那二绅士》中，伐伦泰因谋划带雪尔薇亚私奔，没想到这个计划被好友透露给了米兰公爵，后者从伐伦泰因身上搜出了写给雪尔薇亚的秘密书信，上面写明了趁夜色一起逃走之事宜。这封书信受述者的改变导致伐伦泰因被公爵赶出了家门，也使伐伦泰因陷入到绝望之中。在《辛白林》中，普修默斯被谎言所蒙蔽，通过书信授意忠仆毕散尼奥陪同伊摩琴前往指定地点并杀死对方。毕散尼奥违背主人指令，把信件转给伊摩琴过目，使对方了解到了实情。这一改变一方面让伊摩琴痛心疾首，另一方面也为她设法改变不利境地，化解误会提供了契机。在《爱的徒劳》中，亚马多和俾隆分别委托小丑给村女和公主侍女送情书，不料小丑送信时弄颠倒了。公主一方把信中内容当作了笑料，而村女却读不懂，经他人建议呈给了国王，使俾隆的私下爱恋被揭穿。这些信件受述者的偶然变化，既增强了戏剧的喜剧性和讽刺性，也导致了故事向前发展的不确定性。

四、作者的“面具”

作者的“面具”（personae）现象是源于叙述主体的分化：由于叙述主体的声音被分散在不同的个体里，使得主体“离心化”，叙述的意指过程戏剧化。这一现象很早就被文论家们注意到了，尤其是“面具”，即人物作为作者的化身出现，似乎作者戴上化装面具进入情节[①]。这个概念由庞德（Ezra Pound）于1914年提出，还先后两次被用作庞德的诗集名称。之所以提出这一概念，是缘于庞德一直致力于寻找自我表达的方式。他认为，自我是复合的，不确定的，它不能够被抽象、概念化的语言所界定，如人们说“我是这个、那个或是其他”，当话一出口，试图以此来捕获流动之自我的意义，就不是那回事了[②]。而“面具”的出现，则以直观的方式复现了“自我经验的组成”，将自我与外界的互动关系整体性地体现出来[③]。因此，庞德反对情感和理解的直接表达，并非将个人感情与理解从文本中排除出去，而是希望将情感和认知包含在指定对象当中，进而从中呈现出作者的主体性。

在庞德看来，“面具”是作者主体性最为集中的地方，使用“面具”的目的在于寻找作者“真诚的自我表达”，或者说是寻找真实。而这样的真实又

① 赵毅衡：《当说者被说的时候：比较叙述学导论》，四川文艺出版社，2013年版，第28页。

② Ezra Pound, *Gaudier-Brzeska,* New York: John Lane Company, 1916, p.98.

③ 倪梁康：《胡塞尔现象学概念通释》，三联书店，1999年版，第224页。

是相对的：虽然人物能把作者的思想意识变成他们自己的言语行动，但文本中的“面具”终究不同于非“面具”的作者，有时“面具”所占有的作者主体意识成分比较大，但有时“主观色彩”也会有所减弱。在对“面具”的探讨中，这一概念的出现兼有单数和复数的形式，其中复数即意味着多个“面具”的出现，这有助于共同服务于某种思想。在莎剧中，单数和复数的“面具”兼而有之，表现的范围也较广。此外，作者在表达观念和思想时，不是由自己直接出面去叙述，而是让剧中人物通过高度的参与来表现，言语和行动都构成其有效方式，在剧本中则侧重于言语。笔者选取部分“面具”现象较为突出的例子，通过归类并结合“面具”与自我、他者和历史的关系，即主体性实现的三个层面来进行阐述。

“面具”主体性表现的第一个层面是通过“面具”直接表现自我。这一层面是作者主体性在“面具”下最基础、最直接的表现，作者在“面具”下言谈和行动，实现动态的自我现实化。笔者以莎剧中表现作者“爱情观”和“婚姻观”的作品为例来说明这一表现方式。首先，就表现作者“爱情观”而言，涉及这类题材的作品较多，相对来说，《罗密欧与朱丽叶》是具有代表性的。例如朱丽叶作为最突出的参与者，她主要以实际行动体现了自己对爱情的忠贞不二：在和罗密欧私下结合后，便面临对方因误杀自己表兄而遭到的放逐。罗密欧活着却不能和她相伴相依，使她无限悲伤，她没有放弃，选择等待罗密欧的归来。之后她又面临家人逼婚的压力，依然没有放弃自己的爱，找到神父帮忙实施“逃婚计”。最后，她看到罗密欧死去也果断地选择了殉情。朱丽叶对待爱情的一系列行动使她被后人誉为“忠贞”的代表。同时，朱丽叶也以言语表达了她对爱情的看法，她告诉罗密欧：“换一个姓名吧，姓名本来是没有意义的，玫瑰要是换了个名字，它的香味还是同样的芬芳；罗密欧要是换了别的名字，他的可爱的完美也决不会有丝毫改变。”（第二幕第二场）在朱丽叶看来，爱情是自由的，也是纯粹的，其美好超越了家族的仇恨，是不应为之而受影响的。在和罗密欧结合之时，她还说道：“只有乞儿才能够计数他的家私。真诚的爱情充溢在我的心里，我无法估计自己享有的财富。”（第二幕第六场）她认为真诚的爱情是不考虑财富等外在因素，爱情本身就是一笔无法估量的财富，它让自己的精神得以充盈。除了朱丽叶之外，劳伦斯神父也化身为爱情观的布道者，他虽然出场不多，但他对于爱情而发表的言辞却引人关注。劳伦斯反对爱情中的朝三暮四、见异思迁。当他得知罗密欧放弃了之前所爱而另觅新欢时，感到很震惊："圣芳济啊！多么快的变化！难道你所深爱着的罗瑟琳，就这样一下子被你抛弃了吗？这样看来，年轻人的爱情都是见异思迁，不是发于真心的……难道你现在已经变心了吗？男人既然这样没有恒心，那就莫怪女人家水性杨花了。"（第二幕第三场）劳伦斯知道罗密欧曾为罗瑟琳流过许多泪，而且旧日的泪痕都不曾揩去，脸庞也消瘦了，这些悲哀都是罗密欧的真实情感，也是为罗瑟琳而发，因此他对罗密欧的这一"突变"自然难以理解。这让人不由联系起普洛丢斯在见到雪尔薇亚后把裘丽亚抛到了脑后（《维洛那二绅士》），克瑞西达在离开了特洛伊罗斯后便和他人好上了（《特洛伊罗斯与克瑞西达》），这些主人公的变心都被予以了谴责。劳伦斯也不赞成爱情的速成。当罗密欧提出在当日就给他们成婚时，劳伦斯颇为顾虑，他这样说："凡事三思而行，跑得太快是会滑到的。"（第二幕第四场）他还指出："这种狂暴的快乐将会产生狂暴的结局，正像火和火药的亲吻，就在最得意的一刹那烟消云散……太快和太慢，结果都不会圆满。"（第二幕第六场）在劳伦斯看来，速成的爱情容易带来虚妄的幸福，不太热烈的爱情才会维持久远。这正如《爱的徒劳》之末尾，法国公主拒绝纳瓦国王的原因，即是太短促的时间无法缔结一注天长地久的爱情。而劳伦斯最终选择撮合这对恋人仅仅是为了让两个家族释嫌修好。

其次，作者在《驯悍记》中通过剧中人物斯赖、披特鲁乔、凯萨琳娜等人的言行集中表达了他的"婚姻观"。如在开篇，斯赖如此对小童说："你是我的老婆，怎么不叫我丈夫？我的仆人才叫我老爷。我是你的亲人。"（序幕第二场）在斯赖看来，妻子并非仆人，怎能直呼老爷？这是作者借斯赖之口道出他对夫妻关系的认识，即婚姻中男女间并无尊卑贵贱之分，亲情才是最值得珍视的。在"驯服悍妇的故事"中，披特鲁乔在求亲时对凯萨琳娜如此说："除我之外，你不能嫁给别人。因为我是天生下来把你降服的。"（第二幕第一场）披特鲁乔在此宣扬自己是女方注定的驯服者，是表达了婚姻的缔结来自于缘分的看法。值得注意的是，若披特鲁乔没有出现，已经被打上“悍妇”标签的凯萨琳娜很可能会独守闺阁，被拒于婚姻大门之外。而婚姻作为当时未婚女性向往的归属，一旦丧失，对凯萨琳娜而言无疑是痛苦而不幸的，而能改变她命运的便是这种机缘。另外，在结婚当日，披特鲁乔有亵渎婚礼的行径，不过他说的一些话值得思考：“她嫁给我，又不是嫁给我的衣服。要是我能够补足她让我消耗的东西，像我能换衣服一样，那当然对凯德好，对我更好。”（第三幕第二场）披特鲁乔的这番言辞表面看来是为他“戏谑式”迎亲行为所找的托词，但实质上透露出作者对婚姻问题的又一思索，即婚姻并非限于为男女走到一起而举行的公开仪式，而是男女之间心心相印、真心实意的结合。还有婚后驯悍的过程和来自凯萨琳娜的说教：在凯萨琳娜被丈夫带回家之后，她才逐渐意识到这个家所带给她的温暖。在此，两个仆人之间有这样一段对白：

寇梯斯　好格鲁米奥，请你告诉我，外面有什么消息？

格鲁米奥　外面是一个寒冷的世界，寇梯斯，只有你的工作是热的，所以快生起火来吧。

（《驯悍记》第四幕第一场）

需要留意的是，仆人口中的“寒冷的世界”其实带有更深的含义，即外面是一个人情冷漠的世界。在这个世界，婚姻被物质因素所腐蚀，凯萨琳娜作为待嫁女子已被社会贴上“悍妇”的标签，甚至她的婚礼被人亵渎也无可奈何。当她走进属于自己的家，在火炉边与亲友促膝长谈之时，寒冷才真正得以褪去。这也让她深深意识到一个充满温暖的家才是婚姻幸福的基石。虽然依照披特鲁乔的说法，娶她过门是看重财富的获取，而非在乎其他，但作为丈夫，他终究给了妻子一个胜过待字闺中的家，他对妻子的驯服更多是为建立一个和谐的家庭而考虑。而凯萨琳娜也似乎从中领悟到了丈夫的良苦用心，并以合理的方式做出了积极回应，这正如她所说：“他照顾你，抚养你，到海洋里、陆地上辛苦奔波，夜里冒着风浪，白天忍受寒冷，你却穿得暖暖地呆在家里，享受着安全与舒适。”（第五幕第二场）正因为凯萨琳娜认识到这一点，她才懂得珍惜来之不易的和谐婚姻，这时的她与之前缺乏理性的她截然不同。凯萨琳娜在婚姻中的自我改变也代表了作者对当时社会婚姻生活的深思。

“面具”主体性表现的第二个层面是通过他者的“面具”来表现自我。在这一层面，“面具”是自我与他者的结合，自我是在对他者的注视或被他者注视中显现。这里以集中表现作者“戏剧表演观”的《仲夏夜之梦》为例来说明。在该剧中，一帮做工过活的汉子上演的《最可悲的喜剧，以及皮拉摩斯和提斯柏的最残酷的死》（后简称“《皮》戏”）不仅形成一种“戏中戏”的效果，还隐藏着作者对戏剧表演的一些观念和看法，这在汉子们和收看戏目的观众的言语行为中透露出来。在这个过程中，既可以理解为戴上“面具”的汉子以自己的表演被在场观众所注目，通过观众的反应来指示，也可以解读为在场观众戴上“面具”来审视汉子们的表演。《皮》戏的表演特别讨论了戏剧表演中的“真实”与“虚构”的关系问题。由于汉子们机械地追求字面意义上的真实，便破坏了戏剧给观众制造的错觉，造成了“真实”与“虚构”的不分，这在昆斯念叨的开场诗中便显露无疑：“列位大人，也许你们会奇怪这一班人跑出来干什么……”（第五幕第一场）这一番介绍让观众不要相信他们即将看到的任何角色，而随着开场诗的不断拉长，所有的错觉痕迹都被一扫而光了。实际上，这一倾向早在排戏时已经表现出来。针对扮演狮子角色的吼叫，昆斯道出他对观众席中女眷会受惊的担忧，而为了减轻这一恐惧，有人建议“把声音压得高一些，不，提低一些。咱会嚷得就像只吃奶的小鸽子那么温柔。”（第一幕第二场）这种反错觉的看法立即引起剧组的广泛讨论，大伙开始揣测观众会有什么样的反应：

斯诺特　太太小姐们见了狮子不会起哆嗦吗？

斯塔弗林　咱担保她们一定会害怕。

波顿　列位，你们得好好想一想：把一头狮子，老天爷保佑咱们！带到太太小姐们的中间，还有比这更荒唐得可怕的事吗？在野兽中间，狮子是最凶恶不过的。咱们可得考虑考虑。

（《仲夏夜之梦》第三幕第一场）

为了避免这种状况，波顿进一步建言：应当让“狮子”把名字说出来，露出一半的脸蛋，表示可以用生命担保并不是一头真狮子，而是跟别人一个样儿的人。对于皮拉摩斯拔剑自尽会造成太太小姐们受不了，波顿又提出在开场诗中说明剑不会伤人，皮拉摩斯并非真的把自己干掉，甚至直接声明扮着皮拉摩斯的，并不是皮拉摩斯，实际上是波顿。由此可见，这些汉子一开始就已经在放弃他们要扮演的角色了。他们完全没有意识到将现实世界和剧中的虚构世界割裂开来，而且还可笑地认为观众也会无法从虚构的戏中抽离出来回到现实。这正如约翰逊（Samuel Johnson）曾提出的一条准则：“把戏剧演出错当成现实生活是不对的，戏剧寓言就其实质而言从来就是不可信的，也从不曾被信以为真。”[①]

也正是由于这些汉子对观众态度的错误预测，过多地考虑观众的想象力和反应度，导致排演迟迟不能步入正轨。实际上，这些汉子的担忧毫无必要，他们显然对观众的感知和体验缺乏正确的判断。而当进入正式的上演时，让人难以置信的是，本无生命特征的“墙”不甘于虚构的存在，极力表明自己的真实性，让观众看到这石灰和泥土筑成的东西，不仅能提示扮演者的真实身份，还能自我描述其性状，偷听两个情人谈着知心话。在观众发出的阵阵嘲笑声中，演员们还抛开他们扮演的角色，与观众进行互动。当忒修斯提出有知觉的“墙”应当有所反应时，“皮拉摩斯”立即向他解释道：“没有的事，殿下，真的，他不能。‘咱把欺’是该提斯柏接下去的尾白；她现在就要上场啦，咱就要在墙缝里看她。”（第五幕第一场）在此，波顿的回应显得可笑，他竟以演员身份向公爵解释“墙”是无生命的存在，这让观众瞬间对“墙”的美好想象荡然无存，也使观众根本无法进入演员所期望的戏剧情境。于是，观众席上发出了如此评价：

希波吕忒　我从来没有听到过比这再蠢的东西。

① Johnson Samuel, *“Preface to Shakespeare,”* *in Selected Writings*, Harmondsworth: Penguin English Library, 1982, pp.274—275.

忒修斯　最好的戏剧也不过是人生的一个缩影；最坏的只要用想象补足一下，也就不会坏到什么地方去。

希波吕忒　那该是你的想象，而不是他们的想象。

（《仲夏夜之梦》第五幕第一场）

观看至此，希波吕忒的反应是符合作者对观众的期待的，她是作者本人艺术思想的传声筒。在她看来，一部戏如果混淆了现实与虚构，将会变得多么怪诞可笑。虽然忒修斯提出以观众的想象力来弥补表演的缺陷，但希波吕忒不以为然，毕竟只有在演员能够制造极具真实感的戏剧错觉的前提下，观众才能凭借想象来弥补表演中无法呈现出来的内容，否则即便观众再富有想象力也于事无补。所以到了《皮》戏之末，在场的观众都已经对戏失去了耐心，看到所有的人都死了，只想快点结束，一部悲剧最终成了闹剧。对应《皮》戏演出的荒谬与可笑，《仲夏夜之梦》中充斥着与现实颇有距离的神话世界，里面有仙王、仙后和众多精灵，这些形象都不是现实生活中的真实存在，而是经过虚构化处理而产生的角色，但观众产生了不把虚构等同于现实的理想反应，这也是他们发挥了想象力，产生了戏剧错觉的必然结果。

“面具”主体性表现的第三个层面是通过使用历史人物的“面具”实现主体性的时间性表达。在这一层面，作者通过“面具”呈现自己对历史的理解，同时将自身经验投射到历史人物之上。这在部分莎剧，尤其是历史剧和带有历史题材的悲剧中有着广泛体现。人们普遍认为，莎士比亚在表现历史时，并非简单地就历史而写历史，他力图通过对历史的描绘，以及历史中蕴含的政治进行褒贬，反映当时英国社会各阶层的情况以及他本人的政治倾向。作为一位人文主义者，莎士比亚始终寄希望于理想君主，这在他的《亨利四世》和《亨利五世》中表露最为充分。而这一寄托也反映在他的另一部历史题材的悲剧中——《裘利斯·凯撒》。该剧中凯撒是否属于理想君主，作者并未直接发表评论，主要通过剧中勃鲁托斯这一“面具”进行了洞察。勃鲁托斯被认为是剧中德性最充沛的角色，也被公众誉为是“高贵的罗马人”。作者通过勃鲁托斯之口间接赞美了凯撒。在该剧第二幕第一场，勃鲁托斯独自在花园沉思着得让凯撒死，但他旋即又说："讲到凯撒这个人，说一句公平话，我还不曾知道他什么时候曾经信任他的感情的支配甚于他的理智。"（第二幕第一场）勃鲁托斯作为一个理性胜于情感之人，他是颇认可凯撒的。在他看来，现在的凯撒可说是一个没有缺陷的完人，一个没有污点的义人。他之所以动了杀死凯撒的念头，仅仅是因为照他现在的地位，要是再扩大些权力，一定会引起这样那样的后患。这正如他所说："我自己对他并没有私怨，只是为了大众的利益……让他戴上王冠？——不！那等于我们把一个毒刺给了他，使他可以随意加害于人。把不忍之心和威权分开，那威权就会被滥用。"（同上）可见，正是因为勃鲁托斯的高度理性才使他内心极度纠结：采取行动，会抹杀掉一个"明君"；不采取行动，会带来政局的危机。在笔者看来，勃鲁托斯内心的"矛盾"实质上隐指了莎士比亚内心的"矛盾"，勃鲁托斯内心的"想法"也在一定程度上影射了莎士比亚内心的"想法"。

结合作者创作该剧的时代来看，正值英国伊丽莎白一世执政的后期。女王在位期间，勤于政事，通晓国情，知人善任，多谋善断，其取得的业绩获得广大臣民的称赞，说她是"神圣的女王"，把英国带入了一个"伟大的时代"①。但是到了执政后期，她却成了专横且热衷于搞个人崇拜的君主。一些文化界的有识之士出于爱国热情，在各自的作品中对她的失误、腐败和暴行不断进行或明或暗的批评。对所有的批评者，她都坚决镇压，其迫害也从宗教界扩大到文化界。在这样的局势下，难免让人把女王与剧中专政的凯撒相联系，毕竟二者都是被广泛称誉的伟大君王，在功过千秋之余晚年都遭受诟病，都有独裁的特征，都遭到来自下层的声讨。莎士比亚观察着时代的风云，在此期间以史为镜，指点江山，借古讽今，表达了对政局的不满。为此，他也险遭杀身之祸，但他不顾安危，在埃塞克斯党人同女王斗争的关键时刻，创作了《裘利斯·凯撒》这部政治色彩浓郁的悲剧②。值得注意的是，投入斗争的埃塞克斯

① J.E. 尼尔：《女王伊丽莎白一世传》序言，聂文杞译，商务印书馆，1992 年版，第 6—8 页。

② 土生、冼宁、肇星等：《莎士比亚戏剧故事全集》，中国戏剧出版社，2002 年版，第 353—356 页。

曾为女王所宠爱，得到了女王的信任；而勃鲁托斯也得到了凯撒的喜爱，视为亲信。埃塞克斯缺乏战略头脑和主见，经常受见识短而野心大的亲属及随从撺掇，最后斗争失败，以叛国罪被处死；而勃鲁托斯虽有一定主见，但缺乏战略眼光，放过了安东尼，在对待凯撒的问题上也受到了凯歇斯等人的鼓动，最终也是在战场上遭遇失败而身亡。可见剧内外的两个历史人物在反对专制独裁的斗争中具有较高的相似度，也存在着一定的对应关系。莎士比亚清楚地看到，无论是埃塞克斯还是勃鲁托斯的盲动，统治阶级内部争夺领导权的行动，都容易造成国家的解体和社会的动乱。这在《裘利斯·凯撒》中得到了印证：凯撒被除掉后，使第二个“三头政治”迅速崛起，使刚要熄灭的内战火焰又熊熊燃烧起来。而反观莎士比亚的历史剧，从中也能看到在没有英明君主治理下，国家也很快陷入内乱和纷争。因此，莎士比亚既不愿意看到罗马重陷战火，更不愿意看到英国君主集权制的消亡和国家的再度分裂。或许作者也认为，勃鲁托斯刺杀凯撒的行为和埃塞克斯针对女王的行动都是逆历史潮流而动，违背了人民渴望和平的强烈愿望，所以他们的失败成为必然。作者仅仅是通过勃鲁托斯的“面具”表达了他在现实政局下内心的矛盾与忧患，但他并不赞同勃鲁托斯的行为，正如现实中他不认可埃塞克斯的做法一样。由此可见，通过使用剧中历史人物的“面具”，作者表达了对历史的理解，也将自己的经验投射到历史人物身上。

经过以上论述可知，作者的主体性可以通过“面具”与自我、他者和历史的关系被呈现出来，进而构成了作者主体性实现的三个层面。这样的分析对理解作者在剧中表现的思想意识和价值观念具有参考价值，对深入领会剧作的主旨和内蕴也有积极意义。

第七章 莎士比亚戏剧叙述的层次

层次在此是叙述层次（narrative levels）的简称。在叙述学领域，叙述层次作为基本术语被多数论者如此称呼其实还不够严谨。因为这不是一个动词，无法描述层次的生成。因此，有学者建议使用叙述分层（stratification）更为妥当①。该词语是源自叙述文本中出现的一种情况：即在讲述的故事中，会包含多个层次，例如一个未露面的叙述者或故事中的一个人物叙述者讲述一个故事，而在他或她所讲述的故事中，另一个故事中的人物又向他或她的受述者讲述另一个故事，这样的情况可以继续往下类推，形成一个套一个的套子或叙述框架，构成所谓故事的“嵌入”。起初的叙述层形成最初的叙述框架，在这一叙述框架之下，一个或多个不同的故事被讲述着，后一个故事被包含在前一个故事中，从属于前一个故事，由此形成一个层层迭进的等级层次②。也可以换一种说法：叙述层次是源于“叙述主体的分化”现象。一般而论，在一部叙述文本里，很可能不止一个叙述者。这些叙述者可能是平行的，也可能是非平行（不同层次）的。以薄伽丘的《十日谈》为例：在佛罗伦萨闹瘟疫事件中，有十位青年男女，他们处在同一个层次，一起讲述了一百个故事，他们都充当了叙述者的角色。同时，讲述佛罗伦萨瘟疫事件的叙述者与十位青年显然不是处于一个层次。因此，叙述主体的声音就分散到不同层次上，不同的个体里，这些个体可以是同层次的，也可以是异层次的。进而人们关注到故事中存在的层

① 赵毅衡：《广义叙述学》，四川大学出版社，2013 年版，第 264 页。

② 谭君强：《叙事学导论：从经典叙事学到后经典叙事学》，高等教育出版社，2008 年版，第 45 页。

次现象：由于两个甚至多个层次的并存，使得故事情形异常化和复杂化。那么，叙述层次究竟如何定义，层次怎么划分以及这一现象的功用是什么，便是本章内容当中需要进行探讨的话题。

一、叙述层次的定义及划分方法

叙述层次是近些年叙述学领域里逐渐被人们关注的问题，但在最基本的定义上，叙述学界长期以来未能说清楚，国内外也仅有少数学者在自己的专著和论文中进行过研讨。就这一概念而言，人们有着不同的理解和表述。

热奈特作了如下阐释："叙事讲述的事件所处的叙述层高于产生这一叙事的叙述行为所处的叙述层"①，他将起始的层次称为超故事层或故事外层。巴尔则称起始的叙述层次为"母体叙述"②，她认为："母体叙述是包含着'嵌入'或'次叙述'的叙述。在语言学上，'母句'指的是嵌入一个从属句的句子。"③巴斯（John Barth）将这一现象形象地称呼为"故事中的故事中的故事"④。以上几位学者的理解中，巴尔立足于语法来谈自己的理解，比较微观；巴斯的说法比较形象，只是论述过于简略。

相对而言，热奈特的说法产生的反响要更大一些。一方面是因为这个概念最早由他提出，另一方面他没有对这个概念提出明确的定义，没有判别的标准，从而造成了这个术语在讨论和使用中的混乱，形成各执一理的局面。在此，先从热奈特在其《叙事话语》（*Narrative Discourse*）中的表述来看其具体理解：

格里厄结束叙事时声称他刚乘船从新奥尔良到勒阿弗尔—德格拉斯……二者见与其说有距离，倒不如说有一条由叙述本身表示地界线，有不同层次。对

---

① Gerard Genette,*Narrative Discourse*,Ithaca:Cornell University Press,1996,p.228.

② 谭君强：《叙事理论与审美文化》，中国社会科学出版社，2002 年版，第 40 页。

③ Mieke Bal, "*Notes on Narrative Embedding*" *In Poetics Today2*, Duke University press,1981.

④ John Barth, "*Tales Within Tales Within Tales*" *In The Friday Book:Essay and Other Non-Fiction*, New York:Putnam,1984,p.218.

我们来说，“金狮”旅店，侯爵和作为叙述者的骑士存在于某个叙事中，这不是格里厄的，而是侯爵的叙事，即《一位贵人的回忆录》；从路易斯安那的回程，从勒阿弗尔到加莱的旅行和作为主人公的骑士存在于另一个叙事，即格里厄的叙事中，它包含在第一个叙事里，不仅仅因为第一个叙事为它添上序言和结尾，而且因为它的叙述者已经是第一个叙事中的人物，产生它的叙述行为是第一个叙事中讲述的一件事。①

结合前文中热奈特这些表述会发现，他并未阐明该概念的涵义，让人觉得难懂。因此他后来又给出了进一步的解释，并提出关于叙述层次的三个术语，即故事外叙事（extragiegetic）、内叙事（intradiegetic）和元叙事（metadiegetic）。“勒依先生撰写虚构的《回忆录》是在第一层完成的行为，可称为故事外层；《回忆录》中讲述的事件（包括格里厄的叙述行为）是包含在第一叙事内的，因此称为内叙事；格里厄的叙事中所讲述的事件又包含在内叙事(第二叙事)中，因此称为元叙事。”②

虽然热奈特作了补充阐释，但总体来看，他的论述中还是存在着一些不足。一是他在提出这个术语的时候，只是停留于一般性的描述，未给出一个科学严谨的定义和判断标准，而且对于他进一步提出的外叙事、内叙事和元叙事，给人感觉还是比较模糊。一旦定义不说明白，自然会造成后人使用的时候出现混乱。二是对于他给出的定义显得模棱两可，像“叙述事件高于叙述行为”这句话中，“高于”如何理解却没有道明，如何判定分层也不得而知。而从他所说的“第二个叙事的叙述者是第一个叙事中的人物”，可见他意识到了叙述的事件与叙述行为处于不同层次，但他只注意到了表象，未能发掘出这一现象产生的根本原因，即叙述者发生变化。三是他提出的故事外叙事、内叙事和元叙事等概念，由于阐述不清，后人在使用时容易出错。这一点，他在《新叙事话语》（*New Narrative Discourse*）中也意识到了。在该书中，他又提出了

① 热拉尔·热奈特：《叙事话语 新叙事话语》，王文融译，中国社会科学出版社，1990年版，第158页。

② Gerard Genette,*Narrative Discourse*,Ithaca: Cornell University Press,1996,p.228.

如何区分故事外性质和异故事性质的问题。

按照热奈特的表述和理解，后来的学者在其基础之上作了延伸和发展。在这当中，有的对该学说进行了有意义的误读，例如兰瑟（Susan Lanser）。出于热奈特概念所产生的术语无法解决新问题，故兰瑟补充了两个专用词语："私下的叙述"（private narration）和"公开的叙述"（public narration）。其中，公开叙述是指此叙述的接受对象存在于文本世界之外，可以等同于公众读者；而私下叙述则指此叙述的接受对象存在于文本之内，是一个显身的受述者[①]。从定义可见，兰瑟概念的出发点是受述者，这也是识别公开叙述和私下叙述的标准。她探讨的层次涉及的是多重意义，而非层次本身。显然，兰瑟与热奈特讨论的并非同一个问题，不过，兰瑟的新术语对研究而言提供了新思路。

有些学者则对热奈特学说进一步细化，有助于后人更好地辨别层次问题，比如里蒙—凯南。她提出的见解比热奈特更清晰，主要体现在三个方面。一是她认为作为叙述对象的人物也可以叙述另一个故事，从中看到叙述者和人物之间的关系，明确指出人物叙述故事。二是她指出故事中的故事形成了层次，每个内部的叙述故事都从属于外围叙述的故事，明确了故事与故事之间是包含与被包含的关系。三是她提出了故事层里的"上、下"层次，相比热奈特提出的"高、低"界定更容易理解。她的这一说法既强调了层次间的包含关系，又表明了高层次叙述对低层次叙述的作用，不足之处在于没能明确提出划分层次的标准[②]。

在此基础之上，赵毅衡首次明确提出了层次划分的标准和原则，以及判断叙述层次划分的辅助方法。他提出叙述的分层是以叙述者的身份为判别标准，认为高叙述层次的任务是为低一个层次提供叙述者。也就是说，高叙述层次中的人物是低叙述层次的叙述者。并指出如果在其中能确定一个主叙述层次（main-narrative），那么，向这个主叙述层次提供叙述者的，可以称为

---

① Susan Lanser, *Toward a Feminist Narratology*, edited by Cheng Xilin, Chengdu: Sichuan University, 2006, pp.118-119.

② 方小莉：《叙述理论与实践——从经典叙述学到符号叙述学》，四川大学出版社，2016 年版，第 42—50 页。

超叙述层次（over-narrative），由主叙述提供叙述者的就是次叙述层次（sub-narrative）[①]。这样一来，在主叙述层次确立的情况下，可分解出无数的叙述层，从而构成了一个系列：

（上）　　　　　　（下）

∞……超叙述←主叙述→次叙述……∞

为便于理解，笔者以《天方夜谭》为例：作品中讲述了阿拉伯国王和王后山鲁佐德的故事，同时，王后又多次给国王讲述故事。前“故事”与后“故事”不在一个层次，并且前“故事”位于后“故事”之上。

由此可见，赵毅衡对这一概念的定义是以叙述者的转换为标准，即人物与叙述者之间的切换，高一层的人物变成低一层的叙述者。这一定义的提出，使叙述层次的识别变得简单明了。再结合以上国外学者的观点，就可以归纳出分层问题的一个较为完整的标准，即判定主要以叙述者的变化为准，高一层次的人物成为低一层次的叙述者，叙述层之间是包含与被包含的关系，叙述者讲述的是一个相对完整的意义单元，是一种故事中的故事的结构[②]。

对于叙述层次划分的辅助方法，赵毅衡提出的观点颇具代表性，可作为叙述文本分层的重要参考。他特别论及两方面：一个是叙述层次与时间的关系，另一个是分层的相对性。就前者而言，他认为在记录类叙述中，叙述行为总是在被叙述事件之后发生，被叙述内容是事后追溯，所以叙述层次越高，时间越靠后，因为高层次为低层次提供了叙述行为的具体背景。对此，他打了一个形象的比方，即叙述层次的划分就像建塔盖楼，越高的层次，在时间链上越晚出现[③]。笔者以一个简单的图示来说明，参考如下：

① 赵毅衡：《当说者被说的时候：比较叙述学导论》，四川文艺出版社，2013 年版，第 63 页。
② 方小莉：《叙述分层——一个旅行的概念》，载《江西社会科学》2011 年第 11 期。
③ 赵毅衡：《广义叙述学》，四川大学出版社，2013 年版，第 265 页。

时间发展方向————————————————————————→

层级	文本中故事内容
F3	人物C讲述人物B讲述故事的故事
F2	人物B讲述人物A的故事
F1	人物A的故事

从这个简图中可以看到，随着时间的流逝，不同层次就好比从下往上盖起的楼房，层级越高，修建越晚，故人物充当叙述者时，所处叙述层次越高，其叙述行为的时间就越靠后。

如赵毅衡所述，这个原理是适合于记录性叙述，例如小说、历史、新闻等。而本书分析的对象是莎剧。作为戏剧类文本，需要一分为二地看，即它既可以属于演示叙述类，也可以属于文字叙述类。由于笔者主要是立足于莎士比亚的剧本来谈，故在莎剧文本中，这两种类型及叙述特征都不同程度地存在。所以，在讨论莎剧的叙述层次问题上，也可以参考记录性叙述具有的性质进行分析。

记录类媒介是回溯性的，记录类媒介叙述，叙述者从定义上知道一切，因为叙述是回溯的，情节已经结束。如果层次划分的叙述也是记录类媒介，就必然是回溯中的进一步回溯[①]。在莎剧本的文字叙述中，不论是剧中幕后的叙述者还是剧中人物充当叙述者，他们都须在故事结束之后来讲述故事，也清楚地知道剧情始末。他们可以提到某人物经历的故事，包括某人物进一步去回忆或者追溯过往，而这些回顾的内容也是这个人物讲述之前已经发生的。这一切叙述都可以被最高叙述者记录下来。所以，如果没有这样的记录，相对的高层次的叙述者们是无法实现对故事本身的完全掌控并进行叙述的，不然就会出现难以解释的现象。

举一个《罗密欧与朱丽叶》中的例子。在该剧开篇，一个致辞者先讲起故事的背景，即在维洛那城，两大家族有着世代的恩怨，造成了许多纷争和惨案

① 赵毅衡：《广义叙述学》，四川大学出版社，2013 年版，第 265 页。

的发生。如果参照剧中第一幕的情节，便知上述内容是在讲述过去。然而接下来，致辞者又继续说到这两仇家产生了一对恋人，而且他们最终陨灭，使得两家实现了和解。这些内容是要在以后的剧情中逐步交代的，尤其是最为关键的主人公的结局是需要在剧末才揭晓的，如果不从层次上理解，致辞者又是怎么知晓后面的一切的？因此，就只能解释为致辞者作为叙述者，完全清楚剧情，是在故事结束后讲述的。只是这样的提前交代有些先声夺人了，不利于引发故事的悬念，或者这样的安排是有意提前告知观众或读者，让他们把关注点放在悲剧是如何逐步发生这一问题上。类似的例子还有《亨利五世》。在该剧末尾，剧情解说人先是对发生的剧情做了小结，回顾了亨利五世的光辉伟绩。然后又提到他的儿子——未来的君主亨利六世登位后大权旁落，丢掉国土，国内流血不止。对于后来之事，剧情中本没有交代（按时间先后，这个内容属于《亨利六世》），而剧情解说人不仅清楚《亨利五世》中的情况，对《亨利六世》里发生的故事也已知晓，看来层次问题的讨论还需跨越文本。

就层次的相对性而论，赵毅衡认为层次的名称似乎是主观任意的，实际上确立主叙述层次并不是一件困难的事。主要叙述所占据的层次，亦即占了大部分篇幅的层次，就是主层次①。这个判断同样有一定的相对性，如热奈特谈到《天方夜谭》中把国王和王后山鲁佐德的故事称为主叙述。如果从篇幅来看，显然不妥当，因为该作重心在王后所讲的故事，而不在她自己的故事。但如果考虑到现代社会思想的因素，便是有道理的。因此，这个问题有时需进行多方面的考虑，而不仅仅依靠篇幅下论断。但一般而言，对于主叙述的确定还是以篇幅为首要依据。在莎剧中，要确定主叙述层很容易，即故事内人物的行动和言语，这部分也是占据了剧情的绝大多数篇幅。从单部剧作的整个结构来看，可能稍显异类的要数《驯悍记》。它是一部类似于框架结构的剧目，形式上接近《天方夜谭》。但该剧的主叙述需结合标题来判断，由此认为由斯赖等人的故事引出的“驯服悍妇的故事”更适宜被认定为主叙述。

① 赵毅衡：《当说者被说的时候：比较叙述学导论》，四川文艺出版社，2013 年版，第 64 页。

莎剧作为戏剧文本，同样也带有了演示叙述的某些特征。赵毅衡指出，演示类叙述的叙述者是“叙述框架”，并不现身为人物。人格叙述者开始讲故事时，他的叙述隔出的是他创造的世界，直到他的讲述结束，符号再现退出这个叙述世界，回到上一层叙述背景中[①]。在这类叙述中，隔离效果可以用不同的方式来标志叙述框架的开始与结束，常见的如戏剧舞台上的开幕和谢幕。这种“换叙述框架”次叙述，包裹在主叙述故事之中，通过框架中“推入”（push in）与“收拢”（pop out）的对应，隔出一个新的叙述层次，落在其中的，是一个被演示出来的世界[②]。在莎剧中，最常见的“推入”无疑是从介绍第一幕的开始为标志，有时剧情的开端也会是序幕、开场白或者开场诗；“收拢”便是最后一幕收尾时所有人物（包括充当叙述者的人物）的下场。

如果说“推入”和“收拢”这种表现方式属于同一种分层媒介，那么另一种则称之为换一种分层媒介，即在上一层叙述展开中另外设立框架，做一个次叙述分层。此种局面，可以泛称作“戏+戏”[③]。这在莎剧中以人们常提及的《哈姆莱特》里的“戏中戏”为代表，另外还有由“戏中戏”衍生而来的“舞蹈戏”和“扮戏”等。其中，“舞蹈戏”如《亨利八世》中凯瑟琳幻梦中舞者之出现，“扮戏”如《亨利四世》（上）中亲王和福斯塔夫更换角色之戏、《无事生非》中波拉契奥和侍女秘会之戏。当然，这些戏能算作次叙述需要看剧中人物是否实现了角色的转换，即“入戏”，这可以从人物的行为、动作和言语进行判断。但这在有的剧中不容易下结论，如《驯悍记》序幕中关于斯赖是否真正进入“老爷”的角色，论者自有判断。依笔者之见，他似乎沉浸其中，信以为真，故算入戏为妥。

---

① 赵毅衡：《广义叙述学》，四川大学出版社，2013 年版，第 266—267 页。

② 同上，第 267 页。

③ 同上，第 268 页。

二、叙述层次的具体划分

根据上文中对叙述层次定义的探讨以及层次划分的辅助方法，并结合戏剧文本兼有文字记录性叙述和艺术演示叙述的特征，笔者试着对莎士比亚创作的这些剧本作统筹考虑，讨论它们的叙述层次具体如何划分的问题。经过研读这些剧本，可发现莎剧的叙述层次的复杂性较之于小说毫不逊色。通常，人们认为小说中存在三个叙述层次，如果达到四个及以上，就属于层次过于复杂了，其叙述显得不自然。而莎剧的叙述层次既复杂又自然，几乎都至少能分为四个层次。

首先要确定莎剧的主叙述层次。主叙述层次的确立有助于判别叙述作品的整个叙述层次。确定这一层次并不复杂，通常是作品中占了大部分篇幅的层次。在莎剧中，占据主要篇幅的是人物的对白和独白。这些也是戏剧的主要组成形式，加之剧情主要依靠这种形式交代出来，故通过人物的言语交代故事情节的层次应归于主叙述。除了人物的对白和独白之外，还有其他几种情况。一是每一场中某人物上（或者下）。往往描写很简洁，只有人物的行动，而没有人物特点的刻画。其叙述比较固定化，成为了一种句式。但在有些剧中，带有具体的情节描写，如《亨利八世》第二幕第四场开头，讲述了教会人士在大厅里迎接国王驾到的场面，整个过程交代得很细致，字数多达几百字。但不管详略，这些内容都是为人物登场发表言论提供前提。二是剧中连接幕、场次之间的故事情节。这在一部分剧作中存在，如《亨利五世》每一幕开头都有一大段诗歌体的内容，往往是各幕、场中没能交代的情节。毕竟要在人物的对白和独白中把情节述说清楚非常之难，所以就通过这种方式作一个补充说明。三是某些剧中出现的“哑剧”。如《泰尔亲王配瑞克里斯》中有三次在诗体内容中穿插“哑剧”，每次似乎都是发生了什么事情，便描写到人物的举动（哑剧），但仅凭这些还不足以知晓真实情况，接着在后文中做出解释。这一情形似乎是叙述者故意而为之，是想通过人物的举动引起读者或观众的注意，进而引发悬念，让我们去猜测。四是人物的梦境。这在莎士比亚的多部剧本中均有表现，通常是在主人公陷入危难之机进入幻梦状态。莎剧中梦一般都是美好的，它能帮助主人公摆脱困境，成为一生命运的转折点；或者能把主人公带入无比美好的理想的境界。但唯独《理查三世》里是个例外。该剧中写到两次梦境（乔治和理查三世做梦），结果人物都以丧命告终。梦境是虚幻的场景，它与现实世界相隔，那它能否归入主叙述？依笔者之见，按照叙述分层所遵循的“时间辨别法”，人物的梦境与现实世界是同时性的，不存在梦境时间靠后的问题，故应该归入主叙述层次。五是人物的咏唱。在莎剧中，人物除了发表言论（包括对白和独白）之外，还有唱词。莎剧中的唱词绝大部分出现在喜剧类的场景中，其作用各异：比如对人物、事件、语言发表评价；抒发个人情感；说明某种哲理；描绘自然景物；做自我介绍和推销等。咏唱的出现拓展了人物表达的方式，并且丰富了剧情，增添了故事的浪漫格调。

确定了主叙述层次之后，再来看莎剧中的次叙述层次。次叙述中最为常见的是剧中人物在对白或独白中讲述故事。这些故事要么是之前交代过的，在此作了复述，要么是之前没有提到过的，在此补充了情节。从这些故事产生的时间看，它们几乎都是发生在以前。换而言之，剧中人物的讲述是在被叙述事件之后发生的，由于叙述层次越高，时间也就越靠后，因为高层次为低层次提供了叙述行为的具体背景，故这些人物所讲述的故事理应属于次叙述层次。其例子繁多，如《罗密欧与朱丽叶》中劳伦斯神父回溯了罗密欧和朱丽叶从私下结婚到死难的整个过程；又如《裘利斯·凯撒》中安东尼在广场上向群众讲述勃鲁托斯一伙人如何杀死凯撒的情形；再如《科利奥兰纳斯》中阿格立巴为了平息民众的暴乱，讲了一个“身体各器官反抗肚子”的故事。除了人物讲故事这种常见的类型，还有几种特别的情况：一是“戏中戏”或者“扮戏”的情节。这在多部莎剧中存在，最有名的例子是《哈姆莱特》中王子让戏子们上演剧目《捕鼠机》。从某种意义上来说，因为哈姆莱特的授意，才为《捕鼠机》的剧情提供了叙述者，才能通过叙述这个故事来辨别真凶。因此这属于“故事中引出的故事”，与《天方夜谭》中“故事套故事”的做法如出一辙。只是在叙述方式上有差异，后者是直接通过人物之口讲述，而前者是以演示的形式自然呈现。二是鬼魂追溯往事。同样以《哈姆莱特》为例。在故事的开始，王子见到了父亲的魂灵，父亲告诉他自己是如何被人害死的。在这里，我们要注意的是追溯者来自阴间，他与人间的王子是阴阳两隔的。所以鬼魂与王子不应该属于同一个层次中。但是，鬼魂却能够与王子直接对话，这说明鬼魂此时与王子同时处于主叙述层次中。而且父亲被害一事是发生在会见王子之前。从时间上看，鬼魂的追溯事件就应该处在主叙述之下（即次叙述层次）。三是人物阅读的内容。在莎剧中，人物阅读的对象包括信件、手卷、谜语、碑文等。其中阅读信件出现次数最多，信中内容主要涉及写信人的经历。如《麦克白》中，麦克白夫人读了丈夫寄来的信。上面说到了她丈夫如何奇遇女巫以及女巫留下的预言。又如在《泰尔亲王配瑞克里斯》第一幕，配瑞克里斯向安提奥克国王的女儿求亲，被要求猜一谜语。而谜语的内容暗含国王与女儿乱伦的隐情，这通过配氏之口叙述出来。而在第四幕，配瑞克里斯来到塔色斯，读到女儿墓碑上的文字，上面记录了女儿的身世以及如何离世。实质上，主人公的阅读与追溯往事无异，属于次叙述层次。

然后是高于主叙述的超叙述层次。根据“时间辨别法”，超叙述层次里的叙述行为比次叙述和主叙述发生的事件都要晚。在莎剧中，超叙述层次的构成异常复杂，可分为六类：一是剧本开头的舞台说明和剧中的幕场次介绍。舞台说明呈现于剧本之始，包括剧目的名称、剧中人物的介绍以及故事发生的地点。幕场次是以“第几幕”和“第几场”的形式标注，场次后面通常都有故事地点的说明。舞台说明和幕场次介绍类似于包含故事的“框架结构”，形式比较固定，起到提供故事的作用，自然高于主叙述。二是幕后叙述者的开场白和收场白。莎剧中共有五部剧目含有开场白，其性质皆为解释剧情，唯独《亨利八世》别具一格。其开场白和收场白的内容与剧情毫无关系，纯粹是幕后叙述者对叙述接受者的调侃。幕后叙述者称接受对象为“诸位”“看客”或“大家”，他在开场白中是想引起大家对表演的关注，而在收场白中表达了对大家捧场的敬意。由于这部分独立于故事情节之外，作用仅为引出故事，故与舞台说明、幕场次介绍属于一个层次。三是异故事叙述者的叙述。所谓异故事叙述者，是指不扮演故事中的角色，一直游离于故事情节之外的交代情节者。其称谓多样化，例如“谣言”、舞者（《亨利四世》下）、剧情解说人（《亨利五世》）、致辞者（《罗密欧与朱丽叶》）、时间老人（《冬天的故事》）、高渥（《泰尔亲王配瑞克里斯》）。由于他们不直接参与故事情节，故在剧中的作用仅是作为一个叙述者讲述别人的故事（或者理解为受幕后叙述者之托讲述故事），把不同时间段的故事连接在一起。因此，他们处在比直接参与故事情节的人物更高的层次上。四是故事内人物的“特殊”叙述。之所以冠以“特殊”，是缘于故事内的人物在特定情况下跳到了故事外进行叙述。例如罗瑟琳发表收场白（《皆大欢喜》）；国王在收场白中致辞（《终成眷属》）；小丑在剧末唱诵歌谣（《第十二夜》）；潘达洛斯在剧尾向贩子们诉说感言（《特洛伊罗斯与克瑞西达》）；普洛斯帕罗在尾声中发表言论（《暴风雨》）。从中我们不难发现，这些人物都是在故事结束时扮演了“特殊”的角色，此时他们叙述的对象不再是故事中其他人物，而是故事外潜在的受述者。五是故事中人物的旁白。所谓旁白，是指戏剧角色背着台上其他剧中人对观众说的话。莎剧中旁白的内容繁多，如对剧中其他人进行嘲讽或者自我嘲讽；向观众说明实际情况或后果；揭示人物心里所感所想；对人或事发表看法；抒发心情；说出自己的计划或打算；补充说明等。由于剧中人物发表旁白的对象是读者或观众，因而此时的人物也像是跳出了原处的层次，站在了更高的层次上，其性质又类似于作“特殊”叙述的故事内人物。六是剧中人物的预述。通常表现为剧中人物的预言成为事实。人非神明，不具有预知的能力，但为何却能知晓未来发生的事？从“时间辨别法”的角度，一个事件只有先发生，人物才能在更高的层次叙述出来（叙述过去）。因此，预述者此刻只有处在高于主叙述的层次中才能把这个现象解释得通。人物的预述分为两种：内在式预述和外在式预述。二者的区分依据预言成为事实的时间。如果是在剧本情节之内，就属于内在式预述；反之则是外在式预述。例如在《约翰王》第四幕，庞弗莱特的彼得预言约翰王将在升天节正午之前摘下王冠，果不其然，到了第五幕预言成为事实。所以，彼得的预述属于内在式；又如《亨利八世》最后一幕，克兰默预言公主将来登位后（即伊丽莎白女王）将受人民的爱戴，会给英格兰带来太平盛世，并且她会终身不嫁。这一预言成为事实是在剧情之外，故属于外在式。

在莎剧中，超叙述层次之上还存在超超叙述层次。处于这一层次的便是幕后叙述者。它处于莎士比亚戏剧四个叙述层次中最高一层，通过它叙述出剧目的名称、人物及故事地点的介绍、幕场次介绍以及整部剧的故事。它是剧本的总的叙述策划者，始终待在幕后，处于“隐身”状态，没有在剧本中“现身”，但是它始终是存在的，只是读者、观众不易感受到而已。也因如此，一些人就认为戏剧是一种“演示”的事物，“演示”的过程是一种自然呈现，故不存在叙述者及叙述的问题。但是，如果没有幕后叙述者，就不存在受述者，我们读者、观众也就无法接受“演示”的过程了。

通过以上分析，笔者将莎剧分为了四个叙述层次，具体如下所示：

叙述层次	叙述内容
超超叙述	幕后叙述者的叙述
超叙述	剧目标题；人物及故事地点的介绍；幕场次介绍；幕后叙述者的开场白和收场白；故事外叙述者的叙述；故事内人物的“特殊”叙述；故事中的人物发表旁白；剧中人物的预述
主叙述	故事内人物的对白和独白；剧中连接幕、场次之间的故事情节；某些剧中出现的“哑剧”；故事内人物的梦境；故事内人物的咏唱
次叙述	故事内人物在对白或独白中讲述故事；“戏中戏”或者“扮戏”的情节；鬼魂追溯的往事；故事内人物阅读文本

在众多莎剧中，《驯悍记》显得有些特别。该剧作为莎士比亚早期的一部喜剧，不论成就还是关注度并不算高，读者可能容易被故事里的“驯服”和“追逐”情节等内在内容所吸引，而容易忽视该剧作所具有的框架结构。即由一个故事引出其他故事。正是这种框架结构的存在造就了此剧在众多莎剧中呈现出别具一格的风貌。也正因为如此，上文中并未把其纳入分析的范围，这意味着该作应该也值得作为一个独特的例子来专门研究。如果把它和其他莎剧混在一起说，会出现陈述的繁杂，造成不必要的混淆，不利于把层次问题厘清楚，道明白。

《驯悍记》一剧包含的“框架叙述结构”在不少文学作品中有所体现，如问世较早的《五卷书》《天方夜谭》《十日谈》等作。这类作品都采用了“嵌套”的方式，引出诸多故事情节。在莎剧中，少数几部存在开场白和收场白有幕后叙述者或者故事外叙述者解释剧情、调侃受众。但这个环节并不能算是独立的一场戏，只能是戏中故事之外的附带因素。因此，在整部剧作中，由“故事引出故事”的结构只有《驯悍记》才具有。该剧由两部分构成：第一部分是叙述补锅匠斯赖被人捉弄，在他人的“引导”下，相信自己是一名“贵族”，并和“家人”一起看戏。第二部分才是剧中的主要内容：关于“驯服悍妻”和“三男逐女”的故事。从剧中可见，是由第一部分引出第二部分，属于“戏中戏”的模式。但如果再细看，能发现第一部分还嵌套着另一个“戏中戏”，也就是说，第一部分中已经包含有“戏中戏”，加之第二部分的“戏中戏”，就构成了三个层面的“戏中戏”。至于具体如何呈现，如何对叙述层次的划分产生影响，笔者将在下文中详述。但可以肯定的是，这种多重嵌套的出现，使得该剧的叙述层次显得更加复杂，超过了其它任何一部莎剧。

依笔者之见，该剧可以划分出六个叙述层次，这在各类文本中数量偏多。通常而论，叙述是不太可能超过三个层次，再多的话，往往是着意复杂化的布局[①]。

首先要确定该剧的主叙述层次。由于戏剧体裁的主要组成是人物的言语，故确定较为容易。在剧中，按篇幅而论，讲述得最为详尽的无疑是围绕“驯妻”为中心的爱情、婚姻故事。其中，对白占据了绝大部分篇幅。另有极少的独白，例如第四幕第一场中，披特鲁乔表示自己的驯妻计划在顺利实施，不能让妻子吃饱、睡好，这样就能克制对方的坏脾气了。此外，有的属于人物的行为和动作。剧中这类表述文字都很短小，最常见的是“某人物上（下）”。需要指出，上述对白、独白、行为、动作仅限于第一幕至第五幕的范围。同属该层次的还有序幕中斯赖等人讲述的内容。如补锅匠醒来后，讲述自己的出身、从业；众仆诉说“主人”的疯癫导致过去“夫人”的难过，“仆人”的垂头丧气，“亲友”的不肯上门；“夫人”提到多年来因“丈夫”的病情而未与之同枕。

---

① 赵毅衡：《广义叙述学》，四川大学出版社，2013 年版，第 266 页。

在定下主叙述层次之后，剧中的次叙述层次就相对容易判断。围绕第一幕至第五幕人物的言语，找出人物所讲述的故事。这些故事理应在人物讲之前就已经发生，通过讲述实现“回溯”。其“回溯”的内容主要分为两种：一是对人物的情况作介绍。如第一幕第二场，披特鲁乔说到了自己为何来到帕度亚：因父亲去世，故出来闯荡，出来见见世面。并告诉朋友：他们追逐的小女儿，其父亲严加看管，不准任何人与女儿接触，在姐姐出嫁之前，不肯把小女儿嫁给任何人，姐姐嫁出去，妹妹才可以谈婚姻。在文中，无论是披特鲁乔谈自己的情况，还是绅士女儿的情况，都是属于过去，故归于次叙述。二是对发生之事作回顾。如第三幕第二场，参加婚宴的人讲述披特鲁乔来求亲时的情形：他身着奇装异服，骑着充满病态的马赶到现场。当牧师问他是否愿意娶新娘时，他声音很大，以致牧师手中的圣经落到了地上，后给了牧师一拳，并跺脚大骂了对方。这些婚宴上发生的事并非现场同步展现，而是通过参加者后来讲述出来的，属于回溯过去。

接下来是高于主叙述的超叙述层次。按照层次划分的原则，高层次叙述行为时间要比低层次的晚。这适用于记录式叙述媒介，比如文字叙述的莎士比亚剧本。就戏剧而言，它也可以作为演示类叙述媒介，毕竟戏剧也属于表演艺术。记录式媒介在分层时要遵循“时间辨别法”，而演示类叙述则遵循“叙述框架”。因此在分析该剧时，一方面出于文字记录的原因要承认其剧本属性，另一方面剧情的开展也不可避免地带有演示的性质：在观摩文字的同时，剧中场景自然展开，仿佛就发生在眼前一般，这是观剧的直观感受。故在对该剧分层时，可以根据实际情况，把两种分层的原则结合起来，灵活考虑，做出判断。在该剧开头，有一个“贵族带领众仆从扮戏”的情节，即序幕第二场，地点在贵族家中。如果结合之前发生的故事，会发现进入第二场即进入“框架”，一个“被演示的世界”：众人都扮演着补锅匠的“家人”角色，他们服侍着补锅匠（“老爷”），彼此配合着让“老爷”恢复记忆，让他意识到自己曾是一名“贵人”，只是因为发病，失去了记忆。在“众仆”的劝慰下，这位“老爷”相信了眼前的一切，心安理得地成为一名“真正的贵人”，并认同了自己“妻室”的存在。之后，便是“众仆”陪同“老爷”一起看戏。在这个过程中，那名贵族带领仆人从事了扮戏，虽然补锅匠一开始并不是马上就认同自己被赋予的角色（他一开始还没入戏），但是他逐渐实现了从“戏外”到“戏内”的转换，这可以通过他的言语判读出来。不管怎样，这就是一出有意扮演的戏，“戏中戏”的确存在着。另外，序幕第一场，补锅匠指出家人不是流氓，是跟着征服者理查一同来的；贵族回忆一演员过去曾扮演过一个角色，评价对方演得好。同理，这些均属于追溯过去之事，应当归于超叙述层次。

然后是超超叙述层次。处于该层次的是序幕第一场中讲述的两件事。一是因补锅匠打碎了杯子被女店主纠缠，要求赔偿。于是他耍起了赖，卧在地上入睡。二是外出打猎的贵族发现了入睡的补锅匠，便计划和同伴扮戏作弄对方，后接待了一帮戏子，安排戏子们演一场戏（“驯妻”的故事）。

再者是超超超叙述层次。同样依据“叙述框架”原理，处于这一层次的是整部剧序幕之前的部分，这当中介绍了剧中序幕里的人物和“驯妻”故事里的人物，并附带剧中故事发生的地点。

最后是超超超超叙述层次。归于这一层次的是幕后叙述者。他躲在幕后，未曾在剧中露面，始终处于“隐身”状态，是一个无形的、抽象的存在，处于“最高的”位置，而整部剧中的内容都是由他叙述出来。

通过以上分析，笔者对《驯悍记》一剧进行了层次的划分，具体如下所示：

叙述层次	叙述内容
超超超超叙述	幕后叙述者的叙述
超超超叙述	剧目标题；人物及故事地点介绍；序幕及场次的介绍
超超叙述	补锅匠耍赖；贵族及同伴计划捉弄补锅匠
超叙述	补锅匠和贵族追溯过去；“众仆”劝慰补锅匠，使他相信自己是“贵族”；“老爷”与“家人”一起赏戏；第一至第五幕及场次的介绍
主叙述	“驯妻”的故事；“三男逐女”的故事
次叙述	“驯妻”“三男逐女”故事里的人物追溯过去

由以上分析可见，戏剧文本由于其体裁形式所限，故在叙述层次的划分上容易造成简单且套路化的处理，但莎剧以其高超的艺术性，在层次的划分上呈现出独特的形态。特别是《驯悍记》，从中会发现该剧中别具一格的“嵌套”结构造就了叙述层次的纷繁复杂。因此，在戏剧文本中分析层次的划分，不能拘泥于过去的固有观念和看法。同时，要结合戏剧既是文学创作又是表演艺术的双重特性，灵活选择可以采用的方法和原则，才能做出更为合理的判断。

三、层次划分的功用

关于叙述层次划分的功用问题，部分国内外叙述学者已有所涉及，特别是那些早期探讨叙述层次定义的学者，他们在进行定义的同时也多少关注了其功用，主要在叙述中不同层次的作用方面。例如热奈特对第二叙事功能的论述。他在巴斯观点的基础上，将第二叙事的功能归纳为六点：“解释功能；元故事预叙的预言功能；纯主题功能；说服功能；消潜功能；阻塞功能。”[①] 里蒙—凯南的观点可以看作是对热奈特学说的延续，她强调了次故事层（第二叙事）的三个作用：“行动的作用”（这个包含在热奈特的“说服功能”中）；“解释作用”；“为主题服务的作用”（这也包含在热奈特所提出的功能中）[②]。可见，里蒙—凯南的看法与热奈特大致上趋于一致。

赵毅衡提出了与之前学者不一样的观点，他把对层次划分的关注点从低层次转向高层次，即第一叙事对第二叙事的的作用。他认为“叙述分层的主要功用是给下一层叙述者一个实体。通过层次的划分能使这抽象的叙述在高叙述层次中变成一个似乎是有血有肉的真实人物，使叙述信息不至于来自一个令人无法捉摸的虚空。”[③] 如在多数莎剧中，故事的叙述来自幕后的叙述者，即最高

① 热拉尔·热奈特：《叙事话语 新叙事话语》，王文融译，中国社会科学出版社，1990年版，第246页。

② 里蒙—凯南：《叙事虚构作品》，姚锦清等译，三联书店，1989年版，第165—166页。

③ 赵毅衡：《当说者被说的时候：比较叙述学导论》，四川文艺出版社，2013年版，第81页。

层次的叙述者。这个叙述者在哪里没人知道，他藏在哪里也未可知，尽管观众和读者见不到他，但整个剧情还是以固有的框架形式展示出来。而这样的叙述过程的确让受述者感觉“无法捉摸”，进而产生诸多困惑。或许这个情况作者会产生同感，故在部分剧作中出现了一批异故事叙述者（如剧情解说人）。他们不参与到故事当中，但对剧情的发展了如指掌，通过出场叙述，能够使幕、场次之间的故事被串联起来。更重要的是一个露面的角色使整个故事有了一个源头，一切内容的交代感觉“有了底气”。

同时，赵毅衡还提出“叙述层次的划分经常能使上叙述层次变成一种评论手段，这样的评论比一般的叙述评论自然得多。”[①] 如《泰尔亲王配瑞克里斯》中玛琳娜墓碑上的文字，通过高渥之口，以诗歌形式呈现。诗中回顾了玛琳娜的一生，给予其公允的评价。这种以诗文为载体作层次划分的方式具有了一定的新颖性和灵活度，也让接受者更觉得清新自然，试想这段往事的交代仍以高渥直接讲述，难免显得单调和乏味。又如《亨利六世》（下）第二幕第五场，身陷囹圄奄奄待毙的马契伯爵摩提默招来外甥，道出了一段鲜为人知的家族史，从中证明了自亨利四世起夺得王位的不合法性。摩提默以平和之心娓娓道来，让人感觉既还原了往事的原貌，又做到客观公正地予以说理，而他作为局中人更是对有关事实了如指掌，其回顾及陈述相对真实可信。这段回顾中的评述在实现分层的同时也带给人真切自然之感。

方小莉发现以上论者讨论的焦点都是分层中不同层次的作用，而忽略了划分本身的作用。她注意到叙述者会将话语权让渡给自己叙述中的人物的现象，故通过层次划分可以窥探叙述者与人物叙述者之间的微妙关系。一方面，作者通过分层将叙述者（时常被等同于作者）与人物叙述者划清界限，从而让人物叙述者言自己不敢或是不能之言，以此逃避主流意识形态的监管[②]。这在莎剧中也能找到类似的例子：《哈姆莱特》中的王子自从鬼魂口中得知父王暴死的

① 赵毅衡：《当说者被说的时候：比较叙述学导论》，四川文艺出版社，2013 年版，第 83 页。

② 方小莉：《叙述理论与实践——从经典叙述学到符号叙述学》，四川大学出版社，2016 年版，第 52 页。

“真相”后，想找到切实可信的证据。他无法向他人言说自己心中的疑问，更不能让奸王知晓自己要求证，故授意戏子上演“戏中戏”，通过分层将自己（可充当叙述者）的意图让“戏中戏”的叙述者代言，以达到避免其不能言之的目的。

另一方面，叙述者让渡自己的话语权这一行为也可以产生不同意义，以此研究并解决为什么叙述者要让某个角色讲故事，这对阐释文本的意义也有重要作用[①]。如在《亨利四世》（下）开场，各种战场上的传言四处流散，这对消息的接受者而言会形成一种误导，而这些与事实不符的言论并不适合幕后叙述者直接表陈。故让一个满身眼睛、耳朵、舌头的怪物（即“谣言”）来述说便符合这个角色的本质特征，毕竟“谣言”嘴里所说的终究是“谣言”，不具有可信度。同时也让接受者能容易辨别消息真伪，为后面情节的进一步发展，尤其是揭穿谎言具有铺垫意义。在该剧结尾，一个舞者出场为该剧的演出表达歉意，他认为这出戏是“一场倒霉的冒险活动”（尾声），没能为大家演出好一点的戏。为了表达心中所欠，舞者先后以下跪和跳舞的方式换得观众的原谅。实质上，舞者的言论更像是表达谦逊之词，而他回馈观众的这些行为更突出了他过于自谦的特征。通过这个角色的言行，制造了喜剧效果，容易博得受众的欢心，有助于提升他们对该剧的认可度。

以上论者对层次划分的功用问题提出了很多有益的参考，结合他们提出的观点，立足莎剧自身的情况，笔者认为还可以从以下几方面作进一步的探讨。

第一，解释的作用，即低叙述层次为高叙述层次提供解释。如《辛白林》第五幕相继出现了多个角色进行回顾的场面：埃契摩向伊摩琴解释了他手中戒指的由来；考尼律斯解释了伊摩琴所服药物的来历；毕散尼奥解释王子的动向；基特律斯解释王子的结局；培拉律斯解释自己和两个养子的真实身份。诸多解释有效地化解剧中各人物心中留存的疑问，也为主叙述情节的发展提供了有力的支撑。

---

① 方小莉：《叙述理论与实践——从经典叙述学到符号叙述学》，四川大学出版社，2016 年版，第 52 页。

第二，引导的作用，即对叙述过程进行引导。这一点在戏剧中很常见，成了一种必然的组成部分。像莎剧中超叙述层次的剧目标题，人物及故事的介绍，幕、场次介绍，为引出故事情节（主叙述层次）提供了前提；而异故事叙述者的叙述和同故事叙述者的“特殊”叙述，也起到了引导读者和观众阅读欣赏剧情的作用。具体如《冬天的故事》中第四幕开场，时间老人交代剧情时间已经过了十六年，并把这段岁月中发生的事作了补充。时间老人的追溯及时弥补了较大的时间跨度，使接受者把注意力转移到多年后发生的故事上，避免了后面剧情拉开出现突兀的状况。

第三，对照的作用，即不同层次间的情节形成鲜明的反差。如《驯悍记》中斯赖的真实身份是一个补锅匠，他生活潦倒，撒耍无赖。而当他陷入“白日梦”，沉浸于一个“老爷”的身份后，过上的是被众仆服侍的贵人生活，戏里戏外对比明显。类似的情况还有“驯妻故事”中的披特鲁乔，他在向女方家求亲时理智务实，温文尔雅，而到了娶亲时，他所做的一切让人大跌眼镜。在旁人看来，他变得神志异常，行为怪癖，胡话连篇，两种状态判若两人。

第四，对人物和事件的前史作交代。这通常以人物的倒述说明发生于剧情开始前的一段史实。如《暴风雨》第一幕，普洛斯帕罗告诉了女儿发生于十二年前的往事，使她明白了父亲和她自己原来的身份，理解了父亲行为的缘由以及合理性。又如《错误的喜剧》一开始，伊勤向公爵讲述了他之前的不幸身世，为他来到此地提供了有力的依据。

第五，制造悬念，引发接受者的好奇心。如《泰尔亲王配瑞克里斯》中的高渥，在每一幕的开场都登台讲述故事。在正式引出剧情之前，他总是先把接下来所要发生的进行保留，卖个关子，以“若知后事如何，请听下回分解”之类的话语作结。这样的套路能吊起接受者的胃口，产生想知道下文情况的强烈意愿。

第六，缩短表现距离。在部分莎剧收尾处，故事中的某个角色会充当叙述者与接受者对话。如《仲夏夜之梦》中的迫克，他身份奇异，有超出凡人的能力。在剧中他主要与仙王有过交流，几乎不与其他角色对话，容易造成他与接受者的距离感。但剧末他的调侃之言迅速拉近了与接受者的距离，让人倍感可爱亲切。

第七，实现疏离感情。有些莎剧中的异故事叙述者会在言说中特意提醒接受者不必过于“入戏”。如《亨利五世》中的剧情解说人多次出场述说亨利五世的光荣事迹。在吸引接受者的同时，他会时不时指出这一切都不必当真，自己不过是在“模拟”，只是“戏”而已，由此达到疏离感情的效果。

第八，拓展叙述时空的自由度和表现力。戏剧作品中能合理地改变时间顺序，转换背景空间。由于莎剧很少遵循“三一律”规则，使得剧情时间往往较为漫长，空间变换频繁而随意，故事的过去、现在和将来穿插其中，人界与异人界的交错自然而有序，这些都需要通过层次的划分来实现。

综上而论，通过对层次划分功用的探讨，有助于加深对叙述层次这一问题的理解。对普通读者和观众而言，层次的划分不仅能让叙述变得生动有趣，使戏剧作品更具有吸引力，而且还有助于他们理解剧作的内容，深刻地体会剧目的意义，进一步提高他们欣赏戏剧的水平。

四、跨层叙述

在不同叙述层次之间，还存在一种特别的现象，即不同层次的人物进入另一层次，从而使两个层次的叙述情节交织，这种情况，称之为“跨层”（transgression）[①]。有的叙述学著作称之为“层次混淆”（tangled hierarchy）。跨层是对叙述世界边界的破坏，而一旦边界破坏，叙述世界的语意场就失去了独立性，它的控制与被控制痕迹就暴露了出来。同时，跨层也意味着叙述世界的空间—时间边界被同时打破，因此在非虚构的记录型叙述中，不太可能发生跨层，只有虚构叙述才有[②]。对此，奈尔斯（William Nelles）也认为不同于纪实叙述，虚构叙述“都有跨层的潜力”[③]。意即可以跨层，但不一定

① 赵毅衡：《当说者被说的时候：比较叙述学导论》，四川文艺出版社，2013 年版，第 76 页。

② 赵毅衡：《广义叙述学》，四川大学出版社，2013 年版，第 276—277 页。

③ William Nelles,*Framework: Narrative Levels and Embedded Narrative*,New York：Lang,1997,p.152.

跨层。

从前文的分析中可见，莎剧中的叙述层次比较复杂，而其跨层也同样如此。

依笔者之见，探讨莎剧中的跨层叙述，需要考虑三方面的情况：一是涉及神人两界的问题，毕竟神界和人界在时空上不相干，如果出现神仙下凡便是特例，是属于跨层范畴的。二是莎剧本作为文字叙述文本，带有了记录型叙述的特征，就需要顾及时间悖论，即如果上层次人物侵入下层次，时间上需要跨越到先前；反之，下层次入侵上层次，人物必须进入未来，时间上就靠后。三是莎剧本中的有些叙述现象也具有演示类叙述的特质，如在上一层叙述展开中另设框架，做次叙述[①]。结合这三方面，再来看莎剧中的跨层便有依据可循。具体而言，莎剧中的跨层叙述可以分为以下四种情况：

首先是主叙述入侵超叙述。这种情况在莎剧跨层现象中最为常见，出现频率相对较高，主要体现在三个方面：一是故事中人物预述未来；二是故事内人物充当叙述者对潜在的受述者说话；三是故事内人物发表旁白。

预述作为下层次入侵上层次的重要典型，其存在的时间悖论自然难以说清，人物也必须要进入未来[②]，像《裘利斯·凯撒》《约翰王》《亨利八世》都有类似的情况出现。《裘利斯·凯撒》一开场，一位预言者再三叮嘱凯撒要留心三月十五日，可凯撒当他是个做梦的人，不理会。当日，凯撒不以为然，在他看来这天已经到来。预言者再次告诫他："可是它还没有去。"（第三幕第一场）果不其然，那天凯撒被刺身亡。可见这位预言者有着远高于芸芸众生的"洞察力"。

在《约翰王》中，私生子带回来的庞弗莱特的彼得（即先知）预言，约翰王要在下一个升天节正午之前交出王冠。国王斥责他是狂妄的白日梦者，彼得则言："我预知事实必然如此。"（第四幕第二场）到了第五幕，约翰王把王冠交给了教皇使节潘杜尔夫，并这样说道："今天是升天节吗？那位先知不

① 赵毅衡：《广义叙述学》，四川大学出版社，2013 年版，第 268、278 页。
② 赵毅衡：《当说者被说的时候：比较叙述学导论》，四川文艺出版社，2013 年版，第 277 页。

是说过在升天节正午之前我会交出我的王冠吗？我确实这样做了。原来我以为是要强迫我交出，却没有想到是出于自愿，谢谢上天！”（第五幕第一场）彼得的预言如此准确，让人难以置信，只能归结于该人物有了超脱被叙述世界的能力。

更让人觉得神奇的是《亨利八世》。在该剧最后一场，大主教克兰默在热烈的气氛中为小公主祝福，他如此预言：“她将要成为与她同辈的和继她而起的一切君主的典范——虽然现在活着的人们当中很少有人能够亲眼看到那种好年盛景……国运将随着她而昌盛……她将是一位长寿的公主，这是英格兰的福气……她要以处女之身，像一朵纯洁无疵的百合花，归入地下，全世界的人都要为她哀悼。”（第五幕第四场）克兰默能够把未来的伊丽莎白一世女王的情况描述得如此清楚，让人觉得他竟拥有上帝一般的预知能力，或者穿越到未来的本领。

至于故事内人物充当叙述者对潜在的叙述接受者说话的情况在几部莎剧中存在，如罗瑟琳（《皆大欢喜》）、小丑（《第十二夜》）、潘达洛斯（《特洛伊罗斯与克瑞西达》）、普洛斯帕罗（《暴风雨》）等。他们均在剧末出场，结合自身情况各自发表了感言。有些人物的发言具有实质性的内容，有着存在的必要性。如潘达洛斯在遭遇委屈和不公正对待后，他自然需要通过抒发内心感受来宣泄情感，同时以自己的不幸来劝诫接受者，从中吸取教训，进而升华了作品的主题。普洛斯帕罗在完成了自己的复仇，达到了理想的目标后，以致辞的方式道出了内心的真实想法。他对未来作了展望，指出了自己将来要走的路，但也对前景充满了深深的担忧，因为他不再有魔法，也没有精灵为其奔走，将要变成不幸的绝望。这一心曲的透露，让人看到了一个与剧情末尾截然不同的主人公。

与之不同的是，另外两部中人物的言辞却显得有些空洞，更多的是处于形式上需要。罗瑟琳在剧末对接受者念收场白，连她自己都觉得不太合适，但她认为有一个收场白总比没有要好。那内容是什么呢？便是两个字——恳请。她恳请在场的女人们、男人们都能喜欢这出戏，为此她甚至愿意向男士们献吻。单不说这个献辞角色会让人质疑，是否真的适合罗瑟琳，而且表述的内容也会让人觉得可有可无。而小丑在落幕时的咏叹唱出了一个小儿郎的人生，这不像是他的自述，倒像是来自民间流传的歌谣，其演唱可能仅仅是讨得接受者的欢喜。

旁白是除了对白和独白之外，剧中人物表达言语的另一种方式。一般说来，旁白是面对台下观众而发，不会为同台的其他角色所听到，因此故事内的人物能够进入更高叙述层直接面对潜在的接受者，使其能深入到角色的内心世界之中。其情形类似上文中故事内人物充当叙述者对接受者发表言论。只是较之而言，旁白在莎剧中出现频率显然更高，表达的内容更加简短，表达的话题也更为自由和多样化。虽然故事内的人物能通过旁白在高层次暂且充当叙述者的角色，但发表旁白之人在剧情发展中并非“全知”，而是“限知”状态，其知晓权受到极大限制。由于不是处于一个居高临下的位置，故旁白者对于未曾发生的事情不再能够预知，对其他人物内心的秘密也无从把握。尽管如此，其存在的意义和价值依然不可忽视。以笔者之归纳，旁白在莎剧中能起到诸多作用：追溯往事；述说下一步的计划；发表感叹；表达祝福；透露内心真实想法；发出呼告；补充说明；揭示真相；调侃自己和他人；嘲讽他人等。简而言之，剧中旁白的使用对塑造人物形象、完善故事内容、推动情节发展、提升作品的艺术性等方面都有着不可忽视的作用。

其次是主叙述入侵次叙述。这在部分莎剧中上演“戏中戏”的环节有所表现，即故事内人物（位于主叙述）扮演某角色演出某个故事（进入次叙述）。主要例子有《哈姆莱特》中的《捕鼠机》，《仲夏夜之梦》中的《皮拉摩斯和提斯柏》，《暴风雨》中的“神仙剧”，《亨利四世》（上）中亲王和福斯塔夫的“扮戏”等。这一类相似于共时性的演示类叙述，跨层比记录类叙述容易得多。往往戏始，人物进入“状态”，成为自己扮演的角色，沉浸于故事之中；戏末，人物恢复“原状”，退回到自己原先的角色，从故事中脱离出来，即“推入”和“收拢”。在这个过程中，“框架”被另外设立，形成一个“被演示出来的世界”。在这些“戏中戏”当中，有的在上演的过程中会出现被“隔断”的现象，主要表现在演出的同时冒出人物的话语。虽然“戏中戏”仍在进行中，但这些话语的出现对戏的演示有干扰，尤其是剧本文字叙述时，这种“中断”的感觉会更加突出，多少会影响到戏的连贯性。例如《哈姆莱特》中的《捕鼠机》在演出时，多次冒出哈姆莱特的言语，特别是行凶者琉西安纳斯出场后，哈姆莱特还特意介绍此人是国王的侄子，并迫不及待地提前预示剧情：“动手吧，凶手！混账东西，别扮鬼脸了，动手吧！来，哇哇的乌鸦发出复仇的啼声。”（第三幕第二场）哈姆莱特发表的这些言辞，一方面是出于该戏对他本人有精神上的刺激，看的过程中会忍不住发表个人评论，另一方面他也有意识地为旁人（如奥菲利娅、王后、国王等）作对戏的解释。

有的“戏中戏”在演示中出现的“推入”和“收拢”是以人物“入戏”和“出戏”的角色转换来实现的。这种转换形成了主叙述与次叙述之间的互侵的局面。例如《亨利四世》（上）第二幕亲王和福斯塔夫排演的两段戏。第一段是由福斯塔夫扮演国王问话亲王。福斯塔夫如此表述：“我这里发言了，诸位大人请暂回避……安静，我的美酒，安静，我的佳酿。哈利……”（第二幕第四场）这段话中，前面一句是福斯塔夫提醒在场的其他人，自己要“入戏”了，不希望被他人干扰；后一句从说到哈利开始，形成了一个明显的“入戏”标志，即开始以国王的口吻说话。当“国王”提起福斯塔夫，表达出对此人物的认可和偏爱，明显有悖于真实时，亲王听不下去了，于是就出现了这么一段对话：

亲王　你这些话说得像个国王吗？你来扮演我，让我演我爸爸。

福斯塔夫　意图篡位吗？无论是在言词上，或是内容上，只要你能扮出我一半的庄重威严，你就把我当还没断奶的小兔或是野味店的野兔倒吊起来。

亲王　好，我坐在这儿。

福斯塔夫　那么我就站在这儿。你们来裁判，诸位伙伴。

亲王　现在，哈利，你从哪儿来？

（《亨利四世》（上）第二幕第四场）

当亲王说出福斯塔福说话不像国王之时，意味着戏中人物跨出了被演出层次，即“收拢”。接着，亲王提出要变换角色，自己来演“爸爸”，让福斯塔夫演“亲王”。虽福斯塔夫并不认同亲王的说法，但他还是接受了换角色的意见。于是他提出让伙伴们来裁判的话，便是即将再次“入戏”的潜台词。而亲王接着说出“哈利”从哪里来，就是再次“入戏”的开始，即“推入”。

然后是超叙述入侵主叙述。主要表现于神界形象下凡，或者是异人来到凡间。这类现象在《仲夏夜之梦》《暴风雨》《辛白林》《冬天的故事》《泰尔亲王配瑞克里斯》《亨利八世》等剧均有所出现。

在《仲夏夜之梦》里，有一个来自神界的群体，主要包括仙王奥布朗、仙后提泰妮娅、精灵迫克。剧中描写他们常出没于雅典西郊的森林，尤其是到了晚上，他们就出来活动。而这里也是当地市民的游乐圣地，恋人们幽会的天堂。但神人终究身处两界，有各自的生活空间，因此很难说有什么交集。剧中出现的神人之接触，只能是解释为神明下凡，主动接触人类，才能被人类感知。通常他们是为了解救灾难，或指点迷途，而采取行动，表现出高于主叙述人物的能力。众神明中，精灵迫克是与人类打交道最多的，主要体现在他受仙王的指派，去干预几个青年人的爱情纠纷。在这个过程中，他两次滴汁：先是误把花汁滴在拉山德的眼皮上，导致对方爱错对象；后来经仙王提醒，他又使用化解法力的草汁使拉山德恢复正常。迫克还以神力去控制青年人的行为，如把海伦娜等人招引过来，还使青年们迷路，奔波得精疲力竭，沉沉睡去。他为了阻止两个青年的决斗，还改变了天气：把夜空遮暗，用浓雾盖住星星。另外，他还受仙王之令，把驴头戴在了织工波顿的身上，吓跑了他人。迫克对人世的干预有时是出于他淘气的本性，搞出了很多恶作剧，如把牛奶上的油脂撮走，让那些乡村的姑娘怎么也搅不出奶油来；暗中替人家磨谷，弄坏了酒使它不能发酵……（第二幕第一场）除了迫克，仙后也有接触人类的行为。她被迫克滴了花汁，一觉醒来，就恋上了戴着驴头的波顿。她夸波顿又聪明又美丽，要他留着自己身边，派小神仙侍候他，后来还搂着他睡着了。波顿作为凡人，是没有能力主动接触神明的，只有仙后带小神仙从神界跨到人界，他才会有如此奇幻的经历。仙王和仙后还因为内部的纠纷影响人类：出于对幼童的争夺，他们不再一起同游同寝，造成天时不正，气候也反了常。可见神明下凡不仅解救灾难，也制造灾难。

《暴风雨》也是一部充满神话浪漫色彩的剧作。前米兰公爵普洛斯帕罗凭借高超的法力指挥众精灵帮助自己实现了复仇的目的。在这当中，普洛斯帕罗拥有远超凡人的能力，能施展魔法，控制众多精灵，为他服务。他看似人类，却像神明下凡，他解救的不仅是身边的人，更是他自己。他在剧中的身份，类似神人合体，平时是凡人，使用法术时成为神。所以，他常处于人界，有时又上升到神界。不过总的来看，处于神界来干预人界的行为是其主导，故归于上层入侵下层。他对人界的干预主要体现有：预知仇人会乘船路过荒岛；察觉弟弟安东尼奥等人的阴谋；用魔法画圈来束缚他人的行为等。普洛斯帕罗虽拥有神力，但他终究属于人类。而爱丽儿等众精灵在本质上是异人，类似于《仲夏夜之梦》里的迫克以及众多小神仙。故爱丽儿等众精灵更应归于从神界下凡人界的类型。而且需要注意到的是，这些精灵是凡人不能直接见到的。纵观全剧，只有“集神人一体”的普洛斯帕罗有能力接触到他们，哪怕是他最亲近的女儿米兰达也没有与精灵有过接触和对话。凡人能接触到的只是他们变异的对象，如化为猎犬、变成怪鸟、扮作神仙角色等。在众精灵之中，爱丽儿是干预人间事务最多的，主要包括：在海上掀起风暴制造火灾；把船上的人分布在岛上各处；隐藏、修缮船只；使水手们昏睡和苏醒；引领弗迪南德；唤醒贡札罗；置办酒席并消失；捉弄卡列班等人。客观而论，爱丽儿在改变普洛斯帕罗等人处境方面发挥作用最为突出，它的跨界拯救了普洛斯帕罗及女儿，也让自己获得了自由。

同样归于传奇剧的《辛白林》《冬天的故事》《泰尔亲王配瑞克里斯》都有极为相似的“神明解救人类”的剧情。如《辛白林》中，当普修默斯身陷牢狱之时，父母兄弟的魂灵在他梦中萦绕，为他的苦难诉不平，由此惊扰朱庇特，故在雷电中骑鹰下凡人间，进入他的梦境之中。朱庇特告知他“灾星将满”，“将要做伊摩琴的良人”，“在神殿上举行婚礼”（第五幕第四场），并留下预知未来的简牍。朱庇特下凡人间，以其神力拯救了普修默斯，成为他命运的转折点。《冬天的故事》里国王列昂特斯召集群臣、法官审判王后。两位使者带回了从阿波罗神庙祈求的神谕。神谕中道明王后乃无辜；列昂特斯是多疑的暴君；无罪的婴孩乃其亲生；如果失去的孩子找不回来，国王将永无继承之人。虽列昂特斯一开始并不采信，但神谕很快一一应验。此神谕与其说是神明的先知先觉，不如看作神明下凡惩治犯下罪过之人。《泰尔亲王配瑞克里斯》中，狄安娜女神现身于配瑞克里斯的梦境中，让他去以弗所的神庙献祭，并哀诉自己的不幸遭遇，如此便能得到极大的幸福。狄安娜女神的指点迷津促使了配瑞克里斯找到了失散多年的妻子。这几部剧中，神明下凡的方式各异，但都对主人公影响深远，起到了惩恶扬善的作用。

最后是超超叙述入侵超叙述。这一类仅有一例，即处于《驯悍记》的序幕中。这一幕里存在一个关于"改换角色的戏"。在"戏"外，斯赖的身份是补锅匠，他先是因醉酒而昏睡在地上，结果被一贵族及随从带回府邸。当斯赖醒来后，周围仆从都呼他为"老爷"，并极力唤起他失去的"记忆"。在众仆的影响下，斯赖逐步"入戏"，他相信了自己的"失忆"，并沉浸在"贵人"的角色和身份当中。按照之前的层次划分，"戏外"发生的故事处于超超叙述，而"戏内"的故事位于超叙述。从"戏外"到"戏内"是进入了一个另设的框架，同时也意味着斯赖角色的改变。

除了以上几种跨层叙述之外，最后还需要补充一点：从广义上来说，任何叙述干预评论都是一种跨层行为，是从叙述行为的层次（潜在的或显露的超叙述层次）进入被叙述的层次[①]。关于叙述干预问题，前文已有论述，此处不赘述。由于叙述干预分布在不同层次，因此其跨层的表现绝不仅限于以上某一种。

① 赵毅衡：《当说者被说的时候：比较叙述学导论》，四川文艺出版社，2013 年版，第 80 页。

尾 论

莎士比亚的戏剧从问世至今，已经度过了400多个春秋，其间各种评说纷至沓来，看法也是众说纷纭。他作为欧洲文艺复兴时期最伟大的文学巨匠，在52年的生涯中，为后世留下了37部戏剧、154首十四行诗和两部叙事长诗。他的剧作影响巨大，有着广泛的读者群，并在世界各地频繁上演。

在很多人看来，莎士比亚是一个神奇的存在。他一生接受正规教育的时间不长，仅在家乡斯特拉福镇的文法学校读过几年书，如果参照目前国内的学龄标准，他只不过是一个受过义务教育的初等生。他更没有进过高等学府，没有像同时代 “大学才子派” 那样显赫的高学历，但他取得的戏剧成就却远胜过后者，以致被这些才子们嫉妒和攻击。甚至不少后人还对莎剧的著作权提出质疑，主要根据莎士比亚的出身及其所受教育，推断像他这样的人不可能写出如此之多的伟大作品①。反过来说，这恰恰证明了他的创作成就之高。

莎士比亚戏剧成就的重要体现，是其集高度的思想性与高超的艺术性于一体。他的戏剧与时代紧密相联，诸如伊丽莎白和詹姆斯两个朝代政治形势的演变、宗教冲突和信仰危机、文化趋势和哲学思潮、乐观主义和悲观主义的兴替、内战风雨的逼近等，都在莎剧中有着明确而深刻的反映②。他的作品又是其本人走过的道路，给后人提供了了解他思想和艺术发展过程的线索。通常而论，莎士比亚一生二十多年的创作被划分为三个时期。早期的主要创作是历史

① 桂扬清:《埃文河畔的巨人：莎士比亚》，上海外语教育出版社，2001年版，第62页。
② 张泗洋、徐斌、张晓阳:《莎士比亚戏剧研究》，时代文艺出版社，1991年版，第28页。

剧和喜剧，它们反映出作者的乐观、进取精神和对生活的憧憬、希望，在艺术上从不成熟到成熟；中期主要创作了悲剧，反映了作者对社会人生的认识已经深化，人文主义的理想开始动摇，甚至幻灭，在艺术成就上达到了高峰；晚期创作的传奇剧表现了作者在现实生活中看不到实现人文主义理想的希望，转而向远离生活的浪漫故事中寄托情怀。莎士比亚的这些剧作所写的虽然有不少是故有的题材，但一经他加工改造，推陈出新，就成了带有深刻的莎士比亚印记的作品。

本书侧重关注了莎剧高超的艺术性。对于莎剧艺术性的考察，方式颇多，本书选择从叙述学的角度对莎作进行解读，是一种行之有效的研究范式。叙述学产生于西方，其源头可以上溯至古希腊时代，但在其漫长的发展过程中一直没有形成独立的地位，而是长期从属于文学批评或文学修辞学。它真正得以诞生还是在20世纪60年代，其一出世很快从诞生地法国蔓延到其他国家，广受世人瞩目，并得到不断的发展和完善，至今该理论体系已经趋于成熟。叙述学的演变经历了经典叙述学和后经典叙述学两个阶段，前者属于狭义叙述学，其范围限于文学领域；后者属于广义叙述学，范围不限于文学，而是扩大到文学以外的各个学科。本书研究基本限于文学范围内，对经典叙述学的理论方法多有涉及，总体上较为全面，而对于未及之处还需在以后作进一步的探索。现今叙述学已向广义发展，学界对后经典叙述学的关注度也与日俱增。因此，对莎剧的研究理应与时俱进，除了莎剧本之外，很有必要涉猎莎剧的表演艺术，实现文学与艺术学的贯通，甚至扩大到其他社会科学领域。这也是在叙述学整体观照下，莎剧研究未来的发展方向和趋势。另外，以叙述学来推动莎学，还要紧跟叙述学在国内的发展潮流。从20世纪80年代以来，国内叙述学的研究成果主要包含在三个方面：西方叙述学理论的译介、叙述学的文学批评和中国叙述学理论建设。特别是后一个，乃当代叙述学发展的终极目标。通过叙述学理论“中国化”，实现该理论的创造性转化乃至创造性进化。而对莎学的叙述学研究也该朝这个目标奋力前行。

人们都说莎士比亚是“无尽的”，即说不尽道不完的。的确如此，莎剧作为人类戏剧史上的经典，经受住了历史的考验，不断散发出永恒的艺术魅力。

参考文献

一、中文主要参考文献

阿尼克斯特：《莎士比亚的创作》，徐克勤译，山东教育出版社，1985年版。

保尔·利科：《虚构叙事中时间的塑形》，王文融译，三联书店，2003年版。

卞之琳：《莎士比亚悲剧论痕》，三联书店，1989年版。

波伏娃：《第二性》，陶铁柱译，中国书籍出版社，2004年版。

布斯：《小说修辞学》，华明等译，北京大学出版社，1987年版。

残雪：《地狱中的独行者：解析莎士比亚悲剧与歌德的〈浮士德〉》，作家出版社，2019年版。

程雪猛、祝捷：《解读莎士比亚戏剧》，武汉大学出版社，2008年版。

戴维·洛奇：《小说的艺术》，王峻岩译，作家出版社，1998年版。

董健、马俊山：《戏剧艺术十五讲》，北京大学出版社，2012年版。

傅光明：《天地一莎翁：莎士比亚的戏剧世界》，天津人民出版社，2017年版。

傅光明：《戏梦一莎翁：莎士比亚的喜剧世界》，天津人民出版社，2018年版。

弗兰克·哈里斯：《莎士比亚及其悲剧人生》，许昕译，江西教育出版社，2013年版。

弗兰克·哈里斯：《莎士比亚的女人们》，罗文敏译，中国社会科学出版社，2018年版。

福斯特：《小说面面观》，朱乃长译，中国对外翻译出版公司，2001年版。

董小英：《叙述学》，社会科学文献出版社，2001年版。

方小莉：《叙述理论与实践：从经典叙述学到符号叙述学》，四川大学出版社，2016年版。

歌德等：《莎剧解读》，张可等译，上海书店出版社，2019年版。

格非：《小说叙事研究》，清华大学出版社，2002年版。

格雷马斯：《结构语义学》，蒋梓骅译，百花文艺出版社，2001年版。

格雷马斯：《论意义——符号学论文集》（上、下），吴泓缈等译，百花文艺出版社，2005年版。

桂扬清：《埃文河畔的巨人：莎士比亚》，上海外语教育出版社，2001年版。

哈罗德·布鲁姆：《剧作家与戏剧》，刘志刚译，译林出版社，2016年版。

海涅：《莎士比亚笔下的女角》，温健译，上海译文出版社，1981年版。

贺祥麟等：《莎士比亚研究文集》，陕西人民出版社，1982年版。

黑格尔：《美学》（第一卷），朱光潜译，商务印书馆，1996年版。

胡亚敏：《叙事学》，华中师范大学出版社，2004年版。

胡易容、赵毅衡：《符号学—传媒学词典》，南京大学出版社，2012年版。

胡一伟：《戏剧：演出的符号叙述学》，四川大学出版社，2019年版。

华泉坤、洪增流、田朝绪：《莎士比亚新论——新世纪，新莎士比亚》，上海外语教育出版社，2007年版。

黄乔生：《自然与人生的盛宴——莎士比亚戏剧》，海燕出版社，2017年版。

杰拉德·普林斯：《叙述学词典》（修订版），乔国强等译，上海译文出版社，2011年版。

杰拉德·普林斯：《叙事学：叙事的形式与功能》，徐强译，中国人民大学出版社，2013年版。

杰曼·格里尔：《读懂莎士比亚》，毛良译，外语教学与研究出版社，2015年版。

科尔奈留·杜米丘：《莎士比亚戏剧辞典》，宫宝荣等译，上海书店出版社，2011年版。

孔海龙、杨丽：《当代西方叙事理论新进展》，经济科学出版社，2017年版。

赖骞宇：《18世纪英国小说的叙事艺术》，中国社会科学出版社，2009年版。

蓝凡：《中西戏剧比较论》，学林出版社，2008年版。

李伟昉：《说不尽的莎士比亚》，中国社会科学出版社，2004年版。

李伟民：《光荣与梦想：莎士比亚在中国》，天马图书有限公司，2002年版。

李伟民：《中国莎士比亚批评史》，中国戏剧出版社，2006年版。

李伟民：《莎士比亚戏剧在中国语境中的接受与流变》，中国社会科学出版社，2019年版。

李艳梅：《莎士比亚历史剧研究》，中国社会科学出版社，2009年版。

里蒙—凯南：《叙事虚构作品》，姚锦清等译，三联书店，1989年版。

梁工：《圣经叙事艺术研究》，商务印书馆，2006年版。

梁工：《莎士比亚与圣经》（上、下），商务印书馆，2006年版。

龙迪勇：《空间叙事学》，三联书店，2015年版。

罗伯特·斯科尔斯等：《叙事的本质》，于雷译，南京大学出版社，2015年版。

罗钢：《叙事学导论》，云南人民出版社，1994年版。

马大康等：《文学时间研究》，中国社会科学出版社，2008年版。

米克·巴尔：《叙述学：叙事理论导论》，谭君强译，北京师范大学出版社，2015年版。

米歇尔·布吕内：《戏剧文本分析》，刘静译，天津人民出版社，2017

年版。

莫罗佐夫：《论莎士比亚》，朱富扬译，文化艺术出版社，1987年版。

尼古拉斯·罗伊尔：《爱的疯狂与胜利：莎士比亚导读》，欧阳淑铭译，中信出版集团，2015年版。

诺思罗普·弗莱：《批评的剖析》，陈慧等译，百花文艺出版社，1998年版。

蒲安迪：《中国叙事学》，北京大学出版社，1995年版。

乔纳森·卡勒：《结构主义诗学》，盛宁译，中国社会科学出版社，1991年版。

乔治·贝克：《戏剧技巧》，余上沅译，中国戏剧出版社，2004年版。

冉东平：《西方现代戏剧叙事转型研究》，北京大学出版社，2017年版。

热奈特：《叙事话语　新叙事话语》，王文融译，中国社会科学出版社，1990年版。

热奈特：《热奈特论文集》，史忠义译，百花文艺出版社，2000年版。

申丹：《西方叙事学：经典与后经典》，北京大学出版社，2010年版。

施咸荣：《莎士比亚和他的戏剧》，北京出版社，1981年版。

施旭升：《戏剧艺术原理》，中国传媒大学出版社，2006年版。

斯坦利·威尔斯：《莎士比亚研究》，上海外语教育出版社，2000年版。

苏永旭：《戏剧叙事学研究》，中国戏剧出版社，2004年版。

孙惠柱：《戏剧的结构与解构》，上海人民出版社，2016年版。

孙家琇：《论莎士比亚四大悲剧》，中国戏剧出版社，1988年版。

索天章：《莎士比亚——他的作品及其时代》，复旦大学出版社，1986年版。

谭君强：《叙事理论与审美文化》，中国社会科学出版社，2002年版。

谭君强：《叙事学导论：从经典叙事学到后经典叙事学》，高等教育出版社，2008年版。

谭霈生：《论戏剧性》，北京大学出版社，1981年版。

谈瀛洲：《莎评简史》，复旦大学出版社，2005年版。

汤平：《魔幻与现实：莎士比亚戏剧中的超现实因素研究》，四川大学出版社，2015年版。

土生等：《莎士比亚戏剧故事全集》，中国戏剧出版社，2002年版。

王彬：《红楼梦叙事》，中国工人出版社，1998年版。

王维昌：《莎士比亚研究》，安徽大学出版社，1999年版。

维克多·雨果：《时代的灵魂——莎士比亚》，熊丽泓等译，中华工商联出版社，2014年版。

威廉·阿契尔：《剧作法》，吴钧燮等译，中国戏剧出版社，1983年版。

威廉·哈兹里特：《莎士比亚戏剧中的人物》，顾钧译，华东师范大学出版社，2009年版。

威廉·莎士比亚：《莎士比亚全集》（1—7），朱生豪等译，译林出版社，1998年版。

西摩·查特曼：《故事与话语：小说和电影的叙事结构》，徐强译，中国人民大学出版社，2013年版。

吴家荣等：《中西叙事精神之比较》，安徽大学出版社，2011年版。

肖四新：《莎士比亚戏剧与基督教文化》，巴蜀书社，2007年版。

徐岱：《小说叙事学》，商务印书馆，2010年版。

徐鹏：《莎士比亚的修辞手段》，苏州大学出版社，2001年版。

亚里士多德：《诗学》，罗念生译，人民文学出版社，1982年版。

杨义：《中国叙事学》，人民出版社，1997年版。

杨周翰：《莎士比亚评论汇编》（上），中国社会科学出版社，1979年版。

杨周翰：《莎士比亚评论汇编》（下），中国社会科学出版社，1981年版。

于斯菲尔德：《戏剧符号学》，宫宝荣译，中国戏剧出版社，2004年版。

张秉真、黄晋凯：《结构主义文学批评论》，辽宁大学出版社，1987年版。

张冲：《莎士比亚专题研究》，上海外语教育出版社，2004年版。

张冲：《莎士比亚的戏剧世界》，中国友谊出版社，2019年版。

张丽：《莎士比亚戏剧分类研究》，中国社会科学出版社，2009年版。

张世君：《〈红楼梦〉的空间叙事》，中国社会科学出版社，1999年版。

张泗洋、徐斌、张晓阳：《莎士比亚戏剧研究》，时代文艺出版社，1991年版。

张泗洋、徐斌、张晓阳：《莎士比亚引论》（上、下），中国戏剧出版社，1989年版。

张薇：《海明威小说的叙事艺术》，上海社会科学院出版社，2005年版。

张薇：《莎士比亚精读》，上海大学出版社，2009年版。

张薇：《当代英美的马克思主义莎士比亚评论》，中国社会科学出版社，2018年版。

张寅德：《叙事学研究》，中国社会科学出版社，1989年版。

赵思孝、沈亮：《影视剧作叙事艺术》，上海大学出版社，2001年版。

赵毅衡：《文学符号学》，中国文联出版公司，1990年版。

赵毅衡：《符号学：原理与推演》，南京大学出版社，2011年版。

赵毅衡：《苦恼的叙述者：中国小说的叙述形式与中国文化》，四川文艺出版社，2013年版。

赵毅衡：《当说者被说的时候：比较叙述学导论》，四川文艺出版社，2013年版。

赵毅衡：《广义叙述学》，四川大学出版社，2013年版。

赵卓：《鲁迅小说叙述艺术论》，首都师范大学出版社，2002年版。

周宁：《西方戏剧理论史》，厦门大学出版社，2008年版。

朱迪斯·巴特勒：《性别麻烦：女性主义与身份颠覆》，宋素凤译，三联书店，2009年版。

祖国颂：《叙事的诗学》，安徽大学出版社，2003年版。

二、外文主要参考文献

Abbott, H. Porter, *The Cambridge Introduction to Narrative*, Cambridge: Cambridge UP, 2008.

Alison, Thorne, *Vision and Rhetoric in Shakespeare*, London: Macmillan press, 2000.

Aristotle, *"Poetics," The Norton Anthology of Word Masterpieces, Vol 1*, New York: Norton, 1973(fourth edition).

Baak, J. J, *The Place of Space in Narration*, Amsterdam: Rodopi, 1983.

Bal, Mieke, *"Notes on Narrative Embedding" in Poetics Today2*, Duke: Duke University press, 1981.

Bar-Efrat, Shimon, *Narrative Art in the Bible*, London: Sheffield Academic Press, 1989.

Barth, John, *"Tales Within Tales Within Tales" In The Friday Book: Essay and Other Non-Fiction*, New York: Putnam, 1984.

Black, Walter, *The Complete of William Shakespeare*, New York: The Classic Club, 1937.

Boyce, Charles, *Encyclopedia of Shakespeare A-Z of His Life and Work*, New York: Hardcover press, 1990.

Bradley, A. C, *Shakespearean Tragedy*, London: Macmillan, 1929.

Brooks, Peter, *Reading for the Plot: Design and Intention in Narrative*, Cambridge: Harvard UP, 1984.

Brown, John Russell, *Shakespeare: The Tragedies*, New York: Palgrave, 2001.

Cahn,Victor L, *The Plays of Shakespeare: A Thematic Guide,* Westport, CT: Greenwood, 2001.

Carlson, Marvin, *Theories of the Theatre*, Ithaca and London: Cornell University Press, 1984.

Charton, H. B, *Shakespearean Comedy*, London: Muthuen & Co. Ltd., 1945.

Chatman, Seymour, *Story and Discourse*, Ithaca and London: Cornell University Press, 1978.

Cohen, Derek, *Searching Shakespeare: Studies in Culture and authority*, Toronto: University of Toronto Press, 2003.

Coste, Didier, *Narrative as Communication*, Minneapolis: U of Minnesota P, 1989.

Culler, Jonathan, *Structurlist Poetics*, London: Routledge, 1975.

Dannenberg, Hilary P, *Coincidence and Counterfactuality: Plotting Time and Space in Narrative Fiction*, Lincoln: U of Nebraska P, 2008.

Dowden, Edward, *Shakespeare: A Critical Study of His Mind and His Art*, Cambridge: Cambridge University Press, 2009.

Erickson, Peter, *The Patriarchal Structures in Shakespeare's Drama*, Berkeley & Los Angeles: University of California Press, 1985.

Evans, Gwynne, *The Riverside Shakespeare*, Boston: Houghton Mifflin Company, 1974.

Fludernik, Monika, *Towards a "Natural" Narratology*, London & New York: Routledge, 1996.

Geir, Farner, *Literary Fiction: The Ways We Read Narrative Literature*, New York: Bloomsbury Academic, 2014.

Genette, Gerard, *Narrative Discourse*, Ithaca: Cornell University Press, 1996.

Gomel, Elana, *Narrative Space and Time: Representing Impossible Topologies in Literature*, New York & Abingdon: Routledge, 2014.

Greenblatt, Stephen, *Will in the World: How Shakespeare Became Shakespeare*, New York: W.W. Norton & Company, Inc., 2004.

Hamilton, Clayton, *The Theory of the Theatre*, New York: Henry Holt & Co, 1976.

Harbage, Alfred, *A Reader's Guide to William Shakespeare*, New York: The Noonday Press, 1963.

Hazlitt, William, *Characters of Shakespeare's Plays*, J. H. Lobban, ed, Cambridge: Cambridge University Press, 2009.

James, Henry, *The Art of Fiction in Partial Portraits*, London: MacMillan, 1948.

Mangan, Michael, *A Preface to Shakespeare's Comdies*, Beijng: Peking University Press, 2005.

Muir, Kenneth, *The Sources of Shakespeare's Plays*, London: Routledge, 1977.

Kasten, David, *A companion to Shakespeare*, MA: Blackwell Publishers, 1999.

Kauffmann, Stanly, *Theatre Criticisms*, New York: Performing Arts Journal Publications, 1983.

Kenan, Rimmon, *Narrative Fiction*, London: Methuen, 1983.

Laroque, Francois, *Shakespeare's Festive World: Elizabethan Seasonal Entertainment and the Professional Stage*, Cambridge: Cambridge University Press, 1991.

Leslie, Brook, *The language of Shakespeare*, London: Andre Deutsch Ltd, 1976.

McElvoy, Bernard, *Shakespeare's Mature Tragedies*, Princeton University Press, 1973.

Muir, Kenneth, *Interpretations of Shakespeare: British Academy Shakespeare Lectures*, Oxford: Clarendon Press, 1985.

Peck, John & Coyle, Mlartin, *How to Study a Shakespeare Play*, Macmillan Publisher Ltd., 1985.

Perrine, Laurence, *Story and Structure*, New York: Harcourt Press, 1974.

Phelan, James, *Reading People, Reading Plots: Character, Progression, and the Interpretation of Narrative*, Chicago: U of Chicago P, 1989.

Propp, Vladimir, *Morphology of the Folktale, St*, Petersburg: Leningrad University Press, 1928.

Ryan, Kiernan, *Shakespeare*, New York: Palgrave, 2002.

Sewell, Arthur, *Characters and Society in Shakespeare*, Oxford: Oxford University Press, 1961.

Stoll, Elmer Edgar, *Shakespeare Studies*, New York: G. E. Stechert & Co., 1942.

Sturgess, Philip J. M, *Narrativity: Theory and Practice*, Oxford UP, 1992.

Taylor, Michael, *Shakespeare criticism in the twentieth century*, Oxford: Oxford University Press, 2001.

Vaughn, Jack A, *Shakespeare's Comdies*, New York: Fredrick Ungar Pub., 1980.

Wells, Stanley and Taylor, Gary, *William Shakespeare: The Complete Works*, Oxford: Clarendon Press, 1998.

Wells, Stanley, *Shakespeare: An Oxford Guide*, Oxford: New York: Oxford University Press, 2003.

Wilson, Edwin, *The Theatre Experience*, New York: The McGraw-Hill Companies, 2009.

Zhao, Henry, *Uneasy Narrator: Chinese Fiction from the Traditional to the Modern*, Oxford: Oxford University Press, 1995.

后 记

辛丑春夜，我驻足阳台，被浩瀚的星空所吸引，所震撼。在人类文化史上的茫茫星辰中，莎士比亚无疑是较为璀璨的一颗，如春季星空中的“天狼”一般，闪耀着奇特的光辉，引人注目。而在人类文化史上的莎学“星空”中，形态各异，气象万千，硕果累累，自己即将封笔的拙著也只能算是这片“星空”中过于普通的一颗。虽然它毫不起眼，却是自己多年来辛勤耕耘获得的果实。

接触莎士比亚的作品，可追溯至自己孩童时翻过的连环画本，而真正关注于此，则是在读大学时：一个偶然的念头，让自己选择把莎剧分析写入本科毕业论文之中。从此，“莎学情缘”便开始萦绕着我，在这当中，有我完成的硕士学位论文，也包括多年来发表的主要文章。但莎学成果毕竟颇多，要做到有新意有创见绝非易事。机遇出现在读研时——能得到赵毅衡先生的指点，聆听其教诲可谓三生有幸，也使我把注意力集中于20世纪产生于西方的叙事学。尽管运用叙事学理论和方法研究文学作品在当今已很常见，但西方传统学术观对戏剧叙事发展之限甚深，正如先生在序中所指出的，戏剧不在叙事学讨论范围中，时态问题制约了在戏剧中谈叙事。可是，“老祖宗”的话真的就是金科玉律？权威的言论便不可辩驳？古言道：仁者见仁，智者见智。不拘泥于时代，不固守于传统，这是作为一名学人应该追寻的。我坚持了自己的立场，以初生牛犊之心态走出了这一步，这一步一跨就是十年，直到这本小书的成形。当然，这一步走得怎么样，还有待时间的检验，我期待着。

从教近二十年，我一直关注于莎学，这将是我终身不渝的志向和追求，也是发自我内心深处充满热忱的呼喊。莎士比亚的戏剧作为我学科方向的最爱，能够始终与我的研究高度统一，可谓我人生中特别幸福而快乐的事情。不仅于此，在我的学术生涯中能得到先辈的引领和指导更是对我的鼓舞和激励，鞭策着我一路前行。赵毅衡先生对我关怀备至，在我完成拙著过程中提出了许多富有启发性的建议，并自始至终给予我很多鼓励。其平易近人的人格魅力，精益求精的工作作风，严谨谦逊的治学态度和诲人不倦的高尚师德令人难忘，使我获益匪浅。家父成良臣教授以一个学者所具有的刻苦勤奋和孜孜以求的探索精神，极大地感染着我，激励着我，敦促着我在从业的道路上知难而进，行稳致远。同时，在我写作期间，我的母亲、岳父、岳母为我提供了很多方便，妻子程杨君，女儿成卓熹、成宇程给了我更多的勇气和力量，使拙著能顺利完成，家人的厚爱和支持让我感激不尽。此外，在成书的过程中，还得到了学校领导、同事的支持和帮助。圣立文化胡容女士、白亚辉编辑为此书的出版付出了辛勤的劳动。在此一并表示诚挚的谢意。

需要说明的是，莎士比亚戏剧的叙事话题繁茂芜杂，内容丰富，若要对其进行全面系统的梳理具有较大难度，加之本人学识所限，拙著难免存在诸多不足，故权当抛砖引玉，恳请学界同仁批评指正。

成 立

2021年夏于凤翔山间翠柳湖畔